KB133619

쉽게 읽는 석보상절 11

釋譜詳節 第十一

지은이 **나찬연**은 1960년에 부산에서 태어났다. 부산대학교 국어국문학과를 나오고(1986), 같은 학교 대학원에서 문학석사(1993)와 문학박사(1997)학위를 받았다. 지금은 경성대학교 국어국문학과에서 교수로 재직하고 있으면서 국어학, 국어 교육, 한국어 교육 분야의 강의를 맡고 있다.

* 홈페이지: '학교 문법 교실 (http://scammar.com)'에서는 이 책의 내용과 관련된 자료를 온라인으로 제공합니다. 본 홈페이지에 개설된 자료실과 문답방에 올려져 있는 다양한 정보를 자유롭게 이용할 수 있고, 이 책의 내용에 대하여 저자의 답변을 받을 수 있습니다.
* 전화번호 : 051-663-4212
* 전자메일 : ncy@ks.ac.kr

주요 논저

우리말 이음에서의 삭제와 생략 연구(1993), 우리말 의미중복 표현의 통어·의미 연구(1997), 우리말 잉여 표현 연구(2004), 옛글 읽기(2011), 벼리 한국어 회화 초급 1, 2(2011), 벼리 한국어 읽기 초급 1, 2(2011), 제2판 언어·국어·문화(2013), 제2판 훈민정음의 이해(2013), 근대 국어 문법의 이해—강독편(2013), 국어 어문 규범의 이해(2013), 표준 발음법의 이해(2013), 제5판 중세 국어 문법의 이해—이론편(2014), 제5판 중세 국어 문법의 이해—주해편(2014), 제5판 중세 국어 문법의 이해—강독편(2014), 제5판 중세 국어 문법의 이해—서답형 문제편(2014), 중세 국어 문법의 이해—입문편(2015), 제2판 학교문법의 이해 1(2018), 제2판 학교문법의 이해 2(2018), 제4판 현대 국어 문법의 이해(2015), 쉽게 읽는 월인석보 서·1·2·4·7·8(2017~2018), 쉽게 읽는 석보상절 3·6·9·11(2018~2019)

쉽게 읽는 석보상절 11(釋譜詳 第十一)

1판 1쇄 인쇄_2019년 02월 15일
1판 1쇄 발행_2019년 02월 25일

지은이_나찬연
펴낸이_양정섭

펴낸곳_도서출판 경진
등록_제2010-000004호
이메일_mykyungjin@daum.net
사업장주소_서울특별시 금천구 시흥대로 57길(시흥동) 영광빌딩 203호
전화_070-7550-7776 **팩스**_02-806-7282

값 20,000원

ISBN 978-89-5996-601-1 94810
ISBN 978-89-5996-563-2(set)

※ 이 도서의 국립중앙도서관 출판예정도서목록(CIP)은 서지정보유통지원시스템 홈페이지(http://seoji.nl.go.kr)와 국가자료공동목록시스템(http://www.nl.go.kr/kolisnet)에서 이용하실 수 있습니다. (CIP제어번호: 2019003446)

쉽게 읽는

석보상절 11

釋譜詳節 第十一

나찬연

머리말

『석보상절』은 조선의 제7대 왕인 세조(世祖)가 왕자(수양대군, 首陽大君)인 시절에 어머니인 소헌왕후(昭憲王后)를 추모하기 위하여 1447년경에 편찬하였다.

『석보상절』에는 석가모니의 행적과 석가모니와 관련된 인물에 관한 여러 일화가 소개되어 있다. 따라서 이 책은 불교를 배우는 이들뿐만 아니라, 국어 학자들이 15세기 국어를 연구하는 데에도 매우 귀중한 자료가 된다. 특히 이 책은 특히 이 책은 국어 문법 규칙에 맞게 한문을 국어로 번역하였기 때문에 문장이 매우 자연스럽다. 따라서 『월인석보』는 훈민정음으로 지은 초기의 문헌임에도 불구하고, 당대에 간행된 그 어떤 문헌보다도 자연스러운 우리말 문장으로 지은 문헌이라고 할 수 있다.

이처럼 『석보상절』이 중세 국어와 국어사 연구에 매우 중요한 역할을 하기 때문에, 일찍부터 이 책은 중세 국어 연구의 대상이 되었고 현대어로 옮기는 작업도 이루어졌다. 그 대표적인 성과가 '세종대왕기념사업회'에서 편찬한 『역주 석보상절』의 모둠책이다. 『역주 석보상절』의 간행 작업에는 허웅 선생님을 비롯한 그 분야의 대학자들이 참여하였기 때문에, 『역주 석보상절』은 그 차제로서 대단한 업적이다. 그러나 이 『역주 석보상절』는 1992년부터 순차적으로 간행되었는데, 간행된 책마다 역주한 이가 달라서 내용의 번역이나 형태소의 분석, 그리고 편집 방법이 통일되지 못한 아쉬움이 있다. 지은이는 이러한 점을 감안하여 15세기의 중세 국어를 익히는 학습자들이 『석보상절』을 쉽게 이해할 수 있도록, 현대어로 옮기는 방식과 형태소 분석 및 편집 형식을 새롭게 바꾸었다. 이러한 편찬 의도를 반영하여 이 책의 제호도 『쉽게 읽는 석보상절』로 정했다.

이 책은 중세 국어 학습자들이 『석보상절』를 쉽게 이해할 수 있는 책을 편찬하겠다는 원래의 취지를 살리기 위하여, 다음과 같은 방법으로 책의 내용과 형식을 구성하였다.

첫째, 현재 남아 있는 『석보상절』의 권 수에 따라서 이들 문헌을 현대어로 옮겼다. 이에 따라서 『석보상절』의 3, 6, 9, 11, 13, 19 등의 순서로 현대어 번역 작업이 이루진다. 둘째, 이 책에서는 『석보상절』의 원문의 영인을 페이지별로 수록하고, 그 영인 바로 아래에 현대어 번역문을 첨부했다. 셋째, 그리고 중세 국어의 문법을 익히는 이들에게 편의를 제공하기 위하여, 원문의 텍스트에 나타나는 어휘를 현대어로 풀이하고 각 어휘에 실현된 문법 형태소를 형태소 단위로 분석하였다. 넷째, 원문 텍스트에 나타나는 불교 용어를 쉽게 풀이함으로써, 불교의 교리를 모르는 일반 국어학자도 『석보상절』의 내용을 이해할 수 있도록 하였다. 다섯째, 책의 말미에 [부록]의 형식으로 [원문과 번역문의 벼리]를 실었다. 여기서는 『석보상절』의 텍스트에서 주문장의 사이에 삽입되어 있는 협주문(夾註文)을 생략하여 본문 내용의 맥락이 끊이지 않게 하였다. 여섯째, 이 책에 쓰인 문법 용어와 약어(略語)의 정의와 예시를 책머리의 '일러두기'와 [부록]에 수록하여서, 이 책을 통하여 중세 국어를 익히려는 독자에게 도움을 주었다.

이 책에 쓰인 문법 용어는 가급적 『고등학교 문법』(2010)에서 사용되는 문법 용어를 그대로 사용하였다. 다만 일부 문법 용어는 허웅 선생님의 『우리 옛말본』(1975), 고영근 선생님의 『표준중세국어문법론』(2010), 지은이의 『중세 국어 문법의 이해-이론편』에서 사용한 용어를 빌려 썼다. 중세 국어의 어휘 풀이는 대부분 '한글학회'에서 지은 『우리말 큰사전 4-옛말과 이두 편』의 내용을 참조했으며, 일부는 남광우 님의 『교학고어사전』을 참조했다. 각 어휘에 대한 형태소 분석은 지은이가 2010년에 『우리말연구』의 제27집에 발표한 「옛말 문법 교육을 위한 약어와 약호의 체계」의 논문과 『중세 국어 문법의 이해-주해편, 강독편』에서 사용한 방법을 따랐다.

그리고 불교와 관련된 어휘는 국립국어원의 인터넷판 『표준국어대사전』, 인터넷판의 『두산백과사전』, 인터넷판의 『한국민족문화대백과』, 인터넷판의 『원불교사전』, 한국불교대사전편찬위원회의 『한국불교대사전』, 홍사성 님의 『불교상식백과』, 곽철환 님의 『시공불교사전』, 운허·용하 님의 『불교사전』 등을 참조하여 풀이하였다.

이 책을 간행하는 데에는 여러 사람의 도움이 있었다. 지은이는 2014년 겨울에 대학교 선배이자 독실한 불교 신자인 정안거사(正安居士, 현 동아고등학교의 박진규 교장)를 사석에서 만났다. 그 자리에서 정안거사로부터 국어학자뿐만 아니라 일반 사람들도 부처님의 생애를 쉽게 알 수 있는 책이 필요하다는 당부의 말을 들었는데, 이 일이 계기가 되어서 『쉽게 읽는 석보상절』의 모둠책이 세상에 나오게 되었다. 그리고 고려대학교 교육대학원의 국어교육전공에 재학 중인 나벼리 군은 『석보상절』의 원문의 모습을 디지털 영상으로 제작하고 편집하는 작업을 해 주었다. 이 책을 출판해 주신 경진출판의 양정섭 대표님께 감사의 뜻을 전한다.

2019년 2월

나찬연

차례

머리말 • 4

일러두기 • 7

『석보상절』의 해제 11

『석보상절 제십일』의 해제 13

현대어 번역과 형태소 분석 14

부록: '원문과 번역문의 벼리' 및 '문법 용어의 풀이' 207

참고 문헌 • 253

1. 이 책에서 형태소 분석에 사용하는 문법적 단위에 대한 약어는 다음과 같다.

범주	약칭	본디 명칭
품사	의명	의존 명사
	인대	인칭 대명사
	지대	지시 대명사
	형사	형용사
	보용	보조 용언
	관사	관형사
	감사	감탄사
불규칙 용언	ㄷ불	ㄷ 불규칙 용언
	ㅂ불	ㅂ 불규칙 용언
	ㅅ불	ㅅ 불규칙 용언
어근	불어	불완전(불규칙) 어근
파생 접사	접두	접두사
	명접	명사 파생 접미사
	동접	동사 파생 접미사
	조접	조사 파생 접미사
	형접	형용사 파생 접미사
	부접	부사 파생 접미사
	사접	사동사 파생 접미사
	피접	피동사 파생 접미사
	강접	강조 접미사
	복접	복수 접미사
	높접	높임 접미사
조사	주조	주격 조사
	서조	서술격 조사
	목조	목적격 조사

범주	약칭	본디 명칭
조사	보조	보격 조사
	관조	관형격 조사
	부조	부사격 조사
	호조	호격 조사
	접조	접속 조사
어말 어미	평종	평서형 종결 어미
	의종	의문형 종결 어미
	명종	명령형 종결 어미
	청종	청유형 종결 어미
	감종	감탄형 종결 어미
	연어	연결 어미
	명전	명사형 전성 어미
	관전	관형사형 전성 어미
선어말 어미	주높	상대 높임의 선어말 어미
	객높	주체 높임의 선어말 어미
	상높	객체 높임의 선어말 어미
	과시	과거 시제의 선어말 어미
	현시	현재 시제의 선어말 어미
	미시	미래 시제의 선어말 어미
	회상	회상 표현의 선어말 어미
	확인	확인 표현의 선어말 어미
	원칙	원칙 표현의 선어말 어미
	감동	감동 표현의 선어말 어미
	화자	화자 표현의 선어말 어미
	대상	대상 표현의 선어말 어미

* 이 책에서 쓰인 '문법 용어'와 '약어(略語)'에 대한 자세한 내용은 [부록]에 첨부된 '문법 용어의 풀이'를 참고하기 바란다.

2. 이 책의 형태소 분석에서 사용되는 약호는 다음과 같다.

부호	기능	용례
#	어절의 경계 표시.	철수가 # 국밥을 # 먹었다.
+	한 어절 내에서의 형태소 경계 표시.	철수 + -가 # 먹- + -었- + -다
( )	언어 단위의 문법 명칭과 기능 설명.	먹(먹다) - + -었(과시)- + -다(평종)
[ ]	파생어의 내부 짜임새 표시.	먹이[먹(먹다)- + -이(사접)-]- + -다(평종)
	합성어의 내부 짜임새 표시.	국밥[국(국) + 밥(밥)] + -을(목조)
-a	a의 앞에 다른 말이 실현되어야 함.	-다, -냐 ; -은, -을 ; -음, -기 ; -게, -으면
a-	a의 뒤에 다른 말이 실현되어야 함.	먹(먹다)-, 자(자다)-, 예쁘(예쁘다)-
-a-	a의 앞뒤에 다른 말이 실현되어야 함.	-으시-, -었-, -겠-, -더-, -느-
a(← A)	기본 형태 A가 변이 형태 a로 변함.	지(← 짓다, ㅅ불)- + -었(과시)- + -다(평종)
a(↚ A)	A 형태를 a 형태로 잘못 적음(오기)	국빱(↚ 국밥) + -을(목)
Ø	무형의 형태소나 무형의 변이 형태	예쁘- + -Ø(현시)- + -다(평종)

3. 다음은 중세 국어의 문장을 약어와 약호를 사용하여 어절 단위로 분석한 예이다.

> 불휘 기픈 남ᄀᆞᆫ ᄇᆞᄅᆞ매 아니 뮐ᄊᆡ 곶 됴코 여름 하ᄂᆞ니 [용가 2장]

① 불휘: 불휘(뿌리, 根) + -Ø(← -이: 주조)
② 기픈: 깊(깊다, 深)- + -Ø(현시)- + -은(관전)
③ 남ᄀᆞᆫ: 낡(← 나모: 나무, 木) + -ᄋᆞᆫ(-은: 보조사)
④ ᄇᆞᄅᆞ매: ᄇᆞᄅᆞᆷ(바람, 風) + -애(-에: 부조, 이유)
⑤ 아니: 아니(부사, 不)
⑥ 뮐ᄊᆡ: 뮈(움직이다, 動)- + -ㄹᄊᆡ(-으므로: 연어)
⑦ 곶: 곶(꽃, 花)
⑧ 됴코: 둏(좋아지다, 좋다, 好)- + -고(연어, 나열)
⑨ 여름: 여름[열매, 實: 열(열다, 結)- + -음(명접)]
⑩ 하ᄂᆞ니: 하(많아지다, 많다, 多)- + -ᄂᆞ(현시)- + -니(평종, 반말)

4. 단, 아래의 경우에는 예외적으로 다음과 같은 방법으로 어절의 짜임새를 분석한다.

가. 명사, 동사, 형용사는 특별한 경우가 아니면 품사의 명칭을 표시하지 않는다. 단, 의존 명사와 보조 용언은 예외적으로 각각 '의명'과 '보용'으로 표시한다.

① 부톄: 부텨(부처, 佛) + -ㅣ(← -이: 주조)
② 괴오쇼셔: 괴오(사랑하다, 愛)- + -쇼셔(-소서: 명종)
③ 올ᄒᆞ시이다: 옳(옳다, 是)- + -ᄋᆞ시(주높)- + -이(상높)- + -다(평종)

나. 한자말로 된 복합어는 더 이상 분석하지 않는다.

① 中國에: 中國(중국) + -에(부조, 비교)
② 無上涅槃ᄋᆞᆯ: 無上涅槃(무상열반) + -ᄋᆞᆯ(목조)

다. 특정한 어미가 다른 어미의 내부에 끼어들어서 실현될 때에는 다음과 같이 표기한다. 이때 단일 형태소의 내부가 분리되는 현상은 '…'로 표시한다.

① 어리니잇가: 어리(어리석다, 愚: 형사)- + -잇(← -이-: 상높)- + -니…가(의종)
② 자거시늘: 자(자다, 宿: 동사)- + -시(주높)- + -거…늘(-거늘: 연어)

라. 형태가 유표적으로 존재하지 않으면서도 문법적이 있는 '무형의 형태소'는 다음과 같이 'Ø'로 표시한다.

① 가ᄆᆞ라 비 아니 오ᄂᆞᆫ 짜히 잇거든
 ·ᄀᆞᄆᆞ라: [가물다(동사): ᄀᆞᄆᆞᆯ(가뭄, 旱: 명사) + -Ø(동접)-]- + -아(연어)
② 바ᄅᆞ 自性을 ᄉᆞᄆᆞᆺ 아ᄅᆞ샤
 ·바ᄅᆞ: [바로(부사): 바ᄅᆞ(바ᄅᆞ다, 正: 형사)- + -Ø(부접)]
③ 불휘 기픈 남ᄀᆞᆫ
 ·불휘(뿌리, 根) + -Ø(← -이: 주조)
④ 내 ᄒᆞ마 命終호라
 ·命終ᄒᆞ(명종하다: 동사)- + -Ø(과시)- + -오(화자)- + -라(← -다: 평종)

마. 무형의 형태소로 실현되는 시제 표현의 선어말 어미는 다음과 같이 표기한다.

① 동사나 형용사의 종결형과 관형사형에서 나타나는 '과거 시제 표현'의 무형의 선어말 어미는 '-Ø(과시)-'로, '현재 시제 표현'의 무형의 선어말 어미는 '-Ø(현시)-'로 표시한다.

㉠ 아ᄃᆞᆯᄃᆞᆯ히 아비 죽다 듣고
·죽다: 죽(죽다, 死: 동사)-+-Ø(과시)-+-다(평종)

㉡ 엇던 行業을 지ᅀᅥ 惡德애 ᄠᅥ러딘다
·ᄠᅥ러딘다: ᄠᅥ러디(떨어지다, 落: 동사)-+-Ø(과시)-+-ㄴ다(의종)

㉢ 獄ᄋᆞᆫ 罪 지ᅀᅳᆫ 사ᄅᆞᆷ 가도ᄂᆞᆫ ᄯᅡ히니
·지ᅀᅳᆫ: 짓(짓다, 犯: 동사)-+-Ø(과시)-+-ㄴ(관전)

㉣ 닐굽 ᄒᆡ 너무 오라다
·오라(오래다, 久: 형사)-+-Ø(현시)-+-다(평종)

㉤ 여슷 大臣이 ᄒᆡᆼ뎌기 왼 ᄃᆞᆯ 제 아라
·외(그르다, 非: 형사)-+-Ø(현시)-+-ㄴ(관전)

② 동사나 형용사의 연결형에 나타나는 과거 시제나 현재 시제 표현의 무형의 선어말 어미는 표시하지 않는다.

㉠ 몸앳 필 뫼화 그르세 다마 男女를 내ᅀᆞᄫᆞ니
·뫼화: 뫼호(모으다, 集: 동사)-+-아(연어)

㉡ 고히 길오 놉고 고ᄃᆞ며
·길오: 길(길다, 長: 형사)-+-오(←-고: 연어)
·놉고: 놉(높다, 高: 형사)-+-고(연어, 나열)
·고ᄃᆞ며: 곧(곧다, 直: 형사)-+-ᄋᆞ며(-으며: 연어)

③ 합성어나 파생어의 내부에서 실현되는 과거 시제나 현재 시제 표현의 무형의 선어말 어미는 표시하지 않는다.

㉠ 왼녁: [왼쪽, 左: 외(왼쪽이다, 右)-+-ᄂ(관전▹관접)+녁(녘, 쪽: 의명)]
㉡ 늘그니: [늙은이: 늙(늙다, 老)-+-은(관전)+이(이, 者: 의명)]

『석보상절』의 해제

세종대왕은 1443년(세종 25) 음력 12월에 음소 문자(音素文字)인 훈민정음(訓民正音)의 글자를 창제하였다. 훈민정음 글자는 기존의 한자나 한자를 빌어서 우리말을 표기하는 글자인 향찰, 이두, 구결 등과는 전혀 다른 표음 문자인 음소 글자였다. 실로 글자의 역사상 유래를 찾아볼 수 없는 매우 독창적인 글자이면서도, 글자의 수가 28자에 불과하여 아주 배우기 쉬운 글자였다.

훈민정음을 창제한 이후에 세종은 이 글자를 널리 보급하기 위하여 훈민정음의 제자 원리를 이론화하고 성리학적인 근거를 부여하는 데에 힘을 썼다. 곧, 최만리 등의 상소 사건을 통하여 사대부들이 훈민정음에 대하여 취하였던 부정적인 인식과 태도를 파악하였으므로, 이를 극복하는 적극적인 방법으로 훈민정음 글자에 대한 '종합 해설서'를 발간하기로 하였는데, 이것이 곧 『훈민정음 해례본』이다.

이처럼 새로운 글자를 창제하고 반포하는 데에 그치는 것이 아니라, 실제로 백성들이 널리 사용할 수 있도록 하기 위하여 여러 가지 뒷받침 사업을 진행하였다. 이를 위하여 세종은 새로운 문자인 훈민정음을 이용하여 국어의 입말을 실제로 문장의 단위로 적어서 그 실용성을 시험하는 작업을 수행하였다. 그 첫 번째 노력으로 『용비어천가(龍飛御天歌)』의 노랫말을 훈민정음으로 지어서 간행하였는데, 이로써 훈민정음 글자로써 국어의 입말을 실제로 적을 수 있는 가능성을 보였다. 그리고 세종의 왕비인 소헌왕후(昭憲王后) 심씨(沈氏)가 1446년(세종 28)에 사망하자, 세종은 심씨의 명복을 빌기 위하여 수양대군(훗날의 세조)에게 명하여 석가모니불의 연보인 『석보상절』(釋譜詳節)을 엮게 하였다. 이에 수양대군은 김수온 등과 더불어 『석가보』(釋迦譜), 『석가씨보』(釋迦氏譜), 『법화경』(法華經), 『지장경』(地藏經), 『아미타경』(阿彌陀經), 『약사경』(藥師經) 등에서 뽑아 모은 글을 훈민정음으로 옮겨서 만들었다. 여기서 『석보상절』이라는 책의 제호는 석가모니의 일생의 일을 가려내어서, 그 일을 자세히 기록한 것이라는 뜻이다.

이 책이 언제 간행되었는지는 확실하지 않다. 하지만 수양대군이 지은 '석보상절 서(序)'가 세종 29년(1447)에 지어진 것으로 되어 있고, 또 권9의 표지 안에 '正統拾肆年貳月初肆日(정통십사년 이월초사일)'이란 글귀가 적혀 있어서, 이 책이 세종 29년(1447)에서 세종 31년(1449) 사이에 만들어졌다는 것을 확인할 수 있다. 이러한 사실을 정리하면 1447년(세종 29)에 책의 내용이 완성되었고, 1449년(세종 31)에 책으로 간행된 것으로 볼 수 있다.

『석보상절』은 다른 불경 언해서(諺解書)와는 달리 문장이 매우 유려하여 15세기 당시의 국어와 국문학을 대표하는 작품으로 꼽히고 있다. 곧, 중국의 한문으로 기록된 내용을 바탕으로 쉽고 아름다운 국어의 문장으로 개작한 것이어서, 15세기 중엽의 국어 연구에 대단히 중요한 역할을 할 뿐만 아니라 국어로 된 산문 문학의 첫 작품이자 최초의 번역 불경이라는 가치가 있다.

현재 전하는『석보상절』은 국립중앙도서관에 소장된 권6, 9, 13, 19의 초간본 4책(보물 523호), 동국대학교 도서관에 소장된 권23, 24의 초간본 2책, 호암미술관에 소장된 복각 중간본 권11의 1책, 1979년 천병식(千炳植) 교수가 발견한 복각 중간본 권3의 1책 등이 있다.

『석보상절 제십일』의 해제

이 책에서 주해한 『석보상절』(釋譜詳節) 권11은 초간의 활자본을 목판(木板)으로 복각(復刻)한 책이다. 이 복각본은 원래 임휴사(臨休寺)의 주지였던 원현(元賢) 스님의 속가(俗家)에서 간직하던 것인데, 청구대학교 교수였던 고 심재완(沈載完) 교수가 소장하였다가 현재는 호암박물관에서 소장하고 있다. 1959년에 대구어문학회에서 영인본으로 간행하였다.(심재완: 1959)

현재 남아 있는 복간본의 서지 사항을 정리하면 다음과 같다. 이 책은 활자본을 목판에 복각하여 인쇄한 책으로서, 판본의 크기는 가로 21.8㎝, 세로 28㎝이다. 책의 총 장수는 44장으로 추정되는데 마지막 한 장이 낙장되어 있으며, 본문의 말미에 팔상도(八相圖) 8장이 붙어 있다. (심재완 교수에 따르면, 이 팔상도는 원래는 권두에 첨부된 것이라고 한다.) 『석보상절』 권11의 본문의 한 면에는 각각 8행씩 배치되었으며, 1행에는 15의 글자가 들어 있다.

『석보상절』 권11의 저본(底本)이 되는 불경은 『석가보』(釋迦譜), 『지장보살본원경』(地藏菩薩本願經), 『대방편불보은경』(大方便佛報恩經) 등이다.

『석보상절』 권11의 내용은 크게 다섯 부분으로 나누어져 있는데, 그 내용은 다음과 같다. 첫째 석가모니(釋迦牟尼) 부처님이 석제환인(釋提桓因)의 청(請)에 따라서, 도리천(忉利天)의 환희원(歡喜園)에 가서 어머니인 마야부인(摩耶夫人)을 위하여 설법하였다.(제1장~제5장) 둘째, 석가모니 부처님이 지장보살(地藏菩薩)에게 일러서, 사바세계(娑婆世界)에 미륵불(彌勒佛)이 나타날 때까지 후세의 모진 중생(衆生)을 제도하라고 부촉(咐囑)하였다.(제5장~제10장) 셋째, 부처님이 인간 세계에 계시지 않은 것이 오래되었는데, 우전왕(優塡王)과 파사닉왕(波斯匿王)이 부처님을 그리워하여 우두전단향(牛頭栴檀香)으로 불상(佛像)을 만들어서 공양하였다.(제10장~제11장) 넷째, 인욕태자(忍辱太子)가 병든 아버지를 위하여 자기의 몸으로 약을 만들어 어버님께 바치고 자신은 죽었다.(제11장~제24장) 다섯째, 사슴이 낳은 계집아이가 바라내국(波羅㮈國)의 왕과 결혼하여 왕비가 되었는데, 이 사람이 녹모부인(鹿母夫人)이다. 녹모부인은 500의 동자(童子)를 낳았는데 500동자들이 모두 출가하여 벽지불(辟支佛)이 되었다. 녹모부인은 다음 생에서는 오직 한 아들만 낳아 그 아들이 일체의 지혜를 얻게 해 달라고 서원(誓願)하였다. 그때의 녹모부인은 석가모니의 어머니인 마야부인(摩耶夫人)의 전세 몸이며, 마야부인이 다음 생에 낳은 한 아들이 지금의 석가모니 부처님이다.(제24장~제43장)

[1앞]

釋석譜봉詳썅節졇第똉十씹一힗
釋석提뗑桓환因힌이 부텻긔 請청ᄒᆞ
ᅀᆞᄫᆞᄃᆡ 忉돟利링天텬의 가샤 어마님
위ᄒᆞ샤 說쉃法법ᄒᆞ쇼셔 世솅尊존이
사ᄅᆞᆷ 아니 알외샤 ᄒᆞ오ᅀᅡ 忉돟利링天텬
에 가샤 歡환喜흿園원이라 ᄒᆞᄂᆞᆫ 東동
山산애 波방利링質짏多당羅랑樹쓩
ㅣ라 ᄒᆞᆯ 나모 아래 겨샤 석 ᄃᆞᄅᆞᆯ 安한

釋譜詳節(석보상절) 第十一(제십일)

釋提桓因(석제환인)이 부처께 請(청)하되 "忉利天(도리천)에 가시어, 어머님을 위하시어 說法(설법)하소서." 世尊(세존)이 사람에게 아니 알리시어 혼자 忉利天(도리천)에 가시어, 歡喜園(환희원)이라 하는 東山(동산)에 波利質多羅樹(파리질다라수)라 하는 나무 아래에 계시어 석 달을 安居(안거)하시더니

[1 앞]

釋셕譜봉詳썅節ᄌᆑᇙ第똉十씹一ᅙᅵᇙ

釋셕提똉桓ᅘᅪᆫ因인[1)]이 부텻긔[2)] 請청ᄒᆞᅀᆞ보ᄃᆡ[3)] 忉도ᇢ利링天텬의[4)] 가샤 어마님[5)] 위ᄒᆞ샤 說ᄉᆑᇙ法법ᄒᆞ쇼셔[6)] 世솅尊존이 사ᄅᆞᆷ 아니 알외샤[7)] ᄒᆞ오ᅀᅡ[8)] 忉도ᇢ利링天텬에 가샤 歡환喜ᅙᅴᆼ園원이라 ᄒᆞᇙ[9)] 東동山산애 波방利링質지ᇙ多당羅랑樹쓩ㅣ라[10)] ᄒᆞᆫ 나모 아래 겨샤[11)] 석 ᄃᆞᄅᆞᆯ[12)] 安한□경ᄒᆞ더시니[13)]

---

1) 釋提桓因: 제석환인. 십이천의 하나이다. 수미산 꼭대기에 있는 도리천의 임금으로, 사천왕과 삼십이천을 통솔하면서 불법과 불법에 귀의하는 사람을 보호하고 아수라의 군대를 정벌한다고 한다.

2) 부텻긔: 부텨(부처, 佛) + -ᄭᅴ(-께: 부조, 상대, 높임)

3) 請ᄒᆞᅀᆞ보ᄃᆡ: 請ᄒᆞ[청하다: 請(청: 명사) + -ᄒᆞ(동접)-]- + -ᅀᆞᇦ(← -ᅀᆞᆸ-: 객높)- + -오ᄃᆡ(-되: 연어, 설명 계속)

4) 忉利天의: 忉利天(도리천) + -의(-에: 부조, 위치) ※ '忉利天(도리천)'은 육욕천(六欲天)의 둘째 하늘이다. 섬부주 위에 8만 유순(由旬) 되는 수미산 꼭대기에 있는 곳으로, 가운데에 제석천이 사는 선견성(善見城)이 있으며, 그 사방에 권속되는 하늘 사람들이 살고 있는 8개씩의 성이 있다.

5) 어마님: 어마님[어머님, 母親: 어마(← 어미: 어머니, 母) + -님(높접)]

6) 說法ᄒᆞ쇼셔: 說法ᄒᆞ[설법하다: 說法(설법: 명사) + -ᄒᆞ(동접)-]- + -쇼셔(-소서: 명종, 아주 높임)

7) 알외샤: 알외[알리다, 告: 알(알다, 知: 타동)- + -오(사접)- + -ㅣ(← -이-: 사접)-]- + -샤(← -시-: 주높)- + -Ø(← -아: 연어)

8) ᄒᆞ오ᅀᅡ: 혼자, 獨(부사)

9) ᄒᆞᇙ: ㅎ(← ᄒᆞ다: 하다, 曰)- + -오(대상)- + -ᇙ(관전)

10) 波利質多羅樹ㅣ라: 波利質多羅樹(파리질다라수) + -ㅣ(← -이-: 서조)- + -Ø(현시)- + -라(← -다: 평종) ※ '波利質多羅樹(파리질다라수, pārijāta)'는 도리천(忉利天)에 있다는 매우 큰 나무이다. 나무 모양은 산호 같고, 긴 이삭 모양의 다홍색의 꽃이 피며, 6월경에 낙엽 지고, 나무 전체에서 향기가 나와 도리천을 가득 메운다고 한다. 나무 중에서 왕이라는 의미에서 천수왕(天樹王)이라고도 한다.

11) 겨샤: 겨샤(← 겨시다: 계시다, 在)- + -Ø(← -아: 연어)

12) 석 ᄃᆞᄅᆞᆯ: 석(석, 三: 관사, 양수) # ᄃᆞᆯ(달, 月: 의명) + -ᄋᆞᆯ(목조)

13) 安居ᄒᆞ더시니: 安居ᄒᆞ[안거하다: 安居(안거: 명사) + -ᄒᆞ(동접)-]- + -더(회상)- + -시(주높)- + -니(연어, 설명 계속) ※ '安居(안거)'는 출가한 승려가 일정한 기간 동안 외출하지 않고 한 곳에 머무르면서 수행하는 것이다.

[1 뒤]

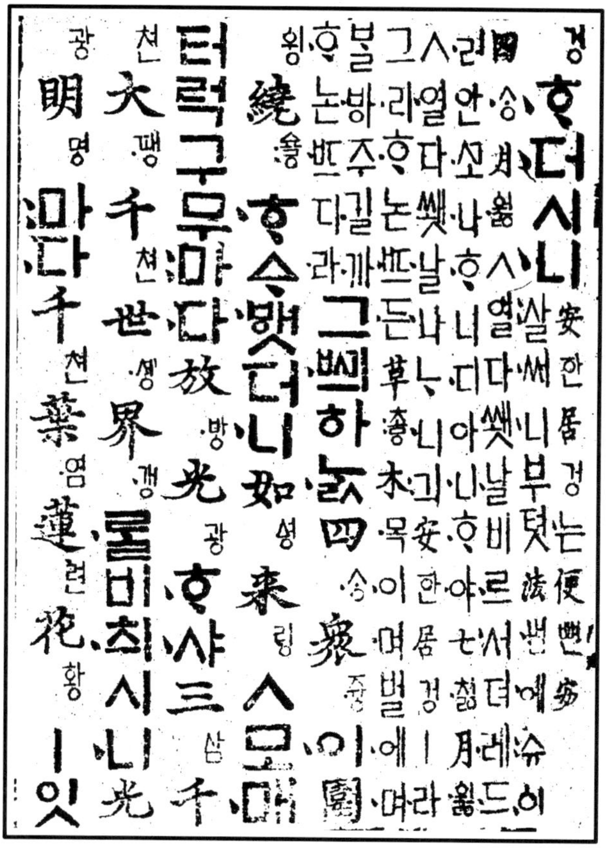

【 安居(안거)는 便安(편안)하게 사는 것이니, 부처의 法(법)에 중(僧)이 四月(사월)의 열닷샛날에 비로소 절에 들어 앉고 나 다니지 아니하여, 七月(칠월)의 열닷샛날에 (절에서) 나나니, 그것이 安居(안거)이다. 그리하는 뜻은 草木(초목)이며 벌레며 밟아 죽일까 (염려)하는 뜻이다. 】, 그때에 하늘의 四衆(사중)이 (세존을) 圍繞(위요)하여 있더니, 如來(여래)의 몸에 (있는) 털 구멍마다 放光(방광)하시어 三千大千世界(삼천대천세계)를 비추시니, 光明(광명)마다 千葉(천엽)의 蓮花(연화)가 있고,

【安한居경는 便뼌安한□[14] 살 씨니[15] 부텻 法법에 슈이[16] 四ᄉᆞᆼ月웛ㅅ 열다쐣날[17] 비르서[18] 뎌레[19] 드러 안ᄌᆞ 나 ᄒᆞ니디[20] 아니ᄒᆞ야 七칧月웛ㅅ 열다쐣날 나ᄂᆞ니 긔[21] 安한居경ㅣ라 그리ᄒᆞ논[22] ᄠᅳ든[23] 草촐木목이며 벌에며[24] ᄇᆞᆯ바[25] 주길까[26] ᄒᆞ논 ᄠᅳ디라】 그 ᄣᅴ[27] 하ᄂᆞᆳ 四ᄉᆞᆼ衆즁[28]이 圍윙繞ᅀᅳᇢᄒᆞᅀᆞ뱃더니[29] 如ᅀᅧᆼ來링ㅅ 모매 터럭[30] 구무마다[31] 放방光광ᄒᆞ샤[32] 三삼千쳔大땡千쳔世솅界갱[33]를 비취시니[34] 光광明명마다 千쳔葉엽 蓮련花황ㅣ 잇고

---

14) 便安킈: 便安ㅎ[← 便安ᄒᆞ다(편안하다): 便安(편안: 명사) + -ᄒᆞ(형접)-]- + -긔(-게: 연어, 도달)
15) 씨니: ㅆ(← ᄉᆞ: 것, 者, 의명) + -이(서조)- + -니(연어, 설명 계속)
16) 슈이: ᄉᆔᆼ(← 즁: 중, 僧) + -이(주조) ※ '슈이'는 '쥬이'를 오각한 형태이다.
17) 열다쐣날: [열다샛날, 十五日: 열다쐐(열닷새: 명사) + -ㅅ(관조, 사잇) + 날(날, 日: 명사)]
18) 비르서: [비로소, 始(부사): 비릇(비릇다, 始: 동사)- + -어(연어 ▷ 부접)]
19) 뎌레: 뎔(절, 寺) + -에(부조, 위치)
20) ᄒᆞ니디: ᄒᆞ니(움직이다, 動)- + -디(-지: 연어, 부정) ※ 'ᄒᆞ니디'는 '다니지'로 의역하여 옮긴다.
21) 긔: 그(그것, 此: 지대, 정칭) + -ㅣ(← -이: 주조)
22) 그리ᄒᆞ논: 그리ᄒᆞ[그리하다: 그(그, 彼: 지대, 정칭) + -리(부접) + -ᄒᆞ(동접)-]- + -ㄴ(← -ᄂᆞ-: 현시)- + -오(대상)- + -ㄴ(관전)
23) ᄠᅳ든: ᄠᅳᆮ(뜻, 意) + -은(보조사, 주제)
24) 벌에며: 벌에(벌레, 蟲) + -며(← -이며: 접조)
25) ᄇᆞᆯ바: ᄇᆞᆲ(← ᄇᆞᆲ다, ㅂ불: 밟다, 履)- + -아(연어)
26) 주길까: 주기[죽이다, 殺: 죽(죽다, 死: 자동)- + -이(사접)-]- + -ㄹ까(-ㄹ까: 의종, 판정)
27) ᄣᅴ: ᄣᅢ(← ᄣᅢ: 때, 時) + -의(-에: 부조, 위치)
28) 四衆: 사중. 부처의 네 종류 제자이다. 비구(比丘), 비구니(比丘尼), 우바새(優婆塞), 우바이(優婆夷)이다.
29) 圍繞ᄒᆞᅀᆞ뱃더니: 圍繞ᄒᆞ[위요하다: 圍繞(위요: 명사) + -ᄒᆞ(동접)-]- + -ᅀᆞᇦ(← -ᅀᆞᇦ-: 객높)- + -아(연어) + 잇(← 이시다: 있다, 완료 지속)- + -더(회상)- + -니(연어, 설명 계속) ※ '圍繞ᄒᆞᅀᆞ바 잇더니'가 축약된 형태이다. 그리고 '圍繞(위요)'는 부처의 둘레를 돌아다니는 것이다.
30) 터럭: [털, 毛: 털(털, 毛) + -억(명접)]
31) 구무마다: 구무(구멍, 孔) + -마다(보조사, 각자)
32) 放光ᄒᆞ샤: 放光ᄒᆞ[방광하다: 放光(방광: 명사) + -ᄒᆞ(동접)-]- + -샤(← -시-: 주높)- + -Ø(← -아: 연어) ※ '放光(방광)'은 부처가 광명을 내는 것이다.
33) 三千大千世界: 삼천대천세계. 소천, 중천, 대천의 세 종류의 천세계가 이루어진 큰 세계이다.
34) 비취시니: 비취(비추다, 照: 타동)- + -시(주높)- + -니(연어, 설명 계속, 이유)

[2앞]

【千葉(천엽)은 꽃송이에 있는 잎이 천(千)인 것이다.】 꽃 가운데마다 化佛(화불)이 있으시더니, 世尊(세존)이 文殊(문수)를 어머님께 보내시어 請(청)하시거늘 文殊(문수)가 摩耶夫人(마야부인)께 가서 사뢰시니, 摩耶夫人(마야부인)이 그 말을 들으시니 젖이 흘러 나거늘, 이르시되 "(세존이) 眞實(진실)로 내가 낳은 悉達(실달)이면 이 젖이 그 입에 가리라." 하시니, 두 젖이

[2앞]

【千쳔葉엽은 곶동앳[35] 니피[36] 즈므니라[37]】 곶 가온딕마다[38] 化황佛뿛[39]이 잇더시니 世솅尊존이 文문殊쓩[40]를 어마님씌[41] 브리샤[42] 請쳥ᄒᆞ야시ᄂᆞᆯ[43] 文문殊쓩ㅣ 摩망耶양夫붕人신[44]씌 가 ᄉᆞᆯᄫᆞ신대[45] 摩망耶양夫붕人신이 그 말 드르시니 져지[46] 흘러 나거늘 니ᄅᆞ샤ᄃᆡ[47] 眞진實씷로 내 나흔[48] 悉싫達딿이면[49] 이 져지 그 이베 가리라 ᄒᆞ시니 두 □□[50]

35) 곶동앳: 곶동[꽃송이: 곶(← 곶: 꽃, 花) + 동(동강)] + -애(부조, 위치) + -ㅅ(-의: 관조) ※ '곶동'은 꽃자루 위의 꽃 전체를 이르는 말이다. '곶동앳'은 '꽃송이에 있는'으로 의역하여 옮긴다.

36) 니피: 닢(잎, 葉) + -이(주조)

37) 즈므니라: 즈믄(천, 一千: 수사, 양수) + -이(서조)- + -Ø(현시)- + -ㄴ(관전) # 이(이, 것, 者: 의명) + -Ø(← -이-: 서조)- + -Ø(현시)- + -라(← -다: 평종)

38) 가온딕마다: 가온딕(가운데, 中) + -마다(보조사, 각자)

39) 化佛: 화불. 부처가 중생을 교화하기 위하여 여러 모습으로 변화한 몸이다.

40) 文殊: 문수. 석가모니여래의 왼쪽에 있는 보살로서, 사보살(四菩薩) 중의 하나이다. 제불(諸佛)의 지혜를 맡은 보살로서, 오른쪽에 있는 보현보살과 함께 삼존불(三尊佛)을 이룬다. 그 모양이 가지각색이나 보통 사자를 타고 오른손에 지검(智劍), 왼손에 연꽃을 들고 있다.

41) 어마님씌: 어마님[어머님, 母親: 어마(← 어미: 어머니, 母) + -님(높접)] + -씌(-께: 부조, 상대, 높임) ※ '-씌'는 [-ㅅ(관조, 높임) + 긔(거기에: 彼處, 의명)]의 방식으로 형성된 파생 조사이다.

42) 브리샤: 브리(부리다, 시키다, 보내다, 使)- + -샤(← -시-: 주높)- + -Ø(← -아: 연어)

43) 請ᄒᆞ야시ᄂᆞᆯ: 請ᄒᆞ[청하다: 請(청: 명사) + -ᄒᆞ(동접)-]- + -시(주높)- + -야 … ᄂᆞᆯ(← -아ᄂᆞᆯ: -거늘, 연어, 상황)

44) 摩耶夫人씌: 摩耶夫人(마야부인) + -씌(-께: 부조, 상대, 높임) ※ '摩耶夫人(Māyā, 마야부인)'은 석가족(釋迦族) 호족의 딸로서 가비라바소도(伽毘羅衛)의 성주(城主)인 정반왕(淨飯王)의 왕비가 되어 석가모니를 낳았다.

45) ᄉᆞᆯᄫᆞ신대: ᄉᆞᆲ(← ᄉᆞᆲ다, ㅂ불: 사뢰다, 아뢰다, 白)- + -ᄋᆞ시(주높)- + -ㄴ대(-는데, -니: 연어, 설명 계속, 반응)

46) 져지: 졎(젖, 乳) + -이(주조)

47) 니ᄅᆞ샤ᄃᆡ: 니ᄅᆞ(이르다, 言)- + -샤(← -시-: 주높)- + -ᄃᆡ(← -오ᄃᆡ: -되, 연어, 설명 계속)

48) 나흔: 낳(낳다, 産)- + -Ø(과시)- + -오(대상)- + -ㄴ(관전) ※ '나흔'은 '나혼'을 오각한 형태이다.

49) 悉達이면: 悉達(실달) + -이(서조)- + -면(연어, 조건) ※ '悉達(실달)'은 '싯다르타((Siddhārtha Gautama)'의 음역어이다. 석가모니가 출가하기 전, 태자 때의 이름이다.

50) 져지: 졎(젖, 乳) + -이(주조) ※ 『석가보』에는 '두 □□'의 부분이 '兩乳'로 기술되어 있는데, 이에 근거해서 두 □□'를 '두 젖이'로 추정하여 옮긴다.

소사나아 如ᅀᅧᆼ來ᄅᆡᆼㅅ 이베 가 들어ᄂᆞᆯ 摩망耶양ㅣ 깃거ᄒᆞ시니 大땡千쳔世솅界갱 드러치고 時씽節졇 아닌 곶도 프며 여름도 여러 닉더라 摩망耶양ㅣ 文문殊쓩ᄃᆞ려 니ᄅᆞ샤ᄃᆡ 내 부텨와 ᄒᆞ야 母뭏子ᄌᆞᆼ ᄃᆞ외ᅙᆫ 後ᅘᆞᇢ로 즐거부미 오ᄂᆞᆯ 곧ᄒᆞ니 업다 ᄒᆞ시고 즉자히 文문殊쓩와 ᄒᆞ샤 世솅尊존ᄭᅴ 오나시ᄂᆞᆯ 世솅

솟아나 如來(여래)의 입에 가 들거늘 摩耶(마야)가 기뻐하시니, 大千世界(대천세계)가 진동하고 時節(시절)이 아닌 꽃도 피며 열매도 열어서 익더라. 摩耶(마야)가 文殊(문수)더러 이르시되 "내가 부처와 함께하여 母子(모자)가 된 後(후)로 즐거움이 오늘 같은 것이 없다." 하시고, 즉시 文殊(문수)와 함께하시어 世尊(세존)께 오시거늘,

소사나아[51] 如ᅀᅧᆼ來ᄅᆡᆼㅅ 이베 가 들어늘[52] 摩망耶양ㅣ 깃거ᄒᆞ시니[53] 大땡千쳔世솅界갱[54] 드러치고[55] 時씽節져ᇙ 아닌 곳도[56] 프며[57] 여름도[58] 여러 닉더라[59] 摩망耶양ㅣ 文문殊쓩ᄃᆞ려[60] 니ᄅᆞ샤ᄃᆡ 내[61] 부텨와 ᄒᆞ야[62] 母뭄子ᄌᆞᆼ ᄃᆞ왼[63] 後ᅘᅮᇢ로 즐거ᄫᅮ미[64] 오ᄂᆞᆯ ᄀᆞᆮᄒᆞ니[65] 업다 ᄒᆞ시고 즉자히 文문殊쓩와 ᄒᆞ샤 世솅尊존ᄭᅴ 오나시ᄂᆞᆯ[66]

51) 소사나아: 소사나[솟아나다, 出: 솟(솟다, 噴)- + -아(연어) + 나(나다, 出)-]- + -아(연어)

52) 들어늘: 들(들다, 入)- + -어늘(← -거늘: 연어, 상황)

53) 깃거ᄒᆞ시니: 깃거ᄒᆞ[기뻐하다, 怡悅: 깄(기뻐하다, 歡)- + -어(연어) + ᄒᆞ(하다: 보용)-]- + -시(주높)- + -니(연어, 설명 계속)

54) 大千世界: 大千世界(대천세계) + -Ø(← -이: 주조) ※ '大千世界(대천세계)'는 중천세계(中千世界)를 천 배 합한 세계이다.

55) 드러치고: 드러치(진동하다, 震動)- + -고(연어, 나열)

56) 곳도: 곳(← 곶: 꽃, 花) + -도(보조사, 첨가)

57) 프며: 프(피다, 敷)- + -며(연어, 나열)

58) 여름도: 여름[열매, 果: 열(열다, 結: 동사)- + -음(명접)] + -도(보조사, 첨가)

59) 닉더라: 닉(익다, 熟)- + -더(회상)- + -라(← -다: 평종)

60) 文殊ᄃᆞ려: 文殊(문수) + -ᄃᆞ려(-더러, -에게: 부조, 상대) ※ '-ᄃᆞ려'는 [ᄃᆞ리다(데리다, 同伴)- + -어(연어▷조접)]의 방식으로 형성된 파생 조사이다.

61) 내: 나(나, 我: 인대, 1인칭) + -ㅣ(← -이: 주조)

62) ᄒᆞ야: ᄒᆞ(함께하다, 從與)- + -야(← -아: 연어) ※ 'ᄒᆞ야'는 '함께하여'로 의역하여 옮긴다.

63) ᄃᆞ왼: ᄃᆞ외(되다, 爲)- + -Ø(과시)- + -ㄴ(관전)

64) 즐거ᄫᅮ미: 즐거ᇦ[← 즐겁다, ㅂ불: *즑(즐거워하다: 불어)- + -업(형접)-]- + -움(명전) + -이(주조)

65) ᄀᆞᆮᄒᆞ니: ᄀᆞᆮᄒᆞ(같다, 如)- + -Ø(현시)- + -ㄴ(관전) # 이(것, 者: 의명) + -Ø(← -이: 주조)

66) 오나시ᄂᆞᆯ: 오(오다, 來)- + -시(주높)- + -나…ᄂᆞᆯ(← -거늘: 연어, 상황)

[3앞]

世尊(세존)이 (마야를) 바라보시고 사뢰시되, "涅槃(열반)을 닦아야 苦樂(고락)을 길이 떨쳐 내겠습니다." 摩耶(마야)가 땅에 엎드리시어 마음을 올곧게 여기시니 結使(결사)가 사라지거늘【結(결)은 많은 煩惱(번뇌)에 얽매이는 것이요 使(사)는 부리는 것이니, 煩惱(번뇌)가 부리는 것이 되는 것이다.】, 世尊(세존)이 說法(설법)하시니 摩耶(마야)가 즉시 宿命(숙명)을 알아 須陀洹果(수타환과)를 得(득)하시고,

世솅尊존이 ᄇᆞ라시고[67] ᄉᆞᆲᄫᆞ샤ᄃᆡ[68] 涅녏槃뻔[69]ᄋᆞᆯ 닷가ᅀᅡ[70] 苦콩樂락ᄋᆞᆯ 기리[71] 여희리이다[72] 摩망耶양ㅣ ᄯᅡ해[73] 업데샤[74] ᄆᆞᅀᆞᄆᆞᆯ[75] 고ᄌᆞ기[76] 너기시니[77] 結겷使ᄉᆞᆼㅣ[78] 스러디거늘[79]【結겷은 한[80] 煩뻔惱놓애 얽ᄆᆡ일[81] 씨오 使ᄉᆞᆼᄂᆞᆫ 브릴 씨니 煩뻔惱놓ᄋᆡ 브류미[82] ᄃᆞ욀 씨라】 世솅尊존이 說셣法법ᄒᆞ시니 摩망耶양ㅣ 즉자히[83] 宿슉命명[84]을 아라 須슝陁땅洹ᅘᅪᆫ果광[85]ᄅᆞᆯ 得득ᄒᆞ시고

---

67) ᄇᆞ라시고: ᄇᆞ라(바라보다, 遙見)- + -시(주높)- + -고(연어, 계기)

68) ᄉᆞᆲᄫᆞ샤ᄃᆡ: ᄉᆞᆲ(← ᄉᆞᆲ다, ㅂ불: 사뢰다, 白)- + -ᄋᆞ샤(← -ᄋᆞ시-: 주높)- + -ᄃᆡ(← -오ᄃᆡ: 연어, 설명 계속)

69) 涅槃: 열반(nirvāṇa). 모든 번뇌의 얽매임에서 벗어나고, 진리를 깨달아 불생불멸의 법을 체득한 경지. 불교의 궁극적인 실천 목적이다.

70) 닷가ᅀᅡ: 닭(닦다, 修)- + -아ᅀᅡ(-아야: 연어, 필연적 조건)

71) 기리: [길이, 永(부사): 길(길다, 長: 형사)- + -이(부접)]

72) 여희리이다: 여희(이별하다, 떨쳐 내다, 離)- + -리(미시)- + -이(상높, 아주 높임)- + -다(평종)

73) ᄯᅡ해: ᄯᅡㅎ(땅, 地) + -애(-에: 부조, 위치)

74) 업데샤: 업데[엎드리다, 伏: 업(← 엎다: 엎다, 伏)- + 데(← 더디다: 던지다, 投)-]- + -샤(← -시-: 주높)- + -Ø(← -아: 연어)

75) ᄆᆞᅀᆞᄆᆞᆯ: ᄆᆞᅀᆞᆷ(마음, 心) + -ᄋᆞᆯ(목조)

76) 고ᄌᆞ기: [반듯이, 올곧게, 正(부사): 고ᄌᆞᆨ(正: 불어) + -Ø(← -ᄒᆞ-: 형접)- + -이(부접)]

77) 너기시니: 너기(여기다, 念)- + -시(주높)- + -니(연어, 설명 계속, 이유)

78) 結使ㅣ: 結使(결사: 명사) + -ㅣ(← -이: 주조) ※ '結使(결사)'는 '번뇌(煩惱)'를 달리 이르는 말이다. 몸과 마음을 속박하고 중생을 따라다니면서 마구 부린다 하여 이렇게 이른다.

79) 스러디거늘: 스러디[스러디다, 사라지다, 消伏: 슬(사라지다, 消)- + -어(연어) + 디(지다: 보용, 피동)-]- + -거늘(연어, 상황)

80) 한: 하(많다, 크다, 多, 大)- + -Ø(현시)- + -ㄴ(관전)

81) 얽ᄆᆡ일: 얽ᄆᆡ[얽매이다, 纏: 얽(얽다)- + ᄆᆡ(매다)- + -이(피접)-]- + -ㄹ(관전)

82) 브류미: 브리(부리다, 시키다, 使)- + -움(명전) + -이(보조)

83) 즉자히: 즉시, 卽(부사)

84) 宿命: 숙명. 날 때부터 타고난 정해진 운명, 또는 피할 수 없는 운명이다.

85) 須陁洹果: 수타환과. 성문 사과(聲聞四果)의 첫째이다. 무루도(無漏道)에 처음 참례하여 들어간 증과(證果)이다. 곧 사체(四諦)를 깨달아 욕계(欲界)의 탐(貪)·진(瞋)·치(癡)의 삼독(三毒)을 버리고 성자(聖者)의 무리에 들어가는 성문(聲聞)의 지위이다.

[3 뒤]

부처께 사뢰시되 "생사(生死)의 우리(獄)에서 벗어날 일을 알았습니다." 그 때에 모여 있는 大衆(대중)들이 이 말을 듣고 함께 이르되, "一切(일체)의 衆生(중생)이 다 (생사의 우리에서) 벗어나고자 願(원)합니다." 그때에 十方(시방)의 無量世界(무량세계)에 끝내 (말로써 다) 이르지 못할 一切(일체)의 諸佛(제불)과 菩薩摩訶薩(보살마하살)들이 다 와서 讚嘆(찬탄)하시되,

[3 뒤]

부텻긔 ᄉᆞᆯᄫᆞ샤ᄃᆡ 죽사릿[86] 어리예[87] 버서날 이를 알와이다[88] 그 저긔[89] 모댓ᄂᆞᆫ[90] 大땡衆즁ᄃᆞᆯ히[91] 이 말 듣ᄌᆞᆸ고 ᄒᆞᆫᄢᅴ[92] 닐오ᄃᆡ[93] 一ᅙᅵᇙ切쳉 衆즁生ᄉᆡᇰ이 다 버서나과ᄃᆡ여[94] 願원ᄒᆞ노이다[95] 그 ᄢᅴ[96] 十씹方방[97] 無뭉量량世솅界갱[98]예 몯내[99] 니를 一ᅙᅵᇙ切쳉 諸졍佛뿛와 菩뽕薩삻[100] 摩망訶항薩삻ᄃᆞᆯ히[1] 다 와 讚잔嘆탄ᄒᆞ샤ᄃᆡ[2]

---

86) 죽사릿: 죽사리[죽살이, 生死: 죽(죽다, 死)- + 살(살다, 生)- + -이(명접)] + -ㅅ(-의: 관조)

87) 어리예: 어리(어리, 우리, 牢獄) + -예(← -에: 부조, 위치) ※ '어리'는 병아리나 닭 따위를 가두어 기르기 위하여 채를 엮어 만든 물건인데, 원통형, 상자형 따위의 여러 형태가 있다. 여기서는 죄인을 가두는 '감옥(牢獄)'의 뜻으로 쓰였는데, 여기서는 '우리'로 의역하여 옮긴다.

88) 알와이다: 알(알다, 깨닫다, 證)- + -Ø(과시)- + -와(← -과- ← -아-: 확인)- + -Ø(← -오-: 화자)- + -이(상높, 아주 높임)- + 다(평종) ※ '-과-/-와-'는 주어가 화자일 때에 실현되는 확인 표현의 선어말 어미인 '-거-/-아-'의 변이 형태이다.

89) 저긔: 적(적, 때, 時: 의명) + -의(-에: 부조, 위치)

90) 모댓ᄂᆞᆫ: 몯(모이다, 會)- + -아(연어) + 잇(← 이시다: 있다, 보용, 완료)- + -ᄂᆞ(현시)- + -ㄴ(관전) ※ '모댓ᄂᆞᆫ'은 '모다 잇ᄂᆞᆫ'이 축약된 형태이다.

91) 大衆ᄃᆞᆯ히: 大衆ᄃᆞᆶ[대중들: 大衆(대중) + -ᄃᆞᆶ(-들: 복접)] + -이(주조) ※ '大衆(대중)'은 많이 모인 승려, 또는 비구·비구니·우바새·우바니를 통틀어 이르는 말이다.

92) ᄒᆞᆫᄢᅴ: [함께, 同(부사): ᄒᆞᆫ(한, 一: 관사, 양수) + ᄢᅳ(← ᄣᅳ: 때, 時, 의명) + -의(-에: 부조, 위치)]

93) 닐오ᄃᆡ: 닐(← 니ᄅᆞ다: 이르다, 言)- + -오ᄃᆡ(-되: 연어, 설명 계속)

94) 버서나과ᄃᆡ여: 버서나[벗어나다, 脫: 벗(벗다, 脫)- + -어(연어) + 나(나다, 出)-]- + -과ᄃᆡ여(-고자: 연어, 의도)

95) 願ᄒᆞ노이다: 願ᄒᆞ[원하다: 願(원: 명사) + -ᄒᆞ(동접)-]- + -ㄴ(← -ᄂᆞ-: 현시)- + -오(화자)- + -이(상높, 아주 높임)- + -다(평종)

96) ᄢᅴ: ᄢᅳ(← ᄣᅳ: 때, 時) + -의(-에: 부조, 위치)

97) 十方: 시방. 사방(四方), 사우(四隅), 상하(上下)를 통틀어 이르는 말이다. ※ '사우(四隅)'는 방 따위의 네 모퉁이의 방위, 곧 동남, 동북, 서남, 서북을 이른다.

98) 無量世界: 무량세계. 한없이 크고 넓은 세계이다.

99) 몯내: 못내, 끝내 ~지 못할 정도로, 不可(부사)

100) 菩薩: 보살. 부처가 전생에서 수행하던 시절, 수기를 받은 이후의 몸을 이르는 말이다.

1) 摩訶薩ᄃᆞᆯ히: 摩訶薩ᄃᆞᆶ[마하살들: 摩訶薩(마하살) + -ᄃᆞᆶ(-들: 복접)] + -이(주조) ※ '摩訶薩(마하살)'은 보살(菩薩)을 아름답게 이르는 말이다.

2) 讚嘆ᄒᆞ샤ᄃᆡ: 讚嘆ᄒᆞ[찬탄하다: 讚嘆(찬탄: 명사) + -ᄒᆞ(동접)-]- + -샤(← -시-: 주높)- + -ᄃᆡ(← -오ᄃᆡ: 연어, 설명 계속)

[4앞]

“釋迦牟尼佛(석가모니불)이 能(능)히 五濁惡世(오탁악세)에 큰 智慧(지혜)와 神通力(신통력)으로 몹시 굳은 모진 衆生(중생)을 降服(항복)시킨다.” 하시고, 各各(각각) (자신들을) 모신 이(者)를 부리시어 (석가모니불께) 安否(안부)하시더니【安(안)은 便安(편안)한 것이요 否(부)는 便安(편안)치 아니한 것이니, 安否(안부)는 便安(편안)하신가 아니하신가? 하는 말이다.】, 娑婆世界(사바세계)와 다른 國土(국토)에 있는 그지없는 天龍(천룡)·鬼神(귀신)이

釋셕迦강牟뭏尼닝佛뿛이 能능히[3] 五옹濁똭惡악世솅[4]예 큰 智딩慧휑 神씬通통力륵으로 에구든[5] 모딘[6] 衆즁生싱을 降 항服뽁히시ᄂᆞ다[7] ᄒᆞ시고 各각各각 뫼ᄉᆞᄫᆞ니[8] ᄇᆞ리샤 安한否블ᄒᆞ더시니[9]【安한ᄋᆞᆫ 便뼌安한ᄒᆞᆯ 씨오 否블는 便뼌安한티[10] 아니ᄒᆞᆯ 씨니 安한否블는 便뼌安한ᄒᆞ신가[11] 아니ᄒᆞ신가 ᄒᆞ논 마리라】娑상婆빵世솅界갱[12]와 녀느[13] 國귁土통앳[14] 그지업슨[15] 天텬龍룡[16] 鬼귕神씬이

3) 能히: [능히(부사): 能(능: 불어) + -ㅎ(←-ᄒᆞ-: 동접)- + -이(부접)]

4) 五濁惡世: 오탁악세. 5가지 더러움(五濁)이 가득 차 있는 세상이다. ※ '오탁(五濁)'은 '겁탁(劫濁), 견탁(見濁), 번뇌탁(煩惱濁), 중생탁(衆生濁), 명탁(命濁)' 등이다. '겁탁(劫濁)'은 시대의 더러움이며, '견탁(見濁)'은 사상이나 견해가 사악한 것이며, '번뇌탁(煩惱濁)'은 탐·진·치로 마음이 더러운 것이며, '중생탁(衆生濁)'은 함께 사는 이들의 몸과 마음이 더러움이며, '명탁(命濁)'은 인간의 수명이 짧아지는 것이다.

5) 에구든: 에굳[몹시 굳다, 완고하다, 剛䃁: 에(접두, 강조)- + 굳(굳다, 堅)-]- + -Ø(현시)- + -은(관전)

6) 모딘: 모디(← 모딜다: 모질다, 惡)- + -Ø(현시)- + -ㄴ(관전)

7) 降服히시ᄂᆞ다: 降服히[항복시키다: 降服(항복: 명사) + -ᄒᆞ(동접)- + -ㅣ(←-이-: 사접)-]- + -시(주높)- + -ᄂᆞ(현시)- + -다(평종)

8) 뫼ᄉᆞᄫᆞ니: 뫼ᅀᆞᆸ[←뫼ᅀᆞᆸ다, ㅂ불(모시다, 侍): 뫼(모시다, 侍)- + -ᅀᆞᆸ(객높)-]- + -Ø(과시)- + -ᄋᆞᆫ(관전) # 이(이, 者: 의명)

9) 安否ᄒᆞ더시니: 安否ᄒᆞ[안부하다: 安否(안부: 명사) + -ᄒᆞ(동접)-]- + -더(회상)- + -시(주높)- + -니(연어, 설명 계속)

10) 便安티: 便安ㅎ[←便安ᄒᆞ다(편안하다): 便安(편안: 명사) + -ᄒᆞ(동접)-]- + -디(-지: 연어, 부정)

11) 便安ᄒᆞ신가: 便安ᄒᆞ[편안하다: 便安(편안: 명사) + -ᄒᆞ(동접)-]- + -시(주높)- + -Ø(현시)- + -ㄴ가(의종, 설명)

12) 娑婆世界: 사바세계. 괴로움이 많은 인간 세계로서, 석가모니불이 교화하는 세계를 이른다.

13) 녀느: 다른, 他(관사)

14) 國土앳: 國土(국토) + -애(-에: 부조, 위치) + -ㅅ(-의: 관조) ※ '國土앳'은 '국토에 있는'으로 의역하여 옮긴다.

15) 그지업슨: 그지없[그지없다, 無量: 그지(한도, 限: 명사) + 없(없다, 無: 형사)-]- + -Ø(현시)- + -은(관전)

16) 天龍: 천룡. 불법을 지키는 여덟 신장 중에서 '제천(諸天)'과 '용신(龍神)'을 이른다. '제천(諸天)은 불교 천상계의 모든 천신(天神)이며, '용신(龍神)'은 바다에 살며 비와 물을 맡고 불법을 수호하는 용 가운데의 임금이다.(= 龍王, 용왕)

[4 뒤]

忉利天(도리천)에 다 모여 오거늘, 그때에 釋迦牟尼佛(석가모니불)이 文殊師利(문수사리) 法王子(법왕자)와 菩薩(보살) 摩訶薩(마하살)께 물으시되, "이제 모여 있는 이 世界(세계)며 다른 世界(세계)에 있는 諸佛(제불)·菩薩(보살)·天龍(천룡)·鬼神(귀신)을 네가 (그) 數(수)를 알겠느냐 모르겠느냐?" 文殊(문수)가 사뢰시되 "나의 神力(신력)으로

忉돓利링天텬에 다 모다[17] 오나ᄂᆞᆯ[18] 그 ᄢᅴ 釋셕迦강牟뭏尼닝佛뿛이 文문殊쓩師숭利링 法법王왕子중[19] 菩뽕薩삻 摩망訶항薩삻ᄋᆡ 무르샤ᄃᆡ 이제 모댓ᄂᆞᆫ[20] 이 世솅界갱며 다ᄅᆞᆫ[21] 世솅界갱옛 諸졍佛뿛 菩뽕薩삻 天텬龍룡 鬼귕神씬ᄋᆞᆯ 네[22] 數숭를 알리로소니여[23] 모ᄅᆞ리로소니여[24] 文문殊쓩ㅣ ᄉᆞᆯᄫᆞ샤ᄃᆡ 내[25] 神씬力륵[26]으로

---

17) 모다: 몯(모이다, 集)- + -아(연어)

18) 오나ᄂᆞᆯ: 오(오다, 來)- + -나ᄂᆞᆯ(← -거늘: 연어, 상황)

19) 法王子: 법왕자. 미래에 부처님이 될 자리에 있는 보살(菩薩)을 이른다. 세간의 국왕(國王)에게 왕자가 있듯이, 부처님을 법왕(法王)이라 함에 대하여 보살을 법왕자(法王子)라 한다. 특히 문수(文殊), 미륵(彌勒) 등의 보살을 가리켜 말한다.

20) 모댓ᄂᆞᆫ: 몯(모이다, 集)- + -아(연어) + 잇(← 이시다: 있다, 보용, 완료 지속)- + -ᄂᆞ(현시)- + -ㄴ(관전) ※ '모댓ᄂᆞᆫ'은 '모다 잇ᄂᆞᆫ'이 축약된 형태이다.

21) 다ᄅᆞᆫ: [다른, 他(관사): 다ᄅᆞ(다르다, 異: 형사)- + -ㄴ(관전▷관접)]

22) 네: 너(너, 汝: 인대, 2인칭) + -ㅣ(← -이: 주조)

23) 알리로소니여: 알(알다, 知)- + -리(미시)- + -롯(← -돗-: 감동)- + -오니여(← -ᄋᆞ니여: -냐, 의종, 판정)

24) 모ᄅᆞ리로소니여: 모ᄅᆞ(모르다, 不知)- + -리(미시)- + -롯(← -돗-: 감동)- + -오니여(← -ᄋᆞ니여: -냐, 의종, 판정)

25) 내: 나(나, 我: 인대, 1인칭) + -ㅣ(← -ᄋᆡ: 관조)

26) 神力: 신력. 신통력(神通力). 신묘한 도력(道力), 또는 그런 힘의 작용이다.

[5앞]

씬力륵으로一힗千쳔劫겁에혜여도
몯내알리로소이다부텨니르샤듸이
다地띵藏짱菩뽕薩삻이오라건劫겁이
으로셔ᄒᆞ마濟졩渡똥ᄒᆞ니며이제濟
졩渡똥ᄒᆞᄂᆞ니며쟝ᄎᆞ濟졩渡똥ᄒᆞ리
돌히라그ᄢᅴ百빅千쳔萬먼億즉不붏
可캉思숭議읭無뭉量량阿항僧승祇낑
世솅界갱예잇ᄂᆞᆫ地띵獄옥애分분

一千(일천) 劫(겁)에 헤아려도 끝내 못 알겠습니다." 부처가 이르시되 "이것이 다 地藏菩薩(지장보살)이 오랜 劫(겁)으로부터서 이미 濟渡(제도)한 이(者)며, 이제 濟渡(제도)하는 이(者)며, 장차(將次) 濟渡(제도)할 이들이다." 그때에 百千(백천) 萬億(만억) 不可思議(불가사의) 無量(무량) 阿僧祇(아승기)의 世界(세계)에 있는, 地獄(지옥)에 나타난 分身(분신)인

一ᅙᅵᇙ千쳔 劫겁[27)]에 혜여도[28)] 몯내 알리로소이다[29)] 부톄 니ᄅᆞ샤ᄃᆡ 이[30)] 다 地띵藏짱菩뽕薩삻[31)]이 오라건[32)] 劫겁으로셔 ᄒᆞ마[33)] 濟졩渡똥ᄒᆞ니며[34)] 이제 濟졩渡똥ᄒᆞᄂᆞ니며 쟝ᄎᆞ[35)] 濟졩渡똥ᄒᆞ리ᄃᆞᆯ히라[36)] 그 ᄢᅴ 百ᄇᆡᆨ千쳔萬먼億ᅙᅳᆨ 不붏可캉思ᄉᆞᆼ議ᅌᅴᆼ[37)] 無뭉量량 阿ᅙᅡᆼ僧승祇낑[38)] 世솅界갱예 잇ᄂᆞᆫ 地띵獄옥앳[39)] 分분身신[40)]

---

27) 劫: 겁. 어떤 시간의 단위로도 계산할 수 없는 무한히 긴 시간이다. 하늘과 땅이 한 번 개벽한 때에서부터 다음 개벽할 때까지의 동안이라는 뜻이다.

28) 혜여도: 혜(헤아리다, 세다, 測度)- + -여도(←-어도: 연어, 양보)

29) 알리로소이다: 알(알다, 知)- + -리(미시)- + -롯(←-돗-: 감동)- + -오(화자)- + -이(상높, 아주 높임)- + -다(평종)

30) 이: 이(이, 이것, 此: 지대, 정칭) + -∅(←-이: 주조)

31) 地藏菩薩: 지장보살. 육도(六道) 곧, '지옥, 아귀, 축생, 수라, 하늘, 인간세상'의 여섯 가지 세상에 있는 중생을 구원하는 대비보살(大悲菩薩)이다. 도리천(忉利天)에서 석가여래의 부촉을 받고 매일 아침 선정(禪定)에 들어 중생의 근기를 관찰하며, 석가여래가 입멸(入滅)한 뒤부터 미륵불(彌勒佛)이 출현할 때까지 천상에서 지옥까지의 일체 중생을 교화하는 대자대비의 보살이다.

32) 오라건: 오라(오래다, 久)- + -∅(현시)- + -거(확인)- + -ㄴ(관전)

33) ᄒᆞ마: 이미, 旣(부사)

34) 濟渡ᄒᆞ니며: 濟渡ᄒᆞ[제도하다: 濟渡(제도: 명사) + -ᄒᆞ(동접)-]- + -∅(과시)- + -ㄴ(관전) # 이(이, 者: 의명) + -며(←-이며: 접조)

35) 쟝ᄎᆞ: 장차, 將次(부사)

36) 濟渡ᄒᆞ리ᄃᆞᆯ히라: 濟渡ᄒᆞ[제도하다: 濟渡(제도: 명사) + -ᄒᆞ(동접)-]- + -ㄹ(관전) # 이ᄃᆞᆯㅎ[이들(의명, 복수): 이(이, 者: 의명) + -ᄃᆞᆯㅎ(-들: 복접)] + -이(서조)- + -∅(현시)- + -라(←-다: 평종)

37) 不可思議: 불가사의. 나유타(那由他)의 만 배가 되는 수이다. 즉, 10의 64승을 이른다.

38) 阿僧祇: 아승기(asanga). 수리적으로 10의 56승을 뜻한다. 갠지스강의 모래 수를 뜻하는 항하사(恒河沙)보다 더 많은 수를 이르는 말이다. 아승기는 항하사의 만배이며, 아승기 다음으로는 '나유타(那由他), 불가사의(不可思議), 무량대수(無量大數)'가 이어진다. 항하사부터는 불교에서 유래한 말이다.

39) 地獄앳: 地獄(지옥) + -애(-에: 부조, 위치) + -ㅅ(-의: 관조) ※ '地獄(지옥)'은 죄업을 짓고 매우 심한 괴로움의 세계에 난 중생이나 그런 중생의 세계이다. 섬부주의 땅 밑, 철위산의 바깥 변두리 어두운 곳에 있다고 한다. 팔대 지옥, 팔한 지옥 따위의 136종이 있다. ※ '地獄앳'은 문맥을 감안하여 '지옥에 나타난'으로 의역하여 옮긴다.

40) 分身: 분신. 불보살이 중생을 교화하기 위하여, 신통력으로 상대자에게 적당하게 변화하여 나타내는 모습이다. 법신(法身)과 보신(報身)에 화신(化身)을 더하여 삼신(三身)이라고 한다.

[5뒤]

身신地띵藏짱菩뽕薩삻·이 다 오나시
·늘 世솅尊존·이 金금色ᄉᆡᆨ ᄇᆞᆯ·ᄒᆞᆯ 펴·샤 百
ᄇᆡᆨ千쳔萬먼億ᅙᅳᆨ 不붏可캉思ᄉᆞᆼ議ᅌᅵᆼ
無뭉量량阿ᅙᅡᆼ僧승祇낑世솅界갱 옛
化황身신地띵藏짱菩뽕薩삻摩망訶
항薩삻ㅅ 머·리·ᄅᆞᆯ 므·니·시·며 니ᄅᆞ·샤·ᄃᆡ
·내 五ᅌᅩᆼ濁뙥惡ᅙᅡᆨ世솅·예 ·에구·든 衆즁
生ᄉᆡᆼ·ᄋᆞᆯ 敎ᄀᆞᇢ化황ᄒᆞ·야 邪썅曲콕·ᄋᆞᆯ ᄇᆞ

地藏菩薩(지장보살)이 다 오시거늘, 世尊(세존)이 金色(금색)의 팔을 펴시어, 百千(백천) 萬億(만억) 不可思議(불가사의) 無量(무량) 阿僧祇(아승기)의 世界(세계)에 나타난 化身(화신)인 地藏菩薩(지장보살) 摩訶薩(마하살)의 머리를 만지시며 이르시되, "내가 五濁惡世(오탁악세)에 몹시 굳은 衆生(중생)을 敎化(교화)하여, 邪曲(사곡)을 버리고

[5뒤]

地띵藏짱菩뽕薩삻이 다 오나시ᄂᆞᆯ[41] 世솅尊존이 金금色식 ᄇᆞᆯ홀[42] 펴샤[43] 百빅千쳔[44] 萬먼億흑 不붏可캉思ᄉᆼ議읭 無뭉量량 阿항僧승祇낑 世솅界갱옛 化황身신[45] 地띵藏짱菩뽕薩삻摩망訶항薩삻ㅅ 머리를 ᄆᆞ니시며[46] 니ᄅᆞ샤ᄃᆡ 내[47] 五옹濁똑惡학世솅예 에구든[48] 衆즁生ᄉᆡᆼ올 教굘化황ᄒᆞ야 邪쌍曲콕[49] ᄋᆞᆯ ᄇᆞ리고[50]

---

41) 오나시ᄂᆞᆯ: 오(오다, 來)-＋-시(주높)-＋-나…ᄂᆞᆯ(←-거ᄂᆞᆯ: -거늘, 연어, 상황)

42) ᄇᆞᆯ홀: ᄇᆞᆯㅎ(팔, 臂)＋-ᄋᆞᆯ(목조)

43) 펴샤: 펴(펴다, 舒)-＋-샤(←-시-: 주높)-＋-Ø(←-아: 연어)

44) 百千: 백천. 일천(一千)의 백배(百倍)이므로, 십만(十萬)의 수량에 해당한다. 불교에서는 아주 많은 수를 표현할 때에 쓴다.

45) 化身: 화신. 불보살이 중생을 교화하기 위하여, 신통력으로 상대자에게 적당하게 변화하여 나타내는 모습이다. 법신(法身)·보신(報身)에 화신(化身)을 더하여 삼신(三身)이라고 한다.

46) ᄆᆞ니시며: ᄆᆞ니(만지다, 摩)-＋-시(주높)-＋-며(연어, 나열)

47) 내: 나(나, 我: 인대, 1인칭)＋-ㅣ(←-이: 주조)

48) 에구든: 에굳[몹시 굳다, 완고하다, 剛彊: 에(접두, 강조)-＋굳(굳다, 堅)-]-＋-Ø(현시)-＋-은(관전)

49) 邪曲: 사곡. 요사스럽고 교활한 것이다.

50) ᄇᆞ리고: ᄇᆞ리(버리다, 捨)-＋-고(연어, 나열)

[6앞]

리고 邪썅ᄂᆞᆫ 正졍티 몯ᄒᆞᆯ 씨오 曲콕ᄋᆞᆫ 고ᄇᆞᆯ 씨라 正졍ᄒᆞᆫ ᄃᆡ 가긔 ᄒᆞ니 열헷 ᄒᆞ나 둘ᄒᆞᆫ 오히려 모딘 ᄇᆡᄒᆞ시 이실ᄊᆡ 나도 千쳔百ᄇᆡᆨ億ᅙᅳᆨ 모미ᄃᆞ외야 方방便뼌ᄋᆞᆯ 너비 ᄒᆞ야ᄃᆞᆫ 됴ᄒᆞᆫ 根근源원엣 衆즁生ᄉᆡᆼ이 듣고 즉자히 信신ᄒᆞ야 바ᄃᆞ리도 이시며 됴ᄒᆞᆫ 果광報봉앳 衆즁生ᄉᆡᆼ이 브즈러니 勸퀀ᄒᆞ야 일우리도 이시며 미혹고 鈍똔ᄒᆞᆫ

【邪(사)는 正(정)하지 못한 것이요, 曲(곡)은 굽은 것이다.】正(정)한 데에 가게 하니, 열 중에 하나 둘은 오히려 모진 버릇이 있으므로 나도 千百億(천백억)의 몸이 되어 方便(방편)을 널리 하는데, 좋은 根源(근원)이 있는 衆生(중생)이 듣고 즉시 (그 방편을) 信(신)하여 받을 이도 있으며, 좋은 果報(과보)가 있는 衆生(중생)이 부지런히 (그 방편을) 勸(권)하여 이루는 이도 있으며, 미혹(迷惑)하고 鈍(둔)한

[6앞]

【邪_{썅}ᄂᆞᆫ 正_{졍}티[51] 몯ᄒᆞᆯ 씨오[52] 曲_{콕}ᄋᆞᆫ 고ᄫᆞᆯ[53] 씨라】 正_{졍}ᄒᆞᆫ ᄃᆡ[54] 가긔[55] 호니[56] 열헷[57] ᄒᆞ나 둘흔[58] 오히려 모딘 ᄇᆡᄒᆞ시[59] 이실ᄊᆡ[60] 나도 千_{쳔}百_{ᄇᆡᆨ}億_{ᅙᅳᆨ} 모미[61] ᄃᆞ외야[62] 方_{방}便_{뼌}[63]을 너비[64] ᄒᆞ야ᄃᆞᆫ[65] 됴ᄒᆞᆫ 根_{근}源_{원}엣[66] 衆_{즁}生_{ᄉᆡᆼ}이 듣고 즉자히 信_{신}ᄒᆞ야 바ᄃᆞ리도[67] 이시며 됴ᄒᆞᆫ 果_{광}報_{볼}[68]앳 衆_{즁}生_{ᄉᆡᆼ}이 브즈러니[69] 勸_{퀀}ᄒᆞ야 일우리도[70] 이시며 미혹고[71] 鈍_{똔}ᄒᆞᆫ

---

51) 正티: 正ᇂ[←正ᄒᆞ다(정하다, 바르다): 正(정: 불어) + -ᄒᆞ(형접)-]- + -디(-지: 연어, 부정)

52) 씨오: ㅆ(←ᄉᆞ: 것, 者, 의명) + -이(서조)- + -오(←-고: 연어, 나열)

53) 고ᄫᆞᆯ: 곱(굽다, 曲)- + -ᄋᆞᆯ(관전)

54) ᄃᆡ: ᄃᆞ(데, 處: 의명) + -ᄋᆡ(-에: 부조, 위치)

55) 가긔: 가(가다, 行)- + -긔(-게: 연어, 사동)

56) 호니: ㅎ(←ᄒᆞ다: 보용, 사동)- + -오(화자)- + -니(연어, 설명 계속)

57) 열헷: 열ᇂ(열, 十: 수사, 양수) + -에(부조, 위치) + -ㅅ(-의: 관조)

58) 둘흔: 둘ᇂ(둘, 二: 수사, 양수) + -은(보조사, 주제)

59) ᄇᆡᄒᆞ시: ᄇᆡᄒᆞᆺ[버릇, 習: ᄇᆡᇂ(버릇이 되다, 習: 자동)- + -ᄋᆞᆺ(명접)] + -이(주조)

60) 이실ᄊᆡ: 이시(있다, 有)- + -ㄹᄊᆡ(-므로: 연어, 이유, 원인)

61) 모미: 몸(몸, 身) + -이(주조) ※ 여기서 '몸'은 세존이 변화한 화신(化身)을 이른다.

62) ᄃᆞ외야: ᄃᆞ외(되다, 爲)- + -야(←-아: 연어)

63) 方便: 방편. 십바라밀(十波羅蜜)의 하나이다. 중생을 구제하기 위하여 쓰는 묘한 수단과 방법이다.

64) 너비: [널리, 廣(부사): 넙(넓다, 廣: 형사)- + -이(부접)]

65) ᄒᆞ야ᄃᆞᆫ: ᄒᆞ(하다, 設)- + -야ᄃᆞᆫ(←-아ᄃᆞᆫ: -는데, 연어, 설명 계속)

66) 根源엣: 根源(근원) + -에(부조, 위치) + -ㅅ(-의: 관조) ※ '根源(근원)'은 사물(事物)이 생겨나는 본바탕이다. 그리고 '根源엣'은 '근원이 있는'으로 의역하여 옮긴다.

67) 바ᄃᆞ리도: 받(받다, 受)- + -ᄋᆞᆯ(관전) + 이(이, 者: 의명) + -도(보조사, 첨가)

68) 果報: 과보. 전생에 지은 선악에 따라 현재의 행과 불행이 있고, 현세에서의 선악의 결과에 따라 내세에서 행과 불행이 있는 일이다.

69) 브즈러니: [부지런히, 勤(부사): 브즈런(부지런, 勤: 명사) + -Ø(←-ᄒᆞ-: 형접)- + -이(부접)]

70) 일우리도: 일우[이루다, 成就: 일(이루어지다, 成: 자동)- + -우(사접)-]- + -ㄹ(관전) # 이(이, 者: 의명) + -도(보조사, 첨가)

71) 미혹고: 미혹[←미혹ᄒᆞ다(미혹하다): 미혹(迷惑: 명사) + -Ø(←-ᄒᆞ-: 형접)-]- + -고(연어, 나열)

衆즁生싱이 鈍똔ᄋᆞᆫ 무딀씨라 오래 敎굘化황ᄒᆞ야ᅀᅡ 歸귕依힁ᄒᆞ리도 이시며 罪쬥業업重뜡ᄒᆞᆫ 衆즁生싱이 恭공敬경ᄒᆞᆫ ᄆᆞᅀᆞᄆᆞᆯ 아니 내리도 잇ᄂᆞ니 이 트렛 衆즁生싱ᄃᆞᆯ히 各각各각 제여곰 ᄡᅵ 分분身신ᄒᆞ야 度똥脫퇋ᄒᆞ호ᄃᆡ 남지늬 몸도 現현ᄒᆞ며 겨지븨 몸도 現현ᄒᆞ며 天텬龍룡 몸도 現현ᄒᆞ며 鬼귕神씬 몸도

衆生(중생)이【鈍(둔)은 무딘 것이다.】오래 敎化(교화)하여야 歸依(귀의)할 이도 있으며, 罪業(죄업)이 重(중)한 衆生(중생)이 恭敬(공경)스러운 마음을 아니 낼 이도 있나니, 이 유형에 속한 衆生(중생)들이 各各(각각) 제각각이므로 分身(분신)하여 度脫(도탈)하되, 남자의 몸도 現(현)하며 여자의 몸도 現(현)하며 天龍(천룡)의 몸도 現(현)하며 鬼神(귀신)의 몸도

[6뒤]

衆즁生싱이【鈍뚠은 무딜 씨라[72]】 오래[73] 敎ᄀᆞᇢ化황ᄒᆞ야ᅀᅡ[74] 歸귕依ᅙᅴᆼᄒᆞ리도[75] 이시며 罪쬥業ᅌᅥᆸ[76] 重뜡ᄒᆞᆫ 衆즁生싱이 恭공敬경ᄒᆞᄫᆞᆫ[77] ᄆᆞᅀᆞᆷ[78] 아니 내리도[79] 잇ᄂᆞ니 이 트렛[80] 衆즁生싱ᄃᆞᆯ히 各각各각 제여고밀ᄊᆡ[81] 分분身신ᄒᆞ야 度똥脫ᄐᆞᇙ호ᄃᆡ[82] 남지늬[83] 몸도 現ᅘᅧᆫᄒᆞ며 겨지븨[84] 몸도 現ᅘᅧᆫᄒᆞ며 天텬龍룡 몸도 現ᅘᅧᆫᄒᆞ며 神씬鬼귕 몸도

72) 무딜 씨라: 무디(무디다, 鈍)- + -ㄹ(관전) # ㅆ(← ᄉᆞ: 것, 者, 의명) + -이(서조)- + -Ø(현시)- + -라(← -다: 평종)

73) 오래: [오래, 久(부사): 오라(오래다, 久: 형사)- + -ㅣ(← -이: 부접)]

74) 敎化ᄒᆞ야ᅀᅡ: 敎化ᄒᆞ[교화하다: 敎化(교화: 명사) + -ᄒᆞ(동접)-]- + -야ᅀᅡ(← -아ᅀᅡ: 연어, 필연적 조건)

75) 歸依ᄒᆞ리도: 歸依ᄒᆞ[귀의하다: 歸依(귀의: 명사) + -ᄒᆞ(동접)-]- + -ㄹ(관전) # 이(이, 者: 의명) + -도(보조사, 첨가)

76) 罪業: 죄업. 훗날 괴로움의 과보(果報)를 부르는 인(因)이 되는 죄악의 행위이다.

77) 恭敬ᄒᆞᄫᆞᆫ: 恭敬ᄒᆞᆸ[← 恭敬ᄒᆞᆸ다, ㅂ불(공경스럽다): 恭敬(공경: 명사) + -ᄒᆞ(동접)- + -ㅂ(형접)-]- + -Ø(현시)- + -ᄋᆞᆫ(관전)

78) ᄆᆞᅀᆞᆷ: 마음, 心.

79) 내리도: 내[내다, 出: 나(나다, 出: 자동)- + -ㅣ(← -이-: 사접)-]- + -ㄹ(관전) # 이(이, 者: 의명) + -도(보조사, 첨가)

80) 이 트렛: 이(이, 此: 관사, 지시, 정칭) # 틀(틀, 종류, 따위, 型) + -에(부조, 위치) + -ㅅ(-의: 관조) ※ '이트렛'은 '이 유형에 속한'으로 의역하여 옮긴다.

81) 제여고밀ᄊᆡ: 제여곰(제각기, 各各: 부사) + -이(서조)- + -ㄹᄊᆡ(-므로: 연어, 이유)

82) 度脫호ᄃᆡ: 度脫ᄒᆞ[← 度脫ᄒᆞ다(도탈하다): 度脫(도탈: 명사) + -ᄒᆞ(동접)-]- + -오ᄃᆡ(-되: 연어, 설명의 계속) ※ '度脫(도탈)'은 번뇌의 얽매임에서 풀리고 미혹의 괴로움에서 벗어나는 것이다.(= 해탈, 解脫)

83) 남지늬: 남진(남자, 男) + -의(관조)

84) 겨지븨: 겨집(여자, 女) + -의(관조)

[7앞]

現(현)하며, 산이며 수풀이며 내(川)이며 강이며 못이며 샘이며 우물이 現(현)하여 사람을 利益(이익)되게 하여 다 度脫(도탈)하며, 帝釋(제석)의 몸도 現(현)하며 梵王(범왕)의 몸도 現(현)하며 轉輪王(전륜왕)의 몸도 現(현)하며 居士(거사)의 몸도 現(현)하며 國王(국왕)의 몸도 現(현)하며 宰輔(재보)의 몸도 現(현)하며【輔(보)는 도우는 것이니, 宰相(재상)이 임금을 도우므로

現현ᄒᆞ며 뫼히며[85] 수프리며[86] 내히며[87] ᄀᆞᄅᆞ미며[88] 모시며 ᄉᆡ미며[89] 우므리[90] 現현ᄒᆞ야 사ᄅᆞᄆᆞᆯ 利링益혁긔[91] ᄒᆞ야 다 度똥脫퇋ᄒᆞ며 帝뎽釋셕[92] 몸도 現현ᄒᆞ며 梵뻠王왕[93] 몸도 現현ᄒᆞ며 轉뒨輪륜王왕[94] 몸도 現현ᄒᆞ며 居겅士ᄊᆞᆼ[95] 몸도 現현ᄒᆞ며 國귁王왕 몸도 現현ᄒᆞ며 宰징輔뽕[96] 몸도 現현ᄒᆞ며【輔뽕는 도ᄫᆞᆯ[97] 씨니 宰징相샹이 님그믈[98] 돕ᄉᆞᄫᆞᆯ□[99]

---

85) 뫼히며: 뫼ㅎ(산, 山) + -이며(접조)

86) 수프리며: 수플[수풀, 林: 숳(숲, 林) + 플(풀, 草)] + -이며(접조)

87) 내히며: 내ㅎ(내, 川) + -이며(접조)

88) ᄀᆞᄅᆞ미며: ᄀᆞᄅᆞᆷ(강, 河) + -이며(접조)

89) ᄉᆡ미며: ᄉᆡᆷ(샘, 泉) + -이며(접조)

90) 우므리: 우믈[우물, 井: 움(움, 穴) + 믈(물, 水)] + -이(주조)

91) 利益긔: 利益[← 利益ᄒᆞ다(이익되다): 利益(이익: 명사) + -ᄒᆞ(동접)-]- + -긔(-게: 연어, 사동)

92) 帝釋: 제석. 십이천(十二天)의 하나이다. 수미산 꼭대기에 있는 도리천의 임금으로, 사천왕과 삼십이천을 통솔하면서 불법과 불법에 귀의하는 사람을 보호하고 아수라의 군대를 정벌한다고 한다.

93) 梵王: 범왕. 색계(色界) 초선천(初禪天)의 우두머리이다. 제석천(帝釋天)과 함께 부처를 좌우에서 모시는 불법 수호의 신이다.

94) 轉輪王: 전륜왕. 인도 신화 속의 임금이다. 정법(正法)으로 온 세계를 통솔한다고 한다. 여래의 32상(相)을 갖추고 칠보(七寶)를 가지고 있으며 하늘로부터 금, 은, 동, 철의 네 윤보(輪寶)를 얻어 이를 굴리면서 사방을 위엄으로 굴복시킨다.

95) 居士: 거사. 속세에 있으면서 불교를 믿는 남자이다.(= 우바새, 優婆塞)

96) 宰輔: 재보. 임금을 돕고 모든 관원을 지휘하고 감독하는 일을 맡아보던 이품 이상의 벼슬이다.(= 재상, 宰相)

97) 도ᄫᆞᆯ: 도ᇦ(← 돕다, ㅂ불: 돕다, 補)- + -ᄋᆞᆯ(관전)

98) 님그믈: 님금(임금, 王) + -을(목조)

99) 돕ᄉᆞᄫᆞᆯ씨: 돕(돕다, 輔)- + -ᄉᆞᇦ(← -ᄉᆞᆸ-: 객높)- + -ᄋᆞᆯ씨(-므로: 연어, 이유)

[7뒤]

宰輔(재보)라 하였니라.】 官屬(관속)의 몸도 現(현)하며【官屬(관속)은 관청(官廳)에 딸린 사람이다.】 比丘(비구)·比丘尼(비구니)·優婆塞(우바새)·優婆夷(우바이)의 몸도 現(현)하며, 聲聞(성문)·羅漢(나한)·辟支佛(벽지불)·菩薩(보살)의 몸도 現(현)하여 (중생을) 濟渡(제도)하나니, 부처의 몸만이 現(현)할 뿐이 아니니라. 네가 내가 여러 劫(겁)에 이 유형에 속한 아주 굳은 衆生(중생)을 受苦(수고)로이

□징輔뿡ㅣ라 ᄒᆞ니라[100)] 】 官관屬쑉[1)] 몸도 現현ᄒᆞ며【官관屬쑉ᄋᆞᆫ 그위예[2)] 좃브튼[3)] 사ᄅᆞ미라】 比삥丘큫[4)] 比삥丘큫尼닝[5)] 優훟婆빵塞싱[6)] 優훟婆빵夷잉[7)] 몸도 現현ᄒᆞ며 聲셩聞문[8)] 羅랑漢한[9)] 辟벽支징佛뿛[10)] 菩뽕薩삻[11)] 몸도 現현ᄒᆞ야 濟졩渡똥ᄒᆞ노니[12)] 부텻 몺ᄃᆞᄅᆞ미[13)] 現현ᄒᆞᆯ ᄲᅮ니[14)] 아□니라[15)] 네[16)] 내ᄋᆡ[17)] 여러 劫겁에 이 트렛[18)] 에구든 衆즁生싱ᄋᆞᆯ 受쓯苦콩ᄅᆞᄫᅵ[19)]

---

100) ᄒᆞ니라: ᄒᆞ(하다, 曰)- + -Ø(과시)- + -니(원칙)- + -라(← -다: 평종)

1) 官屬: 관속. 지방 관아의 아전과 하인을 통틀어 이르던 말이다.

2) 그위예: 그위(관청, 官廳) + -예(← -에: 부조, 위치)

3) 좃브튼: 좃븥[붙좇다, 딸리다, 속하다, 屬: 좃(← 좇다: 좇다, 從)- + 븥(붙다, 附)-]- + -Ø(과시)- + -은(관전)

4) 比丘: 비구. 출가하여 구족계를 받은 남자 승려이다.

5) 比丘尼: 비구니. 출가하여 구족계를 받은 여자 승려이다.

6) 優婆塞: 우바새. 속세에 있으면서 불교를 믿는 남자이다.

7) 優婆夷: 우바이. 불교를 믿고 삼귀(三歸), 오계(五戒)를 받은 세속의 여자이다.

8) 聲聞: 성문. 설법을 듣고 사제(四諦)의 이치를 깨달아 아라한(阿羅漢)이 되고자 하는 불제자이다.

9) 羅漢: 나한. 소승 불교의 수행자 가운데서 가장 높은 경지에 오른 이다. 온갖 번뇌를 끊고, 사제(四諦)의 이치를 바로 깨달아 세상 사람들의 존경을 받을 만한 공덕을 갖춘 성자를 이른다.(= 아라한, 阿羅漢)

10) 辟支佛: 벽지불. 부처의 가르침에 기대지 않고 스스로 도를 깨달은 성자(聖者)이다. 그 지위는 보살의 아래, 성문(聲聞)의 위이다.

11) 菩薩: 보살. 부처가 전생에서 수행하던 시절, 수기를 받은 이후의 몸이다.

12) 濟渡ᄒᆞ노니: 濟渡ᄒᆞ[제도하다: 濟渡(제도: 명사) + -ᄒᆞ(동접)-]- + -ㄴ(← -ᄂᆞ-: 현시)- + -오(화자)- + -니(연어, 설명 계속)

13) 몺ᄃᆞᄅᆞ미: 몸(몸, 身) # ᄯᆞᄅᆞᆷ(따름, 뿐, 獨: 의명) + -이(주조)

14) ᄲᅮ니: ᄲᅮᆫ(뿐, 但: 의명) + -이(보조)

15) 아니니라: 아니(아니다, 非)- + -Ø(현시)- + -니(확인)- + -라(← -다: 평종)

16) 네: 너(너, 汝: 인대, 2인칭) + -ㅣ(← -이: 주조)

17) 내ᄋᆡ: 나(나, 吾: 인대, 1인칭) + -ㅣ(← -ᄋᆡ: 관조) + -ᄋᆡ(관조) ※ '내ᄋᆡ'는 관형격 조사가 겹쳐서 실현된 형태이다. '내ᄋᆡ'는 관형절 속에서 의미상의 주격으로 기능한다.

18) 이 트렛: 이(이, 此: 관사, 지시, 정칭) # 틀(틀, 종류, 따위, 如) + -에(부조, 위치) + -ㅅ(-의: 관조) ※ '이트렛'은 '이 유형에 속한'로 의역하여 옮긴다.

19) 受苦ᄅᆞᄫᅵ: [수고스럽게(부사): 受苦(수고: 명사) + -ᄅᆞᄫᅵ(← -ᄃᆞᆸ-: 형접)- + -이(부접)]

[8앞]

빙度똥脫톼ᇙᄒᆞᄂᆞᆫ이ᄅᆞᆯ보ᄂᆞ니그中듕
에業업報봉ᄋᆞᆯ조차惡학趣츙에ᄠᅥ러
디여【惡학趣츙ᄂᆞᆫ구즌길히라】큰受쓯苦콩ᄒᆞᇙ時씽
節졇에네모로매내忉똥利링天텬
宮궁에이셔브즈러니付붕屬쑉ᄒᆞ단
이ᄅᆞᆯᄉᆡᇰ각ᄒᆞ야娑상婆빵世솅界갱
예彌밍勒륵이世솅間간애날저긔니르
리그ᄉᆞᅀᅵ옛衆즁生ᄉᆡᇰᄋᆞᆯ다버서내야

度脫(도탈)하는 일을 보나니, 그 中(중)에 業報(업보)를 좇아서 惡趣(악취)에 떨어져서【惡趣(악취)는 궂은 길이다.】큰 受苦(수고)할 時節(시절)에, 네가 모름지기 내가 忉利天宮(도리천궁)에 있어서 부지런히 付屬(부촉)하던 일을 생각하여, 娑婆世界(사바세계)에서 彌勒(미륵)이 世間(세간)에 날 적에 이르도록, 그 사이에 있은 衆生(중생)을 (수고에서) 다 벗어나게 하여

度똥脫퇋ᄒᆞ논[20] 이ᄅᆞᆯ 보ᄂᆞ니 그 中듕에 業업報봉ᄅᆞᆯ 조차[21] 惡악趣츙예[22] ᄠᅥ러디여[23]【惡악趣츙는 구즌[24] 길히라[25]】 큰 受쓩苦콩 ᄒᆞᇙ 時씽節졇에 네 모로매[26] 내이 忉돌利링天텬宮궁[27]에 이셔 브즈러니[28] 付붕屬쑉ᄒᆞ단[29] 이ᄅᆞᆯ ᄉᆡᇰ각ᄒᆞ야 娑상婆빵世솅界갱[30]예 彌밍勒륵[31]이 世솅間간애 낧 적 니르리[32] 그 ᄉᆞᅀᅵ옛[33] 衆즁生싱ᄋᆞᆯ 다 벗겨[34] 내야

---

20) 度脫ᄒᆞ논: 度脫ᄒᆞ[도탈하다: 度脫(도탈: 명사) + -ᄒᆞ(동접)-]- + -ㄴ(←-ᄂᆞ-: 현시)- + -오(대상)- + -ㄴ(관전) ※ '度脫(도탈)'은 번뇌의 얽매임에서 풀리고 미혹의 괴로움에서 벗어나는 것이다.(= 해탈, 解脫)

21) 조차: 좇(좇다, 따르다, 隨)- + -아(연어)

22) 惡趣예: 惡趣(악취) + -예(←-에: 부조, 위치) ※ '惡趣(악취)'는 악업(惡業)을 지어서 죽은 뒤에 가야 하는 괴로움의 세계이다.

23) ᄠᅥ러디여: ᄠᅥ러디[떨어지다, 墮: ᄠᅥᆯ(떨다, 離)- + -어 + 디(지다, 落)-]- + -여(←-어: 연어)

24) 구즌: 궂(궂다, 惡)- + -Ø(현시)- + -은(관전)

25) 길히라: 길ㅎ(길, 路) + -이(서조)- + -Ø(현시)- + -라(←-다: 평종)

26) 모로매: 모름지기, 반드시, 必(부사)

27) 忉利天宮: 도리천궁. 도리천의 선견성(善見城)에 있는, 제석천이 사는 궁전이다.

28) 브즈러니: [부지런히, 勤(부사): 브즈런(부지런, 勤: 명사) + -Ø(←-ᄒᆞ-: 형접)- + -이(부접)]

29) 付屬ᄒᆞ단: 付屬ᄒᆞ[부촉하다: 付屬(부촉: 명사) + -ᄒᆞ(동접)-]- + -다(←-더-: 회상)- + -Ø(←-오-: 화자)- + -ㄴ(관전) ※ '付屬(부촉)'은 부탁하여 맡기는 것이다.

30) 娑婆世界: 사바세계. 괴로움이 많은 인간 세계로서, 석가모니불이 교화하는 세계를 이른다.

31) 彌勒: 미륵. 내세에 성불하여 사바세계에 나타나서 중생을 제도하리라는 보살이다. 사보살(四菩薩)의 하나이다. 인도 파라나국의 브라만 집안에서 태어나 석가모니의 교화를 받고, 미래에 부처가 될 수기(受記)를 받은 후 도솔천에 올라갔다.

32) 니르리: [이르도록, 至(부사): 니를(이르다, 至: 동사)- + -이(부접)]

33) ᄉᆞᅀᅵ옛: ᄉᆞᅀᅵ(사이, 間) + -예(←-에: 부조, 위치) + -ㅅ(-의: 관조) ※ 'ᄉᆞᅀᅵ옛'은 '사이에 있는'으로 의역하여 옮긴다.

34) 벗겨: 벗기[벗기다, 벗어나게 하다, 解脫: 벗(벗다, 脫: 타동)- + -기(사접)-]- + -어(연어) ※ '벗겨 내야'는 '벗어나게 하여'로 의역하여 옮긴다.

[8뒤]

受苦(수고)를 떨치게 하라." 그때에 여러 世界(세계)에 있는 化身(화신)인 地藏菩薩(지장보살)이 합쳐져서 한 몸이 되시어, 울며 슬퍼하여 부처께 사뢰시되 "내가 오랜 劫(겁)으로부터 부처가 (나를) 接引(접인)하시는 것을 당하여, (내가) 不可思議(불가사의)의 神力(신력)을 얻어 큰 智慧(지혜)가 갖추어져 있어, 나의 分身(분신)이 百千萬億(백천만억) 恒河沙(항하사)의 世界(세계)에 가득하여,

[8뒤]

受쓯苦콩ᄅᆞᆯ 여희에35) ᄒᆞ라36) 그 ᄢᅴ 여러 世솅界갱옛 化황身신 地띵藏짱菩뽕薩삻이 어우러37) ᄒᆞᆫ 모미 ᄃᆞ외샤38) 울며 슬허39) 부텻긔40) ᄉᆞᆯᄫᆞ샤ᄃᆡ41) 내 오라건42) 劫겁으로셔 부터 接졉引인ᄒᆞ샤ᄆᆞᆯ43) 닙ᄉᆞᄫᆞ44) 不붏可캉思ᄉᆞᆼ議읭 神씬力륵을 어더 큰 智딩慧ᅘᅰᆼ ᄀᆞ자45) 내 分분身신이 百ᄇᆡᆨ千쳔萬먼億ᅙᅳᆨ 恒ᅘᅳᆼ河ᅘᅡᆼ沙상46) 世솅界갱예 ᄀᆞᄃᆞᆨᄒᆞ야

---

35) 여희에: 여희(떨치다, 離)- + -에(← -게: 연어, 사동)

36) ᄒᆞ라: ᄒᆞ(하다: 보용, 사동)- + -라(명종, 아주 낮춤)

37) 어우러: 어울(합하다, 합쳐지다, 共)- + -어(연어)

38) ᄃᆞ외샤: ᄃᆞ외(되다, 爲)- + -샤(← -시-: 주높)- + -Ø(← -아: 연어)

39) 슬허: 슳(슬퍼하다, 哀)- + -어(연어)

40) 부텻긔: 부텨(부처, 佛) + -ㅅ긔(-께: 부조, 상대, 높임)

41) ᄉᆞᆯᄫᆞ샤ᄃᆡ: ᄉᆞᇦ(← ᄉᆞᆲ다, ㅂ불: 사뢰다, 아뢰다, 白言)- + -ᄋᆞ샤(← -ᄋᆞ시-: 주높)- + -ᄃᆡ(← -오ᄃᆡ: -되, 연어, 설명 계속)

42) 오라건: 오라(오래다, 久)- + -Ø(현시)- + -거(확인)- + -ㄴ(관전)

43) 接引ᄒᆞ샤ᄆᆞᆯ: 接引ᄒᆞ[접인하다: 接引(접인: 명사) + -ᄒᆞ(동접)-]- + -샤(← -시-: 주높)- + -ㅁ(← -옴: 명전) + -ᄋᆞᆯ(목조) ※ '接引(접인)'은 '맞이하여 안내하다'나 혹은 '영접하다'의 뜻을 나타낸다.

44) 닙ᄉᆞᄫᆞ: 닙(입다, 당하다, 被)- + -ᅀᆞᇦ(← -ᅀᆞᆸ-: 객높)- + -아(연어) ※ '接引ᄒᆞ샤ᄆᆞᆯ 닙ᄉᆞᄫᆞ'를 능동으로 바꾸어서 표현하면, '부처가 나를 接引하시어'로 옮길 수 있다.

45) ᄀᆞ자: ᄀᆞᆽ(갖추어져 있다, 具: 형사)- + -아(연어)

46) 恒河沙: 항하사(관사, 양수). 극(極)의 만 배가 되는 수, 곧, 10의 52승의 수를 이른다.

[9앞]

世界(세계)마다 百千萬億(백천만억)의 몸이 되어, 몸마다 百千萬億(백천만억)의 사람을 濟渡(제도)하여, (백천만억의 사람이) 三寶(삼보)를 恭敬(공경)하여 生死(생사)를 길이 떨쳐서 涅槃樂(열반락)에 이르게 하니【涅槃樂(열반락)은 涅槃(열반)이 便安(편안)하고 즐거우므로, 涅槃樂(열반락)이라 하였니라.】, 오직 佛法(불법) 中(중)에 행한 좋은 일이 한 털이나 한 티끌 만하여도, 내가 漸漸(점점)

世셍界갱마다 百빅千쳔萬먼億흑 모미 ᄃᆞ외야 몸마다 百빅千쳔萬먼億흑 사ᄅᆞᄆᆞᆯ 濟젱渡똥ᄒᆞ야 三삼寶봉[47]ᄅᆞᆯ 恭공敬경ᄒᆞ야 生싱死ᄉᆞᆼᄅᆞᆯ 기리[48] 여희여 涅넗槃빤樂락[49]애 니를의[50] ᄒᆞ노니[51]【涅넗槃빤樂락ᄋᆞᆫ 涅넗槃빤이 便뼌安한코[52] 즐거ᄫᅳᆯᄊᆡ[53] 涅넗槃빤樂락이라 ᄒᆞ니라】 오직 佛뿛法법 中듕에 ᄒᆞ욘[54] □□[55] 이리 ᄒᆞᆫ 터럭[56] ᄒᆞᆫ 드틀[57] 만[58] ᄒᆞ야도 내 漸쪔漸쪔

---

47) 三寶: 삼보. 불보(佛寶)·법보(法寶)·승보(僧寶)를 이르는 말이다. '불보(佛寶)'는 석가모니불과 모든 부처를 높여 이르는 말이다. 부처는 스스로 진리를 깨닫고, 또 다른 사람을 깨닫게 하므로 세상의 귀중한 보배와 같다 하여 이르는 말이다. '법보(法寶)'는 깊고 오묘한 불교의 진리를 적은 불경을 보배에 비유하여 이르는 말이다. 승보(僧寶)는 부처의 가르침을 받들어 실천하는 사람들을 보배에 비유하여 이르는 말이다.

48) 기리: [길이, 영원히, 永(부사): 길(길다, 永: 형사)-+-이(부접)]

49) 涅槃樂: 열반락. 열반의 경지에 들어 누리는 즐거움이다. 열반은 생사의 고해에서 벗어나 해탈을 얻고 모든 번뇌가 끊어진 경지이기 때문에 가장 큰 즐거움이라 하여 열반락이라 한다.

50) 니를의: 니를(이르다, 至)-+-의(←-긔: -게, 연어, 사동)

51) ᄒᆞ노니: ᄒᆞ(하다: 보용, 사동)-+-ㄴ(←-ᄂᆞ-: 현시)-+-오(화자)-+-니(연어, 설명 계속)

52) 便安코: 便安ㅎ[←便安ᄒᆞ다(편안하다): 便安(편안: 명사)-+-ᄒᆞ(형접)-]-+-고(연어, 나열)

53) 즐거ᄫᅳᆯᄊᆡ: 즐겋[←즐겁다, ㅂ불(즐겁다, 喜): 즑(즐거워하다, 歡: 불어)+-업(형접)-]-+-을ᄊᆡ(-므로: 연어, 이유, 원인)

54) ᄒᆞ욘: ᄒᆞ(하다, 行)-+-Ø(과시)-+-요(←-오-: 대상)-+-ㄴ(관전)

55) 됴ᄒᆞᆫ: 둏(좋다, 善)-+-Ø(현시)-+-ㄴ(관전) ※『석보상절』의 원문에 두 글자가 탈각되어서 그 내용을 알 수 없다. 이 글의 저본인『지장보살본원경』(地藏菩薩本願經)의 권상에는 "오직 佛法 中에 ᄒᆞ욘 □□ 이리"의 부분이 "但於佛法中 所爲善事"으로 기술되어 있다. 따라서 저본의 내용을 고려하여 탈각된 내용을 '됴ᄒᆞᆫ(善)'으로 추정한다.

56) 터럭: [털, 毛: 털(털, 毛)+-억(명접)]

57) 드틀: 티끌, 塵.

58) 만: 만(의명, 흡사)

[9뒤]

漸쪔度똥脫퇋ᄒᆞ·야 ·큰 利·링ᄅᆞᆯ 얻·긔 ᄒᆞ
리·니 願·원ᄒᆞᆫᄃᆞᆫ 世·솅尊존·이 後·ᅘᅮᇢ世·솅
·옛 모·딘 衆·즁生ᄉᆞᆼ·ᄋᆞ·로 분·별 :마ᄅᆞ쇼셔
·이 ·야ᇰᄋᆞ·로 :세 ·번 ᄉᆞᆲ·ᄫᆞ·샤 願·원ᄒᆞᆫᄃᆞᆫ
尊존·이 後·ᅘᅮᇢ世·솅·옛 모·딘 衆·즁生ᄉᆞᆼ·ᄋᆞ
·로 분·별 :마ᄅᆞ쇼셔 ᄒᆞ·야시·늘 그·ᄢᅴ 부텨
地띵藏·짱菩뽕薩·삻·ᄋᆞᆯ 讚·잔歎·탄ᄒᆞ·야
니ᄅᆞ·샤·ᄃᆡ :됴·타 :됴·타 ·내 ·너·의 깃·구·믈 :돕

度脫(도탈)하여 큰 利(이)를 얻게 하겠으니, 願(원)하건대 世尊(세존)이 後世(후세)에 있을 모진 衆生(중생)으로 (인해서) 염려를 마소서." 이 양(樣)으로 세 번 사뢰시어, "願(원)하건대 世尊(세존)이 後世(후세)에 있을 모진 衆生(중생)으로 (인해서) 염려를 마소서." 하시거늘, 그때에 부처가 地藏菩薩(지장보살)을 讚歎(찬탄)하여 이르시되, "좋다. 좋다. 내가 너의 기뻐함을 돕나니,

度똥脫ᄐᆚᇙᄒᆞ야 큰 利링ᄅᆞᆯ 얻긔 호리니[59] 願원ᄒᆞᆫᄃᆞᆫ[60] 世솅尊존이 後ᅘᅮᇢ世솅옛[61] 모딘 衆즁生싱ᄋᆞ로 분별[62] 마ᄅᆞ쇼셔[63] 이 야ᄋᆞ로[64] 세 번 ᄉᆞᆯᄫᆞ샤 願원ᄒᆞᆫᄃᆞᆫ 世솅尊존이 後ᅘᅮᇢ世솅옛 모딘 衆즁生싱ᄋᆞ로 분별 마ᄅᆞ쇼셔 ᄒᆞ야시ᄂᆞᆯ[65] 그 ᄢᅴ 부톄 地띵藏짱菩뽕薩사ᇙᄋᆞᆯ 讚잔歎탄ᄒᆞ야 니ᄅᆞ샤ᄃᆡ 됴타[66] 됴타 내 너의 기ᇧ구믈[67] 돕노니[68]

---

59) 얻긔 호리니: 얻(얻다, 得)- + -긔(-게: 연어, 사동) # ㅎ(← ᄒᆞ다: 하다, 보용, 사동)- + -오(화자)- + -리(미시)- + -니(연어, 설명 계속)

60) 願ᄒᆞᆫᄃᆞᆫ: 願ᄒᆞ[원하다: 願(원: 명사) + -ᄒᆞ(동접)-]- + -ㄴᄃᆞᆫ(연어, 희망) ※ '-ㄴᄃᆞᆫ'은 [-ㄴ(관전) # ᄃᆞ(것: 의명) + -ㄴ(← -ᄂᆞᆫ: 보조사, 주제)]의 방식으로 형성된 연결 어미인데, 뒷절의 내용이 앞절의 내용의 '희망'이나 '바람'이 됨을 나타낸다.

61) 後世옛: 後世(후세) + -예(← -에: 부조, 위치) + -ㅅ(-의: 관조) ※ '後世옛'은 '後世(후세)에 있을'으로 의역하여 옮긴다.

62) 분별: 염려, 慮. ※ '분별(分別)'은 '염려(念慮)'나 '걱정'의 뜻으로 쓰였다.

63) 마ᄅᆞ쇼셔: 말(말다, 勿)- + -ᄋᆞ쇼셔(-으소서: 명종, 아주 높임)

64) 야ᄋᆞ로: 양(양, 樣: 의명, 흡사) + -ᄋᆞ로(부조, 방편)

65) ᄒᆞ야시ᄂᆞᆯ: ᄒᆞ(하다, 白)- + -시(주높)- + -야… ᄂᆞᆯ(← -아ᄂᆞᆯ: -거늘, 연어, 상황)

66) 됴타: 둏(좋다, 善)- + -Ø(현시)- + -다(평종)

67) 기ᇧ구믈: 기ᇧ(기뻐하다, 歡)- + -움(명전) + -을(목조)

68) 돕노니: 돕(돕다, 助)- + -ㄴ(← -ᄂᆞ-: 현시)- + -오(화자)- + -니(연어, 설명 계속)

[10앞]

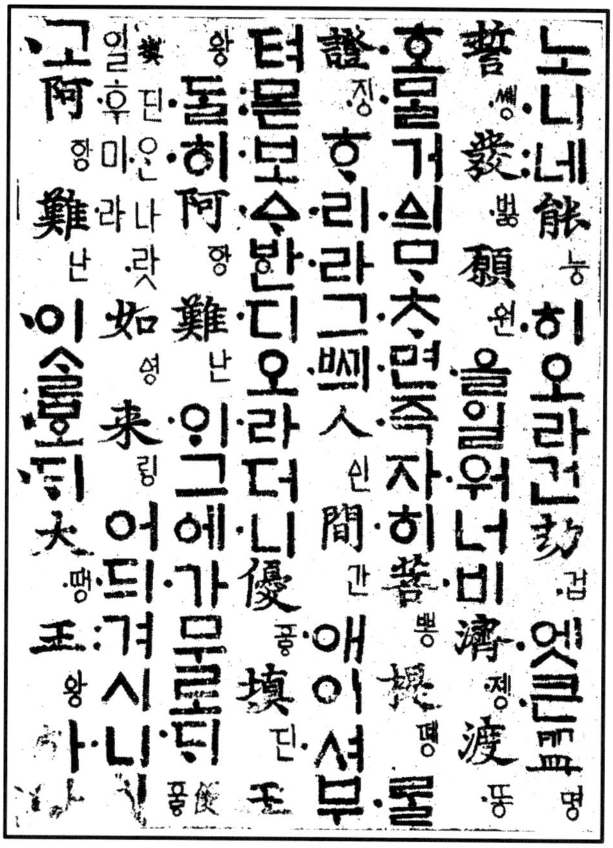
노니 네 能능히 오라건 劫겁엣 큰 盟명
誓솅 發벓願원을 일워 너비 濟졩渡똥ᄒᆞ물
ᄒᆞ물 거의 ᄆᆞᄎᆞ면 즉자히 菩뽕提똉물
證징ᄒᆞ리라 그ᄢᅴ 人신間간애 이셔 부
텨 몯 보ᅀᆞᄫᆞᆫ디 오라더니 優ᅙᅮᆼ塡뗜王
왕돌히 阿항難난이그에 가 묻ᄌᆞᄫᆞᄃᆡ 優ᅙᅮᆼ塡
뗜ᄋᆞᆫ 나랏 일후미라 如영來ᄅᆡᆼ 어듸 겨시니
잇고 阿항難난이 ᄉᆞᆯᄫᆞᄃᆡ 大땡王왕하

네가 能(능)히 오랜 劫(겁)에 있은 큰 盟誓(맹서)와 發願(발원)을 이루어 널리 濟渡(제도)하는 것을 거의 마치면, 즉시 菩提(보리)를 證(증)하리라." 그때에 人間(인간, 세상)에서 (중생들이) 부처를 못 본 지가 오래더니, 優塡王(우전왕) 등(等)이 阿難(아난)에게 가 묻되【優塡(우전)은 나라의 이름이다.】"如來(여래)가 어디에 계십니까?" 阿難(아난)이 사뢰되 "大王(대왕)이시여,

네 能능히 오라건[69] 劫겁엣 큰 盟명誓솅 發벓願원[70]을 일워[71] 너비[72] 濟졩渡똥호ᄆᆞᆯ 거싀[73] ᄆᆞᄎᆞ면[74] 즉자히 菩뽕提똉[75]를 證징ᄒᆞ리라[76] 그 ᄢᅴ 人ᅀᅵᆫ間간[77]애 이셔 부텨 몯 보ᅀᆞᄫᆞᆫ[78] 디[79] 오라더니 優ᅙᅮᇢ塡띤王왕 ᄃᆞᆯ히[80] 阿ᅙᅡᆼ難난ᄋᆡ 그에[81] 가 무로ᄃᆡ[82]【優ᅙᅮᇢ塡띤ᄋᆞᆫ 나랏 일후미라】如ᅀᅧᆼ來ᄅᆡᆼ 어듸[83] 겨시니잇고[84] 阿ᅙᅡᆼ難난이 ᄉᆞᆯᄫᅩᄃᆡ 大땡王왕하[85]

---

69) 오라건: 오라(오래다, 久)- + -Ø(현시)- + -거(확인)- + -ㄴ(관전)

70) 發願: 발원. 신이나 부처에게 소원을 비는 것이나, 또는 그 소원이다.

71) 일워: 일우[이루다, 成就: 일(이루어지다, 成: 자동)- + -우(사접)-]- + -어(연어)

72) 너비: [널리, 弘(부사): 넙(넓다, 廣: 형사)- + -이(부접)]

73) 거싀: 거의, 將(부사)

74) ᄆᆞᄎᆞ면: ᄆᆾ(마치다, 畢)- + -ᄋᆞ면(연어, 조건)

75) 菩提: 보리. 불교 최고의 이상인 불타(佛陀) 정각(正覺)의 지혜이다.

76) 證ᄒᆞ리라: 證ᄒᆞ[증하다, 깨닫다: 證(증: 불어) + -ᄒᆞ(동접)-]- + -리(미시)- + -라(←-다: 평종) ※ '證(증)'은 깨달아서 체득하는 것이다.

77) 人間애 이셔: 人間(인간, 세상) + -애(←-에: 부조, 위치) # 이시(있다, 在)- + -어(연어) ※ '人間(인간)'은 사람이 사는 세상이다. '人間애 이셔'는 의미상으로 주격의 역할을 하므로, '人間에서'나 '사람이 사는 세상에서'로 의역하여 옮긴다.

78) 보ᅀᆞᄫᆞᆫ: 보(보다, 見)- + -ᅀᆞᇦ(←-ᅀᆞᆸ-: 객높)- + -Ø(과시)- + -아(확인)- + -ㄴ(관전)

79) 디: 디(지: 의명, 시간의 경과) + -Ø(←-이: 주조)

80) 優塡王 ᄃᆞᆯ히: 優塡王(우전왕) + ᄃᆞᆶ(들, 등, 等: 의명, 복수) + -이(주조) ※ '優塡王(우전왕, Udayana)'은 부처님이 살아 있을 때에 구섬미국(拘睒彌國) 왕의 이름이다. 불교에 대한 신앙심이 매우 깊었으며, 밖에서 부처님을 크게 후원하였다. 부처님이 어머니인 마야부인을 위하여 삼십삼천의 도리천(忉利天)에서 설법할 때에, 우전왕이 부처님을 만나 뵙지 못한 괴로움으로 병이 났다. 이에 많은 신하들이 그의 쾌유를 빌며 우두산의 향목인 우두전단(牛頭栴檀)으로 불상을 만들었는데, 이것이 인도에서 최초로 만들어진 불상이라고 한다.

81) 阿難ᄋᆡ 그에: 阿難(아난) + -ᄋᆡ(관조) # 그에(거기에, 此處: 지대, 정칭) ※ '阿難ᄋᆡ 그에'은 '阿難에게'로 의역하여 옮긴다. ※ '阿難(아난)'은 석가모니의 십대 제자 가운데 한 사람이다. 십육 나한(十六羅漢)의 한 명으로 석가모니의 사촌동생이다. 20여 년간 석가모니를 모셨으며, 석가모니가 열반한 후 경전을 결집(結集)하는 일에 중심이 되었고 여인 출가의 길을 열었다.

82) 무로ᄃᆡ: 물(←묻다, ㄷ불: 묻다, 問)- + -오ᄃᆡ(-되: 연어, 설명 계속)

83) 어듸: 어디, 何所(지대, 미지칭)

84) 겨시니잇고: 겨시(계시다, 在)- + -Ø(현시)- + -잇(←-이-: 상높, 아주 높임)- + -니…고(-까: 의종, 설명)

85) 大王하: 大王(대왕) + -하(-이시어: 호조, 아주 높임)

[10 뒤]

나도 如來(여래)가 계신 데를 몰랐습니다.” 優塡王(우전왕)이 世尊(세존)을 그리워하여 病(병)을 하여, 나라에 어진 匠人(장인)을 모아【匠人(장인)은 물건을 만드는 사람이다.】牛頭栴檀香(우두전단향)으로 世尊(세존)의 像(상)을 만들어【높이가 다섯 자이더라.】供養(공양)하더니, 波斯匿王(파사닉왕)도 그 말을 듣고 紫磨金(자마금)으로 如來(여래)의 像(상)을

[10 뒤]

□도[86] 如ᅀᅧᆼ來ᄅᆡᆼ 겨신 ᄃᆡᄅᆞᆯ[87] 모ᄅᆞᅀᆞᄫᅡ이□[88] 優ᅙᅮᇢ塡띤王ᅌᅪᆼ이 世솅尊존 그리ᅀᆞᄫᅡ[89] 病뼝을 ᄒᆞ야 나라해[90] 어딘[91] 匠쨔ᇰ人ᅀᅵᆫ[92] 뫼호아[93]【匠쨩人ᅀᅵᆫᄋᆞᆫ 자ᄇᆞᆫ것[94] ᄆᆡᇰᄀᆞᄂᆞᆫ[95] 사ᄅᆞ미라】 牛ᅌᅮᇢ頭뚜ᇢ栴젼檀딴香향[96]ᄋᆞ로 世솅尊존ㅅ 像쌰ᇰᄋᆞᆯ ᄆᆡᇰᄀᆞᅀᆞᄫᅡ[97]【노ᄑᆡ[98] 다ᄉᆞᆺ 자히러라[99]】 供공養ᅌᅣᇰᄒᆞᅀᆞᆸ더니[100] 波방斯ᄉᆞᆼ匿닉王ᅌᅪᆼ[1]도 그 말 듣고 紫ᄌᆞᆼ摩망金금[2]으로 如ᅀᅧᆼ來ᄅᆡᆼㅅ 像쌰ᇰᄋᆞᆯ

---

86) 나도: 나(나, 我: 인대, 1인칭) + -도(보조사, 첨가) ※ '□도'는 문맥상 '나도'로 추정한다.

87) ᄃᆡᄅᆞᆯ: ᄃᆡ(데, 곳, 處: 의명) + -ᄅᆞᆯ(목조)

88) 모ᄅᆞᅀᆞᄫᅡ이다: 모ᄅᆞ(모르다, 不知)- + -ᅀᆞᇦ(← -ᅀᆞᆸ-: 객높)- + -Ø(과시)- + -아(확인)- + -이(상높, 아주 높임)- + -다(평종) ※ '모ᄅᆞᅀᆞᄫᅡ이□'는 문맥상 '모ᄅᆞᅀᆞᄫᅡ이다'로 추정한다.

89) 그리ᅀᆞᄫᅡ: 그리(그리워하다, 思覩)- + -ᅀᆞᇦ(← -ᅀᆞᆸ-: 객높)- + -아(연어)

90) 나라해: 나라ㅎ(나라, 國) + -애(-에: 부조, 위치)

91) 어딘: 어디(← 어딜다: 어질다, 奇巧)- + -Ø(현시)- + -ㄴ(관전) ※ '어딘'은 『석가보』(釋迦譜) 권3에는 '奇巧(기교)'로 기술되어 있는데, '奇巧'는 기이하고 교묘한 것이다.

92) 匠人: 장인. 손으로 물건을 만드는 일을 업으로 하는 사람이다.

93) 뫼호아: 뫼호(모으다, 集)- + -아(연어)

94) 자ᄇᆞᆫ것: [물건, 연장, 器: 잡(잡다, 執)- + -ᄋᆞᆫ(관전) + 것(것, 者: 의명)] ※ '자ᄇᆞᆫ것'은 대체로 연장(鍊匠)이나 도구로 옮기고 있으나, 여기서는 '물건(物)'이라는 뜻으로도 쓰였다. 곧, '庫房(자븐것 녓ᄂᆞᆫ 집[역어유해 상:16], 자븐것 년는 술위(庫車)[번역노걸대 하:36], 接受東西 자분 것 받다[역어유해 상:65]'의 예에서는 '자ᄇᆞᆫ것/자븐것/자분것'이 '물건'의 뜻으로 쓰였다.

95) ᄆᆡᇰᄀᆞᄂᆞᆫ: ᄆᆡᇰᄀᆞ(← ᄆᆡᇰᄀᆞᆯ다: 만들다, 作)- + -ᄂᆞ(현시)- + -ㄴ(관전)

96) 牛頭栴檀香: 우두전단향. 인도 마라야산에서 나는 향나무이다. ※ '旃檀香(전단향)'은 몸에 바르면 불에 들어가도 불이 사르지 못하며, 제천(諸天)들이 아수라(阿脩羅)와 싸울적에 칼에 헌데를 바르면 곧바로 아물었다고 한다. 이 향나무가 고산(高山)이라 하는 산에서 나는데, 그 산봉우리가 소의 머리 같으므로 우두전단향(牛頭旃檀香)이라 한다.

97) ᄆᆡᇰᄀᆞᅀᆞᄫᅡ: ᄆᆡᇰᄀᆞ(← ᄆᆡᇰᄀᆞᆯ다: 만들다, 作)- + -ᅀᆞᇦ(← -ᅀᆞᆸ-: 객높)- + -아(연어)

98) 노ᄑᆡ: 노ᄑᆡ[높이, 高: 높(높다, 高: 형사)- + -ᄋᆡ(명접)] + -Ø(← -이: 주조)

99) 자히러라: 자ㅎ(자, 尺: 의명) + -이(서조)- + -러(← -더-: 회상)- + -라(← -다: 평종)

100) 供養ᄒᆞᅀᆞᆸ더니: 供養ᄒᆞ[공양하다: 供養(공양: 명사) + -ᄒᆞ(동접)-]- + -ᅀᆞᆸ(객높)- + -더(회상)- + -니(연어, 설명 계속)

1) 波斯匿王: 파사닉왕(prasenajit). 석가모니 부처가 살아 있을 때에, 코살라국(kosala國) 사위성(舍衛城)의 왕이었다.

2) 紫摩金: 자마금. 자주빛이 나는 황금이다. 이는 자마황금(紫磨黃金), 또는 염부(閻浮)나무 밑으로 흐르는 강물 속에서 나는 사금(砂金)이라 하여 염부단금(閻浮檀金)이라기도 한다. 바사닉왕(波斯匿王)은 이 자마금으로 여래(如來)의 상(像)을 만들었다고 한다.

[11 앞]

만드니【이것도 높이가 다섯 자이더라.】, 閻浮提(염부제)의 內(내)에 만든 부처의 像(상)이 이 둘이 始作(시작)이시니라. 그때에 世尊(세존)이 忉利天(도리천)에 계시어 많은 사람을 위하여 說法(설법)하시고, 석 달이 다하거늘 鳩摩羅(구마라)를 부리시어【鳩摩羅(구마라)는 하늘의 大將軍(대장군)이다.】閻浮提(염부제)에 내려와 이르되 "如來(여래)가 아니 오래어 涅槃(열반)에

밍ᄀᆞᅀᆞᄫᆞ니[3)]【이도[4)] 노ᄑᆡ 다ᄉᆞᆺ 자히러라】閻염□뿡□똉[5)]ㅅ 內뇡예 밍ᄀᆞᅀᆞᄫᆞᆫ[6)] 부텻 像쌍이 이 둘히[7)] 始싱作작이시니라[8)] 그 ᄢᅴ 世솅尊존이 忉돌利링天텬[9)]에 겨샤 한[10)] 사ᄅᆞᆷ 위ᄒᆞ야 說쉻法법ᄒᆞ시고 석 ᄃᆞ리[11)] 다ᄋᆞ거늘[12)] 鳩궇摩망羅랑[13)]를 브리샤【鳩궇摩망羅랑ᄂᆞᆫ 하ᄂᆞᆳ 大땡將장軍군이라】閻염浮뿡提똉예 ᄂᆞ려와[14)] 닐오ᄃᆡ 如셩□[15)] □□[16)] 오라[17)] □□애[18)]

---

3) 밍ᄀᆞᅀᆞᄫᆞ니: 밍ᄀᆞ(← 밍ᄀᆞᆯ다: 만들다, 作)-+-ᅀᆞᆸ(←-ᅀᆞᆸ-: 객높)-+-ᄋᆞ니(연어, 설명 계속)

4) 이도: 이(이것, 此: 지대, 정칭)+-도(보조사, 첨가)

5) 閻浮提: 염부제. 염부나무가 무성한 땅이라는 뜻으로, 수미사주(須彌四洲)의 하나이다. 수미산(須彌山)의 남쪽 칠금산과 대철위산 중간 바다 가운데에 있다는 섬으로 삼각형을 이루고, 가로 넓이 칠천 유순(七千由旬)이라고 한다. 후에 인간세계를 통틀어 이르는 말, 곧 현세(現世)의 의미(意味)로 쓰인다.

6) 밍ᄀᆞᅀᆞᄫᆞᆫ: 밍ᄀᆞ(← 밍ᄀᆞᆯ다: 만들다, 製)-+-ᅀᆞᆸ(←-ᅀᆞᆸ-: 객높)-+-Ø(←-오-: 대상)-+-ㄴ(관전) ※ '밍ᄀᆞᅀᆞᄫᆞᆫ'은 '밍ᄀᆞᅀᆞᄫᆞᆫ'을 오각한 형태이다.

7) 둘히: 둘ㅎ(둘, 二: 수사, 양수)+-이(주조)

8) 始作이시니라: 始作(시작)+-이(서조)-+-시(주높)-+-Ø(현시)-+-니(원칙)-+-라(←-다: 평종)

9) 忉利天: 도리천. 육욕천(六欲天)의 둘째 하늘이다. 섬부주 위에 8만 유순(由旬) 되는 수미산 꼭대기에 있는 곳으로, 가운데에 제석천이 사는 선견성(善見城)이 있으며, 그 사방에 권속되는 하늘 사람들이 살고 있는 8개씩의 성이 있다.

10) 한: 하(많다, 多)-+-Ø(현시)-+-ㄴ(관전)

11) ᄃᆞ리: ᄃᆞᆯ(달, 月: 의명)+-이(주조)

12) 다ᄋᆞ거늘: 다ᄋᆞ(다하다, 盡)-+-거늘(연어, 상황)

13) 鳩摩羅: 구마라(Kumāra). 초선천(初禪天)의 범왕(梵王) 이름이라고도 한다. 주로 '동자(童子), 동진(童眞), 동남(東南)'으로 번역한다. 얼굴이 동자를 닮아서 붙인 이름이며, 항상 닭을 받들고 방울을 들고 붉은 깃발을 가지고 공작(孔雀)을 끼고 있다.

14) ᄂᆞ려와: ᄂᆞ려오[내려오다, 下至: ᄂᆞ리(내리다, 下)-+-어(연어)+오(오다, 至)-]-+-아(연어)

15) 如來: 如來(여래)+-Ø(←-이: 주조) ※『석가보』 권2의 〈釋迦母摩訶摩耶夫人記〉에는 '來不久當入涅槃'로 기술되어 있다. 이를 참조하여 '如□ □□ 오라 □□애'를 '여래 아니 오라 涅槃애'로 추정한다.

16) 아니: 아니, 不(부사) ※『석가보』에는 '□□ 오라' 부분이 '不久'로 기술되어 있다.

17) 오라: 오라(오래다, 久)-+-아(연어)

18) 涅槃애: 涅槃(열반)+-애(부조, 위치) ※ '涅槃(열반)'은 승려나 불보살이 죽은 것이다.

[11 뒤]

드시리라." 그때에 衆生(중생)들이 이 말을 듣고 이르되, "우리들이 스승이 계신 곳을 모르더니, (스승께서) 忉利天(도리천)에 계시더구나. (스승께서) 또 涅槃(열반)에 들려 하시니 이토록 서럽구나. 世間(세간)에 있는 눈(眼)이 없어지겠다. 우리는 罪(죄)를 지은 몸이라서 하늘에 못 가니, 願(원)하건대 仁者(인자)가 (스승을) 請(청)하여【仁者(인자)는 남을 불쌍히 여기는 사람이니, 鳩摩羅(구마라)를 드르시리라[19] □ □□[20] □□ᄃᆞᆯ히[21] 이 말 듣고 닐오ᄃᆡ[22] 우리ᄃᆞᆯ히 스□□[23] 겨신 ᄯᅡ홀[24] 모ᄅᆞ다니[25] 忉$_{돓}$利$_{링}$天$_{텬}$에 겨시닷다[26] ᄯᅩ 涅$_{녏}$槃$_{빤}$애 드로려[27] ᄒᆞ시니 이리ᄃᆞ록[28] 셜ᄫᅳᆯ쎠[29] 世$_{솅}$間$_{간}$앳[30] 누니[31] 업스려다[32] 우리ᄂᆞᆫ 罪$_{쬥}$ 지ᅀᅳᆫ[33] 모미라[34] 하ᄂᆞᆯ해[35] 몯 가노니[36] 願$_{원}$ᄒᆞᆫᄃᆞᆫ 仁$_{신}$者$_{쟝}$ㅣ 請$_{쳥}$ᄒᆞᅀᆞᄫᅡ[37]【仁$_{신}$者$_{쟝}$ᄂᆞᆫ ᄂᆞᆷ[38] 어엿비[39] 너기ᄂᆞᆫ[40] 사□□미니 鳩$_{궇}$摩$_{망}$羅$_{랑}$ᄅᆞᆯ

---

19) 드르시리라: 들(들다, 入)-+-으시(주높)-+-리(미시)-+-라(←-다: 평종)

20) 그 저긔: 그(그, 彼: 관사, 지시, 정칭) # 적(적, 때, 時: 의명)+-의(-에: 부조, 위치) ※『석가보』 권2에는 '□ □□'의 부분이 '于時'로 기술되어 있다.

21) 衆生ᄃᆞᆯ히: 衆生ᄃᆞᆶ[중생들: 衆生(중생)+-ᄃᆞᆶ(-들: 복접)]+-이(주조) ※『석가보』 권2에는 '□□ᄃᆞᆯ히'의 부분이 '衆生'으로 기술되어 있다.

22) 닐오ᄃᆡ: 닐(←니ᄅᆞ다: 이르다, 語)-+-오ᄃᆡ(-되: 연어, 설명 계속)

23) 스ᄉᆞᆼ이: 스ᄉᆞᆼ(스승, 大師)+-이(주조) ※『석가보』 권2에는 '스□□' 부분이 '大師'로 기술되었다.

24) ᄯᅡ홀: ᄯᅡㅎ(땅, 곳, 所)+-ᄋᆞᆯ(목조)

25) 모ᄅᆞ다니: 모ᄅᆞ(모르다, 不知)-+-다(←-더-: 회상)-+-Ø(←-오-: 화자)+-니(연어, 설명 계속)

26) 겨시닷다: 겨시(계시다, 在)-+-다(←-더-: 회상)-+-ㅅ(←-옷-: 감동)-+-다(평종)

27) 드로려: 들(들다, 入)-+-오려(-려: 연어, 의도)

28) 이리ᄃᆞ록: [이토록, 如此(부사): 이(이, 此: 지대, 정칭)+-리(부접)+Ø(←-ᄒᆞ-: 동접)-+-ᄃᆞ록(-도록: 연어▻부접) ※ '이리ᄃᆞ록'은 '이리ᄒᆞᄃᆞ록'이 줄어서 형성된 파생 부사이다.

29) 셜ᄫᅳᆯ쎠: 셟(←셟다, ㅂ불: 서럽다, 괴록바苦)-+-Ø(현시)-+-을쎠(-구나: 감종)

30) 世間앳: 世間(세간)+-애(부조, 위치)+-ㅅ(-의: 관조)

31) 누니: 눈(눈, 眼)+-이(주조) ※ '世間의 눈'은 '스승(=세존)'을 이른다.

32) 업스려다: 없(없어지다, 滅: 동사)-+-으리(미시)-+-어(←-거-: 확인)-+-다(평종)

33) 지ᅀᅳᆫ: 지ᇫ(←짓다, ㅅ불: 짓다, 作)-+-Ø(과시)-+-은(관전)

34) 모미라: 몸(몸, 身)+-이(서조)-+-라(←-아: 연어)

35) 하ᄂᆞᆯ해: 하ᄂᆞᆶ(하늘, 天)+-애(-에: 부조, 위치)

36) 가노니: 가(가다, 昇)-+-ㄴ(←-ᄂᆞ-: 현시)-+-오(화자)-+-니(연어, 설명 계속, 이유)

37) 請ᄒᆞᅀᆞᄫᅡ: 請ᄒᆞ[청하다: 請(청: 명사)+-ᄒᆞ(동접)-]-+-ᅀᆞᇦ(←-ᅀᆞᆸ-: 객높)-+-아(연어)

38) ᄂᆞᆷ: 남, 他.

39) 어엿비: [불쌍히, 憫(부사): 어엿ㅂ(←어엿브다: 불쌍하다, 憫, 형사)-+-이(부접)]

40) 너기ᄂᆞᆫ: 너기(여기다, 念)-+-ᄂᆞ(현시)-+-ㄴ(관전)

[12앞]

羅랑ᄅᆞᆯ 니르니라 어셔 ᄂᆞ려오시게 ᄒᆞ쇼셔 鳩궁摩망羅랑ㅣ 올아가 ᄉᆞᆯᄫᅡᄂᆞᆯ 世솅尊존이 드르시고 五옹色식光광明명을 내야 비취신대 帝뎅釋셕이 鬼귕神씬 브려 세 줈 ᄃᆞ리ᄅᆞᆯ 노ᄒᆞ니 가온ᄃᆡᆫ 金금이오 왼녀긘 瑠륳璃링오 올ᄒᆞᆫ녀긘 瑪망瑙ᇹㅣ러라 부텨 摩망耶양ᄭᅴ ᄉᆞᆲ샤ᄃᆡ 죽사릿 法법은 모ᄃᆞᆺ다가도 ᄆᆞᄎᆞᆷ

일렀니라.】 어서 내려오시게 하소서.” 鳩摩羅(구마라)가 올라가 사뢰거늘, 世尊(세존)이 들으시고 五色(오색) 光明(광명)을 내어 비추시는데, 帝釋(제석)이 鬼神(귀신)을 부려 세 줄로 된 다리를 놓으니, 가운데는 金(금)이요 왼녘에는 瑠璃(유리)요 오른녘에는 瑪瑙(마노)이더라. 부처가 摩耶(마야)께 사뢰시되 “죽살이(生死)의 法(법)은 모여 있다가도 반드시

니르니라[41] 】 어셔[42] ᄂᆞ려오시게 ᄒᆞ쇼셔[43] 鳩구ᇹ摩망羅랑ㅣ 올아가[44] ᄉᆞᆯ
바ᄂᆞᆯ[45] 世셰ᇹ尊존이 드르시고 五ᅌᅩᆼ色ᄉᆡᆨ 光광明명을 내야 비취신대[46]
帝뎽釋셕[47]이 鬼ᄀᆔᇹ神씬 브려 세 줈[48] ᄃᆞ리ᄅᆞᆯ[49] 노ᄒᆞ니[50] 가온ᄃᆡᆫ[51] 金
금이오 왼녀긘[52] 瑠류ᇹ璃링오[53] 올ᄒᆞᆫ녀긘[54] 瑪망瑙노ᇹㅣ러라[55] 부톄 摩망
耶양ᄋᆡ ᄉᆞᆲ보샤ᄃᆡ 죽사릿[56] 法법은 모댓다가도[57] 모□[58]

---

41) 니르니라: 니르(이르다, 曰)- + -Ø(과시)- + -니(원칙)- + -라(← -다: 평종)

42) 어셔: 어서, 速(부사)

43) ᄂᆞ려오시게 ᄒᆞ쇼셔: ᄂᆞ려오[내려오다, 還下: ᄂᆞ리(내리다, 降)- + -어(연어) + 오(오다, 來)-]- + -시(주높)- + -게(연어, 사동) # ᄒᆞ(하다: 보용, 사동)- + -쇼셔(-소서: 명종, 아주 높임)

44) 올아가: 올아가[올라가다, 登: 올(← 오ᄅᆞ다: 오르다, 登)- + -아(연어) + 가(가다, 去)-]- + -아(연어)

45) ᄉᆞᆯ바ᄂᆞᆯ: ᄉᆞᆲ(← ᄉᆞᆲ다, ㅂ불: 사뢰다, 아뢰다, 白)- + -아ᄂᆞᆯ(-거늘: 연어, 상황)

46) 비취신대: 비취(비추다, 照)- + -시(주높)- + -ㄴ대(-는데, -니: 연어, 반응)

47) 帝釋: 제석. 십이천(十二天)의 하나이다. 수미산(須彌山) 꼭대기에 있는 도리천(忉利天)의 임금으로, 사천왕과 삼십이천을 통솔하면서 불법과 불법에 귀의하는 사람을 보호하고 아수라(阿修羅)의 군대를 정벌한다고 한다.

48) 줈: 줄(줄, 線) + -ㅅ(-의: 관조) ※ '세 줈'은 '세 줄로 된'으로 의역하여 옮긴다.

49) ᄃᆞ리ᄅᆞᆯ: ᄃᆞ리(다리, 橋) + -ᄅᆞᆯ(목조)

50) 노ᄒᆞ니: 놓(놓다, 設)- + -ᄋᆞ니(연어, 설명 계속)

51) 가온ᄃᆡᆫ: 가온ᄃᆡ(가운데, 中) + -ㄴ(← -ᄂᆞᆫ: 보조사, 주제)

52) 왼녀긘: 왼녁[왼녘, 左便: 외(왼쪽이다, 그르다, 左, 誤)- + -ㄴ(관전) + 녁(녘, 便)] + -의(-에: 부조, 위치) + -ㄴ(← -는: 보조사, 주제)

53) 瑠璃오: 瑠璃(유리) + -Ø(← -이-: 서조)- + -오(← -고: 연어, 나열) ※ '瑠璃(유리)'는 황금색의 작은 점이 군데군데 있고 거무스름한 푸른색을 띤 광물이다.

54) 올ᄒᆞᆫ녀긘: 올ᄒᆞᆫ녁[오른녘, 右便: 옳(오른쪽이다, 옳다, 右, 是)- + -ᄋᆞᆫ(관전) + 녁(녘, 便)] + -의(-에: 부조, 위치) + -ㄴ(← -는: 보조사, 주제)

55) 瑪瑙ㅣ러라: 瑪瑙(마노) + -ㅣ(← -이-: 서조)- + -러(← -더-: 회상)- + -라(← -다: 평종) ※ '瑪瑙(마노)'는 석영이다, 화학 성분은 송진과 같은 규산(硅酸)으로, 광택이 있고 때때로 다른 광물질이 스며들어 고운 적갈색이나 흰색 무늬를 띠기도 한다.

56) 죽사릿: 죽사리[죽살이, 生死: 죽(죽다, 死)- + 살(살다, 生)- + -이(명접)] + -ㅅ(-의: 관조)

57) 모댓다가도: 몯(모이다, 會)- + -아(연어) + 잇(← 이시다: 보용, 완료 지속)- + -다가(연어, 전환)- + -도(보조사, 강조) ※ '모댓다가도'는 '모다 잇다가도'가 축약된 형태이다.

58) 모ᄃᆡ: 반드시, 必(부사) ※ 『석가보』에는 '必'로 기술되어 있으므로, '모ᄃᆡ'로 추정한다.

이별합니다. 내가 이제 내려가면 오래지 않아 涅槃(열반)하겠습니다." 摩耶(마야)가 우시고 偈(게)를 지어 (세존께) 사뢰시거늘, 그때에 世尊(세존)이 (마야께) 辭別(사별)하시고 그 寶階(보계)로 내려오시더니【寶階(보계)는 보배로 된 다리이니, 위에서 말한 세 줄의 다리이다.】, 梵天(범천)이 蓋(개)를 잡아 四天王(사천왕)과 두 쪽에 서고, 四衆(사중)이 노래를 불러 (세존을) 讚嘆(찬탄)하여 좇아서 여희ᄂᆞ니이다[59] 내 이제 ᄂᆞ려가면 아니 오라아 涅녏槃빤호리이다[60] 摩망耶양ㅣ 우르시고[61] 偈꼥[62] 지ᅀᅥ ᄉᆞᆯ바시ᄂᆞᆯ[63] 그 저긔 世솅尊존이 辭ᄊᆞᆼᄒᆞ시고[64] 그 寶봏階갱[65]로 ᄂᆞ려오더시니[66]【寶봏階갱ᄂᆞᆫ 보ᄇᆡ옛 ᄃᆞ리니 우희[67] 닐엣ᄂᆞᆫ[68] 세 즁 ᄃᆞ리라】梵뻠天텬[69]이 蓋갱[70] 자바 四ᄉᆞᆼ天텬王왕[71]과 두 녀긔 셔ᅀᆞᆸ고[72] 四ᄉᆞᆼ衆즁이 놀애[73] 블러[74] 讚잔嘆탄ᄒᆞᅀᆞ바 조ᄍᆞ바[75]

---

59) 여희ᄂᆞ니이다: 여희(이별하다, 떠나다, 離)-+-ᄂᆞ(현시)-+-니(원칙)-+-이(상높, 아주 높임)-+-다(평종)

60) 涅槃호리이다: 涅槃ㅎ[← 涅槃ᄒᆞ다(열반하다): 涅槃(열반: 명사)+-ᄒᆞ(동접)-]-+-오(화자)-+-리(미시)-+-이(상높, 아주 높임)-+-다(평종)

61) 우르시고: 울(울다, 垂淚)-+-으시(주높)-+-고(연어, 계기)

62) 偈: 게. 부처의 공덕이나 가르침을 찬탄하는 노래 글귀이다.(= 가타, 伽陀)

63) ᄉᆞᆯ바시ᄂᆞᆯ: ᄉᆞᆲ(← ᄉᆞᆲ다, ㅂ불: 사뢰다, 아뢰다, 說)-+-시(주높)-+-아…ᄂᆞᆯ(-거늘: 연어, 상황)

64) 辭ᄒᆞ시고: 辭ᄒᆞ[사하다, 알리다: 辭(사: 불어)+-ᄒᆞ(동접)-]-+-시(주높)-+-고(연어, 계기) ※『석가보』에는 이 부분을 '辭別(사별)'로 기술하고 있는데, '辭別'은 만나서 인사를 하고 헤어지는 것이다. 이에 따라서 '辭ᄒᆞ시고'를 '辭別(사별)하시고'로 옮긴다.

65) 寶階: 보계. 보배의 다리이다. 칠보(七寶)에 드는 금(金)·유리(瑠璃)·마노(瑪瑙) 등으로 꾸민 석 줄로 된 다리이다.

66) ᄂᆞ려오더시니: ᄂᆞ려오[내려오다, 下躡: ᄂᆞ리(내리다, 降)-+-어(연어)+오(오다, 來)-]-+-더(회상)-+-시(주높)-+-니(연어, 설명 계속)

67) 우희: 우ㅎ(위, 上)+-의(-에: 부조, 위치)

68) 닐엣ᄂᆞᆫ: 닐(← 니ᄅᆞ다: 이르다, 말하다, 曰)-+-어(연어)+잇(← 이시다: 있다, 보용, 완료)-+-ᄂᆞ(현시)-+-ㄴ(관전) ※ '닐엣ᄂᆞᆫ'은 '닐어 잇ᄂᆞᆫ'이 축약된 형태인데, '말한'으로 의역한다.

69) 梵天: 범천. 색계(色界) 초선천(初禪天)의 우두머리이다. 제석천(帝釋天)과 함께 부처를 좌우에서 모시는 불법 수호의 신이다.(= 梵天王, 범천왕)

70) 蓋: 개. 불좌 또는 높은 좌대를 덮는 장식품이다. 나무나 쇠붙이로 만들어 법회 때에 법사의 위를 덮는다. 원래는 인도에서 햇볕이나 비를 가리기 위하여 쓰던 우산 같은 것이었다.

71) 四天王: 사천왕. 사왕천(四王天)의 주신(主神)으로 사방을 진호(鎭護)하며 국가를 수호하는 네 신이다. 동쪽의 지국천왕, 남쪽의 증장천왕, 서쪽의 광목천왕, 북쪽의 다문천왕이 있다. 위로는 제석천을 섬기고 아래로는 팔부중(八部衆)을 지배하여 불법에 귀의한 중생을 보호한다.

72) 셔ᅀᆞᆸ고: 셔(서다, 立)-+-ᅀᆞᆸ(객높)-+-고(연어, 나열, 계기)

73) 놀애: [노래, 歌: 놀(놀다, 遊: 동사)-+-애(명접)]

74) 블러: 블ㄹ← 브르다: 부르다, 歌)-+-어(연어)

75) 조ᄍᆞ바: 조(← 좇다: 좇다, 따르다, 從)-+-ᄍᆞᇦ(← -ᄌᆞᆸ-: 객높)-+-아(연어)

[13 앞]

오더니, 하늘의 풍류가 虛空(허공)에 가득하여 꽃비를 흩뿌리며 香(향)을 피우고, 인도(引導)하거니 뒤따르거니 하여 내려오더라. 閻浮提(염부제)에 있는 임금인 波斯匿王(파사닉왕) 등 一切(일체)의 大衆(대중)이 寶階(보계)의 밑에 모여 가서 부처를 맞더니, 優塡王(우전왕)이 만든 金像(금상)을 象(상, 코끼리)에 실어서 가더니【栴檀香(전단향)으로 만들고 紫金(자금)으로 만들었니라.】,

오더니 하ᄂᆞᆳ[76] 풍ᄅᆔ[77] 虛헝空콩애 ᄀᆞ득ᄒᆞ야 곳비[78] 비흐며[79] 香향 퓌우고[80] 길잡ᄉᆞᆸ거니[81] 미조ᄍᆞᆸ거니[82] ᄒᆞ야 ᄂᆞ려오더라 閻염浮뿔提뗑옛 님금[83] 波방斯ᄉᆞᆼ匿닉王왕 等등 一ᅙᅵᇙ切쳉 大땡衆즁이 寶봉階갱 미틔[84] 모다[85] 가 부텨를 마ᄍᆞᆸ더니[86] 優ᅙᅮᇢ塡딘王왕이 ᄆᆡᆼᄀᆞ론[87] 金금像쌍ᄋᆞᆯ 象썅애[88] 신ᄌᆞ바[89] 가더니【栴젼檀딴香향ᄋᆞ로 ᄆᆡᆼᄀᆞᅀᆞᆸ고 □金금[90]으로 □ᄆᆡᆼᄀᆞᅀᆞᄫᆞ니라[91]】

76) 하ᄂᆞᆳ: 하ᄂᆞᆯ(← 하ᄂᆞᆶ: 하늘, 天) + -ㅅ(-의: 관조)

77) 풍ᄅᆔ: 풍류(풍류, 風流) + -ㅣ(← -이: 주조)

78) 곳비 : [꽃비, 化雨: 곳(← 곶: 꽃, 花) + 비(비, 雨)]

79) 비흐며: 빟(흩뿌리다, 散)- + -으며(연어, 나열)

80) 퓌우고: 퓌우[피우다, 燒: 프(← 프다: 피다, 發)- + -ㅣ(← -이-: 사접)- + -우(사접)-]- + -고(연어, 나열)

81) 길잡ᄉᆞᆸ거니: 길잡[인도하다, 길을 안내하다, 導: 길(길, 路) + 잡(잡다, 執)-]- + -ᄉᆞᆸ(객높)- + -거(확인)- + -니(연어, 나열)

82) 미조ᄍᆞᆸ거니: 미조[← 미좇다(뒤따르다, 從): 미(← 및다: 미치다, 及)- + 조(← 좇다: 쫓다, 從)-]- + -ᄍᆞᆸ(← -ᄌᆞᆸ-: 객높)- + -거(확인)- + -니(연어, 나열)

83) 님금: 임금, 王.

84) 미틔: 밑(밑, 下) + -의(-에: 부조, 위치)

85) 모다: 몯(모이다, 集)- + -아(연어)

86) 마ᄍᆞᆸ더니: 마(← 맞다: 맞다, 奉迎)- + -ᄍᆞᆸ(← -ᄌᆞᆸ-: 객높)- + -더(회상)- + -니(연어, 설명 계속)

87) ᄆᆡᆼᄀᆞ론: ᄆᆡᆼᄀᆞᆯ(만들다, 製)- + -Ø(과시)- + -오(대상)- + -ㄴ(관전)

88) 象애: 象(상, 코끼리) + -애(부조, 위치)

89) 신ᄌᆞ바: 신(싣다, 載)- + -ᄌᆞᇦ(← -ᄌᆞᆸ-: 객높)- + -아(연어)

90) 紫金: 자금. 자마금(紫摩金)이다. 자색(紫色)을 띤 순수한 황금으로서, 품질이 가장 좋은 황금을 이른다.

91) ᄆᆡᆼᄀᆞᅀᆞᄫᆞ니라: ᄆᆡᆼᄀᆞ(ᄆᆡᆼᄀᆞᆯ다: 만들다, 製)- + -ᅀᆞᇦ(← -ᄉᆞᆸ-: 객높)- + -Ø(과시)- + -ᄋᆞ니(원칙)- + -라(← -다: 평종)

[13 뒤]

그 金像(금상)이 象(상) 위에 오르락 아래에 내리락 하여 生佛(생불)과 같으시며【生佛(생불)은 살아 계신 부처이시니라.】, 虛空(허공)에 올라 걸음을 걸으시니 발 아래에서 꽃비가 오며 放光(방광)까지 하시더라. 그 金像(금상)이 世尊(세존)을 보고 合掌(합장)하여 禮數(예수)하시거늘, 世尊(세존)도 꿇으시어 合掌(합장)하시니, 虛空(허공)에 계신

[13 뒤]

그 金금像쌰ᇰ이 象쌰ᇰ 우희 오ᄅᆞ락[92] 아래 ᄂᆞ리락[93] ᄒᆞ야 生ᄉᆡᇰ佛뿛이[94] ᄀᆞᄐᆞ시며[95]【生ᄉᆡᇰ佛뿛은 사라 겨신 부톄시니라[96]】 虛허ᇰ空코ᇰ애 올아[97] 거르믈[98] 거르시니 발 아래셔 곳비 오며 放바ᇰ光과ᇰ[99] 니르리[100] ᄒᆞ시더라 그 金금像쌰ᇰ이 世셰ᇰ尊존 보ᅀᆞᆸ고 合ᅘᅡᆸ掌쟈ᇰᄒᆞ야 禮례ᇰ數수ᇰᄒᆞ시거늘[1] 世셰ᇰ尊존도 ᄭᅮ르샤[2] 合ᅘᅡᆸ掌쟈ᇰᄒᆞ시니[3] 虛허ᇰ空코ᇰ애 겨신

92) 오ᄅᆞ락: 오ᄅᆞ(오르다, 上)- + -락(연어, 다른 동작의 반복)

93) ᄂᆞ리락: ᄂᆞ리(내리다, 下)- + -락(연어, 다른 동작의 반복)

94) 生佛이: 生佛(생불) + -이(-과: 부조, 비교) ※ '生佛(생불)'은 살아 있는 부처라는 뜻이다.

95) ᄀᆞᄐᆞ시며: ᄀᆞᇀ(← ᄀᆞᆮᄒᆞ다: 같다, 如)- + -ᄋᆞ시(주높)- + -며(연어, 나열)

96) 부톄시니라: 부텨(부처, 佛) + -ㅣ(← -이-: 서조)- + -시(주높)- + -Ø(현시)- + -니(원칙)- + -라(← -다: 평종)

97) 올아: 올(← 오ᄅᆞ다: 오르다, 登)- + -아(연어)

98) 거르믈: 거름[걸음, 步: 걸(← 걷다, ㄷ불: 걷다, 步)- + -음(명접)] + -을(목조)

99) 放光: 방광. 부처가 광명을 내는 것이다.

100) 니르리: [이르도록, 이르게, 至(부사): 니를(이르다, 至: 동사)- + -이(부접)] ※ '放光 니르리'는 '放光까지'로 의역하여 옮긴다.

1) 禮數ᄒᆞ시거늘: 禮數ᄒᆞ[예수하다: 禮數(예수: 명사) + -ᄒᆞ(동접)-]- + -시(주높)- + -거늘(연어, 상황) ※ '禮數(예수)'는 명성이나 지위에 알맞은 예의와 대우나, 또는 주인과 손님이 서로 만나 인사하는 것이다.

2) ᄭᅮ르샤: ᄭᅮᆯ(꿇다, 跪)- + -으샤(← -으시-: 주높)- + -Ø(← -아: 연어)

3) 合掌ᄒᆞ시니: 合掌ᄒᆞ[합장하다: 合掌(합장: 명사) + -ᄒᆞ(동접)-]- + -시(주높)- + -니(연어, 설명 계속) ※ '合掌(합장)'은 두 손바닥을 합하여 마음이 한결같음을 나타내는 것, 또는 그런 예법이다. 본디 인도의 예법으로, 보통 두 손바닥과 열 손가락을 합한다.

[14앞]

百千(백천)의 化佛(화불)이 다 合掌(합장)하여 金像(금상)을 向(향)하여 꿇으셨니라. 그때에 世尊(세존)이 金像(금상)께 이르시되 "네가 오는 세상(來世)에 佛事(불사)를 매우 잘 하겠으니, 내가 滅度(멸도)한 後(후)에 나의 弟子(제자)를 너에게 맡긴다." 하시거늘, 空中(공중)에 있는 百千(백천)의 化佛(화불)이 함께 이르시되 "衆生(중생)이 부처가 없으신 後(후)에

[14앞]

百빅千쳔 化황佛뿛[4]이 다 合햅掌쟝ᄒᆞ야 金금像썅 向향ᄒᆞ야 ᄭᅮ르시니라[5] 그 ᄢᅴ[6] 世솅尊존이 金금像썅ᄭᅴ[7] 니ᄅᆞ샤ᄃᆡ 네[8] 오ᄂᆞᆫ 뉘예[9] 佛뿛事ᄊᆞᆼ[10]를 ᄀᆞ장[11] ᄒᆞ리니 나 滅멿度똥ᄒᆞᆫ[12] 後ᅘᅮᇢ에 내 弟똉子ᄌᆞᆼ를 너를[13] 마ᄯᅵ노라[14] ᄒᆞ야시ᄂᆞᆯ[15] 空콩中듕엣[16] 百빅千쳔 化황佛뿛이 ᄒᆞᆫᄢᅴ[17] 니ᄅᆞ샤ᄃᆡ 衆즁生ᄉᆡᆼ이 부텨 업스신 後ᅘᅮᇢ에

---

4) 化佛: 화불. 부처가 중생을 교화하기 위하여 여러 모습으로 변화한 모습이다.

5) ᄭᅮ르시니라: ᄭᅮᆯ(꿇다, 跪)- + -으시(주높)- + -Ø(과시)- + -니(원칙)- + -라(←-다: 평종)

6) ᄢᅴ: ᄢ(← ᄣᅢ: 때, 時) + -의(-에: 부조, 위치)

7) 金像ᄭᅴ: 金像(금상) + -ᄭᅴ(-께: 부조, 상대, 높임)

8) 네: 너(너, 汝: 인대, 2인칭) + -ㅣ(← -이: 주조)

9) 뉘예: 뉘(누리, 세상) + -예(← -에: 부조, 위치) ※ '오ᄂᆞᆫ 뉘'는 '내세(來世)'를 이른다. '내세(來世)'는 삼세(三世)의 하나로서, 죽은 뒤에 다시 태어나 산다는 미래의 세상을 이른다. .

10) 佛事: 불사. 부처가 중생을 교화하는 일이다.

11) ᄀᆞ장: 매우 잘(부사) ※ 이때의 'ᄀᆞ장'은 '매우 잘'로 의역하여 옮긴다.

12) 滅度ᄒᆞᆫ: 滅度ᄒᆞ[멸도하다: 滅度(멸도: 명사) + -ᄒᆞ(동접)-]- + -Ø(과시)- + -ㄴ(관전) ※ '滅度(멸도)'는 승려가 죽는 것이다.(= 입적, 入寂)

13) 너를: 너(너, 汝: 인대, 2인칭) + -를(-에게: 목조, 보조사적 용법, 의미상 부사격) ※ 이때의 '-를'은 목적격 조사의 보조사적인 용법(강조)으로 쓰인 예이다. 의미적으로는 상대를 나타내는 부사격이다.

14) 마ᄯᅵ노라: 맛디[맡기다, 付屬: 맜(맡다, 任: 타동)- + -이(사접)-]- + -ㄴ(← -ᄂᆞ-: 현시)- + -오(화자)- + -라(← -다: 평종)

15) ᄒᆞ야시ᄂᆞᆯ: ᄒᆞ(하다, 曰)- + -시(주높)- + -야…ᄂᆞᆯ(← -아ᄂᆞᆯ: -거늘, 연어, 상황)

16) 空中엣: 空中(공중) + -에(부조, 위치) + -ㅅ(-의: 관조) ※ '空中엣'은 '空中에 있는'으로 의역하여 옮긴다.

17) ᄒᆞᆫᄢᅴ: [함께, 咸(부사): ᄒᆞᆫ(관사, 양수) + ᄢ(← ᄣᅢ(때, 時: 의명) + -의(-에: 부조, 위치)]

[14 뒤]

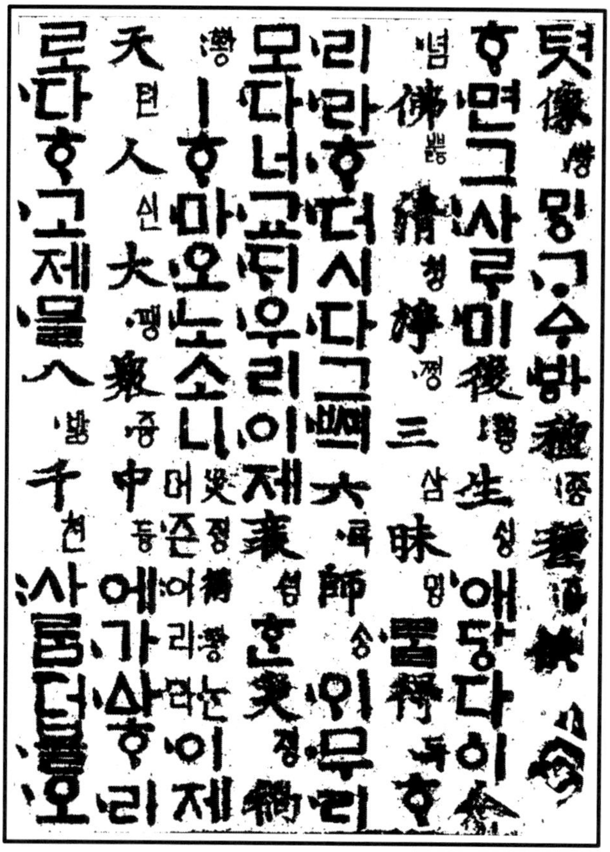

부처의 像(상)을 만들어 種種(종종)으로 供養(공양)하면, 그 사람이 後生(후생)에 마땅히 念佛(염불) 淸靜(청정) 三昧(삼매)를 得(득)하리라.” 하시더라. 그때에 六師(육사)의 무리가 모두 여기되, ‘우리에게 이제 衰(쇠)한 災禍(재화)가 장차 오나니【災禍(재화)는 흉한 일이다.】, 이제 天人(천인) 大衆(대중) 中(중)에 가야 하겠구나.’ 하고 저의 무리 八千(팔천) 사람을 더불고

부텻 像쌍 ᄆᆡᆼᄀᆞᅀᆞᄫᅡ 種죵種죵 □□ᄒᆞ면[18] 그 사ᄅᆞ미 後ᅘᅮᇢ生ᄉᆡᆼ[19]애 당다이[20] 念념佛뿛[21] 淸쳥淨쪙 三삼昧ᄆᆡᆼ[22]ᄅᆞᆯ 得득ᄒᆞ리라 ᄒᆞ더시다[23] 그 ᄢᅴ 六륙師ᄉᆞᆼᄋᆡ[24] 무리[25] 모다[26] 너교ᄃᆡ[27] 우리 이제 衰ᄉᆔᆼᄒᆞᆫ 災ᄌᆡᆼ禍ᅘᅪᆼ ㅣ ᄒᆞ마[28] 오노소니[29]【災ᄌᆡᆼ禍ᅘᅪᆼᄂᆞᆫ 머즌[30] 이리라[31]】 이제 天텬人신[32] 大땡衆즁 中듕에 가ᅀᅡ[33] ᄒᆞ리로다[34] ᄒᆞ고 제[35] 물[36] 八밣千쳔 사ᄅᆞᆷ 더블오[37]

---

18) 供養ᄒᆞ면: 供養ᄒᆞ[공양하다: 供養(공양: 명사) + -ᄒᆞ(동접)-]- + -면(연어, 조건) ※ 이 부분은 원문의 두 글자가 훼손되어 글자를 판독할 수 없다. 『석가보』에는 이 부분을 '種種供養'으로 기술하고 있다. ※ '供養(공양)'은 불(佛)·법(法)·승(僧)의 삼보(三寶)나 죽은 이의 영혼에게 음식, 꽃 따위를 바치는 일이나 또는 그 음식이다.

19) 後生: 후생. 삼생(三生)의 하나로서, 죽은 뒤의 생애를 이른다.

20) 당다이: 마땅히, 必(부사)

21) 念佛: 염불. 부처의 모습과 공덕을 생각하면서 아미타불을 부르는 일이다.

22) 三昧: 삼매. 잡념을 떠나서 오직 하나의 대상에만 정신을 집중하는 경지이다. ※ '念佛三昧(염불삼매)'는 염불로 잡념을 없애고, 제법 실상을 보기에 이르는 경지이다.

23) ᄒᆞ더시다: ᄒᆞ(하다, 言)- + -더(회상)- + -시(주높)- + -다(평종)

24) 六師ᄋᆡ: 六師(육사) + -ᄋᆡ(관조) ※ '六師(육사)'는 육사 외도(六師外道), 또는 외도 육사(外道六師)라고 한다. 석존(釋尊) 당시 중인도(中印度)에서 가장 세력이 크던 6인의 외도인(外道人) 철학자를 이른다.

25) 무리: 물(무리, 徒衆) + -이(주조)

26) 모다: [모두, 皆(부사): 몯(모이다, 集: 동사)- + -아(연어 ▹ 부접)]

27) 너교ᄃᆡ: 너기(여기다, 念)- + -오ᄃᆡ(-되: 연어, 설명 계속)

28) ᄒᆞ마: 장차, 將(부사)

29) 오노소니: 오(오다, 來)- + -ㄴ(← -ᄂᆞ-: 현시)- + -옷(감동)- + -오니(← -ᄋᆞ니: 연어, 이유)

30) 머즌: 멎(흉하다, 凶)- + -Ø(현시)- + -은(관전)

31) 이리라: 일(일, 事) + -이(서조)- + -Ø(현시)- + -라(← -다: 평종)

32) 天人: 하늘과 사람을 아울러 이르는 말이다.

33) 가ᅀᅡ: 가(가다, 往)- + -아ᅀᅡ(-아야: 연어, 필연적 조건)

34) ᄒᆞ리로다: ᄒᆞ(하다: 보용, 당위)- + -리(미시)- + -로(← -도-: 감동)- + -라(← -다: 평종)

35) 제: 저(저, 其: 인대, 재귀칭) + -ㅣ(← -의: 관조)

36) 물: 무리, 衆.

37) 더블오: 더블(더불다, 俱)- + -오(← -고: 연어, 계기)

[15앞]

大衆(대중)이 모인 데에 가 한편에 앉았니라. 그때에 한 乾闥婆(건달바)의 아들, (그) 이름이 闥婆摩羅(달바마라)라 하는 이가 七寶琴(칠보금)을 연주하고 노래를 부르니, (그 칠보금이) 微妙(미묘)한 소리를 내었니라. 그 소리가 和雅(화아)하여 모든 마음이 즐겁더니, 聲聞(성문)과 辟支佛(벽지불)들이 몸이 움직이는 것을 몰라 일어나 춤추며, 須彌山(수미산)도 솟으락 잠기락 숙이락 하여

[15 앞]

大땡衆즁 모ᄃᆞᆫ[38] ᄃᆡ 가 ᄒᆞ녀긔[39] 안ᄌᆞ□□[40] 그 ᄢᅴ ᄒᆞᆫ 乾껀闥탏婆빵ᄋᆡ[41] 아ᄃᆞᆯ □□□[42] 闥탏婆빵摩망羅랑ㅣ라[43] 호리[44] □□琴끔[45] 놀오[46] 놀애[47] 브르니 □□ᄒᆞᆫ 소리ᄅᆞᆯ 내니라[48] 그 소리 和횅雅앙ᄒᆞ야[49] □□□□□[50] 즐겁더니 聲셩聞문[51] 辟벽□□□히[52] 모미 뮈ᄂᆞᆫ[53] ᄃᆞᆯ[54] 몰라 니러[55] □□□[56] □슝彌밍山산[57]도 소ᄉᆞ락 ᄌᆞᄆᆞ□ □□□ □□[58]

---

38) 모ᄃᆞᆫ: 몯(모이다, 集)- + -Ø(과시)- + -ᄋᆞᆫ(관전)

39) ᄒᆞ녀긔: ᄒᆞ녁[한녘, 한편, 一面: ᄒᆞ(← ᄒᆞᆫ: 관사, 양수) + 녁(녘, 面)] + -의(-에: 부조, 위치)

40) 안ᄌᆞ니라: 앉(앉다, 坐)- + -Ø(과시)- + -ᄋᆞ니(원칙)- + -라(← -다: 평종)

41) 乾闥婆ᄋᆡ: 乾闥婆(건달바) + -ᄋᆡ(관조) ※ '乾闥婆(건달바)'는 팔부중(八部衆)의 하나이다. 수미산 남쪽의 금강굴에 살며 제석천(帝釋天)의 아악(雅樂)을 맡아보는 신이다.

42) 일후미: 일훔(이름, 名) + -이(주조) ※ 『大方便佛報恩經』에는 '名'으로 기술되어 있다.

43) 闥婆摩羅ㅣ라: 闥婆摩羅(달바마라) + -ㅣ(← -이-: 서조)- + -Ø(현시)- + -라(← -다: 평종)

44) 호리: ㅎ(← ᄒᆞ다: 하다, 曰)- + -오(대상)- + -ㄹ(관전) # 이(이, 者: 의명) + -Ø(← -이: 주조)

45) 七寶琴: 칠보금. 칠보로 꾸민 거문고이다. ※ 『대방편불보은경』에는 '七寶琴'으로 기술됨.

46) 놀오: 놀(놀다, 연주하다, 彈)- + -오(← -고: 연어, 계기)

47) 놀애: 노래[노래, 歌: 놀(놀다, 遊: 동사)- + -애(명접)]

48) 微妙ᄒᆞᆫ 소리ᄅᆞᆯ 내니라: 『大方便佛報恩經』(대방편불보은경)의 권3에는 이 부분이 '出微妙音'으로 기술되어 있다. 이에 근거하여 탈각된 부분을 '微妙ᄒᆞᆫ 소리ᄅᆞᆯ 내니라'로 추정하여 옮긴다.

49) 和雅ᄒᆞ야: 和雅ᄒᆞ[화아하다: 和雅(화아: 명사) + -ᄒᆞ(형접)-]- + -야(← -아: 연어)

50) 모ᄃᆞᆫ ᄆᆞᅀᆞ미: 모든 마음이. ※ 『대방편불보은경』에는 '悅可衆心'으로 기술되었다.

51) 聲聞: 성문. 설법을 듣고 사제(四諦)의 이치를 깨달아 아라한(阿羅漢)이 되고자 하는 불제자이다.

52) 辟支佛ᄃᆞᆯ히: 辟支佛ᄃᆞᆶ[벽지불들: 辟支佛(벽지불) + -ᄃᆞᆶ(-들: 복접)] + -이(주조) ※ '辟支佛(벽지불)'은 부처의 가르침에 기대지 않고 스스로 도를 깨달은 성자(聖者)이다. ※ 『대방편불보은경』에는 '辟□□□히'의 부분이 '辟支佛等'으로 기술되어 있다.

53) 뮈ᄂᆞᆫ: 뮈(움직이다, 動)- + -ᄂᆞ(현시)- + -ㄴ(관전)

54) ᄃᆞᆯ: ᄃᆞ(것, 者: 의명) + -ㄹ(← -ᄅᆞᆯ: 목조)

55) 니러: 닐(일어나다, 起)- + -어(연어) ※ '몰라 니러'는 '모르고 일어나'로 의역하여 옮길 수 있다.

56) 춤츠며: 춤츠[춤추다, 舞: 츠(추다, 舞: 동사)- + -움(명접) + 츠(추다, 舞)-]- + -며(연어, 나열) ※ 『대방편불보은경』에는 '□□□' 부분이 '舞'로 기술되어 있다.

57) 須彌山: 수미산. 불교의 우주관에서, 세계의 중앙에 있다는 산이다.

58) 소ᄉᆞ락 ᄌᆞᄆᆞ락 수기락 ᄒᆞ야: 솟(솟다, 湧)- + -ᄋᆞ락(연어, 전환 반복) # ᄌᆞᄆᆞ(잠기다, 沒)- + -락(연어) # 수기[숙이다: 숙(앞으로 기울어지다, 低昂: 자동)- + -이(사접)-]- + -락(연어) ※ 『대방편불보은경』에는 '소ᄉᆞ락 ᄌᆞᄆᆞ□ □□□ □□'의 부분이 '湧沒低昂'으로 기술되어 있다.

[15 뒤]

즐기더니, 如來(여래)가 즉시 有相(유상) 三昧(삼매)에 드시니【有相(유상)은 相(상)이 있는 것이다.】, 三昧力(삼매력)으로 琴(금)의 소리를 三千大千世界(삼천대천세계)에 듣게 하여, 그 소리가 苦(고)·空(공)·無常(무상)·無我(무아)를 퍼뜨려 이르니, 게으른 衆生(중생)들이 이 소리를 듣고 (모두가) 다, 如來(여래)가 恩惠(은혜)를 아시어 恩惠(은혜)를 갚으시어 無量(무량)

즐기더니[59] 如셩來링 즉자히 有ᅌᅮᇢ相샹[60] 三삼昧밍예 드르시니[61]【有ᅌᅮᇢ相샹ᄋᆞᆫ 相샹 이실 씨라】 三삼昧밍力륵[62]으로 琴끔ㅅ[63] 소리 三삼千쳔大땡千쳔世솅界갱[64]예 들여[65] 그 소리[66] 苦콩空콩無뭉常썅無뭉我앙[67]를 물어[68] 니르니[69] 게으른 衆즁生싱ᄃᆞᆯ히 이 소리 듣고 다 如셩來링[70] 恩ᅙᅳᆫ惠ᅘᅰᆼ를 아ᄅᆞ샤[71] 恩ᅙᅳᆫ惠ᅘᅰᆼ를 가ᄑᆞ샤[72] 無뭉量량[73]

---

59) 즐기더니: 즐기[즐기다, 樂: 즑(즐거워하다, 歡: 불어)-+-이(사접)-]-+-더(회상)-+-니(연어, 설명 계속)

60) 有相: 유상. 형상이나 모습이 있는 것이다.

61) 드르시니: 들(들, 入)-+-으시(주높)-+-니(연어, 설명 계속, 이유)

62) 三昧力: 삼매력. '삼매(三昧)의 힘'이다. ※ '三昧(삼매)'는 잡념을 떠나서 오직 하나의 대상에만 정신을 집중하는 경지이다. 이 경지에서 바른 지혜를 얻고 대상을 올바르게 파악하게 된다.

63) 琴ㅅ: 琴(금, 거문고)+-ㅅ(-의: 관조)

64) 三千大千世界: 삼천대천세계. 소천, 중천, 대천의 세 종류의 천세계가 이루어진 세계이다. 이 끝없는 세계가 부처 하나가 교화하는 범위가 된다.

65) 들여: 들이[들리다, 듣게 하다, 聞: 들(←듣다, ㄷ불: 듣다, 타동)-+-이(사접)-]-+-어(연어)

66) 그 소리: 그(그, 彼: 관사, 정칭) # 소리(소리, 音)+-Ø(←-이: 주조)

67) 苦空無常無我: 고공무상무아. 고제(苦諦)의 경계를 관찰하여 일어나는 네 가지 지혜(智解)이다. 이 세상의 사물은 중생의 몸과 마음을 핍박하여 괴롭게 하므로 '고(苦)'이고, 모든 것은 인연의 화합으로 생기는 것이어서 그 무엇도 실체나 제 성품이 있는 것이 아니므로 '공(空)'이고, 모든 것은 인연이 흩어지면 문득 없어지므로 '무상(無常)'이며, 모두 공(空)하고 무상(無常)하여 '나(我)'라든가 나의 소유물이라고 고집할 것이 없으므로 '무아(無我)'라 관찰함을 이른다.

68) 물어: 물(↚불-←부르다: 퍼뜨리다, 演)-+-어(연어) ※ '물어'는 '불어'를 오각한 형태이다. 『대방편불보은경』에는 '불어'가 '演'으로 기술되어 있다.

69) 니르니: 니르(이르다, 說)-+-니(연어, 설명 계속, 이유) ※『대방편불보은경』에는 '불어 니르니'를 '演說(연설)'로 기술하고 있는데, 여기서는 '퍼뜨려 이르니'로 의역하여 옮긴다.

70) 如來: 如來(여래)+-Ø(←-이: 주조)

71) 이ᄅᆞ샤: 일(↚알다: 알다, 知)-+-ᄋᆞ샤(←-ᄋᆞ시-: 주높)-+-Ø(←-아: 연어) ※『대방편불보은경』에는 '이ᄅᆞ샤'를 '知'로 기술하고 있으므로, '이ᄅᆞ샤'는 '아ᄅᆞ샤'를 오각한 형태로 처리한다. '아ᄅᆞ샤'에 주체 높임의 선어말 어미인 '-시-'가 실현되어 있으므로, '알다'의 행위 주체가 '게으른 衆生ᄃᆞᆯㅎ'이 아니라 '如來(여래)'임을 알 수 있다.

72) 가ᄑᆞ샤: 갚(갚다, 讐)-+-ᄋᆞ샤(←-ᄋᆞ시-: 주높)-+-Ø(←-아: 연어)

73) 無量: 무량. 정도를 헤아릴 수 없을 만큼 많은 것이다.

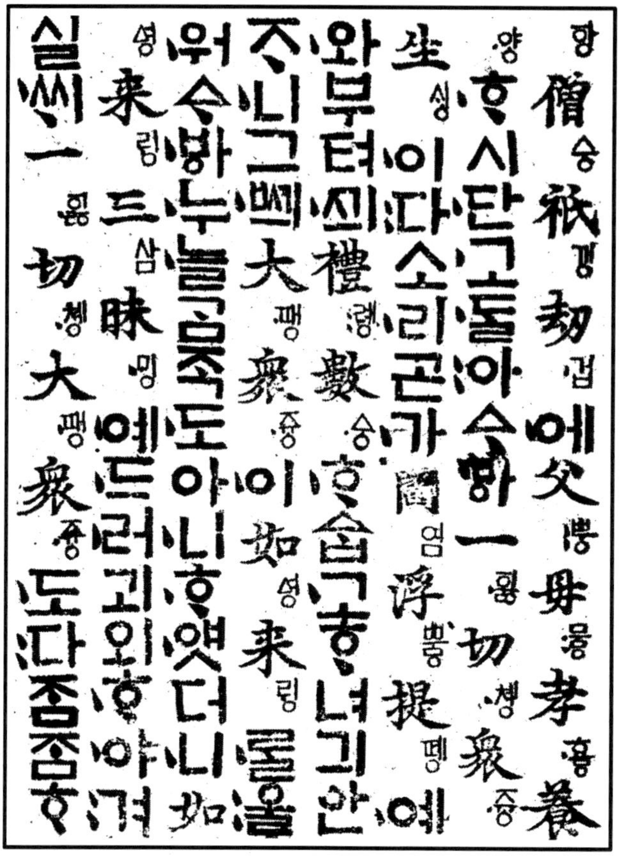

항 僧숭祇낑劫겁에 父뿡母뭏孝흫養
양ᄒᆞ시단 고ᄃᆞᆯ 아ᅀᆞᄫᅡ 一힗切촁衆즁
生싱이 다 소리 곤가 閻염浮뿡提똉예
와 부텨ᄭᅴ 禮롕數숭ᄒᆞᅀᆞᆸ고 ᄒᆞᆫ녀긔 안
ᄌᆞ니 그ᄢᅴ 大땡衆즁이 如영來링ᄅᆞᆯ 울
워ᅀᆞᄫᅡ 누늘 ᄀᆞᆷ족도 아니ᄒᆞ얫더니 如
來링 三삼昧밍예 드러 괴외ᄒᆞ야 겨
실ᄊᆡ 一힗切쳉大땡衆즁도 다 ᄌᆞᆷᄌᆞᆷᄒᆞ

阿僧祇(아승기) 劫(겁)에 父母(부모)를 孝養(효양)하시던 것을 알아서, 一切(일체)의 衆生(중생)이 다 소리를 좇아 閻浮提(염부제)에 와 부처께 禮數(예수)하고 한쪽에 앉으니, 그때에 大衆(대중)이 如來(여래)를 우러러 눈을 깜짝도 아니하고 있더니, 如來(여래)가 三昧(삼매)에 들어 고요하게 계시므로 一切(일체)의 大衆(대중)도 다 잠잠하여 있거늘,

阿항僧승祇낑[74] 劫겁에 父뿡母뭏 孝흫養양ᄒᆞ시단[75] 고ᄃᆞᆯ[76] 아ᅀᆞᄫᅡ[77] 一읧切쳉 衆즁生싱이 다 소리 ᄀᆞᆫ가[78] 閻염浮뿧提똉[79]예 와 부텨ᄭᅴ 禮롕數숭ᄒᆞᅀᆞᆸ고[80] ᄒᆞᆫ녀긔[81] 안ᄌᆞ니 그 ᄢᅴ 大땡衆즁[82]이 如셩來링ᄅᆞᆯ 울워ᅀᆞᄫᅡ[83] 누늘 ᄀᆞᆷᄌᆞᆨ도[84] 아니 ᄒᆞ얫더니[85] 如셩來링 三삼昧밍예 드러 괴외ᄒᆞ야[86] 겨실ᄊᆡ[87] 一읧切쳉 大땡衆즁도 다 ᄌᆞᆷᄌᆞᆷᄒᆞ얫거늘[88]

---

74) 阿僧祇: 아승기. 항하사(恒河沙)의 만 배가 되는 수, 또는 그런 수의. 즉 10의 56승을 이른다.

75) 孝養ᄒᆞ시단: 孝養ᄒᆞ[孝養(효양: 명사) + -ᄒᆞ(동접)-]- + -시(주높)- + -다(← -더-: 회상)- + -∅(← -오-: 대상)- + -ㄴ(관전)

76) 고ᄃᆞᆯ: 곧(것, 者: 의명) + -ᄋᆞᆯ(목조)

77) 아ᅀᆞᄫᅡ: 아(← 알다: 알다, 知)- + -ᅀᆞᇦ(← -ᅀᆞᆸ-: 객높)- + -아(연어) ※ '알다'의 행위 주체는 '게으른 衆生ᄃᆞᇙ'이다.

78) ᄀᆞᆫ가: ᄀᆞᆫ가(좇다, 따르다, 隨)- + -아(연어) ※ 'ᄀᆞᆫ가'의 형태와 의미를 추정하기가 어렵다. 그런데 『大方便佛報恩經』에는 『석보상절』 권11의 16장에 나타나는 "一切 衆生이 다 소리 ᄀᆞᆫ가 閻浮提예 와"에 대응되는 구절을 "一切衆生皆隨聲至閻浮提(일체의 중생이 다 소리를 따라서 염부제에 이르니)"로 기술하고 있다. 이를 감안하여서, 'ᄀᆞᆫ가'를 '따라(隨)'로 옮겼다. ※ 'ᄀᆞᆫ가'를 'ᄀᆞᆪ다(= 애쓰다, 힘겨워하다, 勞)'의 활용 형태와 관련짓는 견해도 있다. 그러나 여기서는 'ᄀᆞᆫ가다'를 상정하여, 'ᄀᆞᆫ가'를 'ᄀᆞᆫ가다(좇다, 따르다, 隨)'의 연결형으로 처리한다.

79) 閻浮提: 염부제. 사주(四洲)의 하나이다. 수미산 남쪽에 있다는 대륙으로, 인간들이 사는 곳이며, 여러 부처가 나타나는 곳은 사주(四洲) 가운데 이곳뿐이라고 한다.

80) 禮數ᄒᆞᅀᆞᆸ고: 禮數ᄒᆞ[예수하다: 禮數(예수: 명사)- + -ᄒᆞ(동접)-]- + -ᅀᆞᆸ(객높)- + -고(연어, 계기) ※ '禮數(예수)'는 주인과 손님이 서로 만나 인사하는 것이다.

81) ᄒᆞᆫ녀긔: ᄒᆞᆫ녁[한녘, 한편, 一面: ᄒᆞᆫ(← ᄒᆞᆫ: 관사, 양수) + 녁(녘, 便)] + -의(-에: 부조, 위치)

82) 大衆: 대중. 많이 모인 승려, 또는 비구, 비구니, 우바새, 우바니를 통틀어 이르는 말이다.

83) 울워ᅀᆞᄫᅡ: 울워(← 울월다: 우르르다, 仰)- + -ᅀᆞᇦ(← -ᅀᆞᆸ-: 객높)- + -아(연어)

84) ᄀᆞᆷᄌᆞᆨ도: ᄀᆞᆷᄌᆞᆨ(깜짝: 부사) + -도(보조사, 강조)

85) ᄒᆞ얫더니: ᄒᆞ(하다, 爲)- + -야(← -아: 연어) + 잇(← 이시다: 있다, 보용, 완료 지속)- + -더(회상)- + 니(연어, 설명 계속) ※ 'ᄒᆞ얫더니'는 'ᄒᆞ야 잇더니'가 축약된 형태이다.

86) 괴외ᄒᆞ야: 괴외ᄒᆞ[고요하다, 默然: 괴외(고요, 默: 명사) + -ᄒᆞ(형접)-]- + -야(← -아: 연어) ※ '괴외ᄒᆞ야'는 '고요하게'로 의역하여 옮긴다.

87) 겨실ᄊᆡ: 겨시(계시다: 보용, 완료 지속, 높임)- + -ㄹᄊᆡ(-므로: 연어, 이유)

88) ᄌᆞᆷᄌᆞᆷᄒᆞ얫거늘: ᄌᆞᆷᄌᆞᆷᄒᆞ[잠잠하다, 潛潛: ᄌᆞᆷᄌᆞᆷ(잠잠, 潛潛: 불어) + -ᄒᆞ(형접)-]- + -야(← -아: 연어) + 잇(← 이시다: 있다, 보용, 완료 지속)- + -거늘(연어, 상황) ※ 'ᄌᆞᆷᄌᆞᆷᄒᆞ얫거늘'은 'ᄌᆞᆷᄌᆞᆷᄒᆞ야 잇거늘'이 축약된 형태이다.

[16 뒤]

大衆(대중) 中(중)에 七寶塔(칠보탑)이 땅에서 솟아나 虛空(허공)에 머무니, 無數(무수)한 幢幡(당번)이 그 위에 달리고 百千(백천)의 방울이 절로 울거늘, 잔잔한 바람이 부니 微妙(미묘)한 소리가 나더라. 그때에 大衆(대중)이 이 寶塔(보탑)을 보고 疑心(의심)하여, “어떤 因緣(인연)으로 이런 寶塔(보탑)이 땅에서 솟아났느냐?”

大땡衆즁 中듕에 七치ᇙ寶보ᇦ□탑[89]이 ᄯᅡ해셔[90] 솟나아[91] 虛헝空콩애 머므니[92] 無뭉數숭 幢뙁幡펀[93]이 그 우희[94] ᄃᆞᆯ이고[95] 百ᄇᆡᆨ千쳔 바오리[96] 절로[97] 울어늘[98] ᄀᆞᄆᆞᆫᄒᆞᆫ[99] ᄇᆞᄅᆞ미[100] 부니 微밍妙뮤ᇦᄒᆞᆫ 소리 나더라 그 ᄢᅴ 大땡衆즁이 이 寶보ᇦ塔탑ᄋᆞᆯ 보고 疑읭心심ᄒᆞ야 엇던[1] 因인緣원으로 이런 寶보ᇦ塔탑이 ᄯᅡ해셔 소사나거뇨[2]

---

89) 七寶塔: 칠보탑. 칠보(七寶)로 장식한 탑이다. 석가모니 부처가 영취산(靈鷲山)에서 『법화경』(法華經)을 설법할 때에, 홀연히 땅속에서 솟아 올랐다는 탑이다. 가로와 세로가 250유순이고 높이가 500유순이며, 그 속에 다보여래(多寶如來)의 진신 사리가 있었다고 한다.

90) ᄯᅡ해셔: ᄯᅡㅎ(땅, 地) + -애(-에: 부조, 위치) + -셔(-서: 보조사, 위치 강조)

91) 솟나아: 솟나[솟아나다, 踊出: 솟(솟다, 踊)- + 나(나다, 出)-]- + -아(연어)

92) 머므니: 머므(← 머믈다: 머물다, 住在)- + -니(연어, 설명 계속)

93) 幢幡: 당번. '당(幢)'과 '번(幡)'을 아울러서 이르는 말이다. '당(幢)'은 법회 따위의 의식이 있을 때에, 절의 문 앞에 세우는 기(旗)이다. 장대 끝에 용머리를 만들고, 깃발에 불화(佛畫)를 그려 불보살의 위엄을 나타내는 장식 도구이다. 그리고 '번(幡)'은 부처와 보살의 성덕(盛德)을 나타내는 깃발이다. 꼭대기에 종이나 비단 따위를 가늘게 오려서 단다.

94) 우희: 우ㅎ(위, 上) + -의(-에: 부조, 위치)

95) ᄃᆞᆯ이고: ᄃᆞᆯ이[달리다, 매달리다, 縣: ᄃᆞᆯ(달다, 매달다, 縣: 타동)- + -이(피접)-]- + -고(연어, 계기)

96) 바오리: 바올(방울, 鈴) + -이(주조)

97) 절로: [절로, 저절로, 自(부사): 절(← 저: 저, 己, 인대, 재귀칭) + -로(부조▷부접)]

98) 울어늘: 울(울다, 鳴)- + -어늘(← -거늘: 연어, 상황)

99) ᄀᆞᄆᆞᆫᄒᆞᆫ: ᄀᆞᄆᆞᆫᄒᆞ[가만하다, 微: ᄀᆞᄆᆞᆫ(가만: 불어) + -ᄒᆞ(형접)-]- + -Ø(현시)- + -ㄴ(관전) ※ 'ᄀᆞᄆᆞᆫᄒᆞ다'는 움직임 따위가 그다지 드러나지 않을 만큼 조용하고 은은한 것이다. 여기서는 'ᄀᆞᄆᆞᆫᄒᆞᆫ'을 '잔잔ᄒᆞᆫ'으로 의역하여 옮긴다.

100) ᄇᆞᄅᆞ미: ᄇᆞᄅᆞᆷ(바람, 風) + -이(주조)

1) 엇던: [어떤, 何(관사, 미지칭): 엇더(어떠, 何: 불어) + -Ø(← -ᄒᆞ-: 형접)- + -ㄴ(관전▷관접)]

2) 소사나거뇨: 소사나[솟아나다, 踊出: 솟(솟다, 踊)- + -아(연어) + 나(나다, 出)-]- + -Ø(과시)- + -거(확인)- + -뇨(-냐: 의종, 설명)

[17 앞]

ᄒᆞ더라 그ᄢᅴ 如ᅀᅧᇰ來ᄅᆡᆼ 三삼昧ᄆᆡᆼ로셔
나거시ᄂᆞᆯ 彌밍勒륵菩뽕薩삻이 모ᄃᆞᆫ
ᄆᆞᅀᆞᄆᆡ 疑읭心심을 보며 ᄌᆞ개도 모ᄅᆞ
샤 座쫭애셔 니러 부텻 알ᄑᆡ 나사 드르
샤 禮롕數숭ᄒᆞᅀᆞᆸ고 合합掌쟝ᄒᆞ야 ᄉᆞᆯ
ᄫᆞ샤ᄃᆡ 世솅尊존하 엇던 因인緣원으
로 이런 寶봉塔탑이 ᄯᅡ해셔 소사나니
ᅌᅵᆺ고 부텨 彌밍勒륵菩뽕薩삻ᄃᆞ려 니ᄅᆞ

하더라. 그때에 如來(여래)가 三昧(삼매)로부터서 (깨어)나시거늘, 彌勒菩薩(미륵보살)이 모든 마음의 疑心(의심)을 보며, 당신도 모르시게 座(좌)에서 일어나 부처의 앞에 나아 드시어 禮數(예수)하고 合掌(합장)하여 사뢰시되, "世尊(세존)이시어, 어떤 因緣(인연)으로 이런 寶塔(보탑)이 땅에서 솟아났습니까?" 부처가 彌勒菩薩(미륵보살)더러 이르시되

ᄒᆞ더라 그 ᄢᅴ 如ᅀᅧᆼ來ᄅᆡᆼ 三삼昧ᄆᆡᆼ로셔 나거시ᄂᆞᆯ[3] 彌밍勒륵菩뽕薩삻[4]이 모ᄃᆞᆫ[5] ᄆᆞᅀᆞ미[6] 疑읭心심을 보며 ᄌᆞ걔도[7] 모ᄅᆞ샤 座쫭애셔 니러[8] 부텻 알ᄑᆡ[9] 나ᅀᅡ[10] 드르샤[11] 禮롕數숭ᄒᆞᅀᆞᆸ고 合ᅘᅡᆸ掌쟝ᄒᆞ야 ᄉᆞᆯᄫᆞ샤ᄃᆡ 世솅尊존하[12] 엇던 因인緣원으로 이런 寶볼塔탑[13]이 ᄯᅡ해셔 소사나니ᅌᅵᆺ고[14] 부톄 彌밍勒륵菩뽕薩삻ᄃᆞ려[15] 니ᄅᆞ샤ᄃᆡ

---

3) 나거시ᄂᆞᆯ: 나(나다, 出)- + -시(주높)- + 거…ᄂᆞᆯ(-거늘: 연어, 상황)

4) 彌勒菩薩: 미륵보살. 사보살(四菩薩)의 하나이다. 내세에 성불하여 사바세계에 나타나서 중생을 제도하리라는 보살이다. 인도 파라나국의 브라만 집안에서 태어나 석가모니의 교화를 받고, 미래에 부처가 될 수기(受記)를 받은 후에 도솔천에 올라갔다.

5) 모ᄃᆞᆫ: [모든, 衆(관사): 몯(모이다, 集: 동사)- + -ᄋᆞᆫ(관전▷관접)]

6) ᄆᆞᅀᆞ미: ᄆᆞᅀᆞᆷ(마음, 心) + -ᄋᆡ(관조)

7) ᄌᆞ걔도: ᄌᆞ갸(자기, 당신, 自: 인대, 재귀칭, 높임) + -ㅣ(← -이: 주조) + -도(보조사, 첨가) ※ 'ᄌᆞ갸'는 높임의 재귀칭 대명사로서 현대어에서는 높임의 뜻을 나타내는 재귀칭 대명사인 '당신'에 대응된다. 주격 조사 '-이'와 보조사 '-도'가 겹쳐서 실현된 예는 거의 나타나지 않는다. 따라서 'ᄌᆞ걔도'는 'ᄌᆞ갸도'를 오각한 형태로 추정된다.

8) 니러: 닐(일어나다, 起)- + -어(연어)

9) 알ᄑᆡ: 앒(앞, 前) + -ᄋᆡ(-에: 부조, 위치)

10) 나ᅀᅡ: 낫(← 낫다, ㅅ불: 나아가다, 往)- + -아(연어)

11) 드르샤: 들(들다, 入)- + -으샤(← -으시-: 주높)- + -∅(← -아: 연어)

12) 世尊하: 世尊(세존) + -하(-이시여: 호조, 아주 높임)

13) 寶塔: 보탑. 귀한 보배로 장식한 탑이다.

14) 소사나니ᅌᅵᆺ고: 솟아나[솟아나다, 踊出: 솟(솟다, 踊)- + -아(연어) + 나(나다, 出)-]- + -∅(과시)- + -잇(← -이-: 상높, 아주 높임)- + -니…고(-까: 의종, 설명)

15) 彌勒菩薩ᄃᆞ려: 彌勒菩薩(미륵보살) + -ᄃᆞ려(-더러, -에게: 부조, 상대)

[17 뒤]

"지난 不可思議(불가사의) 阿僧祇(아승기)의 劫(겁)에, 毗婆尸如來(비바시여래)의 像法(상법) 中(중)에 나라가 있되 (그) 이름이 波羅㮈(바라내)이더니, 波羅㮈大王(바라내대왕)이 어지시므로 正法(정법)으로 나라를 다스리시더니, 예순의 小國(소국)에 으뜸가 있으시더라. 王(왕)이 아들이 없으시므로, 손수 神靈(신령)을 섬기시어 디나건[16] 不붏可캉思송議읭 阿항僧승祇낑 劫겁에 毗삥婆빵尸싱如셩來링[17]ㅅ 像쌍法법[18] 中듕에 나라히[19] 이쇼ᄃᆡ[20] 일후미 波방羅랑㮈냉러니[21] 波방羅랑㮈냉大땡王왕이 어디르샤[22] 正졍法법[23]으로 나라ᄒᆞᆯ 다ᄉᆞ리더시니[24] 여쉰[25] 小숗國귁에 위두ᄒᆞ얫더시다[26] 王왕이 아ᄃᆞ리 업스실씨 손소[27] 神씬靈령을 셤기샤[28]

---

16) 디나건: 디나(지나다, 過)- + -Ø(과시)- + -거(확인)- + -ㄴ(관전)

17) 毗婆尸如來: 비바시여래. 과거칠불(過去七佛)의 제일(第一)이다. 과거 구십일겁(九十一劫) 사람의 목숨이 8만 4천살 때의 부처이다. ※ 과거칠불은 첫째 비바시(毗婆尸), 둘째 시기(尸棄), 셋째 비사부(毘舍浮), 넷째 구류손(俱留孫), 다섯째 구나함모니(俱那含牟尼), 여섯째 가섭(迦葉), 일곱째 석가모니(釋迦牟尼) 등이다.

18) 像法: 상법. 상법은 '상법시(像法時)'의 준말이다. 부처님이 열반(涅槃)에 든 뒤에 정법(正法)·상법(像法)·말법(末法)으로 나누어진 교법(敎法)의 3시기 중의 하나이다. '정법시'는 교법(敎法)·수행(修行)·증과(證果)가 갖추어 있는 때이지만, '상법시'는 교법·수행만 남은 때이고, '말법시(末法時)'는 교법만 남은 때이다. 일반적으로 경전에서는 정법 시기를 부처님이 멸도(滅度)한 후 5백년 또는 1천년으로 잡았고, 상법 시기를 정법이 끝난 뒤의 1천년으로 삼았다.

19) 나라히: 나라ㅎ(나라, 國) + -이(주조)

20) 이쇼ᄃᆡ: 이시(있다, 有)- + -오ᄃᆡ(-되: 연어, 설명 계속)

21) 波羅㮈러니: 波羅㮈(바라내) + -Ø(← -이-: 서조)- + -러(← -더-: 회상)- + -니(연어, 설명 계속) ※ '波羅㮈(바라내)'는 바라나시국(Vārānasī국)의 음역(音譯)인데, 고대 중인도에 있었던 왕국의 이름이다. 바라나국 혹은 카시국이라고도 하는데, 마가다국의 서쪽, 코살라국의 북쪽에 있었다. 석가가 성도(成道)한 후, 이곳의 녹야원(鹿野苑: 사르나트)에서 처음으로 5비구(比丘)에 설법을 한 것으로 유명하다. 또한마우리아왕조의 아소카 왕이 이를 기념하여 2개의 석주(石柱)를 건립하기도 하였다.

22) 어디르샤: 어딜(어질다, 仁賢)- + -으샤(← -으시-: 주높)- + -Ø(← -아: 연어)

23) 正法: 정법(sad-dharma). 바른 가르침, 진실한 가르침, 부처의 가르침이다.

24) 다ᄉᆞ리더시니: 다ᄉᆞ리[다스리다, 治: 다ᄉᆞᆯ(다스려지다, 治: 자동)- + -이(사접)-]- + -더(회상)- + -시(주높)- + -니(연어, 설명 계속)

25) 여쉰: 예순, 六十(관사, 양수)

26) 위두ᄒᆞ얫더시다: 위두ᄒᆞ[으뜸이다, 主: 위두(우두머리, 主: 명사) + -ᄒᆞ(형접)-]- + -야(← -아: 연어) + 잇(← 이시다: 있다, 보용, 완료 지속)- + -더(회상)- + -시(주높)- + -다(평종) ※ '위두ᄒᆞ얫더시다'는 '위두ᄒᆞ야 잇더시다'가 축약된 형태이다.

27) 손소: [손수, 自(부사): 손(손, 手: 명사) + -소(부접)]

28) 셤기샤: 셤기(섬기다, 奉事)- + -샤(← -시-: 주높)- + -Ø(← -아: 연어)

[18 앞]

기샤열두ᄒᆡᄅᆞᆯ누ᅀᅳ리디아니ᄒᆞ샤子ᄌᆞᆼ
息식ᄋᆞᆯ求끃ᄒᆞ더시니第뗑一ᅙᅵᇙ夫붕
人ᅀᅵᆫ이아기ᄅᆞᆯᄇᆡ여나ᄒᆞ시니그太탱
子ᄌᆞᆼㅣ端돤正졍ᄒᆞ고性셩이됴ᄒᆞ嗔
친心심아니ᄒᆞᆯᄊᆡ일후믈忍ᅀᅵᆫ辱ᅀᅭᆨ
이라ᄒᆞ시니라忍ᅀᅵᆫ辱ᅀᅭᆨ太탱子ᄌᆞᆼㅣ
ᄌᆞ라아布봉施싱ᄅᆞᆯ즐기며聰총明명
ᄒᆞ고衆즁生싱ᄋᆞᆯ고ᄅᆞ어여ᄡᅵ너기더

열두 해를 느즈러지지 아니하시어 子息(자식)을 求(구)하시더니, 第一(제일)의 夫人(부인)이 아기를 배어 낳으시니, 그 太子(태자)가 端正(단정)하고 性(성)이 좋아 嗔心(진심)을 아니 하므로 이름을 忍辱(인욕)이라 하셨니라. 忍辱太子(인욕태자)가 자라 布施(보시)를 즐기며 聰明(총명)하고 衆生(중생)을 고루 불쌍히 여기더니,

열두 ᄒᆡᄅᆞᆯ[29] 누흙디[30] 아니ᄒᆞ샤 子ᄌᆞᆼ息식ᄋᆞᆯ 求끃ᄒᆞ더시니 第뗑一ᅙᅵᇙ 夫붕人신이 아기ᄅᆞᆯ ᄇᆡ여[31] 나ᄒᆞ시니[32] 그 太탱子ᄌᆞᆼㅣ 端된正졍ᄒᆞ고 性셩이 됴하[33] 嗔친心심[34]ᄋᆞᆯ 아니 ᄒᆞᆯᄊᆡ 일후믈[35] 忍신辱쇽이라[36] ᄒᆞ시니라 忍신辱쇽太탱子ᄌᆞᆼㅣ ᄌᆞ라아[37] 布봉施싱[38]ᄅᆞᆯ 즐기며[39] 聰총明명ᄒᆞ고 衆즁生싱ᄋᆞᆯ 골오[40] 어엿ᄡᅵ[41] 너기더니[42]

---

29) ᄒᆡᄅᆞᆯ: ᄒᆡ(해, 歲)+-ᄅᆞᆯ(목조)

30) 누흙디: 누흙(느즈러지다, 懈)-+-디(-지: 연어, 부정) ※ '누흙다'는 긴장이 풀려 느긋하게 되는 것이다.

31) ᄇᆡ여: ᄇᆡ[배다, 娠: ᄇᆡ(배, 腹: 명사)+-Ø(동접)-]-+-여(←-어: 연어)

32) 나ᄒᆞ시니: 낳(낳다, 産)-+-ᄋᆞ시(주높)-+-니(연어, 설명 계속)

33) 됴하: 둏(좋다, 善)-+-아(연어)

34) 嗔心: 진심. 왈칵 성내는 마음이다.

35) 일후믈: 일훔(이름, 名)+-을(목조)

36) 忍辱이라: 忍辱(인욕)+-이(서조)-+-Ø(현시)-+-라(←-다: 평종) ※ '忍辱(인욕)'은 석존(釋尊)이 전(前) 세상에서 수도할 때의 이름이다. 인욕(忍辱)은 욕됨을 참고 안주(安住)하는 뜻으로, 온갖 모욕과 번뇌를 참고 원한(怨恨)을 일으키지 않는 것이다.

37) ᄌᆞ라아: ᄌᆞ라(자라다, 長大)-+-아(연어)

38) 布施: 보시. 자비심으로 남에게 재물이나 불법을 베푸는 것이다.

39) 즐기며: 즐기[즐기다, 好喜: 즑(즐거워하다, 歡: 불어)-+-이(사접)-]-+-며(연어, 나열)

40) 골오: [고루, 等(부사): 골(←고ᄅᆞ다: 고르다, 等, 형사)-+-오(부접)]

41) 어엿ᄡᅵ: [불쌍히, 慈(부사): 어엿ㅂ(←어엿브다: 불쌍하다, 慈, 형사)-+-이(부접)]

42) 너기더니: 너기(여기다, 生心)-+-더(회상)-+-니(연어, 설명 계속)

[18뒤]

그때에 여섯 大臣(대신)이 있되 性(성)이 모질어서 太子(태자)를 새옴하더라. 그때에 大王(대왕)이 重(중)한 病(병)을 얻어 계시거늘, 太子(태자)가 臣下(신하)에게 가서 이르되 "아버님의 病(병)이 깊으시니 어찌하랴?" 臣下(신하)가 이르되 "좋은 藥(약)을 못 얻으므로 命(명)이 아니 오래시겠습니다." 太子(태자)가 듣고 안타까워 땅에 넘어져 있더라.

그 ᄢᅴ 여슷 大땡臣씬이 이쇼ᄃᆡ[43] 性셩이 모디러[44] 太탱子ᄌᆼ를 새와[45] ᄒᆞ더라 그 ᄢᅴ 大땡王왕이 重뜡ᄒᆞᆫ 病뼝을 어더 겨시거늘[46] 太탱子ᄌᆼ ㅣ 臣씬下ᅘᅡᆼᄋᆡ 그에[47] 가 닐오ᄃᆡ[48] 아바ᇝ[49] 病뼝이 기프시니 엇뎨ᄒᆞ료[50] 臣씬下ᅘᅡᆼ ㅣ 닐오ᄃᆡ 됴ᄒᆞᆫ[51] 藥약ᄋᆞᆯ 믇[52] 어들ᄊᆡ[53] 命명[54]이 아니 오라시리이다[55] 太탱子ᄌᆼ ㅣ 듣고 안닶겨[56] ᄯᅡ해[57] 그우러디옛더라[58]

---

43) 이쇼ᄃᆡ: 이시(있다, 有)-+-오ᄃᆡ(-되: 연어, 설명의 계속)

44) 모디러: 모딜(모질다, 暴惡)-+-어(연어)

45) 새와ᄒᆞ더라: 새와ᄒᆞ[질투하다, 懷嫉妬: 새오(질투하다)-+-아(연어) # ᄒᆞ(하다: 보용)-]-+-더(회상)-+-라(←-다: 평종)

46) 어더 겨시거늘: 얻(얻다, 嬰)-+-어(연어) # 겨시(계시다: 보용, 완료 지속, 높임)-+-거늘(연어, 상황)

47) 臣下ᄋᆡ 그에: 臣下(신하)+-ᄋᆡ(관조) # 그에(거기에, 彼處: 의명, 위치) ※ '臣下ᄋᆡ 그에'는 '臣下에게'로 의역하여 옮긴다.

48) 닐오ᄃᆡ: 닐(←니ᄅᆞ다: 이르다, 告)-+-오ᄃᆡ(-되: 연어, 설명 계속)

49) 아바ᇝ: 아바님[아버님, 父親: 아바(←아비: 아버지, 父)+-님(높접)]+-ㅅ(-의: 관조)

50) 엇뎨ᄒᆞ료: 엇뎨ᄒᆞ[어찌하다, 何: 어뎨(어찌, 何: 부사)+-ᄒᆞ(동접)-]-+-료(-랴: 의종, 미시, 설명) ※ '-려'는 [-리(미시)- +-오(←-고: 의종, 설명)]의 방식으로 형성된 미래 시제의 의문형 종결 어미이다.

51) 됴ᄒᆞᆫ: 둏(좋다, 好)-+-∅(현시)-+-ᄋᆞᆫ(관전)

52) 믇: 믇(←몯: 못, 不可, 부사) ※ '믇'은 '몯'을 오각한 형태이다.

53) 어들ᄊᆡ: 얻(얻다, 得)-+-을ᄊᆡ(-므로: 연어, 이유)

54) 命: 명. 수명(壽命)이다.

55) 오라시리이다: 오라(오래다, 遠)-+-시(주높)-+-리(미시)-+-이(상높, 아주 높임)-+-다(평종)

56) 안닶겨: 안닶기[안타깝다, 애가 타다, 心生苦惱: 안((←안ㅎ: 마음, 心)+닶기(답답하게 여기다)-]-+-어(연어)

57) ᄯᅡ해: ᄯᅡᇂ(땅, 地)+-애(-에: 부조, 위치)

58) 그우러디옛더라: 그우러디[넘어지다, 躃: 그울(구르다, 轉)-+-어(연어)+디(지다, 落)-]-+-여(←-어: 연어) # 잇(←이시다: 있다, 보용, 완료 지속)-+-더(회상)-+-라(←-다: 평종) ※ '그우러디옛더라'는 '그우러디여 잇더라'가 축약된 형태이다.

[19앞]

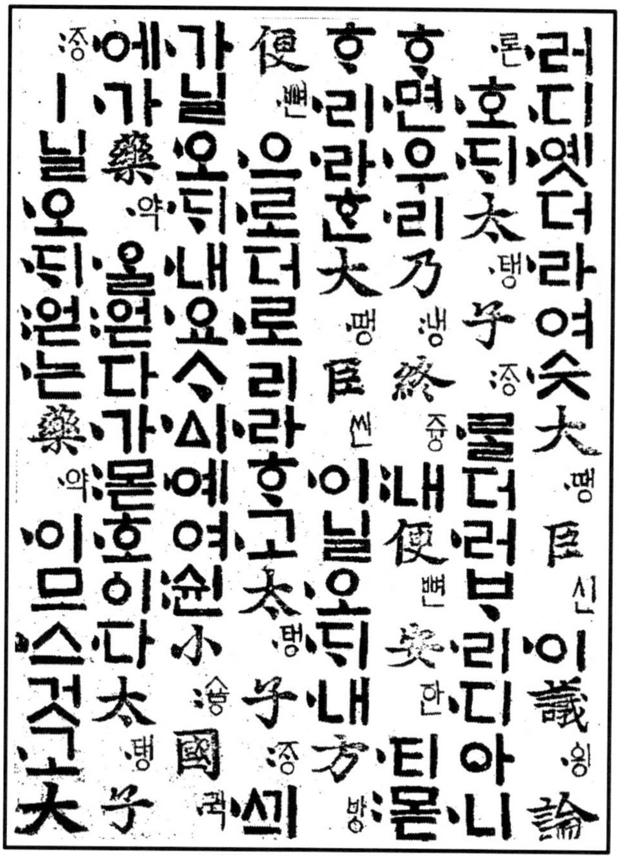

러니 옛더라 여슷 大땡臣씬이 議읭論
론ᄒᆞ되 太땡子ᄌᆞᆼ를 더러ᄇᆞ리디 아니
ᄒᆞ면 우리 乃냉終즁내 便뼌安한티 몯
ᄒᆞ리라 ᄒᆞᆫ 大땡臣씬이 닐오ᄃᆡ 내 方방
便뼌으로 더로리라 ᄒᆞ고 太땡子ᄌᆞᆼ씌
가 닐오ᄃᆡ 내 요ᄉᆞᅀᅵ예 여쉰 小ᄉᆞᇢ國귁에
가 藥약ᄋᆞᆯ 얻다가 몯ᄒᆞ이다 太땡子ᄌᆞᆼ
ㅣ 닐오ᄃᆡ 얻논 藥약이 므스것고 大

여섯 大臣(대신)이 議論(의논)하되 “太子(태자)를 없애 버리지 아니하면 우리가 끝내 便安(편안)하지 못하리라.” 한 大臣(대신)이 이르되 “내가 方便(방편)으로 (태자를) 없애리라.” 하고, 太子(태자)께 가 이르되 “내가 요사이에 예순의 小國(소국)에 가 藥(약)을 얻다가 (얻지) 못하였습니다.” 太子(태자)가 이르되 “얻는 藥(약)이 무엇이냐?”

여슷 大땡臣씬이 議읭論론호ᄃᆡ[59] 太탱子ᄌᆞᆼᄅᆞᆯ 더러 ᄇᆞ리디[60] 아니ᄒᆞ면 우리 乃냉終즁내[61] 便뼌安한티[62] 몯ᄒᆞ리라[63] ᄒᆞᆫ 大땡臣씬이 닐오ᄃᆡ 내[64] 方방便뼌[65]으로 더로리라[66] ᄒᆞ고 太탱子ᄌᆞᆼ씌 가 닐오ᄃᆡ 내 요ᄉᆞᅀᅵ예[67] 여ᅀᅱᆫ 小숗國귁에 가 藥약ᄋᆞᆯ 얻다가[68] 몯호이다[69] 太탱子ᄌᆞᆼㅣ 닐오ᄃᆡ 얻는[70] 藥약이 므스것고[71]

---

59) 議論호ᄃᆡ: 議論ㅎ[← 議論ᄒᆞ다(의논하다): 議論(의논: 명사) + -ᄒᆞ(동접)-]- + -오ᄃᆡ(-되: 연어, 설명 계속)

60) 더러 ᄇᆞ리디: 덜(덜다, 없애다, 除去)- + -어(연어) # ᄇᆞ리(버리다: 보용, 완료 지속)- + -디(-지: 연어, 부정)

61) 乃終내: [끝내, 終(부사): 乃終(내종, 끝: 명사) + -내(부접)]

62) 便安티: 便安ㅎ[← 便安ᄒᆞ다(편안하다): 便安(편안: 명사) + -ᄒᆞ(형접)-]- + -디(연어, 부정)

63) 몯ᄒᆞ리라: 몯ᄒᆞ[못하다, 不得(보용): 몯(못, 不: 부사, 부정) + ᄒᆞ(동접)-]- + -리(미시)- + -라(← -다: 평종)

64) 내: 나(나, 我) + -ㅣ(← -이: 주조)

65) 方便: 방편(upāya). ① 교묘한 수단과 방법, ② 중생을 구제하기 위해 그 소질에 따라 임시로 행하는 편의적인 수단과 방법, ③ 상황에 따른 일시적인 수단과 방법, ④ 중생을 깨달음으로 인도하기 위해 일시적인 수단으로 설한 가르침 등의 여러 가지 뜻으로 쓰인다. 여기서는 ①의 뜻으로 쓰였다.

66) 더로리라: 덜(덜다, 없애다, 除去)- + -오(화자)- + -리(미시)- + -라(← -다: 평종)

67) 요ᄉᆞᅀᅵ예: 요ᄉᆞᅀᅵ[요사이, 近間: 요(요, 近: 관사, 정칭) + ᄉᆞᅀᅵ(사이, 間)] + -예(← -에: 부조, 위치)

68) 얻다가: 얻(얻다, 求)- + -다가(연어, 동작 전환)

69) 몯호이다: 몯ㅎ[← 몯ᄒᆞ다(못하다, 不爲: 보용, 부정): 몯(못, 不能: 부사, 부정) + -ᄒᆞ(동접)-]- + -Ø(과시)- + -오(화자)- + -이(상높, 아주 높임)- + -다(평종)

70) 얻는: 얻(얻다, 求)- + -느(↚ -ᄂᆞ-: 현시)- + -오(대상)- + -ㄴ(관전) ※ '얻는'은 '얻ᄂᆞᆫ'을 오각한 형태이다.

71) 므스것고: 므스것[무엇, 何物(지대, 미지칭): 므스(무엇, 何: 지대, 미지칭) + 것(것, 者: 의명)] + -고(-냐: 보조사, 의문, 설명)

[19 뒤]

땡臣씬이 닐오ᄃᆡ 나다가며브터 嗔친
心심 아니 ᄒᆞᄂᆞᆫ 사ᄅᆞᄆᆡ 눉ᄌᆞᅀᆞ와 骨곯
髓슁왜니이다 太탱子ᄌᆞᆼㅣ 듣고 닐오
ᄃᆡ 내 모미 ᄡᅢ즛ᄒᆞ도다 大땡臣씬이 닐
오ᄃᆡ 太탱子ᄌᆞᆼㅣ 그런 사ᄅᆞ미시면 이
이리 어렵도소이다 天텬下ᅘᅡᆼ애 앗가
ᄫᅳᆫ 거시 몸 ᄀᆞᄐᆞ니 업스니이다 太탱子
ᄌᆞᆼㅣ 닐오ᄃᆡ 그ᄃᆡ냇 말 ᄀᆞᆮ디 아니ᄒᆞ니

大臣(대신)이 이르되 "나면서부터 嗔心(진심)을 아니 하는 사람의 눈자위와 骨髓(골수)입니다." 太子(태자)가 듣고 이르되 "내 몸이 (그와) 비슷하구나." 大臣(대신)이 이르되 "太子(태자)가 그런 사람이시면 이 일이 어렵습니다. 天下(천하)에 아까운 것이 몸과 같은 것이 없습니다." 太子(태자)가 이르되 "그대들의 말과 같지 아니하니,

[19 뒤]

大땡臣씬이 닐오ᄃᆡ 나다가며브터[72] 嗔친心심[73] 아니 ᄒᆞᄂᆞᆫ 사ᄅᆞᄆᆡ 누ᇆ
ᄌᆞᅀᆞ와[74] 骨곯髓슁왜니이다[75] 太탱子ᄌᆞᆼ ㅣ 듣고 닐오ᄃᆡ 내 모미 ᄡᅢ즛
ᄒᆞ도다[76] 大땡臣씬이 닐오ᄃᆡ 太탱子ᄌᆞᆼ ㅣ 그런 사ᄅᆞ미시면[77] 이 이리
어렵도소이다[78] 天텬下ᅘᅡᆼ애 앗가ᄫᆞᆫ[79] 거시 몸 ᄀᆞᄐᆞ니[80] 업스니이다[81]
太탱子ᄌᆞᆼ ㅣ 닐오ᄃᆡ 그듸냇[82] 말 ᄀᆞᆮ디[83] 아니호니[84]

---

72) 나다가며브터: 나(나다, 태어나다, 生)- + -다가며(-자마자: 연어, 동시적 계기) + -브터(-부터: 보조사, 비롯함) ※ '나다가며브터'는 문맥을 감안하여 '나면서부터'로 의역하여 옮긴다. ※ '-브터'는 [븥(붙다, 附)- + -어(연어▷조접)]의 방식으로 형성된 파생 조사이다.

73) 嗔心: 진심. 왈칵 성내는 마음이다.

74) 누ᇆᄌᆞᅀᆞ와: 누ᇆᄌᆞᅀᆞ[눈자위, 眼睛: 눈(눈, 眼) + -ㄷ(관조, 사잇) + ᄌᆞᅀᆞ(자위, 睛)] + -와(접조) ※ '누ᇆᄌᆞᅀᆞ'에서 'ㄷ'은 /ㄴ/ 아래에 쓰인 관형격 조사(사잇소리 표기 글자)이다.

75) 骨髓왜니이다: 骨髓(골수) + -와(접조) + -ㅣ(←-이-: 서조)- + -니(원칙)- + -이(상높, 아주 높임)- + -다(평종) ※ '骨髓(골수)'는 뼈의 중심부인 골수 공간(骨髓空間)에 가득 차 있는 결체질(結締質)의 물질이다.

76) ᄡᅢ즛ᄒᆞ도다: ᄡᅢ즛ᄒᆞ[비슷하다, 似: ᄡᅢ즛(비슷, 似: 불어) + -ᄒᆞ(형접)-]- + -∅(현시)- + -도(감동)- + -다(평종)

77) 사ᄅᆞ미시면: 사ᄅᆞᆷ(사람, 人) + -이(서조)- + -시(주높)- + -면(연어, 조건)

78) 어렵도소이다: 어렵(어렵다, 難)- + -∅(현시)- + -돗(감동)- + -오이(←-ᄋᆞ이-: 상높, 아주 높임)- + -다(평종)

79) 앗가ᄫᆞᆫ: 앗가ᇦ[←앗갑다, ㅂ불(아깝다, 所重): 앗(←앗기다: 아끼다, 惜, 동사)- + -압(형접)-]- -∅(현시)- + -ᄋᆞᆫ(관전)

80) ᄀᆞᄐᆞ니: ᄀᆞᇀ(←ᄀᆞᆮᄒᆞ다: 같다, 如)- + -∅(현시)- + -ᄋᆞᆫ(관전) # 이(이, 것, 者: 의명) + -∅(←-이: 주조)

81) 업스니이다: 없(없다, 無)- + -∅(현시)- + -으니(원칙)- + -이(상높, 아주 높임)- + -다(평종)

82) 그듸냇: 그듸내[그대들, 汝等: 그(그, 彼: 지대, 정칭) + -듸(접미, 예사 높임) + -내(복접, 높임)] + -ㅅ(-의: 관조)

83) ᄀᆞᆮ디: ᄀᆞᆮ(←ᄀᆞᇀ다: 같다, 如)- + -디(-지: 연어, 부정)

84) 아니호니: 아니ᄒᆞ[←아니ᄒᆞ다(아니하다, 不: 보용, 부정): 아니(아니, 不: 부사, 부정) + -ᄒᆞ(형접)-]- + -오(화자)- + -니(연어, 설명 계속)

[20 앞]

오직아바ᇝ病뼝이됴ᄒᆞ실씨언뎡모
몸百ᄇᆡᆨ千쳔디위ᄇᆞ료민ᄃᆞᆯ므스기어
려ᄫᅳ료大땡臣씬이닐오ᄃᆡ그러면太
탱子ᄌᆞᆼㅅᄠᅳ다히ᄒᆞ리이다그ᄢᅴ忍ᅀᅵᆫ
辱쇽太탱子ᄌᆞᆼㅣ깃거어마ᇝ긔드러
가ᄉᆞᆯᄫᅩᄃᆡ이제이모ᄆᆞ로아바ᇝ긔ᄒᆞ
야病뼝엣藥약ᄋᆞᆯ지ᅀᅮ려ᄒᆞ노니목수
미몯이실까너겨여희ᅀᆞᄫᆞ라오니[illegible]

오직 아버님의 病(병)이 좋아지신다면 몸을 百千(백천) 번 버리는 것인들 무엇이 어려우랴?" 大臣(대신)이 이르되 "그러면 太子(태자)의 뜻대로 하겠습니다." 그때에 忍辱太子(인욕태자)가 기뻐하여 어머님께 들어가 사뢰되, "이제 이 몸으로 아버님을 위하여 病(병)에 쓸 藥(약)을 지으려 하니, (내) 목숨이 못 (붙어) 있을까 여겨서 (어머님과) 이별하러 오니,

오직 아바닚[85] 病뼝이 됴ᄒᆞ실씨언뎡[86] 모ᄅᆞᆯ 百빅千쳔[87] 디위[88] ᄇᆞ료민ᄃᆞᆯ[89] 므스기[90] 어려ᄫᅳ료[91] 大땡臣씬이 닐오ᄃᆡ 그러면[92] 太탱子ᄌᆞᆼㅅ ᄠᅳᆮ 다히[93] 호리이다[94] 그 ᄢᅴ 忍신辱욕太탱子ᄌᆞᆼㅣ 깃거[95] 어마닚긔[96] 드러가 ᄉᆞᆯᄫᆞᄃᆡ 이제 이 모ᄆᆞ로 아바님 위ᄒᆞ야 病뼝엣[97] 藥약ᄋᆞᆯ 지수려[98] ᄒᆞ노니[99] 목수미[100] 몯 이실까[1] 너겨 여희ᅀᆞᄫᆞ라[2] 오니

85) 아바닚: 아바님[아버님, 父親: 아바(← 아비: 아버지, 父) + -님(높접)] + -ㅅ(-의: 관조)

86) 됴ᄒᆞ실씨언뎡: 둏(좋아지다, 好)- + -ᄋᆞ시(주높)- + -ㄹ씨언뎡(-ㄴ다면: 연어, 조건) ※ '-ㄹ씨언뎡'은 '-ㄹ(관전) + ㅆ(← ᄉᆞ: 것, 의명) + -이(서조)- + -어(← -거-: 확인)- + -ㄴ뎡(연어, 조건, 가정)'의 방식으로 형성된 연결 어미인데, 주로 앞절이 뒤절의 조건이나 가정이 됨을 나타낸다.

87) 百千: 백천. 일천의 백배, 곧 10만의 수를 나타낸다. 그리고 불교에서는 아주 많은 수를 나타낼 때에도 쓰인다.

88) 디위: 번, 番(의명)

89) ᄇᆞ료민ᄃᆞᆯ: ᄇᆞ리(버리다, 捨)- + -옴(명전) + -이(서조) + -ㄴᄃᆞᆯ(연어, 양보)

90) 므스기: 므슥(무엇, 何: 지대, 미지칭) + -이(주조)

91) 어려ᄫᅳ료: 어려ᇦ(← 어렵다, ㅂ불: 어렵다, 難)- + -으료(-으랴: 의종, 미시, 설명) ※ '-으료'는 [-으리(미시)- + -오(← -고: 의종, 설명)]의 방식으로 형성된 의문형 종결 어미이다.

92) 그러면: [그러면, 如此之事(부사): 그러(그러: 불어) + -Ø(← -ᄒᆞ-: 형접)- + -면(연어 ▹ 부접)]

93) ᄠᅳᆮ 다히: ᄠᅳᆮ(뜻, 意) # 다히(대로: 의명)

94) 호리이다: ㅎ(← ᄒᆞ다: 하다, 爲)- + -오(화자)- + -리(미시)- + -이(상높, 아주 높임)- + -다(평종)

95) 깃거: 겄(기뻐하다, 歡喜)- + -어(연어)

96) 어마닚긔: 어마님[어머님, 母親: 어마(← 어미: 어머니, 母) + -님(높접)] + -ᄭᅴ(-께: 부조, 상대, 높임)

97) 病엣: 病(병) + -에(부조, 위치) + -ㅅ(-의: 관조) ※ '病엣'은 '병(病)에 쓸'로 의역하여 옮긴다.

98) 지수려: 지ᇫ(← 짓다, ㅅ불: 짓다, 作)- + -우려(-으려: 연어, 의도)

99) ᄒᆞ노니: ᄒᆞ(하다: 보용, 의도)- + -ㄴ(← -ᄂᆞ-: 현시)- + -오(화자)- + -니(연어, 이유)

100) 목수미: 목숨[목숨, 身命: 목(목, 喉) + 숨(숨, 息)] + -이(주조)

1) 이실까: 이시(있다, 有)- + -ㄹ까(-ㄹ까: 의종 , 미시, 판정)

2) 여희ᅀᆞᄫᆞ라: 여희(이별하다, 別)- + -ᅀᆞᇦ(← -ᅀᆞᆸ-: 객높)- + -ᄋᆞ라(-으러: 연어, 목적)

[20뒤]

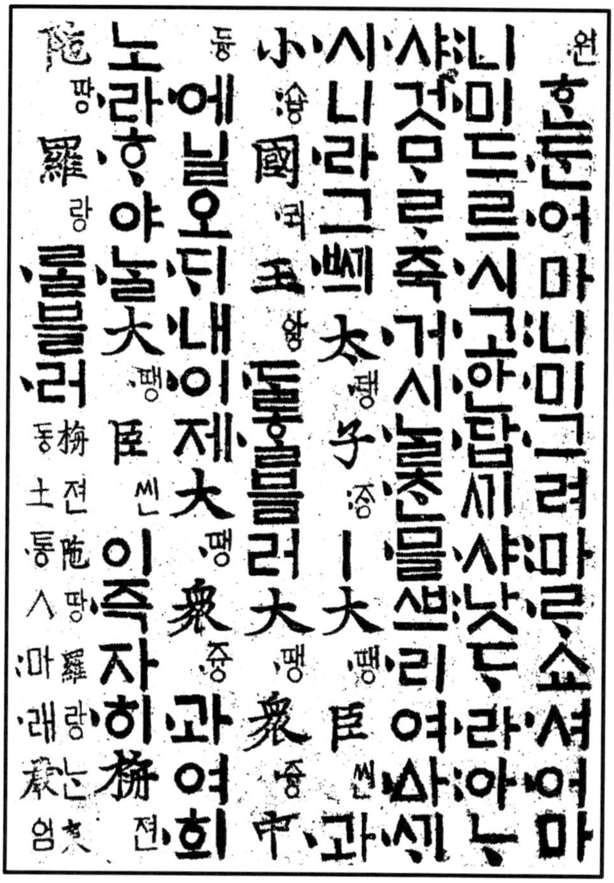

願(원)하건대 어머님이 (저를) 그리워 마소서." 어머님이 들으시고 안타까우시어 내달아서 (태자를) 안으시어 까무라치시거늘, 찬물을 뿌리어야 깨셨니라. 그때에 太子(태자)가 大臣(대신)과 小國王(소국왕)들을 불러 大衆(대중) 中(중)에 이르되, "내가 이제 大衆(대중)과 이별한다." 하거늘, 大臣(대신)이 즉시 栴陁羅(전타라)를 불러 【 旃陀羅(전타라)는 東土(동토)의 말에 嚴幟(엄치)이니,

願원ᄒᆞᆫᄃᆞᆫ[3] 어마니미 그려[4] 마ᄅᆞ쇼셔[5] 어마니미 드르시고 안답ᄢᅵ샤 낫ᄃᆞ라[6] 아ᄂᆞ샤[7] 것ᄆᆞᄅᆞ죽거시ᄂᆞᆯ[8] ᄎᆞᆫ믈[9] ᄲᅳ리여ᅀᅡ[10] ᄭᅵ시니라[11] 그 ᄢᅴ 太탱子ᄌᆞᆼㅣ 大땡臣씬과 小숗國귁王왕ᄃᆞᆯᄒᆞᆯ 블러[12] 大땡衆즁 中듕에 닐오ᄃᆡ 내 이제 大땡衆즁과 여희노라[13] ᄒᆞ야ᄂᆞᆯ[14] 大땡臣씬이 즉자히[15] 栴젼陁땅羅랑[16]ᄅᆞᆯ 블러【栴젼陁땅羅랑ᄂᆞᆫ 東동土통[17]ㅅ 마래 嚴엄幟칭니[18]

---

3) 願ᄒᆞᆫᄃᆞᆫ: 願ᄒᆞ[원하다: 願(원: 명사) + -ᄒᆞ(동접)-]- + -ㄴᄃᆞᆫ(-건대: 연어, 희망, 바람) ※ '-ㄴᄃᆞᆫ'은 [ㄴ(관전) + ᄃᆞ(것, 者: 의명) + -ㄴ(← -ᄋᆞᆫ: 보조사, 주제)]의 방식으로 형성된 연결 어미이다.

4) 그려: 그리(그리다, 戀慕)- + -어(연어)

5) 마ᄅᆞ쇼셔: 말(말다, 勿)- + -ᄋᆞ쇼셔(-으소서: 명종, 아주 높임)

6) 낫ᄃᆞ라: 낫ᄃᆞᆮ[← 낫닫다, ㄷ불(내닫다, 走): 낫(나아가다, 進)- + ᄃᆞᆮ(달리다, 走)-]- + -아(연어)

7) 아ᄂᆞ샤: 안(안다, 抱)- + -ᄋᆞ샤(← -ᄋᆞ시-: 주높)- + -Ø(← -아: 연어)

8) 것ᄆᆞᄅᆞ죽거시ᄂᆞᆯ: 것ᄆᆞᄅᆞ죽[까무러치다, 기절하다: 것ᄆᆞᄅᆞ(가짜의, 假: 접두)- + 죽(죽다, 死)-]- + -시(주높)- + -거…ᄂᆞᆯ(-거늘: 연어, 상황)

9) ᄎᆞᆫ믈: [찬물, 冷水: ᄎᆞ(차다, 冷: 형사)- + -ㄴ(관전) + 믈(물, 水)]

10) ᄲᅳ리여ᅀᅡ: ᄲᅳ리(뿌리다, 灑)- + -여ᅀᅡ(← -어ᅀᅡ: 연어, 필연적 조건)

11) ᄭᅵ시니라: ᄭᅵ(깨다, 醒)- + -시(주높)- + -Ø(과시)- + -니(원칙)- + -라(← -다: 평종)

12) 블러: 블ㄹ(← 브르다: 부르다, 呼)- + -어(연어)

13) 여희노라: 여희(이별하다, 別)- + -ㄴ(← -ᄂᆞ-: 현시)- + -오(화자)- + -라(← -다: 평종)

14) ᄒᆞ야ᄂᆞᆯ: ᄒᆞ(하다, 言)- + -야ᄂᆞᆯ(← -아ᄂᆞᆯ: -거늘, 연어, 상황)

15) 즉자히: 즉시, 卽(부사)

16) 栴陁羅: 전타라. 인도(印度) 사성(四姓)의 최하 계급으로 가장 천민(賤民)으로, 백정·옥졸(獄卒) 등 비천한 직업에 종사하는 종족이다. 이 종족은 보통 사람과는 따로 사는데, 남자는 전타라(栴陁羅)라 하고, 여자는 전타리(栴陁利) 혹은 전다라(旃茶羅)라고 한다.

17) 東土: 인도에서 볼 때에 동쪽에 있는 나라, 곧 중국(中國)을 뜻한다.

18) 嚴幟: 엄치. 거친 일에 종사하는 사람이다. 뜻이 바뀌어서, '천민 계급'을 가리킨다.

[21 앞]

'모진 일로 자기가 목적으로 삼아 움직인다.'고 한 말이다. (전타라는) 常例(상례)의 사람과 따로 사나니, 시장에 들 적이면 대(竹)를 두드리거나 들이차거나 하면, 사람이 다 (전타라를) 두려워하여 숨느니라.】 뼈를 끊어 骨髓(골수)를 내고 두 눈자위를 후비어 내었니라. 그때에 大臣(대신)이 이 藥(약)을 만들어 大王(대왕)께 바치니 王(왕)이 자시고 病(병)이 좋아지시어, (왕이 대신들에게) "너희들이 어떻게 이 약을 구했느냐?" 물으니, 대신들이 "이 약은 태자가 준비하셨다." 했다. (왕이) 이 말을 들으시고 놀라 臣下(신하)더러 물으시되 "太子(태자)가 이제 어디 있느냐? 大臣(대신)이

[21 앞]

모딘 일로 제[19] 보람ᄒᆞ야[20] ᄒᆞ니ᄂᆞ다[21] 혼[22] 마리라 常썅例롕ㅅ[23] 사ᄅᆞᆷ과 닫[24] 사ᄂᆞ니[25] 져재[26] 듫[27] 저기어든[28] 대ᄅᆞᆯ[29] 두드리거나[30] 드리ᄎᆞ거나[31] ᄒᆞ면 사ᄅᆞ미 다 두리여[32] 숨ᄂᆞ니라】 ᄲᅧ를[33] 그처[34] 骨곯髓슁 내오 두 눉ᄌᆞᅀᆞ를 우의여[35] 내니라 그 ᄢᅴ 大땡臣씬이 이 藥약 ᄆᆡᆼᄀᆞ라 大땡王왕ᄭᅴ 받ᄌᆞᄫᆞᆫ대[36] 王왕이 좌시고[37] 病뼝이 됴ᄒᆞ샤[38] 이 말 드르시고 놀라 臣씬下ᅘᅣᆼᄃᆞ려 무르샤ᄃᆡ 太탱子ᄌᆞᆼㅣ 이제 어듸[39] 잇ᄂᆞ뇨[40] 大땡臣씬이

---

19) 제: 저(저, 자기, 其: 인대, 재귀칭)+-ㅣ(←-이: 주조)

20) 보람ᄒᆞ야: 보람ᄒᆞ[보람하다: 보람(보람, 가치: 명사)+-ᄒᆞ(동접)-]-+-야(←-아: 연어) ※ '보람'은 원래 '표적, 표시(的)'의 뜻인데, 그 뜻이 전이되어서 '가치'나 '목적'의 뜻으로 쓰였다. 여기서 '보람ᄒᆞ다'는 '목적으로 삼다'로 의역하여 옮긴다.

21) ᄒᆞ니ᄂᆞ다: ᄒᆞ니(움직이다, 動)-+-ᄂᆞ(현시)-+-다(평종)

22) 혼: ㅎ(←ᄒᆞ다: 하다, 曰)-+-∅(과시)-+-오(대상)-+-ㄴ(관전)

23) 常例ㅅ: 常例(상례, 보통)+-ㅅ(-의: 관조)

24) 닫: 따로, 別(부사)

25) 사ᄂᆞ니: 사(←살다: 살다, 居)-+-ᄂᆞ(현시)-+-니(연어, 설명 계속)

26) 져재: 져재(저자, 시장, 市)

27) 듫: 들(들다, 入)-+-ㅭ(관전)

28) 저기어든: 적(적, 때, 時: 의명)+-이(서조)-+-어든(←-거든: 연어, 조건)

29) 대ᄅᆞᆯ: 대(대, 竹)+-ᄅᆞᆯ(목조)

30) 두드리거나: 두드리(두드리다, 叩)-+-거나(연어, 선택)

31) 드리ᄎᆞ거나: 드리ᄎᆞ[마구차다, 蹴]: 들(들이-: 마구, 몹시, 접두)-+ᄎᆞ(차다, 蹴)-]-+-거나(연어, 선택) ※ '드리-'는 [들(들다, 入)-+-이(부접)]의 방식으로 형성된 접두사인데, 뒤의 어근에 '마구, 몹시' 등의 뜻을 더한다.

32) 두리여: 두리(두려워하다, 懼)-+-여(←-어: 연어)

33) ᄲᅧ를: ᄲᅧ(뼈, 骨)+-를(목조)

34) 그처: 긏(끊다, 斷)-+-어(연어)

35) 우의여: 우의(우비다, 파내다, 剜)-+-여(←-어: 연어) ※ '우의다'는 파내는 것이다.

36) 받ᄌᆞᄫᆞᆫ대: 받(바치다, 擣)-+-ᄌᆞᇦ(←-잡-: 객높)-+-ᄋᆞᆫ대(-는데, -으니: 연어, 반응)

37) 좌시고: 좌시[자시다, 服: 좌(좌, 座)-+-∅(←-ᄒᆞ-: 동접)-+-시(주높)-]-+-고(연어, 계기)

38) 됴ᄒᆞ샤: 둏(좋아지다, 差: 자동)-+-ᄋᆞ샤(←-ᄋᆞ시-: 주높)-+-∅(←-아: 연어)

39) 어듸: 어디, 何所(지대, 미지칭)

40) 잇ᄂᆞ뇨: 잇(있다, 在)-+-ᄂᆞ(현시)-+-뇨(-냐: 의종, 설명)

[21 뒤]

사뢰되 "太子(태자)의 몸이 傷(상)하여 命(명)이 멀지 아니하십니다." 王(왕)이 (대신의 말을) 들으시고 땅에 거꾸러져 우시어, 몸에 먼지를 묻히시고 太子(태자)께 가시니 (태자가) 이미 命終(명종)하였거늘, 王(왕)과 夫人(부인)과 臣下(신하)와 百姓(백성)과 無量(무량) 大衆(대중)이 앞뒤에 (명종한 태자를) 圍繞(위요)하여 있더니, 어머님이 太子(태자)의 위에 엎드리어 슬퍼하시더라.

[21 뒤]

ᄉᆞᆯᄫᅩᄃᆡ 太탱子ᄌᆼㅅ 모미 傷샹ᄒᆞ야 命명이 머디 아니ᄒᆞ시이다[41] 王왕이 드르시고[42] ᄯᅡ해 디여[43] 우르샤[44] 모매 몬ᄌᆡ[45] 무티시고[46] 太탱子ᄌᆼᄭᅴ 가시니 ᄒᆞ마[47] 命명終즁ᄒᆞ거늘[48] 王왕과 夫붕人신괘[49] 臣씬下ᅘᅡᆼ와 百ᄇᆡᆨ姓셩과 無뭉量량 大땡衆즁이 앏뒤헤[50] 圍윙繞ᅀᅳᇢᄒᆞ얫더니[51] 어마니미 太탱子ᄌᆼㅅ 우희[52] 업더디여[53] 슬흐시더라[54]

---

41) 아니ᄒᆞ시이다: 아니ᄒᆞ[아니하다, 不(보용, 부정): 아니(아니, 不: 부사, 부정) + -ᄒᆞ(형접)-]- + -시(주높)- + -이(상높, 아주 높임)- + -다(평종)

42) 드르시고: 들(← 듣다, ㄷ불: 듣다, 聞)- + -으시(주높)- + -고(연어, 계기)

43) 디여: 디(거꾸러지다, 넘어지다, 投身)- + -여(← -어: 연어)

44) 우르샤: 울(울다, 哭)- + -으샤(← -으시-: 주높)- + -Ø(← -아: 연어)

45) 몬ᄌᆡ: 먼지, 塵.

46) 무티시고: 무티[묻히다, 坌: 묻(묻다, 坌: 자동)- + -히(사접)-]- + -시(주높)- + -고(연어, 계기)

47) ᄒᆞ마: 이미, 已(부사)

48) 命終ᄒᆞ거늘: 命終ᄒᆞ[죽다: 命終(명종, 죽음: 명사) + -ᄒᆞ(동접)-]- + -거늘(연어, 상황)

49) 夫人괘: 夫人(부인) + -과(접조) + -ㅣ(← -이: 주조) ※ '王과 夫人괘'이 주어로 기능했으며, '臣下와 百姓과 無量 大衆이'도 주어로 기능했다. 이를 감안하면 '夫人괘'는 '夫人과'를 오각한 형태로 보인다. 따라서 '王과 夫人과 臣下와 百姓과 無量 大衆이'의 전체를 주어로 기능하는 명사구로 처리한다.

50) 앏뒤헤: 앏뒤ㅎ[앞뒤, 前後: 앏(앞, 前) + 뒤ㅎ(뒤, 後)] + -에(부조, 위치)

51) 圍繞ᄒᆞ얫더니: 圍繞ᄒᆞ[위요하다: 圍繞(위요: 명사) + -ᄒᆞ(동접)-]- + -야(← -아: 연어) + 잇(← 이시다: 있다, 보용, 완료 지속)- + -더(회상)- + -니(연어, 설명 계속) ※ '圍繞(위요)'는 부처나 높은 사람의 둘레를 돌아다니는 일이다. ※ '圍繞ᄒᆞ얫더니'는 '圍繞ᄒᆞ야 잇더니'가 축약된 형태이다.

52) 우희: 우ㅎ(위, 上) + -의(-에: 부조, 위치)

53) 업더디여: 업더디[엎어지다, 엎드려지다, 覆: 업(← 엎다: 엎다, 轉伏)- + 더디(던지다, 投)-]- + -여(← -어 : 연어)

54) 슬흐시더라: 슳(슬퍼하다, 懊惱)- + -으시(주높)- + -더(회상)- + -라(← -다: 평종)

[22 앞]

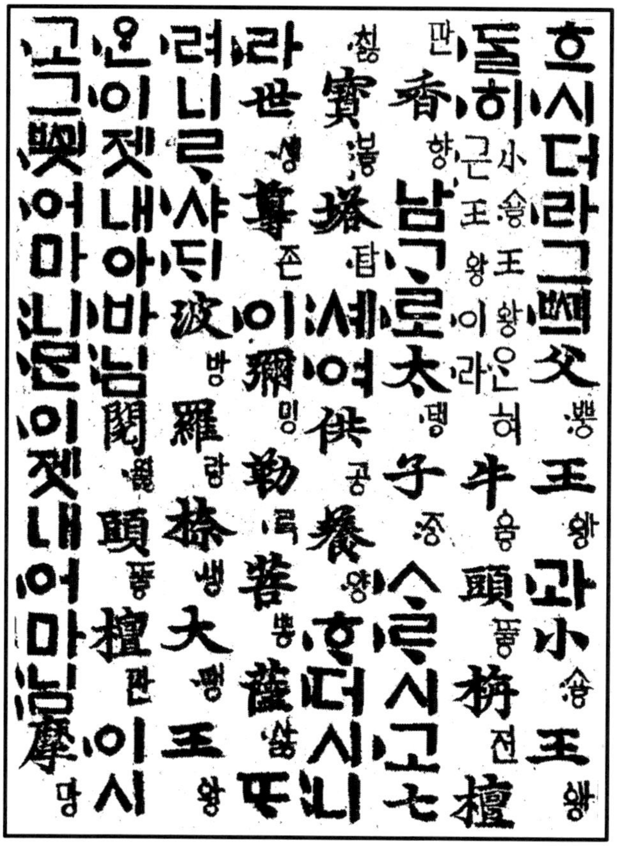

그때에 父王(부왕)과 小王(소왕)들이【小王(소왕)은 작은 王(왕)이다.】牛頭栴檀香(우두전단향)의 나무로 太子(태자)를 불사르시고, 七寶塔(칠보탑)을 세워 供養(공양)하시더라. 世尊(세존)이 彌勒菩薩(미륵보살)더러 이르시되 "波羅榇大王(바라내대왕)은 이제의 내 아버님인 閱頭檀(열두단)이시고, 그때의 어머님은 이제의 내 어머님인 摩耶(마야)이시고,

그 ᄢᅴ 父뿡王왕과 小숗王왕ᄃᆞᆯ히【小숗王왕ᄋᆞᆫ 혀근[55] 王왕이라】 牛ᅌᅮᇢ頭뚷栴젼檀딴香향[56] 남ᄀᆞ로[57] 太탱子ᄌᆞᆼ ᄉᆞᄅᆞ시고[58] 七칧寶봏塔탑 셰여[59] 供공養양ᄒᆞ더시니라[60] 世솅尊존이 彌밍勒륵菩뽕薩삻ᄯᆞ려[61] 니ᄅᆞ샤ᄃᆡ 波방羅랑㮈냉大땡王왕ᄋᆞᆫ 이젯[62] 내[63] 아바님 閱윓頭뚷檀딴이시고[64] 그 ᄢᅴᆺ[65] 어마니ᄆᆞᆫ 이젯 내 어마님 摩망耶양ㅣ시고[66]

---

55) 혀근: 혁(작다, 小)-+-Ø(현시)-+-은(관전)

56) 牛頭栴檀香: 우두전단향. 인도 마라야산에서 나는 향나무이다. 전단향(栴檀香)은 몸에 바르면 불에 들어가도 불이 사르지 못하며, 제천(諸天)들이 아수라(阿脩羅)와 싸울적에 칼에 헌 데를 바르면 곧바로 아물었다고 한다. 이 향나무가 고산(高山)이라 하는 산에서 나는데, 그 산봉우리가 소의 머리 같으므로 우두전단향(牛頭栴檀香)이라 하였다.

57) 남ᄀᆞ로: 낡(←나모: 나무, 木)+-ᄋᆞ로(부조, 방편)

58) ᄉᆞᄅᆞ시고: ᄉᆞᆯ(사르다, 불사르다, 爇)-+-ᄋᆞ시(주높)-+-고(연어, 계기)

59) 셰여: 셰[세우다, 起: 셔(서다, 立)-+-ㅣ(←-이-: 사접)-]-+-여(←-어: 연어)

60) 供養ᄒᆞ더시니라: 供養ᄒᆞ[공양하다: 供養(공양: 명사)+-ᄒᆞ(동접)-]-+-더(회상)-+-시(주높)-+-니(원칙)+-라(←-다: 평종)

61) 彌勒菩薩ᄯᆞ려: 彌勒菩薩(미륵보살)+-ᄯᆞ려(←-ᄃᆞ려: -더러, -에게, 부조, 상대) ※ '-ᄯᆞ려'는 '-ᄃᆞ려'를 오각한 형태이다.

62) 이젯: 이제[이제, 이때, 此時: 이(이, 此: 관사, 정칭)+제(때에: 의명)]+-ㅅ(-의: 관조) ※ '제'는 [저(←적, 때, 時: 의명)+-의(-에: 부조, 위치)]의 방식으로 형성된 의존 명사이다.

63) 내: 나(나, 我: 인대, 1인칭)+-ㅣ(←-ᄋᆡ: 관조)

64) 閱頭檀이시고: 閱頭檀(열두단)+-이(서조)-+-시(주높)-+-고(연어, 나열) ※ '閱頭檀(열두단)'은 중인도(中印度)에 있은 가비라국(迦毘羅國)의 임금으로 석존(釋尊)의 아버지이다.(=淨飯王, 정반왕)

65) ᄢᅴᆺ: ᄣᅴ(←ᄢᅳ: 때, 時)+-의(-에: 부조, 위치)+-ㅅ(-의: 관조)

66) 摩耶ㅣ시고: 摩耶(마야)+-ㅣ(←-이-: 서조)-+-시(주높)-+-고(연어, 나열) ※ '摩耶(마야)'는 석가모니의 어머니이다. 인도 카필라바스투(Kapilavastu)의 슈도다나의 왕비로, 석가모니를 낳고 7일 후에 죽었다.

[22 뒤]

忍辱太子(인욕태자)는 이제의 내 몸이다. 菩薩(보살)이 無量(무량) 阿僧祇(아승기)의 劫(겁)에 父母(부모)를 孝養(효양)하되【菩薩(보살)은 자기의 몸을 이르셨니라.】, 옷이며 음식이며 집이며 이불과 요며 몸에 있는 骨髓(골수)에 이르도록 써서 孝養(효양)한 것이 이러하니, 이렇게 한 因緣(인연)으로 (내가) 成佛(성불)함에 이르렀으니, 이제 이 塔(탑)이 땅에서 솟아난 것은

忍신辱쇽太탱子ᄌᆞᆼᄂᆞᆫ 이젯 내 모미라 菩뽕薩삻이 無뭉量량 阿항僧승祇낑 劫겁에 父뿡母뭏 孝ᅘᆞᇢ養양ᄒᆞᅀᆞᄫᅩᄃᆡ[67]【菩뽕薩삻ᄋᆞᆫ ᄌᆞ갸[68] 모ᄆᆞᆯ 니르시니라[69]】 오시며 차바니며[70] 지비며 니블[71] 쇼히며[72] 모맷[73] 骨곯髓쉉[74] 니르리[75] ᄡᅥ[76] 호미[77] 이러호니[78] 이리[79] 혼[80] 因인緣원[81]으로 成쎵佛뿛[82]호매 니르로니[83] 이제 이 塔탑이 ᄯᅡ해셔[84] 소사나ᄆᆞᆫ[85]

---

67) 孝養ᄒᆞᅀᆞᄫᅩᄃᆡ: 孝養ᄒᆞ[효양하다: 孝養(효양: 명사)+-ᄒᆞ(동접)-]-+-오ᄃᆡ(-되: 연어, 설명 계속) ※ '孝養(효양)'은 어버이를 효성으로 봉양하는 것이다.

68) ᄌᆞ갸: ᄌᆞ가(자기, 당신, 自家: 인대, 재귀칭, 높임)+-ㅅ(-의: 관조)

69) 니르시니라: 니르(이르다, 曰)-+-시(주높)-+-Ø(과시)-+-니(원칙)-+-라(←-다: 평종)

70) 차바니며: 차반(음식, 飮食)+-이며(접조)

71) 니블: 이불, 被.

72) 쇼히며: 쇼ㅎ(요, 褥)+-이며(접조)

73) 모맷: 몸(몸, 體)+-애(-에: 부조, 위치)+-ㅅ(-의: 관조) ※ '모맷'은 '몸에 있는'으로 의역한다.

74) 骨髓: 골수. 뼈의 중심부인 골수 공간(骨髓空間)에 가득 차 있는 결체질(結締質)의 물질이다.

75) 니르리: [이르게, 이르도록, 至(부사): 니를(이르다, 至: 동사)-+-이(부접)]

76) ᄡᅥ: ᄡ(←ᄡᅳ다: 쓰다, 用)-+-어(연어)

77) 호미: ᄒ(←ᄒᆞ다: 하다, 爲)-+-옴(명전)+-이(주조) ※ 여기서 'ᄒᆞ다'는 대동사(代動詞)로서 앞의 문맥에 있는 '孝養ᄒᆞ다'를 대용한다. 따라서 '호미'는 '효양한 것이'로 의역하여 옮긴다.

78) 이러호니: 이러ᄒ[←이러ᄒᆞ다(이러하다, 如是): 이러(이러, 如是: 불어)+-ᄒᆞ(형접)-]-+-오(화자)-+-니(연어, 이유)

79) 이리: [이리, 如此(부사): 이(이, 이것, 此: 지대, 정칭)+-리(부접)]

80) 혼: ᄒ(←ᄒᆞ다: 하다, 爲)-+-Ø(과시)-+-오(대상)-+-ㄴ(관전)

81) 因緣: 인연(hetu-pratyaya). 인(因)과 연(緣). 어떤 결과를 일으키는 직접 원인이나 내적 원인이 되는 인(因)과, 간접 원인이나 외적 원인 또는 조건이 되는 연(緣)을 함께 이른다. 그러나 넓은 뜻으로는 직접 원인이나 내적 원인, 간접 원인이나 외적 원인 또는 조건을 통틀어 이른다.

82) 成佛: 성불. 부처(佛)가 되는 것이다. 불교의 개조 석가는 부다가야의 보리수 밑의 금강보좌에서 명의 명성을 보고 불타(Buddha), 즉 깨달은 자가 되었다. '깨달음'을 방해하는 번뇌에서 해방된다는 의미로 해탈이라고 하며, 불(= 佛, 깨닫는 자)을 이룬다는 의미에서 성불이라고 한다.

83) 니르로니: 니를(이르다, 致)-+-오(화자)-+-니(연어, 설명 계속)

84) ᄯᅡ해셔: ᄯᅡᇂ(땅, 地)+-애(-에: 부조, 위치)+-셔(-서: 보조사, 위치 강조)

85) 소사나ᄆᆞᆫ: 소사나[솟아나다, 踊出: 솟(솟다, 踊)-+-아(연어)+나(나다, 出)-]-+-ㅁ(←-옴: 명전)+-ᄋᆞᆫ(보조사, 주제)

[23 앞]

·곧 이 ·내 父뿡母뭏 ·위·ᄒᆞ·ᅀᆞ·ᄫᅡ 목숨 ·ᄇᆞ·려
·늘 ·곧 ·이 ·ᄯᅡ·해 塔탑 ·올 ·셰·여 供공養양·ᄒᆞ
·시·더·니 ·내 ·이·제 成쎵佛뿛·ᄒᆞᆯ·ᄊᆡ 알·ᄑᆡ 소
·사 ·냇·ᄂᆞ·니·라 ·그 ·ᄢᅴ 大땡衆즁 中듕·에 ·그
·지 ·업·슨 人신 天텬 龍룡 鬼귕神씬·이 ·이
·말 ·듣ᄌᆞᆸ·고 ·눈·믈 ·흘·리·며 ᄒᆞᆫ 소·리·로 如셩
來링ㅅ 功공德득·올 讚잔嘆탄·ᄒᆞᅀᆞᆸ·고
·즉자·히 阿항耨녹多당羅랑三삼藐·막

곧 내가 父母(부모)를 위하여 목숨을 버리거늘 곧 (부모님이) 이곳에 塔(탑)을 세워서 供養(공양)하시더니, 내가 이제 成佛(성불)하므로 (내) 앞에 (보탑이) 솟아나 있느니라.” 그때에 大衆(대중) 中(중)에 그지없는 人(인)·天(천)·龍(용)·鬼神(귀신)이 이 말을 듣고 눈물을 흘리며, 한 소리로 如來(여래)의 功德(공덕)을 讚嘆(찬탄)하고 즉시 阿耨多羅三藐三菩提心(아뇩다라삼먁삼보리심)을

곧 이[86] 내 父뿡母뭏 위ᄒᆞᅀᆞᄫᅡ[87] 목숨 ᄇᆞ려늘[88] 곧 이 ᄯᅡ해[89] 塔탑을 셰여 供공養양ᄒᆞ시더니[90] 내 이제 成쎵佛뿛ᄒᆞᆯᄊᆡ 알ᄑᆡ 소사냇ᄂᆞ니라[91] 그 ᄢᅴ 大땡衆즁 中듕에 그지업슨[92] 人ᅀᅵᆫ 天텬 龍룡 鬼귕神씬이 이 말 듣ᄌᆞᆸ고 눉믈[93] 흘리며 ᄒᆞᆫ 소리로 如ᅀᅧᆼ來링ㅅ 功공德득[94]을 讚잔嘆탄ᄒᆞᅀᆞᆸ고[95] 즉자히 阿항耨녹多당羅랑三삼藐막三삼菩뽕提뗑心심[96]ᄋᆞᆯ

---

86) 이: 이, 是. ※ '이'는 『대방편불보은경』의 한문 문장에 강조 용법으로 쓰인 '是'를 직역한 것으로 현대어로 번역할 때에는 생략하는 것이 자연스럽다.

87) 위ᄒᆞᅀᆞᄫᅡ: 위ᄒᆞ[위하다: 위(爲: 불어) + -ᄒᆞ(동접)-]- + -ᅀᆞᇦ(← -ᅀᆞᆸ-: 객높)- + -아(연어)

88) ᄇᆞ려늘: ᄇᆞ리(버리다, 捨)- + -어늘(-거늘: 연어, 상황) ※ 『대방편불보은경』에서는 언해문의 "이제 이 塔이 ᄯᅡ해셔 소사나ᄆᆞᆫ 곧 이 내 父母 위ᄒᆞᅀᆞᄫᅡ 목숨 ᄇᆞ려늘" 부분이 '今此寶塔從地踊出者 卽是我爲其父母捨此骨髓及其身命'로 기술되어 있다. 한문본의 구절을 직역하면 "이제 이 보탑이 땅에서 솟아난 것은, 곧 내가 그 부모를 위하여 이 골수와 목숨을 버린 때문이다."로 번역된다. 이 원문의 내용을 감안하면, 『석보상절』의 언해문을 "이제 이 塔(탑)이 땅에서 솟아난 것은, 곧 내가 부모를 위하여 목숨을 버렸기 때문이거늘"로 의역하여 옮길 수 있다.

89) ᄯᅡ해: ᄯᅡᇂ(곳, 處: 의명) + -애(-에: 부조, 위치)

90) 供養ᄒᆞ시더니: 供養ᄒᆞ[공양하다: 供養(공양: 명사) + -ᄒᆞ(동접)-]- + -시(주높)- + -더(회상)- + -니(연어, 설명 계속) ※ '공양ᄒᆞ시더니'의 주체는 '부모님'이다.

91) 소사냇ᄂᆞ니라: 소사나[솟아나다, 踊現: 솟(솟다, 踊)- + -아(연어) + 나(나다, 現)-]- + -아(연어) + 잇(← 이시다: 있다, 보용, 완료 지속)- + -ᄂᆞ(현시)- + -니(원칙)- + -라(← -다: 평종) ※ '소사냇ᄂᆞ니라'는 '소사나 잇ᄂᆞ니라'가 축약된 형태이다.

92) 그지업슨: 그지없[그지없다, 無量: 그지(한도, 限: 명사) + 없(없다, 無: 형사)-]- + -Ø(현시)- + -은(관전)

93) 눉믈: [눈물, 淚: 눈(눈, 眼) + -ㅅ(관조, 사잇) + 믈(물, 水)]

94) 功德: 공덕. 좋은 일을 행한 덕으로 훌륭한 결과를 가져오게 하는 능력이다. 종교적으로 순수한 것을 진실공덕(眞實功德)이라 이르고, 세속적인 것을 부실공덕(不實功德)이라 한다.

95) 讚嘆ᄒᆞᅀᆞᆸ고: 讚嘆ᄒᆞ[찬탄하다: 讚嘆(찬탄: 명사) + -ᄒᆞ(동접)-]- + -ᅀᆞᆸ(객높)- + -고(연어, 계기) ※ '讚嘆(찬탄)'은 칭찬하며 감탄하는 것이다.

96) 阿耨多羅三藐三菩提心: 아뇩다라삼먁삼보리심. 일체의 진상을 모두 아는 부처님의 무상의 승지(勝地), 곧 무상정각이다. 부처님의 지혜는 가장 뛰어나고 그 위가 없으며 평등한 바른 이치를 깨닫는 것이다. ※ '阿(아)'는 '없다'이다. '耨多羅(뇩다라)'는 '위'이다. '三(삼)'은 '正(정)'이다. '藐(먁)'은 '等(등)'이다. '菩提(보리)'는 '正覺(정각)'이다.

三삼菩뽕提똉心심을 發벓ᄒᆞ며 또 無몽量량百ᄇᆡᆨ千쳔衆즁生ᄉᆡᆼ이 聲셩聞문辟벽支징佛뿛心심을 發벓ᄒᆞ며 또 無뭉量량 사ᄅᆞ미 須슝陁땅洹뽠果광ㆍ와 阿항羅랑漢한道뚷애 니르며 또 無뭉量량百ᄇᆡᆨ千쳔萬먼億흑 菩뽕薩삻摩망訶항薩삻이 아니오라아 阿앙耨녹多당羅랑三삼藐막三삼菩뽕提똉를

發(발)하며, 또 無量(무량)한 百千(백천)의 衆生(중생)이 聲聞(성문)과 辟支佛(벽지불)의 心(심)을 發(발)하며, 또 無量(무량)한 사람이 須陁洹果(수타환과)와 阿羅漢道(아라한도)에 이르며, 또 無量(무량)한 百千(백천) 萬億(만억)의 菩薩摩訶薩(보살마하살)이 오래지 않아 阿耨多羅三藐三菩提(아뇩다라삼먁삼보리)를

發벓ᄒᆞ며 ᄯᅩ[97] 無뭉量량 百ᄇᆡᆨ千쳔 衆즁生ᄉᆡᇰ이 聲셩聞문[98] 辟벽支징佛뿛 心심[99]을 發벓ᄒᆞ며 ᄯᅩ 無뭉量량 사ᄅᆞ미 須슝陀땅洹ᅘᅪᆫ果광[100] 阿항羅랑 漢한道또ᇢ[1]애 니르며 ᄯᅩ 無뭉量량 百ᄇᆡᆨ千쳔 萬먼億흑 菩뽕薩삻摩망訶항 薩삻[2]이 아니 오라아[3] 阿항耨녹多당羅랑三삼藐막三삼菩뽕提뗑를

97) ᄯᅩ: 또, 又(부사)

98) 聲聞: 성문. 설법을 듣고 사제(四諦)의 이치를 깨달아 아라한이 되고자 하는 불제자이다. ※ 四諦(사제)는 영원히 변하지 않는 네 가지 성스러운 진리이다. '고제(苦諦), 집제(集諦), 멸제(滅諦), 도제(道諦)'를 이른다.

99) 辟支佛 心: 벽지불 심. '벽지불(辟支佛)'의 마음이다. ※ '辟支佛(벽지불)'은 스승의 지도 없이 혼자서 깨친 불보살이다. 산스크리트어의 '프라티에카 붓다(pratyeka-buddha)'의 음사로 연각(緣覺)이나 독각(獨覺)이라는 말로 번역한다. 고독을 즐기며 설법도 하지 않는 불교의 성자이다.

100) 須陁洹果: 수타환과. 성문 사과(聲聞四果)의 첫째이다. 무루도(無漏道)에 처음 참례하여 들어간 증과(證果)이다. 곧 사제(四諦)를 깨달아 욕계(欲界)의 '탐(貪)·진(瞋)·치(癡)'의 삼독(三毒)을 버리고, 성자(聖者)의 무리에 들어가는 성문(聲聞)의 지위이다.

1) 阿羅漢道: 아라한도. 환생이 없는 경지. 최고의 깨달음을 얻은 경지이다. ※ '阿羅漢(아라한)'은 소승 불교의 수행자 가운데서 가장 높은 경지에 오른 이이다. 온갖 번뇌를 끊고, 사제(四諦)의 이치를 바로 깨달아 세상 사람들의 존경을 받을 만한 공덕을 갖춘 성자를 이른다.

2) 菩薩摩訶薩: 보살 마하살. '보리살타마하살타(菩提薩埵摩訶薩埵)'의 준말이다. '보리살타'는 도중생(道衆生)·각유정(覺有情)의 뜻이다. '마하살타'는 대중생(大衆生)·대유정(大有情)의 뜻이다. 도과(道果)를 구하는 이를 도중생이라 하니, 도과를 구하는 이는 성문(聲聞)과 연각(緣覺)에 통하므로 이들과 구별하기 위하여 다시 대중생이라 한 것이다. 또 보살에는 많은 계위(階位)가 있으므로 그 중에 십지(十地) 이상의 보살을 표시하기 위하여 다시 마하살이라 한다. 그리고 마하는 '대(大)·다(多)·승(勝)'의 세 가지 뜻이 있으니, 보살마하살은 곧 보살 가운데서 큰 보살이다.

3) 오라아: 오라(오래다, 久)- + -아(연어) ※ '아니 오라아'는 '오래지 않아'로 의역하여 옮긴다.

[24 앞]

得득·ᄒᆞ시·리러·라 그·ᄢᅴ 大땡衆즁·이 ᄒᆞᆫ
소·리·로 摩망耶양·ᄅᆞᆯ 讚잔嘆탄ᄒᆞ·ᅀᆞᄫᅩ
·ᄃᆡ :됴ᄒᆞ·실·쎠 摩망耶양ㅣ 如ᅀᅧᆼ來ᄅᆡᆼ·ᄅᆞᆯ
나ᄊᆞᄫᆞ·실·쎠 天텬人신世솅間간·애 ·ᄀᆞᆯ
·ᄫᅵ·리 :업스·샷·다 ᄒᆞ·더·라 그·저·긔 闥닳婆
빵摩망羅랑ㅣ 座쫭·애·셔 니·러·나 ·부
·텨·ᄭᅴ ᄉᆞᆲ·오·ᄃᆡ 世솅尊존·하 摩망耶양夫
붕人신·이 :엇·던 功공德득·을 닷ᄀᆞ·시·며

得(득)하시겠더라. 그때에 大衆(대중)이 한 소리로 摩耶(마야)를 讚嘆(찬탄)하되, "좋으시구나! 摩耶(마야)가 如來(여래)를 낳으셨구나! 天人世間(천인세간)에 대적할 이가 없으시구나!" ᄒᆞ더라. 그때에 闥婆摩羅(달바마라)가 座(좌)에서 일어나 부처께 사뢰되, "世尊(세존)이시여, 摩耶夫人(마야부인)이 어떤 功德(공덕)을 닦으시며,

得득ᄒᆞ시리러라[4] 그 ᄢᅴ[5] 大땡衆즁이 ᄒᆞᆫ 소리로 摩망耶양ᄅᆞᆯ 讚잔嘆탄ᄒᆞᅀᆞᄫᆞᄃᆡ[6] 됴ᄒᆞ실쎠[7] 摩망耶양ㅣ 如셩來링ᄅᆞᆯ 나ᄊᆞᄫᆞ실쎠[8] 天텬人신世솅間간[9]애 ᄀᆞᆯᄫᆞ리[10] 업스샷다[11] ᄒᆞ더라 그 저긔[12] 闥탏婆빵摩망羅랑[13]ㅣ 座쫭애셔[14] 니러나아 부텨ᄭᅴ ᄉᆞᆯᄫᆞᄃᆡ[15] 世솅尊존하[16] 摩망耶양夫붕人신이 엇던[17] 功공德득을 닷ᄀᆞ시며[18]

4) 得ᄒᆞ시리러라: 得ᄒᆞ[득하다, 얻다: 得(득: 불어) + -ᄒᆞ(동접)-]- + -시(주높)- + -리(미시)- + -러(← -더-: 회상)- + -라(← -다: 평종)

5) ᄢᅴ: ᄢ(← ᄣᅳ: 때, 時) + -의(-에 : 부조, 위치, 시간)

6) 讚嘆ᄒᆞᅀᆞᄫᆞᄃᆡ: 讚嘆ᄒᆞ[찬탄하다: 讚嘆(찬탄: 명사) + -ᄒᆞ(동접)-]- + -ᅀᆞᄫ(← -ᅀᆞᆸ-: 객높)- + -오ᄃᆡ(-되: 연어, 설명의 계속)

7) 됴ᄒᆞ실쎠: 둏(좋다, 善)- + -ᄋᆞ시(주높)- + -Ø(현시)- + -ㄹ쎠(-구나: 감종)

8) 나ᄊᆞᄫᆞ실쎠: 낳(낳다, 得生)- + -ᄊᆞᄫ(← -ᅀᆞᆸ-: 객높)- + -ᄋᆞ시(주높)- + -Ø(과시)- + -ㄹ쎠(-구나: 감종)

9) 天人世間: 천인 세간. 하늘과 사람이 사는 세상이다.

10) ᄀᆞᆯᄫᆞ리: ᄀᆞᆶ(← ᄀᆞᆲ다, ㅂ불: 가루다, 맞서서 겨루다, 竝)- + -ᄋᆞᆯ(관전) # 이(이, 사람, 者: 의명) + -Ø(← -이: 주조)

11) 업스샷다: 없(없다, 無)- + -으샤(← -으시-: 주높)- + -Ø(현시)- + -ㅅ(← -옷-: 감동)- + -다(평종)

12) 저긔: 적(적, 때, 時: 의명) + -의(-에: 부조, 위치)

13) 闥婆摩羅: 달바마라. 석가모니의 제자 중의 한 사람이다.

14) 座애셔: 座(좌, 자리) + -애(-에: 부조, 위치) + -셔(-서: 보조사, 위치 강조)

15) ᄉᆞᆯᄫᆞᄃᆡ: ᄉᆞᆶ(← ᄉᆞᆲ다, ㅂ불: 사뢰다, 아뢰다, 謁)- + -오ᄃᆡ(-되: 연어, 설명 계속)

16) 世尊하: 世尊(세존) + -하(-이시여: 호조, 아주 높임)

17) 엇던: [어떤, 何(형사, 관사): 엇더(어떠: 불어, 何)- + -Ø(← -ᄒᆞ-: 형접)- + -ㄴ(관전▷관접)]

18) 닷ᄀᆞ시며: ᄃᆞᆩ(닦다, 修)- + -ᄋᆞ시(주높)- + -며(연어, 나열)

[24 뒤]

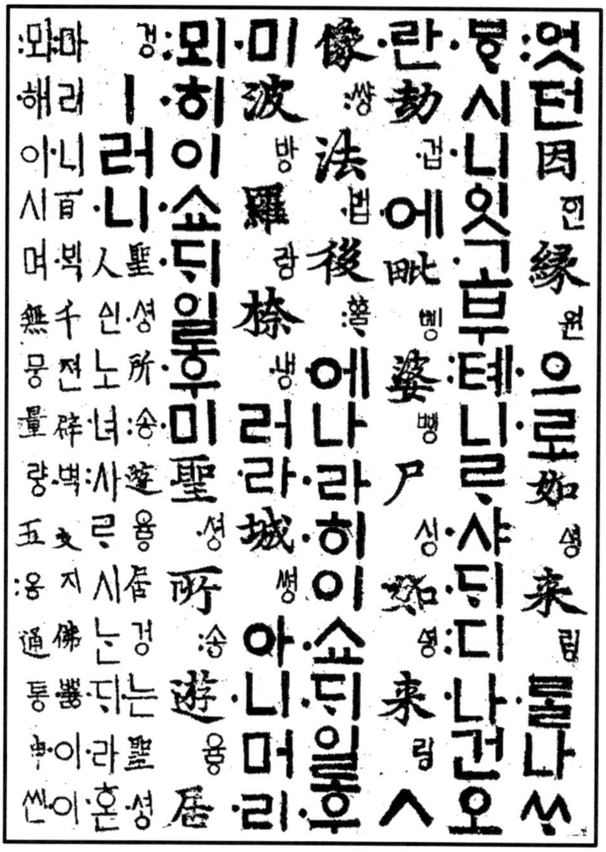

어떤 因緣(인연)으로 如來(여래)를 낳으셨습니까?" 부처님이 이르시되, 지난 오랜 劫(겁)에 毗婆尸如來(비파시여래)의 像法(상법) 後(후)에, 나라가 있되 (그) 이름이 波羅棕(바라내)이더라. 城(성)에서 아니 멀리 산이 있되, 이름이 聖所遊居(성소유거)이더니 【聖所遊居(성소유거)는 聖人(성인)이 노니어 사시는 데라 한 말이니, 百千(백천)의 辟皮佛(벽지불)이 이 산에 있으며, 無量(무량)한 오통(五通)의 神仙(신선)이

[24 뒤]

엇던 因인緣원으로 如ᅀᅧᆼ來ᄅᆡᆼ를 나ᄊᆞᄫᆞ시니잇고[19] 부톄 니ᄅᆞ샤ᄃᆡ[20] 디나건 오란 劫겁에 毗삥婆빵尸싱如ᅀᅧᆼ來ᄅᆡᆼ[21]ㅅ 像쌍法법[22] 後ᅘᅮᇢ에 나라히 이쇼ᄃᆡ[23] 일후미 波방羅랑㮈냉러라[24] 城쎵 아니 머리[25] 뫼히[26] 이쇼ᄃᆡ 일후미 聖셩所송遊융居겅ㅣ러니[27]【聖셩所송遊융居겅는 聖셩人ᅀᅵᆫ 노녀[28] 사ᄅᆞ시ᄂᆞᆫ[29] ᄃᆡ라[30] 혼[31] 마리니 百ᄇᆡᆨ千쳔 辟벽支징佛뿛[32]이 이 뫼해[33] 이시며 無뭉量량 五옹通통[34] 神씬仙션이

---

19) 나ᄊᆞᄫᆞ시니잇고: 낳(낳다, 得生)-+-ᄊᆞᇦ(←-ᄉᆞᆸ-: 객높)-+-ᄋᆞ시(주높)-+-Ø(과시)-+-잇(←-이-: 상높, 아주 높임)-+-니…고(-까: 의종, 설명)

20) 니ᄅᆞ샤ᄃᆡ: 니ᄅᆞ(이르다, 言)-+-샤(←-시-: 주높)-+-ᄃᆡ(←-오ᄃᆡ: -되, 연어, 설명 계속)

21) 毗婆尸如來: 비파시여래. 석가모니 이전의 과거에 난 일곱 부처 가운데 첫째 부처이다.

22) 像法: 상법. 상법은 '상법시(像法時)'의 준말이다. 부처님이 열반(涅槃)에 든 뒤에 정법(正法)·상법(像法)·말법(末法)으로 나누어진 교법(敎法)의 3시기 중의 하나이다. '정법시'는 교법(敎法)·수행(修行)·증과(證果)가 갖추어 있는 때이지만, '상법시'는 교법·수행만 남은 때이고, '말법시(末法時)'는 교법만 남은 때이다. 일반적으로 경전에서는 정법 시기를 부처님 별도 후 5백년 또는 1천년으로 잡았고, 상법 시기를 정법이 끝난 뒤의 1천년으로 삼았다.

23) 이쇼ᄃᆡ: 이시(있다, 有)-+-오ᄃᆡ(-되: 연어, 설명의 계속)

24) 波羅㮈러라: 波羅㮈(바라내)+-Ø(←-이-: 서조)-+-러(←-더-: 회상)-+-라(←-다: 평종)

25) 머리: [멀리, 遠(부사): 멀(멀다, 遠: 형사)-+-이(부접)]

26) 뫼히: 뫼ㅎ(산, 山)+-이(주조)

27) 聖所遊居ㅣ러니: 聖所遊居(성소유거)+-ㅣ(←-이-: 서조)-+-러(←-더-: 회상)-+-니(연어, 설명 계속)

28) 노녀: 노니[노닐다: 노(←놀다: 놀다, 遊, 동사)-+니(가다, 行: 동사)-]-+-어(연어)

29) 사ᄅᆞ시ᄂᆞᆫ: 살(살다, 居)-+-ᄋᆞ시(주높)-+-ᄂᆞ(현시)-+-ㄴ(관전)

30) ᄃᆡ라: ᄃᆡ(데, 處: 의명)+-Ø(←-이-: 서조)-+-Ø(현시)-+-라(←-다: 평종)

31) 혼: ㅎ(←ᄒᆞ-: 하다, 謂)-+-Ø(과시)-+-오(대상)-+-ㄴ(관전)

32) 辟支佛: 벽지불. 부처의 가르침에 기대지 않고 스스로 도를 깨달은 성자(聖者)이다. 그 지위는 보살의 아래이며, 성문(聲聞)의 위이다.

33) 뫼해: 뫼ㅎ(산, 山)+-애(부조, 위치)

34) 五通: 오통. 다섯 가지의 신통력(神通力)으로서, '도통(道通)·신통(神通)·의통(依通)·보통(報通)·요통(妖通)' 등이 있다.

仙션이 또 이실ᄊᆡ 일후믈 지ᅀᅳ니라 그 뫼해 ᄒᆞᆫ 仙션人ᅀᅵᆫ
ᄋᆞᆫ 南남녁 堀쿯애 잇고 ᄒᆞᆫ 仙션人ᅀᅵᆫᄋᆞᆫ
北븍녁 堀쿯애 잇거든 두 山산 ᄉᆞᅀᅵ예
ᄒᆞᆫ ᄉᆡ미 잇고 그 믌ᄀᆞᅀᅢ 平뼝ᄒᆞᆫ 돌히 잇
더라 그 ᄢᅴ 南남녁 堀쿯앳 仙션人ᅀᅵᆫ이
이 돌 우희 이셔 옷 ᄲᆞᆯ며 발 씻고 니거늘
ᄒᆞᆫ 암사ᄉᆞ미 와 옷 ᄲᆞᆫ 므를 먹고 모ᄀᆞᆯ
도ᄅᆞ혀 오좀 누는 ᄯᅡᄒᆞᆯ 할ᄒᆞ니 그 사ᄉᆞ미

또 있으므로 이름을 붙였느니라.】, 그 산에 한 仙人(선인)은 남녘 堀(굴)에 있고 한 仙人(선인)은 北(북)녘 堀(굴)에 있는데, 두 山(산) 사이에 한 샘이 있고 그 물가에 平(평)한 돌이 있더라. 그때에 남(南)녘 堀(굴)에 있는 仙人(선인)이 이 돌 위에 있어 옷을 빨며 발을 씻고 가거늘, 한 암사슴이 와서 옷을 빤 물을 마시고 목을 돌이켜 오줌 누는 곳을 핥으니 그 사슴이

ᄯᅩ[35] 이실ᄊᆡ 일후믈 지ᄒᆞ니라[36] 】 그 뫼해 ᄒᆞᆫ 仙션人신ᄋᆞᆫ 南남녁 堀굻애 잇고 ᄒᆞᆫ 仙션人신은 北븍녁 堀굻애 잇거든[37] 두 山산 ᄊᆞᅀᅵ예[38] ᄒᆞᆫ ᄉᆡ미[39] 잇고 그 믌ᄀᆞᅀᅢ[40] 平뼝ᄒᆞᆫ 돌히[41] 잇더라 그 ᄢᅴ[42] 南남녁 堀굻앳[43] 仙션人신이 이 돌 우희[44] 이셔 옷 ᄲᆞᆯ며[45] 발 싯고[46] 니거늘[47] ᄒᆞᆫ 암사ᄉᆞ미[48] 와 옷 ᄲᆞ론[49] ᄆᆞᄅᆞᆯ 먹고 모ᄀᆞᆯ 도ᄅᆞᅘᅧ[50] 오좀[51] 누는[52] ᄯᅡᄒᆞᆯ[53] 할ᄒᆞ니[54] 그 사ᄉᆞ미

35) ᄯᅩ: 또, 又(부사)
36) 지ᄒᆞ니라: 짛(이름을 붙이다, 作名)-+-Ø(과시)-+-으니(원칙)-+-라(←-다: 평종)
37) 잇거든: 잇(←이시다: 있다, 有)-+-거든(-는데 연어, 설명 계속)
38) 山 ᄊᆞᅀᅵ예: 山(산)+-ㅅ(-의: 관조) # ᄉᆞᅀᅵ(사이, 間)+-예(←-에: 부조, 위치)
39) ᄉᆡ미: ᄉᆡᆷ(샘, 泉)+-이(주조)
40) 믌ᄀᆞᅀᅢ: 믌ᄀᆞᇫ[←믌ᄀᆞᆺ(물가, 水邊): 믈(물, 水)+-ㅅ(관조, 사잇)+ᄀᆞᇫ(←ᄀᆞᆺ: 가, 邊)]+-애(-에: 부조, 위치)
41) 돌히: 돌ㅎ(돌, 石)+-이(주조)
42) ᄢᅴ: ᄢ(←ᄣᅳ: 때, 時)+-의(-에: 부조, 위치)
43) 堀앳: 堀(굴, 동굴)+-애(-에: 부조, 위치)+-ㅅ(-의 관조) ※ '堀앳'은 '堀(굴)에 있는'으로 의역하여 옮긴다.
44) 우희: 우ㅎ(위, 上)+-의(-에: 부조, 위치)
45) ᄲᆞᆯ며: ᄲᆞᆯ(빨다, 浣)-+-며(연어, 나열)
46) 싯고: 싯(씻다, 洗)-+-고(연어, 계기)
47) 니거늘: 니(가다, 行)-+-거늘(연어, 상황)
48) 암사ᄉᆞ미: 암사ᄉᆞᆷ[암사슴, 雌鹿: 암(←암ㅎ: 암컷, 雌)+사ᄉᆞᆷ(사슴, 鹿)]+-이(주조)
49) ᄲᆞ론: ᄲᆞᆯ(빨다, 浣)-+-Ø(과시)-+-오(대상)-+-ㄴ(관전)
50) 도ᄅᆞᅘᅧ: 도ᄅᆞᅘᅧ[돌이키다, 廻: 돌(돌다, 廻: 자동)-+-ᄋᆞ(사접)-+-ᅘᅧ(강접)-]-+-Ø(←-어: 연어)
51) 오좀: 오줌. 小便.
52) 누는: ① 누(누다, 便)-+-ㄴ(←-ᄂᆞ-: 현시)-+-으(↚-오-: 대상)-+-ㄴ(관전) ② ※ 누(누다, 便)-+-Ø(과시)-+-우(대상)-+-ㄴ(관전) ※ '누는'은 '누논'을 오각한 형태이다.
53) ᄯᅡᄒᆞᆯ: ᄯᅡㅎ(곳, 데, 處)+-ᄋᆞᆯ(목조)
54) 할ᄒᆞ니: 핧(핥다, 舐)-+-ᄋᆞ니(연어, 설명 계속, 이유)

[25 뒤]

새끼를 배어 달이 차거늘, 그 돌 위에 돌아와 슬피 울고 한 여자를 낳았느니라. 그때에 南堀(남굴)에 있는 仙人(선인)이 사슴의 울음소리를 듣고 가엾게 여겨서 가서 보니, 암사슴이 한 따님을 낳아 두고 핥다가 仙人(선인)을 보고 내달았느니라. 그때에 仙人(선인)이 그 따님을 가엾게 여겨 草衣(초의)로 씻어 닦고【草衣(초의)는 푸성귀 옷이다.】모셔다가

삿기[55] 빈여[56] 둘 ᄎᆞ거늘 그 돌 우희 도라와 슬피[57] 울오[58] ᄒᆞᆫ 겨지블 나ᄊᆞᄫᆞ니라[59] 그 ᄢᅴ 南남堀쿯앳 仙션人신이 사ᄉᆞᄆᆡ 우룸쏘리[60] 듣고 어엿비[61] 너겨 가 보니 암사ᄉᆞ미 ᄒᆞᆫ ᄯᆞ니믈[62] 나하 두고 할타가[63] 仙션人신ᄋᆞᆯ 보고 나ᄃᆞᄅᆞ니라[64] 그 ᄢᅴ 仙션人신이 그 ᄯᆞ니믈 어엿비 너겨 草촣衣힁[65]로 슷봇고[66]【草촣衣힁ᄂᆞᆫ 프ᅀᅥᆼ귀[67] 오시라[68]】뫼ᅀᆞᄫᅡ다가[69]

---

55) 삿기: 새끼, 子.

56) 빈여: 빈[배다, 懷妊: 빈(배, 腹: 명사) + -Ø(동접)-]- + -여(← -어: 연어)

57) 슬피: [슬피, 悲(부사): 슳(슬퍼하다, 哀: 동사)- + -ㅂ(← -브-: 형접) + -이(부접)]

58) 울오: 울(울다, 鳴)- + -오(← -고: 연어, 계기)

59) 나ᄊᆞᄫᆞ니라: 나(← 낳다, 生産)- + -ᅀᆞᇦ(← ᅀᆞᆸ-: 객높)- + -Ø(과시)- + -ᄋᆞ니(원칙)- + -라(← -다: 평종)

60) 우룸쏘리: 우룸쏘리[울음소리, 鳴聲 : 울(울다, 鳴)- + -움(명접) + -ㅅ(관조, 사잇) + 소리(소리, 聲)]

61) 어엿비: [불쌍히, 憐憫(부사) : 어엿ㅂ(← 어엿브다: 불쌍하다, 憐憫, 형사)- + -이(부접)]

62) ᄯᆞ니믈 : ᄯᆞ님[따님, 女: ᄯᆞ(← ᄯᆞᆯ: 딸, 女) + -님(접미)] + -ᄋᆞᆯ(목조)

63) 할타가 : 핡(핥다, 舐)- + -다가(연어, 전환)

64) 나ᄃᆞᄅᆞ니라 : 나ᄃᆞᆮ[← 나ᄃᆞᆮ다, ㄷ불(내닫다, 走): 나(나다, 出)- + ᄃᆞᆮ(달리다, 走)-]- + -Ø(과시)- + -ᄋᆞ니(원칙)- + -라(← -다 : 평종)

65) 草衣: 초의. 속세를 떠나 숨어 사는 사람이 입는, 푸성귀로 만든 의복이다.

66) 슷봇고: 슷봇[씻어 닦다, 씻어 훔치다, 拭: 슷(← 슺다: 닦다, 훔치다)- + 봇(닦다)-]- + -고(연어, 계기)

67) 프ᅀᅥᆼ귀: [푸성귀, 草: 프(← 플: 풀, 草) + -ᅀᅥᆼ귀(-성귀: 접미)] ※ '푸성귀'는 사람이 가꾼 채소나 저절로 난 나물 따위를 통틀어 이르는 말이다.

68) 오시라: 옷(옷, 衣) + -이(서조)- + -Ø(현시)- + -라(← -다: 평종)

69) 뫼ᅀᆞᄫᅡ다가 : 뫼ᅀᆞᇦ[← 뫼ᅀᆞᆸ다, ㅂ불(모시다, 侍): 뫼(불어) + -ᅀᆞᆸ(객높)-]- + -아(연어) + -다가(보조사, 동작 유지, 강조) ※ '뫼ᅀᆞᆸ다'는 'ᄃᆞ리다'에 대한 객체 높임의 어휘이다.

[26 앞]

果實(과실)을 따 먹여서 기르니, 나이가 열넷이거늘 그 아버지가 사랑스럽게 생각하여【그 아비는 仙人(선인)을 일렀느니라.】늘 불을 지킬 채비를 시키어 있더니, 하루는 (따님이) 조심을 아니 하시어 불을 꺼지게 하시거늘, 그 아버지가 그 따님을 꾸짖고 北(북)녘 堀(굴)에 (따님을) 보내어 "불을 가져오라." 하거늘, 그 따님이 아버지의 말을 들으시어 北堀(북굴)로 가시니, 걸음마다 발을 드신 땅에(서)

果광實씷 빠[70] 머겨 기르ᄉᆞᄫᆞ니[71] 나히[72] 열네히어시ᄂᆞᆯ[73] 그 아비 ᄉᆞ랑ᄒᆞ야[74] 【그 아비ᄂᆞᆫ 仙션人신ᄋᆞᆯ 니르니라[75]】 샹녜[76] 블[77] 부ᇝ[78] ᄌᆞ비ᄅᆞᆯ[79] 시기ᄉᆞᄫᆞᆺ더니[80] ᄒᆞᄅᆞᆫ[81] 조심 아니 ᄒᆞ샤 브를 ᄢᅳ긔[82] ᄒᆞ야시ᄂᆞᆯ[83] 그 아비 그 ᄯᆞ니ᄆᆞᆯ 구짓고[84] 北븍녁 堀콿애 브리ᄉᆞᄫᅡ[85] 블 가져오라 ᄒᆞ야ᄂᆞᆯ 그 ᄯᆞ니미 아비[86] 말 드르샤[87] 北븍堀콿로 가시니 거름마다[88] 발 드르신[89] 싸해

---

70) 빠: ㅃ(← ᄣᅡ다: 따다, 採)- + -아(연어)

71) 기르ᄉᆞᄫᆞ니: 기르[기르다, 養: 길(자라다, 길다, 長: 형사, 자동)- + -으(사접)-]- + -ᄉᆞᇦ(← -ᄉᆞᆸ-: 객높)- + -ᄋᆞ니(연어, 설명 계속)

72) 나히: 나ㅎ(나이, 齡) + -이(주조)

73) 열네히어시ᄂᆞᆯ: 열네ㅎ[열넷, 十四(수사, 양수): 열(← 열ㅎ: 열, 十, 수사, 양수) + 네ㅎ(넷, 四: 수사, 양수)] + -이(서조)- + -시(주높)- + -어…ᄂᆞᆯ(← -거늘: 연어, 상황)

74) ᄉᆞ랑ᄒᆞ야: ᄉᆞ랑ᄒᆞ[사랑스럽게 생각하다, 愛念: 사랑(사랑, 생각: 명사) + -ᄒᆞ(동접)-]- + -야(← -아: 연어) ※ 'ᄉᆞ랑ᄒᆞ다'는 사랑스럽게 생각하다(愛念)으로 의역하여 옮긴다.

75) 니르니라: 니르(이르다, 曰)- + -Ø(과시)- + -니(원칙)- + -라(← -다: 평종)

76) 샹녜 : 늘, 常(부사)

77) 블: 불, 火.

78) 부ᇝ: 븥(븥다: 宿, ?)- + -읈(관전) ※ '붙다'나 '붙들다'라는 형태가 존재하지 않는다. 『대방편불보은경』에는 '블 부ᇝ ᄌᆞ비ᄅᆞᆯ 시기ᄉᆞᄫᆞᆺ더니'를 '常使宿火(늘 불을 지키게 하였다)'로 기술하고 있다. 이를 감안하면 '붙다'나 '붙들다'는 '지키다(宿)'의 뜻을 나타내는 것으로 추정한다.

79) ᄌᆞ비ᄅᆞᆯ: ᄌᆞ비(채비, 준비, 備) + -ᄅᆞᆯ(목조)

80) 시기ᄉᆞᄫᆞᆺ더니: 시기(시키다, 使)- + -ᄉᆞᇦ(← -ᄉᆞᆸ-: 객높)- + -아(연어) # 잇(← 이시다: 있다, 보용, 완료 지속)- + -더(회상)- + -니(연어, 설명 계속) ※ '시기ᄉᆞᄫᅡ 잇더니'가 축약된 형태이다.

81) ᄒᆞᄅᆞᆫ: ᄒᆞᄅ(← ᄒᆞᄅᆞ : 하루, 一日) + -ᄋᆞᆫ(보조사, 주제)

82) ᄢᅳ긔: ᄢᅳ(끄지다, 滅: 자동)- + -긔(-게 : 연어, 사동)

83) ᄒᆞ야시ᄂᆞᆯ: ᄒᆞ(하다, 使: 보용, 사동)- + -시(주높)- + -야…ᄂᆞᆯ(← -아ᄂᆞᆯ : -거늘, 연어, 상황)

84) 구짓고: 구짓(← 구짖다: 꾸짖다, 責)- + -고(연어, 계기)

85) 브리ᄉᆞᄫᅡ: 브리(부리다, 시키다, 보내다, 可往)- + -ᄉᆞᇦ(← -ᄉᆞᆸ-: 객높)- + -아(연어)

86) 아비: 압(← 아비: 아버지, 父) + -ᄋᆡ(관조)

87) 드르샤: 들(← 듣다, ㄷ불: 듣다, 聞)- + -으샤(← -으시- : 주높)- + -Ø(← -아 : 연어)

88) 거름마다: 거름[걸음, 步: 걸(← 걷다, ㄷ불: 걷다, 步: 동사)- + -음(명접)] + -마다(보조사, 각자)

89) 드르신 : 들(들다, 擧)- + -으시(주높)- + -Ø(과시)- + -ㄴ(관전)

[26 뒤]

다 蓮련花황ㅣ 나니 자최ᄅᆞᆯ 조차 느러
니 次ᄎᆞᆼ第뗑로 길 ᄀᆞᆮ더니 北븍堀쿯애
가 블 빌이쇼셔 ᄒᆞ야시ᄂᆞᆯ 그 仙션人ᅀᅵᆫ이
이 ᄯᆞ니ᄆᆡ 福복德득이 자최마다 蓮
련花황ㅣ 나ᄂᆞᆫ 고ᄃᆞᆯ 보고 닐오ᄃᆡ 블옷
얻고져 ᄒᆞᇙ 거든 네 올ᄒᆞᆫ 녀그로 내 堀쿯
올 닐굽 번 값돌라 그 ᄯᆞ니미 닐온 야ᅌᅩ
로 ᄒᆞ고 니거시ᄂᆞᆯ 이슥고 波방羅랑㮈

다 蓮花(연화)가 나니, (발)자취를 쫓아서 느런히 次第(차제, 차례)로 (피어서 마치) 길 같더니, (따님이) 北堀(북굴)에 가서 “불을 빌려주소서.” 하시거늘, 그 仙人(선인)이 이 따님의 福德(복덕)으로 (발)자취마다 蓮花(연화)가 나는 것을 보고 이르되, “불을 얻고자 하거든, 네가 오른쪽으로 내 堀(굴)을 일곱 번 감돌아라.” 그 따님이 (선인이) 말한 양으로 하고 (불을 얻어서) 가시거늘, 이윽고 波羅㮈王(바라내왕)이다 蓮련花황ㅣ 나니 자최롤[90] 조차 느러니[91] 次충第뗑로[92] 길 곧더니[93] 北븍堀쿯애 가 블 빌이쇼셔[94] 호야시늘 그 仙션人신이 이 ᄯᆞ니미[95] 福복德득이[96] 자최마다 蓮련花황ㅣ 나논[97] 고돌[98] 보고 닐오ᄃᆡ[99] 블옷[100] 얻고져[1] 호거든 네 올호녀그로[2] 내 堀쿯올 닐굽 번 값돌라[3] 그 ᄯᆞ니미 닐온[4] 야ᄋᆞ로[5] 호고 니거시늘[6] 이슥고[7] 波방羅랑㮈냉王왕이

90) 자최롤: 자최(자취, 蹤跡) + -롤(목조)
91) 느러니: 느런히, 죽 벌여서, 行伍(부사)
92) 次第로: 次第(차제, 차례) + -로(부조, 방편)
93) 곧더니: 곧(← 곧다 ← 곧ᄒᆞ다 : 같다, 如似)- + -더(회상)- + -니(연어, 설명 계속)
94) 빌이쇼셔: 빌이[빌려주다, 乞求: 빌(빌리다, 乞)- + -이(사접)-]- + -쇼셔(-소서: 명종, 아주 높임)
95) ᄯᆞ니미: ᄯᆞ님[따님, 女人: ᄯᆞ(← ᄯᆞᆯ: 딸, 女) + -님(높접)] + -ᄋᆡ(관조)
96) 福德이: 福德(복덕) + -이(주조) ※ 문맥상 '복덕으로'로 의역하여 옮긴다. ※ '福德(복덕)'은 선행(善行)과 선행에 대한 과보(果報)로서 받는 복리(福利), 복스러운 공덕이다. 복덕은 행위의 결과로 받게 되는 측면과 복덕을 닦고 쌓는 과정 모두를 가리킨다.
97) 나논: 나(나다, 生)- + -ㄴ(← -ᄂᆞ-: 현시)- + -오(대상)- + -ㄴ(관전)
98) 고돌: 곧(것, 者: 의명) + -올(목조)
99) 닐오ᄃᆡ: 닐(← 니ᄅᆞ다: 이르다, 말하다, 言)- + -오ᄃᆡ(-되 : 연어, 설명 계속)
100) 블옷: 블(불, 火) + -옷(← -곳: 보조사, 한정 강조)
1) 얻고져: 얻(얻다, 得)- + -고져(-고자: 연어, 의도)
2) 올ᄒᆞ녀그로: 올ᄒᆞ녁[오른쪽, 右: 옳(오른쪽이다, 옳다, 右, 是: 형사)- + -ᄋᆞᆫ(관전) + 녁(녘, 쪽: 의명)] + -으로(부조, 방향)
3) 값돌라: 값돌[감돌다, 遶: 값(← 감다: 감다)- + 돌(돌다, 回)-]- + -라(명종, 아주 낮춤)
4) 닐온: 닐(← 니ᄅᆞ다 : 이르다, 言)- + -Ø(과시)- + -오(대상)- + -ㄴ(관전)
5) 야ᄋᆞ로: 양(양, 모양, 樣 : 의명) + -ᄋᆞ로(부조, 방편) ※ '닐온 야ᄋᆞ로'는 '말한 것처럼'으로 뜻으로 쓰였다.
6) 니거시늘 : 니(가다, 去)- + -시(주높)- + -거…늘(-거늘 : 연어, 상황)
7) 이슥고 : [이윽고, 未久之間(부사) : 이슥(이윽 : 불어) + -Ø(← -ᄒᆞ- : 형접)- + -고(연어 ▷ 부접)]

ᅘᆡᇰ 王ᅌᅪᇰ이 한사ᄅᆞᆷ 더블오 그 뫼해 山산
行ᅘᆡᇰ 가샤 北ᄇᆞᆨ堀ᄏᆖᆯ애 仙션人ᅀᅵᆫ 잇ᄂᆞᆫ
ᄃᆡ 가 보시니 蓮련花ᅘᅪᆼㅣ 堀ᄏᆖᆯ을 둘어
느러니 냇거늘 大ᄄᆡᆼ王ᅌᅪᇰ이 과ᄒᆞ샤 讚
잔嘆탄ᄒᆞ샤ᄃᆡ 됴ᄒᆞᆯ쎠 됴ᄒᆞᆯ쎠 大ᄄᆡᆼ德
득 大ᄄᆡᆼ仙션이 福복德득이 노ᄑᆞ샤 이
러ᄒᆞ샷다 ᄒᆞ야시ᄂᆞᆯ 仙션人ᅀᅵᆫ이 王ᅌᅪᇰ
ᄭᅴ ᄉᆞᆯ보ᄃᆡ 大ᄄᆡᆼ王ᅌᅪᇰ하 아ᄅᆞ쇼셔 이 蓮

많은 사람을 더불어서 그 산에 사냥을 가시어, 北堀(북굴)에 仙人(선인)이 있는 데에 가 보시니 蓮花(연화)가 堀(굴)을 둘러 느런히 나 있거늘, 大王(대왕)이 칭찬하시어 讚嘆(찬탄)하시되, "좋구나! 좋구나! 大德(대덕) 大仙(대선)이 福德(복덕)이 높으셔서 이러하시구나." 하시거늘, 仙人(선인)이 王(왕)께 사뢰되 "大王(대왕)이시여, 아소서. 이 蓮花(연화)는 한[8] 사ᄅᆞᆷ 더블오[9] 그 뫼해 山산行ᅘᆡᇰ[10] 가샤 北븍堀쿠ᇙ애 仙션人ᅀᅵᆫ 잇ᄂᆞᆫ ᄃᆡ[11] 가 보시니 蓮련花ᅘᅪᇰㅣ 堀쿠ᇙᄋᆞᆯ 둘어[12] 느러니 냇거늘[13] 大ᄄᆡᇰ王ᅌᅪᇰ이 과ᄒᆞ샤[14] 讚잔嘆탄ᄒᆞ샤ᄃᆡ[15] 됴ᄒᆞᆯ쎠[16] 됴ᄒᆞᆯ쎠 大ᄄᆡᇰ德득[17] 大ᄄᆡᇰ仙션[18]이 福복德득이 노ᄑᆞ샤 이러ᄒᆞ샷다[19] ᄒᆞ야시ᄂᆞᆯ 仙션人ᅀᅵᆫ이 王ᅌᅪᇰᄭᅴ ᄉᆞᆯᄫᅩᄃᆡ[20] 大ᄄᆡᇰ王ᅌᅪᇰ하[21] 아ᄅᆞ쇼셔[22] 이 蓮련花ᅘᅪᇰᄂᆞᆫ

---

8) 한: 하(많다, 多)- + -Ø(현시)- + -ㄴ(관전)

9) 더블오: 더블(더불다, 將)- + -오(← -고 : 연어, 계기)

10) 山行: 山行(← 산ᄒᆡᆼ : 사냥, 獵) ※ '山行'은 순우리말인 '산ᄒᆡᆼ(사냥, 獵)'을 한자로 표기한 것이다.

11) ᄃᆡ: ᄃᆡ(데, 所: 의명) + -ᄋᆡ(-에: 부조, 위치)

12) 둘어: 둘(← 두르다: 두르다, 遶)- + -어(연어)

13) 냇거늘: 나(나다, 生)- + -Ø(← -아: 연어) + 잇(← 이시다: 있다, 보용, 완료 지속)- + -거늘(연어, 상황) ※ '냇거늘'은 '나 잇거늘'이 축약된 형태이다.

14) 과ᄒᆞ샤: 과ᄒᆞ(칭찬하다, 歎)- + -샤(← -시-: 주높)- + -Ø(← -아 : 연어)

15) 讚嘆ᄒᆞ샤ᄃᆡ: 讚嘆ᄒᆞ[찬탄하다: 讚嘆(찬탄: 명사) + -ᄒᆞ(동접)-]- + -샤(← -시-: 주높)- + -ᄃᆡ(← -오ᄃᆡ: -되, 연어, 설명 계속)

16) 됴ᄒᆞᆯ쎠: 둏(좋다, 善)- + -Ø(현시)- + -ᄋᆞᆯ쎠(-구나: 감종)

17) 大德: 대덕. 지혜와 덕망이 높은 스님이다.

18) 大仙: 대선. 원래 부처님을 뜻하나, 여기서는 '선인(仙人)'을 높여서 이르는 말로 쓰였다.

19) 이러ᄒᆞ샷다: 이러ᄒᆞ[이러하다: 이러(이러, 如是: 불어) + -ᄒᆞ(형접)-]- + -샤(← -시-: 주높)- + -Ø(현시)- + -ㅅ(← -옷-: 감동)- + -다(평종)

20) ᄉᆞᆯᄫᅩᄃᆡ: ᄉᆞᆲ(← ᄉᆞᆲ다, ㅂ불: 사뢰다, 아뢰다, 白)- + -오ᄃᆡ(-되: 연어, 설명 계속)

21) 大王하: 大王(대왕) + -하(-이시여: 호조, 아주 높임)

22) 아ᄅᆞ쇼셔: 알(알다, 知)- + -ᄋᆞ쇼셔(-으소서: 명종, 아주 높임)

[27 뒤]

내가 할 수 있는 것이 아닙니다." 王(왕)이 이르시되 "大師(대사)가 하신 일이 아니면 누가 한 것입니까?"【大師(대사)는 큰 스승이니, 그 仙人(선인)을 이르셨느니라.】 仙人(선인)이 사뢰되, "大王(대왕)이시여, 이 南堀(남굴)의 仙人(선인)이 한 딸을 길러 내니, 모습이 端正(단정)하여 (이러한 사람이) 世間(세간)에 (나기가) 쉽지 못하니, 그 딸이 다닐 時節(시절, 때)에 자취마다 蓮花(연화)가 납니다."

내ᄋᆡ[23] 어디로미[24] 아니니이다[25] 王왕이 니ᄅᆞ샤ᄃᆡ 大땡師ᄉᆞᆼ[26] ᄒᆞ샨[27] 일 아니면 뉘[28] ᄒᆞᆫ 거시잇고[29]【大땡師ᄉᆞᆼᄂᆞᆫ 큰 스스이니[30] 그 仙션人ᅀᅵᆫᄋᆞᆯ 니르시니라[31]】仙션人ᅀᅵᆫ이 ᄉᆞᆯ보ᄃᆡ 大땡王왕하 이 南남堀코ᇙㅅ 仙션人ᅀᅵᆫ이 ᄒᆞᆫ ᄯᆞᄅᆞᆯ 길어[32] 내니 양ᄌᆡ[33] 端돤正졍ᄒᆞ야 世솅間간애 쉽디 몯ᄒᆞ니[34] 그 ᄯᆞᆯ ᄒᆞᄂᆡᇙ[35] 時씽節졇에 자최마다 蓮련花황ㅣ 나ᄂᆞ니이다[36]

---

23) 내ᄋᆡ: 나(나, 我: 인대, 1인칭) + -ㅣ(관조) + -ᄋᆡ(관조) ※ '내ᄋᆡ'는 '나(我)'에 관형격 조사인 '-ㅣ'와 '-ᄋᆡ'가 두 번 겹쳐서 실현되었다. 이러한 현상은 명사절이나 관형절 속에서 의미상의 주어로 쓰이는 말이 관형어의 형태로 실현될 때에 나타나는 특수한 예이다. '내ᄋᆡ'는 '내가'로 의역하여 옮긴다.

24) 어디로미: ① 어딜(어질다, 仁)- + -옴(명전) + -이(보조) ② 어디롬(할 수 있는 일, 所能, ?) + -이(보조) ※ ①처럼 분석하면 '내가 어질어서 된 일이 아닙니다'로 의역할 수 있다. ※『대방편불보은경』에는 '이 蓮花ᄂᆞᆫ 내ᄋᆡ 어디로미 아니니이다'의 부분이 '此蓮花者 非我所能'으로 기술되어 있는데,『석보상절』의 '어디롬'은 '所能(할 수 있는 바)'에 대응된다. 그리고 뒤에 실현된 '王이 니ᄅᆞ샤ᄃᆡ 大師 ᄒᆞ샨 일 아니면 뉘 ᄒᆞᆫ 거시잇고'의 'ᄒᆞ샨 일'을 감안하면, ②로 분석하여 '어디롬'을 '할 수 있는 것'으로 추정하여 옮길 수 있다.

25) 아니니이다: 아니(아니다, 非)- + -Ø(현시)- + -니(원칙)- + -이(상높, 아주 높임)- + -다(평종)

26) 大師: 대사. 덕이 높은 스님에 대한 존칭이다.

27) ᄒᆞ샨: ᄒᆞ(하다, 爲)- + -샤(← -시-: 주높)- + -Ø(과시)- + -Ø(← -오-: 대상)- + -ㄴ(관전)

28) 뉘: 누(누구, 誰: 인대) + -ㅣ(← -ᄋᆡ: 관조) ※ 원문에 ':뉘'와 같이 상성(上聲)의 방점이 찍혀 있으므로 '-ㅣ'는 관형격 조사이다. 다만 관형절 속에 실현된 관형격 조사이므로, 의미상으로 주격으로 해석된다. 그러므로 여기서는 '뉘'를 의역하여서 '누가'로 옮긴다.

29) 거시잇고: 것(것, 者: 의명) + -이(서조)- + -Ø(현시)- + -잇(← -이-: 상높, 아주 높임)- + -고(-까: 의종, 설명)

30) 스스이니: 스승(스승, 師) + -이(서조)- + -니(연어, 설명 계속)

31) 니르시니라: 니르(이르다, 言)- + -시(주높)- + -Ø(과시)- + -니(원칙)- + -라(← -다: 평종)

32) 길어: 길[← 기ᄅᆞ다(기르다, 養): 길(자라다, 길다, 長: 자동, 형사)- + -ᄋᆞ(사접)-]- + -어(연어)

33) 양ᄌᆡ: 양ᄌᆞ(모습, 모양, 樣子) + -ㅣ(← -이: 주조)

34) 쉽디 몯ᄒᆞ니: 쉽(쉽다, 易)- + -디(-지: 연어, 부정) # 몯ᄒᆞ[못하다, 不能(보용, 부정): 몯(못, 不: 부사, 부정) + ᄒᆞ(형접)-]- + -니(연어, 이유) ※ '世間애 쉽디 몯ᄒᆞ니'에 해당하는 구절이『대방편불보은경』에는 '世間難有'로 기술되어 있다. 이를 감안하면 '世間애 쉽디 몯ᄒᆞ니'는 '(이런 사람이) 세간에 나기가 쉽지 못하니'의 뜻으로 쓰였다.

35) ᄒᆞᄂᆡᇙ: ᄒᆞ니(움직이다, 다니다, 動)- + -ᇙ(관전)

36) 나ᄂᆞ니이다: 나(나다, 生)- + -ᄂᆞ(현시)- + -니(원칙)- + -이(상높, 아주 높임)- + -다(평종)

[28 앞]

다 王(왕)이 드르시고 즉자히 南堀(남굻)애 가샤 뎌 仙人(션인)을 보샤 禮數(롕숭) ᄒᆞ시고 니ᄅᆞ샤ᄃᆡ ᄯᆞᄅᆞᆯ 두겨시다 듣고 婚姻(혼힌)을 求(끃)ᄒᆞᄂᆞ이다 仙人(션신)이 ᄉᆞᆯᄫᅩᄃᆡ 내 ᄒᆞᆫ ᄯᆞᄅᆞᆯ 뒤쇼ᄃᆡ 져머 어리오 아ᄒᆡ ᄢᅴ브터 深山(심산)애 이셔 사ᄅᆞᄆᆡ 이리 설우르고 플옷 닙고 나못 여ᄅᆞᆷ 먹ᄂᆞ니 王(왕)이 므슴ᄒᆞ려 져ᄌᆞ시ᄂᆞ니

王(왕)이 들으시고 즉시 南堀(남굴)에 가시어 저 仙人(선인)을 보시어, 禮數(예수)하시고 이르시되 "'딸을 두고 계시다.' 듣고 婚姻(혼인)을 求(구)합니다." 仙人(선인)이 (왕께) 사뢰되 "내가 한 딸을 두고 있되, 어려서 어리석고, 아이 때부터 深山(심산)에 있어서 사람의 일이 서투르고, 풀(草衣)을 입고 나무의 열매를 먹나니, 王(왕)이 무엇을 하려고 따져 물으십니까?

王왕이 드르시고 즉자히[37] 南남堀큻애 가샤 뎌 仙션人신ᄋᆞᆯ 보샤 禮롕數숭ᄒᆞ시고[38] 니ᄅᆞ샤ᄃᆡ ᄯᆞᄅᆞᆯ 두겨시다[39] 듣고 婚혼姻인ᄋᆞᆯ 求꿓ᄒᆞ노이다[40] 仙션人신이 ᄉᆞᆲ보ᄃᆡ 내 ᄒᆞᆫ ᄯᆞᄅᆞᆯ 뒤쇼ᄃᆡ[41] 져머[42] 어리오[43] 아ᄒᆡ[44] ᄢᅴ브터[45] 深심山산애 이셔 사ᄅᆞᄆᆡ 이리 설우르고[46] 플옷[47] 닙고[48] 나못[49] 여름[50] 먹ᄂᆞ니 王왕이 므슴[51] 호려[52] 져주시ᄂᆞ니ᅌᅵᆺ고[53]

---

37) 즉자히: 즉시, 卽(부사)

38) 禮數ᄒᆞ시고: 禮數ᄒᆞ[예수하다: 禮數(예수: 명사) + -ᄒᆞ(동접)-]- + -시(주높)- + -고(연어, 계기) ※ '禮數(예수)'는 주인과 손님이 서로 만나 인사하는 것이다.

39) 두겨시다: 두(두다, 置)- + -Ø(← -어: 연어) # 겨시(계시다: 보용, 완료 지속, 높임)- + -다(평종) ※ '두겨시다'는 '두어 겨시다'가 축약된 형태인데, 여기서는 '두고 계시다'로 의역하여 옮긴다.

40) 求ᄒᆞ노이다: 求ᄒᆞ[구하다: 求(구: 불어) + -ᄒᆞ(동접)-]- + -ㄴ(← -ᄂᆞ-: 현시)- + -오(화자)- + -이(상높, 아주 높임)- + -다(평종)

41) 뒤쇼ᄃᆡ: 두(두다, 置)- + -Ø(← -어: 연어) + 이시(있다: 보용, 완료 지속)- + -오ᄃᆡ(-되: 연어, 설명 계속) ※ '뒤쇼ᄃᆡ'는 '두어 이쇼ᄃᆡ'가 축약된 형태인데, 여기서는 '두고 있되'로 의역하여 옮긴다.

42) 져머: 졈(어리다, 稚小)- + -어(연어)

43) 어리오: 어리(어리석다, 無知)- + -오(← -고: 연어, 나열)

44) 아ᄒᆡ: 아ᄒᆡ(아이, 少小) + -ᄋᆡ(관조)

45) ᄢᅴ브터: ᄢᅵ(← ᄣᅢ: 때, 時) + -의(-에: 부조, 위치) + -브터(-부터: 보조사, 비롯함) ※ '-브터'는 [븥(붙다, 附)- + -어(연어 ▹ 조접)]으로 분석되는 파생 조사이다.

46) 설우르고: 설우르(선부르다, 서투르다, 未閑)- + -고(연어, 나열)

47) 플옷: 풀(草) + -옷(← -곳: 보조사, 한정 강조)] ※『대방편불보은경』에는 '플옷 닙고'의 부분이 '服草(풀을 입다)'로 기술되어 있다. 이를 감안하여 '풀을 입고'로 옮긴다. 이때의 '플'은 '草衣'에 해당한다.

48) 닙고: 닙(입다, 服)- + -고(연어, 나열)

49) 나못: 나모(나무, 木) + -ㅅ(-의: 관조)

50) 여름: [열매, 果(명사): 열(열다, 結)- + -음(명접)]

51) 므슴: 므슴(무엇, 何: 지대, 미지칭)

52) 호려: ㅎ(← ᄒᆞ다: 하다, 爲)- + -오려(-으려: 연어, 의도)

53) 져주시ᄂᆞ니ᅌᅵᆺ고: 져주(따지다, 묻다, 顧錄)- + -시(주높)- + -ᄂᆞ(현시)- + -ᅌᅵᆺ(← -이-: 상높, 아주 높임)- + -니…고(-까: 의종, 설명) ※ 여기서 '져주다'는 '따져 묻다'의 뜻으로 쓰였다.

[28 뒤]

잇고 ᄯᅩ 이 ᄯᆞᄅᆞᆫ 畜흉生싱이 나ᄒᆞᆫ 거시
이다 ᄒᆞ고 根근源원을 다 ᄉᆞᆯᄫᅡᄂᆞᆯ 王왕
이 니르샤ᄃᆡ 그러ᄒᆞ야도 므던ᄒᆞ니 이
제 어듸 잇ᄂᆞ니잇고 ᄉᆞᆯᄫᆞᄃᆡ 이 堀굻애
잇ᄂᆞ니이다 그ᄢᅴ 大땡王왕이 堀굻애
드러 보시고 깃그샤 즉자히 香향湯탕
애 沐목浴욕ᄒᆡ여 香향湯탕ᄋᆞᆫ 香향 글힌 므리라 위두
ᄒᆞᆫ 오ᄉᆞ로 ᄭᅮ미시고 보ᄇᆡ 瓔령珞락ᄋᆞ

또 이 딸은 畜生(축생)이 낳은 것입니다." 하고 (따님의) 根源(근원)을 다 사뢰거늘, 王(왕)이 이르시되 "그리하여도 괜찮으니 이제 (따님이) 어디에 있습니까?" (선인이) 사뢰되 "이 堀(굴)에 있습니다." 그때에 大王(대왕)이 堀(굴)에 들어 (따님을) 보시고 기뻐하셔서, 즉시 香湯(향탕)에 沐浴(목욕)시키어【香湯(향탕)은 香(향)을 끓인 물이다.】, 으뜸인 옷으로 꾸미게 하시고, 보배와 瓔珞(영락)으로

ᄯᅩ 이 ᄯᆞ른 畜휵生ᄉᆡᆼᄋᆡ[54] 나혼[55] 거시이다[56] ᄒᆞ고 根ᄀᆞᆫ源웑[57]을 다 ᄉᆞᆲ바ᄂᆞᆯ[58] 王왕이 니ᄅᆞ샤ᄃᆡ 그러ᄒᆞ야도[59] 므던ᄒᆞ니[60] 이제 어듸[61] 잇ᄂᆞ니잇고 ᄉᆞᆯ보ᄃᆡ 이 堀쿯애 잇ᄂᆞ니이다 그 ᄢᅴ 大땡王왕이 堀쿯애 드러 보시고 깄그샤[62] 즉자히 香향湯탕[63]애 沐목浴욕ᄒᆡᅇᅧ[64]【香향湯탕ᄋᆞᆫ 香향 글훈[65] 므리라】 위두ᄒᆞᆫ[66] 오ᄉᆞ로 빗이시고[67] 보ᄇᆡ[68] 瓔ᅙᅧᇰ珞락[69]ᄋᆞ로

---

54) 畜生ᄋᆡ: 畜生(축생)+-ᄋᆡ(관조, 의미상 주격) ※ '畜生(축생)'은 사람이 기르는 온갖 짐승이다.

55) 나혼: 낳(낳다, 産)-+-Ø(과시)-+-오(대상)-+-ㄴ(관전)

56) 거시이다: 것(것, 者: 의명)+-이(서조)-+-Ø(현시)-+-이(상높, 아주 높임)-+-다(평종)

57) 根源: 근원. 여기서는 '일의 내력(來歷)'의 뜻으로 쓰였다.

58) ᄉᆞᆲ바ᄂᆞᆯ: ᄉᆞᆲ(← ᄉᆞᆲ다, ㅂ불: 사뢰다, 아뢰다, 說)-+-아ᄂᆞᆯ(-거늘: 연어, 상황)

59) 그러ᄒᆞ야도: 그러ᄒᆞ[그러하다, 如彼: 그러(그러: 불어)+-ᄒᆞ(형접)-]-+-야도(←-아도: 연어, 양보)

60) 므던ᄒᆞ니: 므던ᄒᆞ[무던하다, 괜찮다, 無苦: 므던(무던: 불어)+-ᄒᆞ(형접)-]-+-니(연어, 이유)

61) 어듸: 어디, 何(부사, 미지칭)

62) 깄그샤: 깄(기뻐하다, 生歡喜)-+-으샤(←-으시-: 주높)-+-Ø(←-아: 연어)

63) 香湯: 향탕. 향을 넣어 달인 물이다.

64) 沐浴ᄒᆡᅇᅧ: 沐浴ᄒᆡ[목욕시키다: 沐浴(목욕: 명사)+-ᄒᆞ(동접)-+-ㅣ(←-이-: 사접)-]-+-ᅇᅧ(←-어: 연어) ※ '沐浴ᄒᆡᅇᅧ'는 '沐浴ᄒᆡ여'의 강조 형태이다.

65) 글훈: 글히[끓이다, 湯: 긇(← 끓다: 끓다, 沸, 자동)-+-이(사접)-]-+-Ø(과시)-+-우(대상)-+-ㄴ(관전)

66) 위두ᄒᆞᆫ: 위두ᄒᆞ[으뜸이다, 제일이다, 上: 위두(우두머리, 爲頭: 명사)+-ᄒᆞ(형접)-]-+-Ø(현시)-+-ㄴ(관전)

67) 빗이시고: 빗이[꾸미게 하다, 단장하게 하다, 飾: 빗(← 비스다: 꾸미다, 단장하다, 飾)-+-이(사접)-]-+-시(주높)-+-고(연어, 나열) ※ '빗이시고'는 보통은 '비ᇫ이시고'로 표기된다.

68) 보ᄇᆡ: 보배, 寶.

69) 瓔珞: 영락. 구슬을 꿰어 만든 장신구로서, 목이나 팔 따위에 두른다.

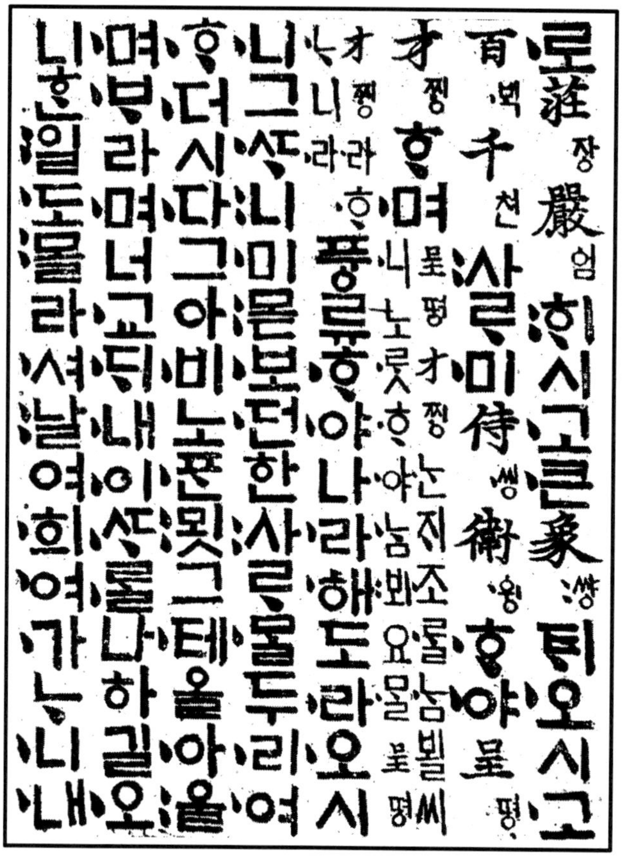

[29 앞]

로 莊장嚴엄ᄒᆞ시고 큰 象쌍 ᄐᆡ오시고
百ᄇᆡᆨ千천 사ᄅᆞ미 侍씽衛윙ᄒᆞ야 呈뗭
才ᄍᆡᆼᄒᆞ며 【呈뗭才ᄍᆡᆼᄂᆞᆫ 지조ᄅᆞᆯ ᄂᆞᆷ 뵐 씨니 노ᄅᆞᆺᄒᆞ야 ᄂᆞᆷ 뵈요ᄆᆞᆯ 呈뗭
才ᄍᆡᆼ라 ᄒᆞᄂᆞ니라】 풍류ᄒᆞ야 나라해 도라오시
니 그 ᄯᆞ니미 몯 보던 한 사ᄅᆞᄆᆞᆯ 두리여
ᄒᆞ더시다 그 아비 노ᄑᆞᆫ 묏ᄀᆞ테 올아 울
며 ᄇᆞ라며 너교ᄃᆡ 내 이 ᄯᆞᄅᆞᆯ 나하 길오
니 ᄒᆞᆫ 일도 몰라셔 날 여ᄒᆡ여 가ᄂᆞ니 내

莊嚴(장엄)하게 하시며, 큰 象(상, 코끼리)에 태우시고, 百千(백천)의 사람이 侍衛(시위)하여 呈才(정재)하며【呈才(정재)는 재주를 남에게 보이는 것이니, 놀이하여 남에게 보이는 것을 呈才(정재)라 하느니라.】풍류하여 나라에 돌아오시니, 그 따님이 (전에) 못 보던 많은 사람을 두려워하시더라. 그 아버지가 높은 산꼭대기에 올라 (딸을) 울며 바라보며 여기되, "내가 이 딸을 낳아 길렀는데 (딸이) 한 가지의 일도 몰라서 나를 떠나 가니, 내가

莊장嚴엄히시고[70] 큰 象쌍 틱오시고[71] 百빅千쳔 사르미 侍씽衛윙ᄒᆞ야[72] 呈뗭才찡ᄒᆞ며[73)]【呈뗭才찡는 직조를[74] ᄂᆞᆷ 뵐 씨니[75] 노룻ᄒᆞ야[76] ᄂᆞᆷ 뵈요ᄆᆞᆯ[77] 呈뗭才찡라 ᄒᆞᄂᆞ니라】풍류ᄒᆞ야 나라해 도라오시니 그 ᄯᆞ니미 몯 보던 한 사ᄅᆞᄆᆞᆯ 두리여[78] ᄒᆞ더시다 그 아비 노ᄑᆞᆫ 묏[79] 그테[80] 올아 울며 ᄇᆞ라며[81] 너교ᄃᆡ[82] 내 이 ᄯᆞᄅᆞᆯ 나하 길오니[83] ᄒᆞᆫ[84] 일도 몰라셔[85] 날 여희여 가ᄂᆞ니 내

---

70) 莊嚴히시고: 莊嚴히[장엄하게 하다: 莊嚴(장엄: 명사)+-ᄒᆞ(형접)-+-ㅣ(←-이-: 사접)-]-+-시(주높)-+-고(연어, 나열)

71) 틱오시고: 틱오[태우다, 타게 하다, 乘: ᄐᆞ(타다, 乘)-+-ㅣ(←-이-: 사접)-+-오(사접)-]-+-시(주높)-+-고(연어, 나열)

72) 侍衛ᄒᆞ야: 侍衛ᄒᆞ[시위하다: 侍衛(시위: 명사)+-ᄒᆞ(동접)-]-+-야(←-아: 연어) ※ '侍衛(시위)'는 임금이나 우두머리를 모시어 호위하는 것이다.

73) 呈才ᄒᆞ며: 呈才ᄒᆞ[정재하다: 呈才(정재: 명사)+-ᄒᆞ(동접)-]-+-며(연어, 나열) ※ '呈才(정재)'는 대궐 안의 잔치 때에 춤과 노래를 벌이는 것이다.

74) 직조를: 직조(재주, 才)+-를(목조)

75) 뵐 씨니: 뵈[보이다, 示: 보(보다, 見: 타동)-+-ㅣ(←-이-: 사접)-]-+-ㄹ(관전) # ㅆ(←ᄉᆞ: 것, 者, 의명)+-이(서조)-+-니(연어, 설명 계속)

76) 노룻ᄒᆞ야: 노룻ᄒᆞ[놀이하다, 장난하다, 遊: 놀(놀다, 遊: 동사)-+-옷(명접)+-ᄒᆞ(동접)-]-+-야(←-아: 연어)

77) 뵈요ᄆᆞᆯ: 뵈[보이다, 示: 보(보다, 見: 타동)-+-ㅣ(←-이-: 사접)-]-+-욤(←-옴: 명전)+-ᄋᆞᆯ(목조)

78) 두리여: 두리(두려워하다, 恐怖)-+-여(←-어: 연어)

79) 묏: 뫼(←묗: 산, 山)+-ㅅ(-의: 관전)

80) 그테: 긑(끝, 꼭대기, 頂)+-에(부조, 위치)

81) ᄇᆞ라며: ᄇᆞ라(바라보다, 바라다, 遙看)-+-며(연어, 나열)

82) 너교ᄃᆡ: 너기(여기다, 念)-+-오ᄃᆡ(-되: 연어, 설명 계속)

83) 길오니: 길[←기ᄅᆞ다(기르다, 養): 길(자라다, 길다: 동사, 형사)-+-ᄋᆞ(사접)-]-+-오(화자)-+-니(연어, 설명 계속)

84) ᄒᆞᆫ: ᄒᆞᆫ(한 가지, 一: 관사, 양수) ※ 원문의 'ᄒᆞᆫ'이 평성으로 되어 있으므로 'ᄒᆞᆫ'은 '하나(一)의'의 뜻이다. 따라서 이 구절은 '내가 이 딸을 낳아서 길렀는데, (이 딸은 그에 대하여) 하나도 몰라서'로 옮긴다. 참고로 용언인 'ᄒᆞ다(爲)'의 관형사형인 'ᄒᆞᆫ'은 거성이다. 『대방편불보은경』에서는 'ᄒᆞᆫ 일도 몰라셔'에 대응되는 구절이 '未有所知(=아는 것이 없어)'로 기술되었다.

85) 몰라셔: 몰ㄹ(←모ᄅᆞ다: 모르다, 未知)-+-아(연어)+-셔(-서: 동작의 강조)

이에 이셔 ᄂᆞᆷᄃᆡ 옮디 아니ᄒᆞ리니 ᄒᆞ다
가 내 ᄯᆞ리 뒤도라 날 ᄇᆞ라다가 보디 몯
ᄒᆞ면 시름ᄒᆞ야 ᄎᆞ기 너기리라 ᄒᆞ야 오
래 셔아 이셔 ᄇᆞ라더니 그 ᄯᆞᆯ니미 몯 보
ᄃᆞ록 가ᄃᆡ 乃냉終즁내 도라보디 아니
ᄒᆞ야시ᄂᆞᆯ 그 아비 애ᄃᆞ라 닐오ᄃᆡ 畜휵
生ᄉᆡᆼᄋᆡ 나ᄒᆞᆫ 거실ᄊᆡ 그러ᄒᆞ도다 내 져
ᄋᆞᆫ ᄢᅴ브터 길어 사ᄅᆞᆷ ᄃᆞ외야 王왕ᄋᆡ ᄉᆞ

여기에 있어 다른 데에 옮지 아니하겠으니, 만일 내 딸이 뒤돌아 나를 바라보다가 보지 못하면 (내 딸이) 시름하여 측은히 여기리라." 하고, 오래 서 있어 (딸을) 바라보더니, 그 따님이 (선인이) 못 보도록 가되 끝내 돌아보지 아니하시거늘, 그 아버지가 애달아 이르되 "畜生(축생)이 낳은 것이므로 그러하구나. 내가 어린 때부터 (딸을) 길러, (딸이) 사람이 되어 王(왕)이 어여삐 여기시는 바가 이에[86] 이셔 년[87] 듸[88] 옮디 아니호리니[89] ᄒᆞ다가[90] 내 ᄯᆞ리 뒤도라[91] 날 ᄇᆞ라다가[92] 보디 몯ᄒᆞ면 시름ᄒᆞ야 ᄎᆞ기[93] 너기리라 ᄒᆞ야 오래[94] 셔아[95] 이셔 ᄇᆞ라더니 그 ᄯᆞ니미 몯 보ᄃᆞ록 가ᄃᆡ[96] 乃냉終즁내[97] 도라보디 아니ᄒᆞ야시ᄂᆞᆯ[98] 그 아비 애ᄃᆞ라[99] 닐오ᄃᆡ 畜흉生싱ᄋᆡ[100] 나혼 거실씨[1] 그러ᄒᆞ도다[2] 내[3] 져믄 ᄢᅴ브터[4] 길어[5] 사ᄅᆞᆷ ᄃᆞ외야 王왕이 ᄉᆞ랑ᄒᆞ샤미[6]

---

86) 이에: 여기(에), 此(지대, 정칭)

87) 년: 년(← 녀느: 다른, 他, 관사)

88) 듸: 듸(← ᄃᆡ: 데, 處, 의명) + -Ø(← -의: -에, 부조, 위치)

89) 아니호리니: 아니ㅎ[← 아니ᄒᆞ다(아니하다, 不: 보용, 부정) : 아니(아니, 不: 부사, 부정) + -ᄒᆞ(동접)-]- + -오(화자)- + -리(미시)- + -니(연어, 설명 계속, 이유)

90) ᄒᆞ다가: 만일, 若(부사)

91) 뒤도라: 뒤돌[뒤돌다, 反: 뒤(← 뒿: 뒤, 後) + 돌(돌다, 廻)-]- + -아(연어)

92) ᄇᆞ라다가: ᄇᆞ라(바라보다, 望)- + -다가(연어, 전환)

93) ᄎᆞ기: [불쌍히, 惻(부사): ᄎᆞᆨ(측, 惻: 불어) + -Ø(← -ᄒᆞ-: 형접)- + -이(부접)]

94) 오래: [오래, 久(부사): 오라(오래다, 久: 형사)- + -Ø(← -이: 부접)]

95) 셔아: 셔(서다, 立)- + -아(← -어: 연어) ※ '셔아'는 '셔'나 '셔어'로 표기되어야 모음 조화 규칙에 맞는다.

96) 가ᄃᆡ: 가(가다, 去)- + -ᄃᆡ(← -오ᄃᆡ: -되, 연어, 설명 계속)

97) 乃終내: [끝내, 竟(부사): 乃終(내종, 나중: 명사) + -내(부접)]

98) 아니ᄒᆞ야시ᄂᆞᆯ: 아니ᄒᆞ[아니하다, 不(보용, 부정): 아니, 不(부사, 부정) + -ᄒᆞ(동접)-]- + -시(주높)- + -야…ᄂᆞᆯ(← -아ᄂᆞᆯ: -거늘, 연어, 상황)

99) 애ᄃᆞ라: 애ᄃᆞᆯ[애닯게 여기다, 恚恨: 애(애, 腸) + ᄃᆞᆯ(달다, 焦)-]- + -아(연어)

100) 畜生ᄋᆡ: 畜生(축생) + -ᄋᆡ(관조, 의미상 주격)

1) 거실씨: 것(것, 者 : 의명) + -이(서조)- + -ㄹ씨(-므로 : 연어, 이유)

2) 그러ᄒᆞ도다: 그러ᄒᆞ[그러하다: 그러(그러: 불어) + -ᄒᆞ(형접)-] + -Ø(현시)- + -도(감동)- + -다(평종)

3) 내: 나(나, 我: 인대, 1인칭) + -ㅣ(← -ᄋᆡ: 관조, 의미상 주격)

4) ᄢᅴ브터: ᄣᅢ(← ᄣᅳ: 때, 時) + -의(-에: 부조, 위치) + -브터(-부터 : 보조사, 비롯함)

5) 길어: 길[← 기르다(기르다, 養): 길(길다, 자라다, 長: 동사, 형사)- + -으(사접)-]- + -어(연어)

6) ᄉᆞ랑ᄒᆞ샤미: ᄉᆞ랑ᄒᆞ[어여삐 여기다, 念: ᄉᆞ랑(생각, 念: 명사) + -ᄒᆞ(동접)-]- + -샤(← -시- : 주높)- + -ㅁ(← -옴 : 명전) + -이(보조)

[30 앞]

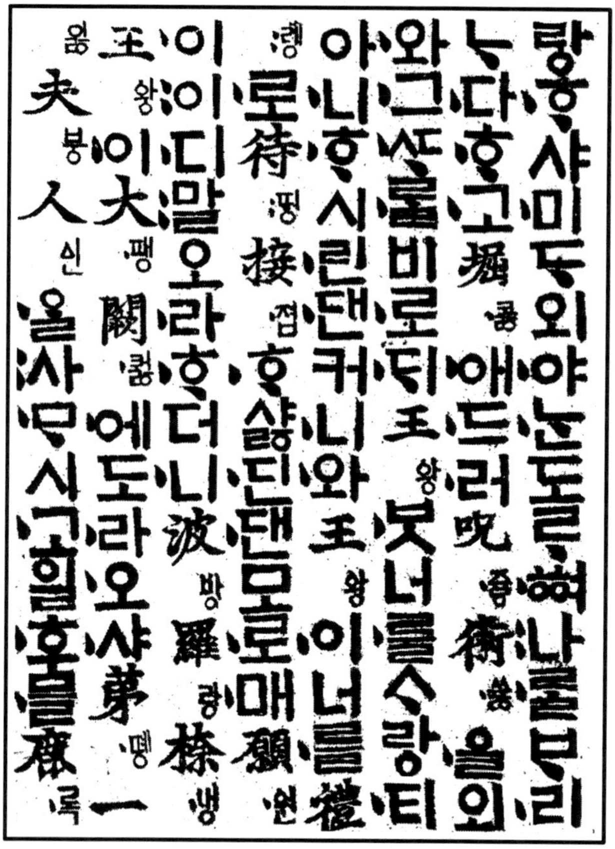

랑ᄒᆞ샤미ᄃᆞ외야ᄂᆞᆯ도ᄅᆞ혀나ᄅᆞᆯᄇᆞ리
ᄂᆞ다ᄒᆞ고堀꿇애드러呪쥼術쓣을외
와그ᄯᆞᆯ드려비로ᄃᆡ王왕이너를ᄉᆞ랑티
아니ᄒᆞ시린댄커니와王왕이너를禮롕
로待ᄯᅵᇰ接졉ᄒᆞ샳딘댄모로매願원
이디말오라ᄒᆞ더니波방羅랑榛냉
王왕이大땡闕퀋에도라오샤第뗑一
夫봉人신ᄋᆞᆯ사ᄆᆞ시고일훔ᄋᆞᆯ鹿록

되었는데, 도리어 나를 버린다." 하고, 掘(굴)에 들어 呪術(주술)을 외워 그 딸에게 빌되, "王(왕)이 너를 사랑하지 아니하시겠으면 하거니와, 王(왕)이 너를 禮(예)로 待接(대접)하실 것이면, 모름지기 (너의) 願(원)이 이루어지지 말아라." 하더니 波羅榛王(바라내왕)이 大闕(대궐)에 돌아오셔서 (선인의 딸을) 第一(제일) 夫人(부인)으로 삼으시고, 이름을

ᄃᆞ외야ᄃᆞᆫ[7] 도ᄅᆞᅘᅧ[8] 나ᄅᆞᆯ ᄇᆞ리ᄂᆞ다[9] ᄒᆞ고 堀쿠ᇙ애 드러 呪즇術쓔ᇙ[10]을 외와[11] 그 ᄯᆞᄅᆞᆯ[12] 비로ᄃᆡ[13] 王왕ᄲᅮᆫ[14] 너를 ᄉᆞ랑티[15] 아니ᄒᆞ시린댄[16] 커니와[17] 王왕이 너를 禮롕로 待ᄄᆡᆼ接졉ᄒᆞ샳[18] 딘댄[19] 모로매[20] 願원이 이디[21] 말오라[22] ᄒᆞ더니 波방羅랑㮈냉王왕이 大땡闕ᄏᆑᇙ에 도라오샤 第똉一ᅙᅵᇙ 夫붕人신ᄋᆞᆯ[23] 사ᄆᆞ시고[24] 일후믈[25]

---

7) ᄃᆞ외야ᄃᆞᆫ: ᄃᆞ외(되다, 成)- + -야ᄃᆞᆫ(← -아ᄃᆞᆫ: -는데, 연어, 설명 계속)

8) 도ᄅᆞᅘᅧ: [도리어, 오히려, 反(부사): 돌다(廻)- + -ᄋᆞ(사접)- + -ᅘᅧ(강접)- + -Ø(부접)] ※ '도ᄅᆞᅘᅧ'는 동사인 '도ᄅᆞᅘᅧ다(돌이키다)'의 어간인 '도ᄅᆞᅘᅧ-'에 무형의 형태소인 부사 파생 접미사 '-Ø'가 붙어서 된 파생 부사이다.

9) ᄇᆞ리ᄂᆞ다: ᄇᆞ리(버리다, 棄)- + -ᄂᆞ(현시)- + -다(평종)

10) 呪術: 주술. 불행이나 재해를 막으려고 주문을 외거나 술법을 부리는 일이나 또는 그 술법이다.

11) 외와: 외오(외우다, 誦)- + -아(연어)

12) ᄯᆞᄅᆞᆯ: ᄯᆞᆯ(딸, 女) + -ᄋᆞᆯ(-에게: 목조. 의미상 부사격)

13) 비로ᄃᆡ: 빌(빌다, 呪)- + -오ᄃᆡ(-되: 연어, 설명 계속)

14) 王ᄲᅮᆫ: 王(왕) + -ᄲᅮᆫ(보조사, 한정 강조)

15) ᄉᆞ랑티: ᄉᆞ랑ㅎ[← ᄉᆞ랑ᄒᆞ다(사랑하다, 愛): ᄉᆞ랑(사랑: 명사) + -ᄒᆞ(동접)-]- + -디(-지: 연어, 부정)

16) 아니ᄒᆞ시린댄: 아니ᄒᆞ[아니하다, 不(보용, 부정): 아니, 不(부사, 부정) + -ᄒᆞ(동접)-]- + -시(주높)- + -리(미시)- + -ㄴ댄(-면: 연어, 조건)

17) 커니와: ㅎ(← ᄒᆞ다: 하다, 희망하다, 希)- + -거니와(-거니와, -지만: 연어, 대조)

18) 待接ᄒᆞ샳: 待接ᄒᆞ[대접하다: 待接(대접: 명사) + -ᄒᆞ(동접)-]- + -샤(← -시-: 주높)- + -Ø(← -오-: 대상)- + -ㅭ(관전)

19) 딘댄: ㄷ(← ᄃᆞ: 것, 者, 의명) + -이(서조)- + -ㄴ댄(-면: 연어, 조건)

20) 모로매: 모름지기, 반드시, 必(부사)

21) 이디: 이(← 일다: 이루어지다, 成)- + -디(-지: 연어, 부정)

22) 말오라: 말(말다, 勿: 보용, 부정)- + -오라(← -고라: 명종, 반말)

23) 夫人ᄋᆞᆯ: 夫人(부인) + -ᄋᆞᆯ(-으로: 목조, 의미상 부사격)

24) 사ᄆᆞ시고: 삼(삼다, 爲)- + -ᄋᆞ시(주높)- + -고(연어, 나열)

25) 일후믈: 일훔(이름, 名) + -을(목조)

[30 뒤]

鹿母夫人(녹모부인)이라 하시니, 다른 작은 나라의 王(왕)이 다 와서 賀禮(하례)하더라. 【賀禮(하례)는 "기뻐하였습니다." 하여 禮數(예수)하는 것이다.】 오래지 않아 (녹모부인이) 아기를 배시거늘, 王(왕)이 손수 그 夫人(부인)을 供養(공양)하시며 자리며 음식을 다 보드랍게 하시더니, 열 달이 차거늘 (왕이) 바라시되 아들을 낳거든 나라의 位(위)를 잇게 하고자 하시더니, 달이 차거늘 産生(산생)하시되

鹿록母뭏夫부ᇰ人ᅀᅵᆫ이라 ᄒᆞ시니 녀느[26] 혀근[27] 나랏 王ᅌᅪᇰ이 다 와 賀ᅘᅡᇰ禮례ᇰᄒᆞᄉᆞᆸ더라[28]【賀ᅘᅡᇰ禮례ᇰ는 깃ᄉᆞ바이다[29] ᄒᆞ야 禮례ᇰ數수ᇰᄒᆞᆯ 씨라[30]】 아니 오라아[31] 아기ᄅᆞᆯ ᄇᆡ여시ᄂᆞᆯ[32] 王ᅌᅪᇰ이 손소[33] 그 夫부ᇰ人ᅀᅵᆫᄋᆞᆯ 供고ᇰ養ᅌᅣᇰᄒᆞ시며 자리며 차바ᄂᆞᆯ[34] 다 보ᄃᆞ랍긔[35] ᄒᆞ더시니 열 ᄃᆞ리[36] ᄎᆞ거늘[37] ᄇᆞ라샤ᄃᆡ[38] 아ᄃᆞᆯ 나하ᄃᆞᆫ[39] 나랏 位ᅌᅱᇰ를 닛긔[40] 코져[41] ᄒᆞ더시니 ᄃᆞ리 ᄎᆞ거늘 産산生시ᇰᄒᆞ샤ᄃᆡ[42]

---

26) 녀느: 다른, 他(관사)
27) 혀근: 혁(작다, 적다, 小)- + -Ø(현시)- + -은(관전)
28) 賀禮ᄒᆞᄉᆞᆸ더라: 賀禮ᄒᆞ[하례하다: 賀禮(하례: 명사) + -ᄒᆞ(동접)-]- + -ᄉᆞᆸ(객높)- + -더(회상)- + -라(← -다: 평종) ※ '賀禮(하례)'는 축하하여 예를 차리는 것이다.
29) 깃ᄉᆞ바이다: 깃(← 깄다: 기뻐하다, 歡)- + -ᄉᆞᄫ(← -ᄉᆞᆸ-: 객높)- + -Ø(과시)- + -아(확인)- + -(상높, 아주 높임)- + -다(평종)
30) 禮數ᄒᆞᆯ 씨라: 禮數ᄒᆞ[예수하다: 禮數(예수: 명사) + -ᄒᆞ(동접)-]- + -ㄹ(관전) # ㅆ(← ᄉᆞ: 것, 의명) + -이(서조)- + -Ø(현시)- + -라(← -다 : 평종)
31) 오라아: 오라(오래다, 久)- + -아(연어)
32) ᄇᆡ여시ᄂᆞᆯ: ᄇᆡ[배다, 娠: ᄇᆡ(배, 腹: 명사) + -Ø(동접)-]- + -시(주높)- + -여…ᄂᆞᆯ(← -어ᄂᆞᆯ : -거늘, 연어, 이유)
33) 손소: [손수, 自(부사): 손(손, 手) + -소(부접)]
34) 차바ᄂᆞᆯ: 차반(음식, 茶盤) + -ᄋᆞᆯ(목조)
35) 보ᄃᆞ랍긔: 보ᄃᆞ랍[보드랍다, 부드럽다, 細軟: 보ᄃᆞᆯ(부들: 불어)- + -압(형접)-]- + -긔(-게: 연어, 사동)
36) ᄃᆞ리: ᄃᆞᆯ(달, 月: 의명) + -이(주조)
37) ᄎᆞ거늘: ᄎᆞ(차다, 滿)- + -거늘(연어, 상황)
38) ᄇᆞ라샤ᄃᆡ: ᄇᆞ라(바라다, 望)- + -샤(← -시-: 주높)- + -ᄃᆡ(← -오ᄃᆡ: 연어, 설명 계속)
39) 나하ᄃᆞᆫ: 낳(낳다, 生)- + -아ᄃᆞᆫ(-거든: 연어, 조건)
40) 닛긔 : 닛(잇다, 紹係)- + -긔(-게: 연어, 사동)
41) 코져 : ㅎ(← ᄒᆞ다: 하다, 보용, 사동)- + -고져(-고자: 연어, 의도)
42) 産生ᄒᆞ샤ᄃᆡ: 産生ᄒᆞ[산생하다, 낳다: 産生(산생: 명사) + -ᄒᆞ(동접)-]- + -샤(← -시-: 주높)- + -ᄃᆡ(← -오ᄃᆡ: 연어, 설명 계속)

[31 앞]

生싱ᄒᆞ샤ᄃᆡ 産산生싱ᄋᆞᆫ 아기 나ᄒᆞᆯ 씨라 ᄒᆞᆫ 蓮련花
황ᄅᆞᆯ 나ᄒᆞ신대 仙션人ᅀᅵᆫ 呪즇ᄒᆞᆫ
다ᄉᆞ로 王왕이 怒농ᄒᆞ야 니ᄅᆞ샤ᄃᆡ 畜
흉生싱ᄋᆡ 나ᄒᆞᆫ 거실ᄊᆡ 그러ᄒᆞ도다 ᄒᆞ
시고 즉자히 夫붕人신ㅅ 벼슬 아ᅀᆞ시
고 그 蓮련花황ᄅᆞᆯ ᄇᆞ리라 ᄒᆞ시다 그 後
훟 사나ᅀᆞ래 王왕이 臣씬下ᅘᅡᆼ ᄃᆞᆯ ᄃᆞ
리시고 뒷東동山산애 드러 노ᄅᆞ시

【産生(산생)은 아기를 낳는 것이다.】 한 蓮花(연화)를 낳으시니, 仙人(선인)이 呪(주)한 탓으로 王(왕)이 怒(노)하여 이르시되, “畜生(축생)이 낳은 것이므로 그러하구나.” 하시고, 즉시 夫人(부인)의 벼슬을 빼앗으시고 “그 蓮花(연화)를 버리라.” 하셨다. 그 後(후) 사나흘 만에 王(왕)이 臣下(신하)들을 데리시고 뒷東山(동산)에 들어 놀이하시며,

【産산生싱은 아기 나홀 씨라[43]】 흔 蓮련花황를 나ᄒᆞ신대[44] 仙션人신이[45] 呪슝ᄒᆞ욘[46] 다ᄉᆞ로[47] 王왕이 怒농ᄒᆞ야 니ᄅᆞ샤ᄃᆡ 畜휵生싱의 나혼 거실씨 그러ᄒᆞ도다[48] ᄒᆞ시고 즉자히 夫붕人신ㅅ 벼슬 아ᅀᆞ시고[49] 그 蓮련花황를 ᄇᆞ리라[50] ᄒᆞ시다 그 後ᅘᅮᇢ 사나ᄋᆞᆯ[51] 마내[52] 王왕이 臣씬下ᅘᅡᆼ들 ᄃᆞ리시고[53] 뒷東동山산애[54] 드러 노ᄅᆞᆺᄒᆞ시며[55]

---

43) 나홀 씨라: 낳(낳다, 産)- + -올(관전) # ㅆ(← ᄉᆞ: 것, 者, 의명) + -이(서조)- + -Ø(현시)- + -라(← -다: 평종)

44) 나ᄒᆞ신대: 낳(낳다, 産)- + -ᄋᆞ시(주높)- + -ㄴ대(-는데, -니: 연어, 반응)

45) 仙人이: 仙人(선인) + -ᄋᆡ(관조, 의미상 주격)

46) 呪ᄒᆞ욘: 呪ᄒᆞ[주하다, 빌다: 呪(주: 불어) + -ᄒᆞ(동접)-]- + -Ø(과시)- + -요(← -오-: 대상)- + -ㄴ(관전)

47) 다ᄉᆞ로: 닷(탓, 故: 의명) + -ᄋᆞ로(부조, 방편)

48) 그러ᄒᆞ도다: 그러ᄒᆞ[그러하다, 如彼: 그러(그러: 불어) + -ᄒᆞ(형접)-]- + -Ø(현시)- + -도(감동)- + -다(평종)

49) 아ᅀᆞ시고: 앗(← 앗다, ㅅ불: 빼앗다, 退)- + -ᄋᆞ시(주높)- + -고(연어, 계기)

50) ᄇᆞ리라 : ᄇᆞ리(버리다, 遺棄)- + -라(명종, 아주 낮춤)

51) 사나ᄋᆞᆯ: 사나ᄋᆞᆯ[사나흘, 三四日 : 사(← 사ᄋᆞᆯ : 사흘, 三日) + 나ᄋᆞᆯ(나흘, 四日)]

52) 마내: 만(만: 의명, 시간의 경과) + -애(-에: 부조, 위치)

53) ᄃᆞ리시고: ᄃᆞ리(데리다, 將)- + -시(주높)- + -고(연어, 계기)

54) 뒷東山애: 뒷東山[뒷동산 : 뒤(← 뒤ㅎ: 뒤, 後) + -ㅅ(관조, 사잇) + 東山(동산)] + -애(-에: 부조, 위치)

55) 노ᄅᆞᆺᄒᆞ시며: 노ᄅᆞᆺᄒᆞ[놀이하다, 遊戲: 놀(놀다, 遊: 동사)- + -ᄋᆞᆺ(명접) + -ᄒᆞ(동접)-]- + -시(주높)- + -며(연어, 나열)

[31 뒤]

象(상, 코끼리)이며 말이며 力士(역사)들을 싸움 붙여 보시더니, 으뜸인 큰 力士(역사)가 엎드려 발로 땅을 구르니 땅이 다 진동하여 연못이 좇아서 움직이는데, 연못 가에 있는 큰 珊瑚(산호) 나무 아래에 한 蓮花(연화)가 솟아나서 물에 떨어지니, 그 꽃이 환하게 붉고 貴(귀)한 光明(광명)이 있더라. 王(왕)이 보시고 기뻐하시어 臣下(신하)에게 이르시되

象쌍이며 ᄆᆞ리며 力륵士ᄊᆞᆼᄃᆞᆯᄒᆞᆯ[56] 싸홈[57] 브텨[58] 보더시니[59] 위두ᄒᆞᆫ[60] 큰 力륵士ᄊᆞᆼㅣ 업더디여[61] 발로 싸ᄒᆞᆯ 구르니 싸히 다 드러쳐[62] 蓮련모시 조차[63] 뮌대[64] 蓮련못 ᄀᆞᅀᅢᆺ[65] 큰 珊산瑚ᅘᅩᆼ[66] 나모 아래 ᄒᆞᆫ 蓮련花황ㅣ 소사나아[67] 므레 ᄠᅥ디니[68] 그 고지 ᄂᆞ올ᄇᆞᆰ고[69] 貴귕ᄒᆞᆫ 光광明명이 잇더라 王왕이 보시고 깃그샤[70] 臣씬下ᅘᅡᆼᄃᆞ려[71] 니ᄅᆞ샤ᄃᆡ

---

56) 力士ᄃᆞᆯᄒᆞᆯ: 力士ᄃᆞᆯㅎ[역사들: 力士(역사) + -ᄃᆞᆯㅎ(복접)] + -ᄋᆞᆯ(목조) ※ '力士(역사)'는 힘이 아주 센 사람이다.

57) 싸홈: [싸움, 鬪: 싸호(싸우다, 鬪: 동사)- + -ㅁ(명접)]

58) 브텨: 브티[붙이다, 接: 븥(붙다, 附: 자동)- + -이(사접)-]- + -어(연어)

59) 보더시니: 보(보다, 見)- + -더(회상)- + -시(주높)- + -니(연어, 설명 계속)

60) 위두ᄒᆞᆫ: 위두ᄒᆞ[으뜸이다, 제일이다, 第一: 위두(爲頭, 우두머리: 명사) + -ᄒᆞ(형접)-]- + -Ø(현시)- + -ㄴ(관전)

61) 업더디여: 업더디[엎드리다, 顚蹶: 업(← 엎다: 엎다, 顚)- + 더디(던지다, 投)-]- + -여(← -어: 연어)

62) 드러쳐: 드러치(진동하다, 振動)- + -어(연어)

63) 조차: 좇(쫓다, 따르다, 隨)- + -아(연어)

64) 뮌대: 뮈(움직이다, 動)- + -ㄴ대(-는데, -니: 연어, 반응)

65) ᄀᆞᅀᅢᆺ: ᄀᆞᇫ(← ᄀᆞᆺ: 가, 邊) + -애(부조, 위치) + -ㅅ(-의: 관조) ※ 'ᄀᆞᅀᅢᆺ'은 '가에 있는'으로 의역하여 옮긴다.

66) 珊瑚: 산호. 깊이 100~300미터의 바다 밑에 많은 산호충이 모여서 높이 50cm 정도의 나뭇가지 모양의 군체를 이룬다. 개체가 죽으면 골격만 남는다. 골격은 바깥쪽은 무르고 속은 단단한 석회질로 되어 있어 속을 가공하여 장식물을 만드는데, 예로부터 칠보의 하나로 여겨 왔다.

67) 소사나아: 소사나[솟아나다, 迸: 솟(솟다, 突)- + -아(연어) + 나(나다, 出)-]- + -아(연어)

68) ᄠᅥ디니: ᄠᅥ디[떨어지다, 墮: ᄠᅥ(← ᄠᅥᆯ다: 떨다, 離)- + 디(지다, 落)-]- + -니(연어, 설명 계속)

69) ᄂᆞ올ᄇᆞᆰ고: ᄂᆞ올ᄇᆞᆰ(밝게 붉다, 환하게 붉다, 紅赤: ᄂᆞ올(노을, 霞?) + ᄇᆞᆰ(← 븕다: 밝다, 明)-]- + -고(연어, 나열) ※ 'ᄂᆞ올븕다'의 형태와 의미가 규명되지 않았다. 『대방편불보은경』에는 '그 고지 ᄂᆞ올ᄇᆞᆰ고'의 부분이 '其華紅赤'으로 기술되어 있다. 그리고 『월인석보』 권 4에 기술된 '紫金은 ᄂᆞ올븕근 金이라 [34장]'에서도 'ᄂᆞ올븕다'는 '紫'에 대응된다. 이러한 점을 감안하면 'ᄂᆞ올ᄇᆞᆰ다/ᄂᆞ올븕다'의 뜻을 '환하게 붉다'로 추정한다.

70) 깃그샤: 깄(기뻐하다, 歡喜)- + -으샤(← -으시-: 주높)- + -Ø(← -아: 연어)

71) 臣下ᄃᆞ려: 臣下(신하) + -ᄃᆞ려(-더러, -에게 : 부조, 상대) ※ '-ᄃᆞ려'는 [ᄃᆞ리(데리다)- + -어 (연어 ▷ 조접)]의 방식으로 형성된 부사격 조사이다.

[32 앞]

샤ᄃᆡ 이런 고지 아래 업더니라 ᄒᆞ시고
사ᄅᆞᆷ 브리샤 모새 드러 내야 오라 ᄒᆞ시
니 그 고지 五옹百ᄇᆡᆨ 니피오 닙 아래마
다 ᄒᆞᆫ 童똥男남이 이쇼ᄃᆡ 양ᄌᆡ 端단正
정ᄒᆞ더라 그 브리샨 사ᄅᆞ미 王왕ᄭᅴ 와
ᄉᆞᆯᄫᅩᄃᆡ 이 蓮련花황ㅣ 五옹百ᄇᆡᆨ 니피
오 닙 아래마다 하ᄂᆞᆳ 童똥男남이 잇ᄂᆞ
이다 王왕이 드르시고 ᄉᆞᄒᆞᆷ 도텨 讚잔

"이런 꽃이 예전에 없더니라." 하시고, 사람을 부리시어 "못에 들어 (연화를) 내어 오라." 하시니, 그 꽃이 五百(오백) 잎이고 잎 아래마다 한 童男(동남)이 있되 모습이 단정하더라. 그 부리신 사람이 王(왕)께 와서 사뢰되 "이 蓮花(연화)가 五百(오백) 잎이고 그 잎 아래마다 하늘의 童男(동남)이 있습니다." 王(왕)이 들으시고 소름이 돋혀 讚嘆(찬탄)하시고

[32 앞]

이런 고지 아래[72] 업더니라[73] ᄒᆞ시고 사ᄅᆞᆷ 브리샤[74] 모새 드러[75] 내야[76] 오라 ᄒᆞ시니 그 고지 五옹百빅 니피오[77] 닙 아래마다 ᄒᆞᆫ 童똥男남[78]이 이쇼ᄃᆡ[79] 양ᄌᆡ[80] 端돤正졍ᄒᆞ더라 그 브리샨[81] 사ᄅᆞ미 王왕ᄭᅴ 와 ᄉᆞᆯᄫᆞᄃᆡ 이 蓮련花황ㅣ 五옹百빅 니피오 닙 아래마다 하ᄂᆞᆳ 童똥男남이 잇ᄂᆞ니이다[82] 王왕이 드르시고 소홈[83] 도텨[84] 讚잔嘆탄ᄒᆞ시고

---

72) 아래: 아래(예전, 이전, 曾) + -애(부조, 위치)

73) 업더니라: 업(← 없다: 없다, 無)- + -더(회상)- + -니(원칙)- + -라(← -다: 평종)

74) 브리샤: 브리(부리다, 시키다, 使)- + -샤(← -시-: 주높)- + -Ø(← -아: 연어)

75) 드러: 들(들다, 入)- + -어(연어)

76) 내야: 내[내다, 出: 나(나다, 出: 자동)- + -ㅣ(← -이-: 사접)-]- + -야(← -아: 연어)

77) 니피오: 닢(잎, 葉) + -이(서조)- + -오(← -고: 연어, 나열)

78) 童男: 동남. '사내아이'이다.

79) 이쇼ᄃᆡ: 이시(있다, 有)- + -오ᄃᆡ(-되: 연어, 설명 계속)

80) 양ᄌᆡ: 양ᄌᆞ(모습, 모양, 樣子, 面首) + -ㅣ(← -이: 주조)

81) 브리샨: 브리(부리다, 使)- + -샤(← -시- : 주높)- + -Ø(과시)- + -Ø(← -오- : 대상)- + -ㄴ(관전) ※ '브리시다'에 대한 행위의 주체는 '王'이며, 관형절의 피한정어인 '사ᄅᆞᆷ'은 관형절에서 의미상 목적어로 기능한다.(= 王이 사ᄅᆞᄆᆞᆯ 브리시다) 이러한 통사적 구조 때문에 대상법의 선어말 어미인 '-오-'가 실현되어야 하는데, '브리샨'에서는 주체 높임의 선어말 어미인 '-시-'가 '-오-' 앞에서 '-샤-'로 변동하고 '-오-'는 탈락한 형태이다. '그 브리샨'을 문맥에 맞게 '왕이 부리신 그 사람이'로 의역하여 옮길 수 있다.

82) 잇ᄂᆞ니이다: 잇(← 이시다: 있다, 有)- + -ᄂᆞ(현시)- + -니(원칙)- + -이(상높, 아주 높임)- + -다(평종)

83) 소홈: 소름, 瘰.

84) 도텨: 도티[돋치다, 立 : 돋(돋다, 立)- + -티(강접)-]- + -어(연어)

[32 뒤]

嗅(ᄒᆞᇢ)ᄒᆞ시고 므르샤ᄃᆡ 眞(진)實(씷)로 그러ᄒᆞ니여 이 아니 내 鹿(록)母(뭏)夫(붕)人(신)ᅌᅴ 나ᄒᆞᆫ 고진가 즉자히 靑(청)衣(ᅙᅴᆼ)ᄃᆞ려 므르샤ᄃᆡ 鹿(록)母(뭏)夫(붕)人(신)ᅌᅴ 나ᄒᆞᆫ 고ᄌᆞᆯ 어듸 ᄇᆞ린다 對(됭)答(답)ᄒᆞᅀᆞᄫᅩᄃᆡ 이 못ᄀᆞᅀᆡᆺ 큰 珊(산)瑚(ᅘᅩᆼ) 나모 아래 무두ᅌᅵ다 王(왕)이 그 이ᄅᆞᆯ ᄎᆞᄌᆞ샤 鹿(록)母(뭏)夫(붕)人(신)ᅌᅴ 나ᄒᆞ신 ᄃᆞᆯ 아ᄅᆞ시고 宮

물으시되 “眞實(진실)로 그러하냐? 이것이 나의 鹿母夫人(녹모부인)이 낳은 꽃이 아닌가?” (하시고), 즉시 靑衣(청의)더러 물으시되 “鹿母夫人(녹모부인)이 낳은 꽃을 어디에 버렸는가?”, (청의가) 對答(대답)하되 “이 못의 가에 있는 큰 珊瑚(산호) 나무 아래 묻었습니다.” 王(왕)이 그 일을 살피시어 (그 연화가) 鹿母夫人(녹모부인)이 낳으신 것을 아시고, 宮(궁)에 무르샤ᄃᆡ[85] 眞진實씷로 그러ᄒᆞ니여[86] 이[87] 아니 내 鹿록母뭏夫붕人신ᄋᆡ[88] 나ᄒᆞᆫ[89] 고지가[90] 즉자히 靑청衣힁ᄃᆞ려[91] 무르샤ᄃᆡ 鹿록母뭏夫붕人신ᄋᆡ 나ᄒᆞᆫ 고ᄌᆞᆯ 어듸[92] ᄇᆞ린다[93] 對됭答답ᄒᆞᅀᆞ보ᄃᆡ 이 못 ᄀᆞᅀᆡᆺ[94] 큰 珊산瑚홍 나모 아래 무두이다[95] 王왕이 그 이ᄅᆞᆯ[96] ᄎᆞᄌᆞ샤[97] 鹿록母뭏夫붕人신ᄋᆡ 나ᄒᆞ신 ᄃᆞᆯ[98] 아ᄅᆞ시고 宮궁의

---

85) 무르샤ᄃᆡ: 물(← 묻다, ㄷ불: 묻다, 問)- + -으샤(← -으시-: 주높)- + -ᄃᆡ(← -오ᄃᆡ: -되, 연어, 설명 계속)

86) 그러ᄒᆞ니여: 그러ᄒᆞ[그러하다, 爾: 그러(그러: 불어) + -ᄒᆞ(형접)-]- + -니여(-냐: 의종, 판정)

87) 이: 이(이, 이것, 此: 지대, 정칭) + -Ø(← -이: 주조)

88) 鹿母夫人ᄋᆡ: 鹿母夫人(녹모부인) + -ᄋᆡ(관조, 의미상 주격)

89) 나ᄒᆞᆫ: 낳(낳다, 生)- + -Ø(과시)- + -ᄋᆞ(← -오-: 대상)- + -ㄴ(관전) ※ ‘나ᄒᆞᆫ’은 ‘나혼’을 오각한 형태이다.

90) 고지가: 곶(꽃, 花) + -이(서조)- + -Ø(현시)- + -ㄴ가(-ㄴ가: 의종, 판정)

91) 靑衣ᄃᆞ려: 靑衣(청의) + -ᄃᆞ려(-더러, -에게: 부조, 상대) ※ ‘靑衣(청의)’는 신분이 천한 사람을 이르는 말이다. 예전에 천한 사람이 푸른 옷을 입었던 데서 유래하였다.

92) 어듸: 어듸(어디, 何處: 지대, 미지칭) + -의(-에: 부조, 위치)

93) ᄇᆞ린다: ᄇᆞ리(버리다, 遺棄)- + -Ø(과시)- + -ㄴ다(-ㄴ가: 의종, 2인칭)

94) ᄀᆞᅀᆡᆺ: ᄀᆞᇫ(← ᄀᆞᆺ: 가, 邊) + -애(-에: 부조, 위치) + -ㅅ(-의: 관조) ※ ‘ᄀᆞᅀᆡᆺ’은 ‘가에 있는’으로 의역하여 옮긴다.

95) 무두이다: 묻(묻다, 埋)- + -Ø(과시)- + -우(화자)- + -이(상높, 아주 높임)- + -다(평종)

96) 이ᄅᆞᆯ: 일(일, 事) + -ᄋᆞᆯ(목조)

97) ᄎᆞᄌᆞ샤: 찾(찾다, 살피다, 審)- + -ᄋᆞ샤(← -으시-: 주높)- + -Ø(← -아: 연어) ※ ‘ᄎᆞᄌᆞ샤’는 『대방편불보은경』에 기술된 ‘審’을 직역한 것이다. 그런데 ‘審’은 ‘찾다’ 외에도 ‘살피다’의 뜻도 있으므로, 여기서는 문맥을 고려하여 ‘살피다’로 옮긴다.

98) 나ᄒᆞ신 ᄃᆞᆯ: 낳(生, 産)- + -ᄋᆞ시(주높)- + -Ø(과시)- + -ㄴ(관전) # ᄃᆞ(것: 의명) + -ㄹ(목조)

[33앞]

궁의드르샤鹿록母뭏夫붕人신ᄭᅴᄌᆞ
갸허믈뉘으처니르샤ᄃᆡ내實씷로
미혹ᄒᆞ야어딘사ᄅᆞᄆᆞᆯ몰라보아夫붕
人신ᄋᆞᆯ거ᅀᆞᆸ지호이다ᄒᆞ시고도로녯
벼슬ᄒᆞ시고나라해出츓令령ᄒᆞ샤五
옹百ᄇᆡᆨ젓어밀어드라ᄒᆞ더시니鹿록
母뭏夫붕人신이ᄉᆞᆲᄫᆞ샤ᄃᆡ나라해어
즈러비젓어미ᄅᆞᆯ브르디마ᄅᆞ쇼셔王왕

드시어 鹿母夫人(녹모부인)께 자기의 허물을 뉘우쳐 이르시되, "내가 實(실)로 미혹(迷惑)하여 어진 사람을 몰라보아 夫人(부인)을 거슬리게 했습니다." 하시고, 도로 옛 벼슬을 시키시고 나라에 出令(출령)하시어 "五百(오백)의 젖어미를 얻어라." 하시더니, 鹿母夫人(녹모부인)이 사뢰시되 "나라에 어지럽게 젖어미를 부르게 하지 마소서.

드르샤 鹿록母뭏夫붕人신ㅅ긔 ᄌᆞ걋[99] 허므를[100] 뉘으처[1] 니ᄅᆞ샤ᄃᆡ 내 實씷로[2] 미혹ᄒᆞ야[3] 어딘 사ᄅᆞᄆᆞᆯ 몰라보아 夫붕人신ᄋᆞᆯ 거ᄉᆶ지[4] 호이다[5] ᄒᆞ시고 도로[6] 녯[7] 벼슬 ᄒᆡ시고[8] 나라해[9] 出츓令령ᄒᆞ샤[10] 五옹百빅 졋어밀[11] 어드라[12] ᄒᆞ더시니[13] 鹿록母뭏夫붕人신이 ᄉᆞᄫᆞ샤ᄃᆡ[14] 나라해 어즈러ᄫᅵ[15] 졋어미 블리디[16] 마ᄅᆞ쇼셔[17]

---

99) ᄌᆞ걋: ᄌᆞ갸(자기, 당신, 自 : 인대, 재귀칭, 높임 표현) + -ㅅ(-의 : 관조)

100) 허므를: 허믈(허물, 過) + -을(목조)

1) 뉘으처: 뉘읓(뉘우치다, 悔)- + -어(연어)

2) 實로: [실로, 참으로(부사): 實(실: 불어) + -로(부조▷부접]

3) 미혹ᄒᆞ야: 미혹ᄒᆞ[미혹하다: 미혹(미혹, 迷惑 : 명사) + -ᄒᆞ(동접)-]- + -야(← -아: 연어) ※ '미혹(迷惑)'은 무엇에 홀려 정신을 차리지 못하는 것이다.

4) 거ᄉᆶ지: 거ᄉᆶ지[← 거슬ᄡᅵ(거슬리게, 違逆: 부사) : 거슬ᄧ(← 거슬ᄠᅳ다: 거슬리다, 違逆, 동사)- + -이(부접)]

5) 호이다: ㅎ(← ᄒᆞ다: 하다, 爲)- + -Ø(과시)- + -오(화자)- + -이(상높, 아주 높임)- + -다(평종)

6) 도로: [도로, 還復(부사): 돌(돌다, 廻: 동사)- + -오(부접)

7) 녯: 녜(옛날, 예전, 昔) + -ㅅ(-의 : 관조)

8) ᄒᆡ시고: ᄒᆡ[하게 하다, 시키다, 使: ᄒᆞ(하다, 爲)- + -ㅣ(← -이-: 사접)-]- + -시(주높)- + -고(연어, 계기)

9) 나라해: 나라ㅎ(나라, 國) + -애(-에: 부조, 위치)

10) 出令ᄒᆞ샤: 出令ᄒᆞ[출령하다, 명령을 내리다: 出令(출령: 명사) + -ᄒᆞ(동접)-]- + -샤(← -시- : 주높)- + -Ø(← -아 : 연어)

11) 졋어밀: 졋어미[젖어미, 乳母: 졋(← 졎: 젖, 乳) + 어미(어머니, 母)] + -ㄹ(← -를 : 목조)

12) 어드라: 얻(얻다, 得)- + -ᄋᆞ라(명종, 아주 낮춤)

13) ᄒᆞ더시니: ᄒᆞ(하다: 言)- + -더(회상)- + -시(주높)- + -니(연어, 설명 계속)

14) ᄉᆞᄫᆞ샤ᄃᆡ: ᄉᆞᆲ(← ᄉᆞᆲ다, ㅂ불: 사뢰다, 아뢰다, 白言)- + -ᄋᆞ샤(← -으시-: 주높)- + -ᄃᆡ(← -오ᄃᆡ: 연어, 설명 계속)

15) 어즈러ᄫᅵ: [어지러이, 어지럽게, 耗(부사): 어즈러ᇦ(← 어즈럽다, ㅂ불: 어지럽다, 亂, 형사)- + -이(부접)]

16) 블리디: 블리[부르게 하다: 블ㄹ(← 브르다: 부르다, 召)- + -이(사접)-]- + -디(-지: 연어, 부정)

17) 마ᄅᆞ쇼셔: 말(말다, 莫: 보용, 부정)- + -ᄋᆞ쇼셔(-으소서: 명종, 아주 높임)

人宮궁中듕에 五옹百ᄇᆡᆨ夫붕人신이 잇ᄂᆞ니 이 夫붕人신ᄃᆞᆯ히 내 아ᄃᆞᆯ 나ᄒᆞᆫ 이ᄅᆞᆯ 새와ᄒᆞᄂᆞ니 王왕이 ᄒᆞᆫ 太탱子ᄌᆞᆼᄅᆞᆯ ᄒᆞᆫ 夫붕人신곰 맛디샤 젓 머겨 기르라 ᄒᆞ시면 아ᄃᆞ리 아니리잇가 王왕이 니ᄅᆞ샤ᄃᆡ 五옹百ᄇᆡᆨ夫붕人신이 샹녜 새와 그ᄃᆡᄅᆞᆯ 害행코져 ᄒᆞ더니 그ᄃᆡ 이제 날 ᄒᆞ야 티거나 내좇거나 주기라 ᄒᆞ

王(왕)의 宮中(궁중)에 五百(오백) 夫人(부인)이 있나니, 이 夫人(부인)들이 내가 아들 낳은 일을 시샘하니, 王(왕)이 한 太子(태자)를 한 夫人(부인)씩 맡기시어 젖을 먹여 기르라고 하시면 (태자가 모두 부인들의) 아들이 아니겠습니까?" 王(왕)이 이르시되 "五百(오백) 夫人(부인)이 늘 시샘하여 그대를 害(해)하고자 하더니, 그대가 이제 나를 시키어 (오백 부인을) 치거나 내쫓거나 죽이라 하여도

王왕ㅅ 宮궁中듕에 五옹百ᄇᆡᆨ 夫부人ᅀᅵᆫ이 잇ᄂᆞ니 이 夫부人ᅀᅵᆫᄃᆞᆯ히 내[18] 아ᄃᆞᆯ 나ᄒᆞᆫ 이ᄅᆞᆯ 새와[19] ᄒᆞᄂᆞ니 王왕이 ᄒᆞᆫ 太탱子ᄌᆞᆼᄅᆞᆯ ᄒᆞᆫ 夫붕人ᅀᅵᆫ곰[20] 맛디샤[21] 졋[22] 머겨 기르라 ᄒᆞ시면 아ᄃᆞ리 아니리잇가[23] 王왕이 니ᄅᆞ샤ᄃᆡ 五옹百ᄇᆡᆨ 夫붕人ᅀᅵᆫ이 샹녜[24] 새와 그듸ᄅᆞᆯ[25] 害ᅘᆡᆼ코져[26] ᄒᆞ더니 그듸 이제 날[27] ᄒᆞ야[28] 티거나[29] 내좇거나[30] 주기라 ᄒᆞ야도

---

18) 내: 나(나, 我: 인대, 1인칭)+-ㅣ(←-ᄋᆡ: 관조, 의미상 주격) ※『석보상절』의 언해문에는 '내'에 방점이 없으므로(=평성), 이때의 '내'는 관형격이다. 그러나 이때의 '내'는 관형절 속에서 실현되었으므로, 주격으로 의역하여 옮긴다.

19) 새와: 새오(새우다, 질투하다, 妬)-+-아(연어)

20) 夫人곰: 夫人(부인)+-곰(-씩: 보조사, 각자)

21) 맛디샤: 맛디[맡기다, 與: 맜(맡다, 任: 타동)-+-이(사접)-]-+-샤(←-시-: 주높)-+-Ø(←-아: 연어)

22) 졋: 졋(←젖: 젖, 乳)

23) 아니리잇가: 아니(아니다, 非)-+-리(미시)-+-잇(←-이-: 상높, 아주 높임)-+-가(-까: 의종, 판정) ※ '아ᄃᆞ리 아니리잇가'는 '태자가 모두 부인들의 아들이 아니겠습니까?'의 뜻으로 쓰였다.

24) 샹녜: 늘, 항상, 常(부사)

25) 그듸ᄅᆞᆯ: 그듸[그대, 汝(인대, 2인칭, 예사 높임): 그(그, 彼: 지대, 정칭)+-듸(접미)]+-ᄅᆞᆯ(목조)

26) 害코져: 害ㅎ[←害ᄒᆞ다(해하다, 해치다): 害(해: 명사)+-ᄒᆞ(동접)-]-+-고져(-고자: 연어, 의도)

27) 날: 나(나, 我: 인대, 1인칭)+-ㄹ(←-ᄅᆞᆯ: 목조)

28) ᄒᆞ야: ᄒᆞ이[시키다, 하게 하다, 令: ᄒᆞ(하다, 爲)-+-이(사접)-]-+-아(연어)

29) 티거나: 티(치다, 打)-+-거나(연어, 선택)

30) 내좇거나: 내좇[←내좇다(내쫓다, 出驅遣): 나(나다, 出: 자동)-+-ㅣ(←-이-: 사접)-+좇(쫓다, 驅遣)]-+-거나(연어, 선택)

[34 앞]

(내가) 그대를 거스르지 아니하겠거늘, 이제 어찌 怨讐(원수)를 잊으시나니, 이 일에도 미치는(及) 것이 甚(심)히 어렵거늘, 또 能(능)히 큰 恩惠(은혜)를 내어 太子(태자)를 夫人(부인)들에게 주려 하신다." 그때에 五百(오백) 夫人(부인)이 못내 기뻐하더니, 無量(무량) 百千(백천) 大衆(대중)이 이 말을 듣고 다 道理(도리)의 마음을 내었느니라. 그때

그듸ᄅᆞᆯ 거스디[31] 아니호리어늘[32] 이제 엇뎨[33] 怨훤讎쓯를 니ᄌᆞ시ᄂᆞ니[34] 이 일[35]도 미추미[36] 甚씸히 어렵거늘 ᄯᅩ 能ᄂᆼ히 큰 恩ᅙᅳᆫ惠ᅘᅨᆼᄅᆞᆯ 내야 太탱子ᄌᆼ로 夫부人신ᄃᆞᆯ홀[37] 주려 ᄒᆞ시ᄂᆞ다 그 ᄢᅴ 五ᅌᅩᆼ百ᄇᆡᆨ 夫붕人신이 몯내[38] 기써ᄒᆞ더니[39] 無뭉量량[40] 百ᄇᆡᆨ千쳔 大땡衆즁이 이 말 듣고 다 道또ᇢ理링옛 ᄆᆞᅀᆞᄆᆞᆯ 내니라[41] 그 ᄢᅴ

31) 거스디: 거스(← 거슬다: 거스르다, 逆)- + -디(-지: 연어, 부정)

32) 아니호리어늘: 아니ᇹ[← 아니ᄒᆞ다(아니하다, 不: 보용, 부정): 아니(아니, 不: 부사, 부정) + -ᄒᆞ(동접)-]- + -오(화자)- + -리(미시)- + -어늘(← -거늘: 연어, 상황)

33) 엇뎨: 어찌, 어찌해서, 何(부사) ※ 이때의 '엇뎨'는 문맥상 '오히려'로 의역하여 옮길 수 있다.

34) 니ᄌᆞ시ᄂᆞ니: 닞(잊다, 忘)- + -ᄋᆞ시(주높)- + -ᄂᆞ(현시)- + -니(연어, 설명 계속)

35) 이 일: '이 일'은 녹모부인이 怨讐(원수)를 잊은 일을 가리킨다.

36) 미추미: 및(미치다, 이르다, 及)- + -움(명전) + -이(주조) ※ '및다'는 '이 일에 도달하다'의 뜻으로 쓰였다.

37) 夫人ᄃᆞᆯ홀: 夫人ᄃᆞᇂ[부인들: 夫人(부인) + -ᄃᆞᇂ(-들: 복접)] + -ᄋᆞᆯ(-에게: 목조, 보조사적 용법, 의미상 부사격) ※『대방편불보은경』의에는 '太子로 夫人ᄃᆞᆯ홀'의 부분이 '以其太子與諸夫人(태자를 부인들에게 주다)'로 기술되어 있다. 따라서 이 부분을 '태자를 夫人(부인)들에게'로 의역하여 옮긴다.

38) 몯내: 못내, 이루 다 말할 수 없이, 크게, 大(부사)

39) 기써ᄒᆞ더니: 기써ᄒᆞ[← 깃거ᄒᆞ다(기뻐하다, 歡喜): 귔(기뻐하다, 歡喜)- + -어(연어) + ᄒᆞ(하다: 보용)-]- + -더(회상)- + -니(연어, 설명 계속)

40) 無量: 무량. 한량없거나 수없이 많은 것이다.

41) 내니라: 내[내다, 發: 나(나다, 出: 자동)- + -ㅣ(← -이-: 사접)-]- + -Ø(과시)- + -니(원칙)- + -라(← -다 : 평종)

[34 뒤]

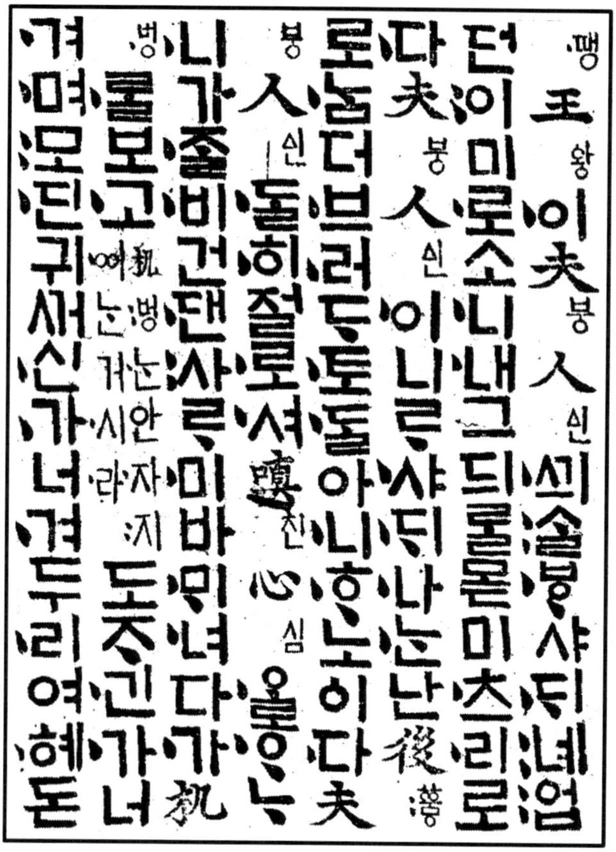
땡王왕이 夫붕人신ᄭᅴ 숣ᄫᆞ샤ᄃᆡ 녜 업던 이리로소니 내 그듸를 몯 미츠리로다 夫붕人신이 니ᄅᆞ샤ᄃᆡ 나ᄂᆞᆫ 난 後ᅘᅮᇢ로 ᄂᆞᆷ 더브러 ᄃᆞ토ᄃᆞᆯ 아니ᄒᆞ노이다 夫봉人신ᄃᆞᆯ히 절로 셔 嗔친心심ᄋᆞᆯ 내ᄂᆞ니 가ᄌᆞᆯ비건댄 사ᄅᆞ미 바ᄆᆡ 녀다가 杌ᅌᅥᆶ병ᄅᆞᆯ 보고 【杌ᅌᅥᆶ병ᄋᆞᆫ 안자 지ᅀᅵᄂᆞᆫ 거시라】 도ᄌᆞᆨ긴가 너기며 모딘 귀신가 너겨 두리여 헤돈

大王(대왕)이 夫人(부인)께 사뢰시되, “예전에 없던 일이니, 내가 그대를 못 미치겠구나.” 夫人(부인)이 이르시되 “나는 난 後(후)로 남과 더불어 다투지를 아니합니다. 夫人(부인)들이 스스로 嗔心(진심)을 내니, (이를) 비유한다면 사람이 밤에 다니다가 杌(궤)를 보고【杌(궤)는 앉아 기대는 것이다.】 도둑인가 여기며 모진 귀신인가 여겨, 두려워하여 헤매며 뛰어가다가

[34 뒤]

大땡王왕이 夫붕人신ᄭᅴ ᄉᆞᆯᄫᆞ샤ᄃᆡ 녜[42] 업던 이미로소니[43] 내 그듸를 몯 미츠리로다[44] 夫붕人신이 니ᄅᆞ샤ᄃᆡ 나ᄂᆞᆫ 난 後ᅘᅮᇢ로 ᄂᆞᆷ 더브러 ᄃᆞ토ᄃᆞᆯ[45] 아니ᄒᆞ노이다[46] 夫붕人신ᄃᆞᆯ히 절로셔[47] 嗔친心심[48]ᄋᆞᆯ ᄒᆞᄂᆞ니 가ᄌᆞᆯ비건댄[49] 사ᄅᆞ미 바ᄆᆡ 녀다가[50] 机빙[51]를 보고【机빙ᄂᆞᆫ 안자 지ᅇᅵᄂᆞᆫ[52] 거시라】 도ᄌᆞ긴가[53] 너겨며[54] 모딘 귀ᄭᅥ신가[55] 너겨 두리여[56] 헤ᄃᆞᆮ다가[57]

---

42) 녜: 예, 예전, 昔(명사)

43) 이미로소니: 임(↚일: 일, 事) + -이(서조)- + -롯(← -돗-: 감동)- + -오니(← -ᄋᆞ니: 연어, 이유) ※『석보상절』의 언해문에는 '이미로소니'로 표기되어 있으나, 이는 '이리로소니'를 오각한 형태로 보인다.『대방편불보은경』의 한문에는 '未曾有也(일찍이 없다)'로 기술되어 있는데,『석보상절』에는 이를 의역해서 '녜 업던 이리로소니'로 옮겼다.

44) 미츠리로다: 및(미치다, 따르다, 及)- + -으리(미시)- + -로(← -도-: 감동)- + -다(평종)

45) ᄃᆞ토ᄃᆞᆯ: ᄃᆞ토(다투다, 爭)- + -ᄃᆞᆯ(-지: 연어, 부정) ※ '-ᄃᆞᆯ'은 보조 용언인 '아니ᄒᆞ다' 앞에서만 실현되는 특수한 형태의 보조적 연결 어미이다.

46) 아니ᄒᆞ노이다: 아니ᄒᆞ[아니하다, 不(보용, 부정): 아니(아니, 不: 부사, 부정) + -ᄒᆞ(동접)-]- + -ㄴ(← -ᄂᆞ-: 현시)- + -오(화자)- + -이(상높, 아주 높임)- + -다(평종)

47) 절로셔: 절로[저절로, 스스로, 自(부사): 절(← 저 : 저, 己, 인대, 재귀칭) + -로(부조▷부접)] + -셔(-서: 보조사, 강조)

48) 嗔心: 진심. 왈칵 성내는 마음이다.

49) 가ᄌᆞᆯ비건댄: 가ᄌᆞᆯ비(비유하다, 譬如)- + -거(확인)- + -ㄴ댄(-면: 연어, 조건)

50) 녀다가: 녀(다니다, 가다, 行)- + -다가(연어, 전환)

51) 机: 궤. 책상이다.

52) 지ᅇᅵᄂᆞᆫ: 지ᅇᅵ(기대다, 依)- + -ᄂᆞ(현시)- + -ㄴ(관전)

53) 도ᄌᆞ긴가: 도ᄌᆞᆨ(도적, 盜賊) + -이(서조)- + -Ø(현시)- + -ㄴ가(-ㄴ가 : 의종, 판정)

54) 너겨며: 너겨(↚너기다: 여기다, 想)- + -며(연어, 나열) ※ '너겨며'는 '너기며'를 오각한 형태이다.

55) 귀ᄭᅥ신가: 귀ᄭᅥᆺ[← 귓것(귀신, 鬼神): 귀(귀신, 鬼) + -ㅅ(관조, 사잇) + 것(것, 者: 의명)] + -이(서조)- + -Ø(현시)- + -ㄴ가(-ㄴ가: 의종, 판정)

56) 두리여: 두리(두려워하다, 驚怖)- + -여(← -어: 연어)

57) 헤ᄃᆞᆮ다가: 헤ᄃᆞᆮ[헤매면서 빨리 뛰어가다, 四散馳走: 헤(헤다, 헤매다)- + ᄃᆞᆮ(닫다, 달리다, 走)-]- + -다가(연어, 전환)

[35 앞]

다가 노ᄑᆞᆫ 바회예 ᄠᅥ디거나 므리어나
브리어나 가ᄉᆡ남기어나 업더디여 제
ᄆᆞᄆᆞᆯ 허리ᄂᆞ니 망량앳 짐쟉ᄋᆞ로 머즌
이리 이러ᄒᆞᄂᆞ니 一힗切촁衆즁生ᄉᆡᇰ
도 이 ᄀᆞᆮᄒᆞ야 절로 살오 절로 주구미 누
에고티예 잇ᄃᆞᆺᄒᆞ며 나ᄇᆡ 브레 드ᄃᆞᆺᄒᆞ
야 ᄒᆞ라 ᄒᆞ리 업시 一힗切촁 머즌 이리
망량앳 짐쟉ᄋᆞ로브터 나ᄂᆞ니이다 夫

높은 바위에 떨어지거나, 물이거나 불이거나 가시나무에 엎어져서 제 몸을 헐게 하니, 망령(妄靈)된 짐작으로 궂은 일이 이렇게 되나니, 一切(일체)의 衆生(중생)도 이와 같아서, 저절로 살고 저절로 죽는 것이 누에고치에 있듯 하며 나비가 불에 들듯 하여서, "하라." 하는 이가 없이 一切(일체)의 궂은 일이 망령(妄靈)된 짐작으로부터 납니다.

노ᄑᆞᆫ 바회예[58)] ᄠᅥ디거나[59)] 므리어나[60)] 보리어나[61)] 가ᄉᆡ남기어나[62)] 업더디여[63)] 제 모ᄆᆞᆯ 허리ᄂᆞ니[64)] 망랴앳[65)] 짐쟈ᄀᆞ로[66)] 머즌[67)] 이리 이러ᄒᆞᄂᆞ니[68)] 一ᅙᅵᇙ切쳉 衆즁生ᄉᆡᆼ도 이[69)] ᄀᆞᆮᄒᆞ야 절로 살오[70)] 절로 주구미[71)] 누에고티예[72)] 잇ᄃᆞᆺ[73)] ᄒᆞ며 나ᄫᅵ[74)] ᄇᆞ레 드ᄃᆞᆺ[75)] ᄒᆞ아[76)] ᄒᆞ라[77)] ᄒᆞ리[78)] 업시 一ᅙᅵᇙ切쳉 머즌 이리 망랴앳 짐쟈ᄀᆞ로브터 나ᄂᆞ니이다[79)]

---

58) 바회예: 바회(바위, 巖) + -예(← -에: 부조, 위치)

59) ᄠᅥ디거나: ᄠᅥ디[떨어지다, 投: ᄠᅥ(← ᄠᅥᆯ다: 떨다, 離)- + 디(지다, 落)-]- + -거나(연어, 선택)

60) 므리어나: 믈(물, 水) + -이어나(-이거나: 보조사, 선택)

61) 보리어나: 볼(↚ 블: 불, 火) + -이어나(-이거나: 보조사, 선택) ※ '보리어나'는 '브리어나'를 오각한 형태이다.

62) 가ᄉᆡ남기어나: 가ᄉᆡ낡[← 가ᄉᆡ나모(가시나무, 荊棘): 가ᄉᆡ(가시, 荊棘) + 낡(← 나모: 나무, 木)] + -이어나(← -이거나: 보조사, 선택)

63) 업더디여: 업더디[엎어지다, 엎드려지다, 覆: 업(← 엎다: 엎다, 轉伏)- + 더디(던지다, 投)-]- + -여(← -어: 연어)

64) 허리ᄂᆞ니: 허리[헐게 하다, 상하게 하다, 傷壞: 헐(헐다, 毁)- + -이(사접)-]- + -ᄂᆞ(현시)- + -니(연어, 설명 계속)

65) 망랴앳: 망량(망령, 妄靈, 妄想) + -애(-에: 부조, 위치) + -ㅅ(-의: 관조) ※ '妄靈(망령)'은 늙거나 정신이 흐려서 말이나 행동이 정상을 벗어나거나, 또는 그런 상태이다. ※ '망랴앳'은 '망령된'으로 의역하여 옮긴다.

66) 짐쟈ᄀᆞ로: 짐쟉(짐작, 斟酌) + -ᄋᆞ로(부조, 방편)

67) 머즌: 멎(궂다, 흉하다, 禍害)- + -Ø(현시)- + -은(관전)

68) 이러ᄒᆞᄂᆞ니: 이러ᄒᆞ[이렇게 되다, 如是: 이러(이러: 불어) + -ᄒᆞ(동접)-]- + -ᄂᆞ(현시)- + -니(연어) ※ '이러하ᄂᆞ니'에 '-ᄂᆞ-'가 실현되었으므로 동사로 보아서 '이렇게 되다'로 옮긴다.

69) 이: 이(이, 此: 지대, 정칭) + -Ø(← -이: -와, 부조, 비교)

70) 살오: 살(살다, 生)- + -오(← -고: 연어, 나열)

71) 주구미: 죽(죽다, 死)- + -움(명전) + -이(주조)

72) 누에고티예: 누에고티[누에고치, 蠶繭: 누에(누에, 蠶) + 고티(고치, 繭)] + -예(← -에: 부조, 위치)

73) 잇ᄃᆞᆺ: 잇(← 이시다: 있다, 在)- + -ᄃᆞᆺ(-듯: 연어, 흡사)

74) 나ᄫᅵ: 나ᄫᅵ(나비, 蝶) + -Ø(← -이: 주조)

75) 드ᄃᆞᆺ: 드(← 들다: 들다, 入)- + -ᄃᆞᆺ(-듯: 연어, 흡사)

76) ᄒᆞ아: ᄒᆞ(하다: 보용, 흡사)- + -아(↚ -야 ← -아: 연어) ※ 'ᄒᆞ아'는 'ᄒᆞ야'를 오각한 형태이다.

77) ᄒᆞ라: ᄒᆞ(하다, 爲)- + -라(명종, 아주 낮춤)

78) ᄒᆞ리: ᄒᆞ(하다, 謂)- + -ㄹ(관전) # 이(이, 사람, 者: 의명) + -Ø(← -이: 주조)

79) 나ᄂᆞ니이다: 나(나다, 起)- + -ᄂᆞ(현시)- + -니(원칙)- + -이(상높, 아주 높임)- + -다(평종)

[35 뒤]

夫人(부인)들도 이와 같으므로, 내가 저런 어리석은 것을 데리고 싸우는 것을 아니합니다." 五百(오백) 夫人(부인)이 즉시 鹿母夫人(녹모부인)께 禮數(예수)하고, 제 허물을 뉘우쳐 鹿母夫人(녹모부인)을 섬기되 어버이같이 하여, 기르는 太子(태자)를 (자신들이) 낳은 것에서 달리 아니하더라. 그 때에 五百(오백) 太子(태자)가 漸漸(점점) 자라니, 한 太子(태자)마다

[35 뒤]

夫붕人신ᄃᆞᆯ토[80] 이[81] ᄀᆞᆮᄒᆞᆯᄊᆡ[82] 내 뎌런[83] 어린[84] 것 ᄃᆞ려[85] 겻구믈[86] 아니 ᄒᆞ노이다[87] 五옹百빅 夫붕人신이 즉자히 鹿록母뭏夫붕人신ᄭᅴ 禮롕數숭ᄒᆞ고 제 허므를[88] 뉘으처[89] 鹿록母뭏夫붕人신ᄋᆞᆯ 셤교ᄃᆡ[90] 어버ᅀᅵ[91] ᄀᆞ티[92] ᄒᆞ야 기르논[93] 太탱子ᄌᆞᆼᄅᆞᆯ 나ᄒᆞᆫ 게셔[94] 달이[95] 아니 터라[96] 그 ᄢᅴ 五옹百빅 太탱子ᄌᆞᆼㅣ 漸쪔漸쪔 ᄌᆞ라니[97] ᄒᆞᆫ 太탱子ᄌᆞᆼ마다

---

80) 夫人ᄃᆞᆯ토: 夫人ᄃᆞᆯㅎ[부인들: 夫人(부인)+-ᄃᆞᆯㅎ(-들: 복접)]+-도(보조사, 마찬가지)

81) 이: 이(이, 是: 지대, 정칭)+-Ø(←-이: -와, 부조, 비교)

82) ᄀᆞᆮᄒᆞᆯᄊᆡ: ᄀᆞᆮ(←ᄀᆞᆮᄒᆞ다: 같다, 如)-+-ㄹᄊᆡ(-므로: 연어, 이유)

83) 뎌런: [저런, 彼(관사): 뎌러(저러: 불어)+-Ø(←-ᄒᆞ-: 형접)-+-ㄴ(관전▷관접)]

84) 어린: 어리(어리석다, 愚)-+-Ø(현시)-+-ㄴ(관전)

85) ᄃᆞ려: ᄃᆞ리(데리다, 與)-+-어(연어)

86) 겻구믈: 겻구(겨루다, 싸우다, 爭訟)-+-움(명전)+-을(목조)

87) ᄒᆞ노이다: ᄒᆞ(하다, 爲)-+-ㄴ(←-ᄂᆞ-: 현시)-+-오(화자)-+-이(상높, 아주 높임)-+-다(평종)

88) 허므를: 허믈(허물, 過)+-을(목조)

89) 뉘으처: 뉘읓(뉘우치다, 悔)-+-어(연어)

90) 셤교ᄃᆡ: 셤기(섬기다, 奉事)-+-오ᄃᆡ(-되: 연어, 설명 계속)

91) 어버ᅀᅵ: 어버ᅀᅵ[어버이, 父母: 업(←어비←아비: 아버지, 父)+어ᅀᅵ(어머니, 母)]+-Ø(←-이: -와, 부조, 비교)

92) ᄀᆞ티: [같이, 如(부사): ᄀᆞᇀ(←ᄀᆞᆮᄒᆞ다: 같다, 如, 형사)-+-이(부접)]

93) 기르논: 기르[기르다, 養: 길(자라다, 길다, 長: 자동, 형사)-+-으(사접)-]-+-ㄴ(←-ᄂᆞ-: 현시)-+-오(대상)-+-ㄴ(관전)

94) 게셔: 게(←그에: 거기, 데, 彼處, 의명)+-셔(-서 : 보조사, 위치, 강조) ※ '게셔'는 '거기서'로 직역하는데, 여기서는 문맥을 고려하여 '것에서'로 의역하여 옮긴다.

95) 달이: [달리, 異(부사): 달(←다ᄅᆞ다: 다르다, 異, 형사)-+-이(부접)]

96) 아니 터라: 아니(아니, 不: 부사, 부정) # ㅎ(←ᄒᆞ다 : 하다, 爲)-+-더(회상)-+-라(←-다 : 평종) ※ '기르논 太子ᄅᆞᆯ 나ᄒᆞᆫ 게셔 달이 아니 터라'는 『대방편불보은경』의 "所養太子 如所生不異"를 언해한 것인데, 이 한문 구절은 '태자를 기르는 것이 태자를 낳은 것과 같아서 (서로) 다르지 아니 하더라.'의 뜻을 나타낸다.

97) ᄌᆞ라니: ᄌᆞ라(자라다, 長大)-+-니(연어, 설명 계속)

ᄣᅡ다히미 一ᅙᅵᇙ 千쳔 사ᄅᆞ미 맛더니 이웃나라히 背ᄇᆡᆼ叛ᄈᆞᆫᄒᆞ거든 저희가티고 四ᄉᆞᆼ兵병을 니르왇디 아니ᄒᆞᆯᄊᆡ 나라히 便뼌安ᅙᅡᆫᄒᆞ고 하ᄂᆞᆯ콰 神씬靈령괘 기ᄭᅥ ᄇᆞᄅᆞᆷ비ᄅᆞᆯ 時씽節졇로 ᄒᆞ야 百ᄇᆡᆨ姓셩이 가ᅀᆞ며더라 그ᄢᅴ 五옹百ᄇᆡᆨ 太탱子ᄌᆞᆼㅣ 蓮련못ᄀᆞᅀᆡ 모다 안자 이셔 믈미틧 그르메ᄅᆞᆯ 보고 서르 닐오ᄃᆡ

힘이 一千(일천) 사람이 맞서더니, 이웃 나라가 背叛(배반)거든 저들이 가서 치고 (따로) 四兵(사병)을 일으키지 아니하므로 나라가 便安(편안)하고, 하늘과 神靈(신령)이 기뻐하여 바람과 비를 時節(시절)로 하여 百姓(백성)이 부유(富有)하더라. 그때에 五百(오백) 太子(태자)가 蓮(연)못 가에 모여 앉아 있어서, 물밑에 있는 그림자를 보고 서로 이르되,

[36 앞]

히미 一ᅙᅵᇙ千쳔 사ᄅᆞ미 맛더니[98] 이웃 나라히 背ᄇᆡᆼ叛빤ᄒᆞ거든 저희[99]가 티고[100] 四ᄉᆞᆼ兵병[1]을 니르왇디[2] 아니ᄒᆞᆯᄊᆡ 나라히 便뼌安한ᄒᆞ고 하ᄂᆞᆯ콰[3] 神씬靈령괘[4] 깃거[5] ᄇᆞᄅᆞᆷ 비를 時씽節졇로 ᄒᆞ야 百ᄇᆡᆨ姓셩이 가ᄉᆞ며더라[6] 그 ᄢᅴ 五ᅌᅩᆼ百ᄇᆡᆨ 太탱子ᄌᆞᆼㅣ 蓮련못 ᄀᆞᅀᅢ[7] 모다[8] 안자 이셔 믈미틧[9] 그르메ᄅᆞᆯ[10] 보고 서르[11] 닐오ᄃᆡ

---

98) 맛더니: 맛(← 맞다: 맞다, 맞서다, 상대하다, 해당하다, 敵)- + -더(회상)- + -니(연어, 설명 계속)

99) 저희: 저희[저희, 자기들, 自(인대, 재귀칭, 복수): 저(인대, 재귀칭) + -희(복접)] + -∅(← -이: 주조)

100) 티고: 티(치다, 伐)- + -고(연어, 나열, 계기)

1) 四兵: 사병. 전륜왕을 따라다니는 네 종류의 병정이다. '상병(象兵), 마병(馬兵), 차병(車兵), 보병(步兵)'이다. 여기서는 '군사(軍士)'의 뜻으로 쓰였다.

2) 니르왇디: 니르왇[받아 일으키다, 起: 닐(일어나다, 起: 자동)- + -으(사접)- + -왇(접미, 강조)-]- + -디(-지: 연어, 부정)

3) 하ᄂᆞᆯ콰: 하ᄂᆞᆯㅎ(하늘, 天) + -과(접조)

4) 神靈괘: 神靈(신령) + -과(접조) + -ㅣ(← -이: 주조) ※ '神靈(신령)'은 풍습으로 숭배하는 모든 신이다.

5) 깃거: 긹(기뻐하다, 歡喜)- + -어(연어)

6) 가ᄉᆞ며더라: 가ᄉᆞ며(← 가ᄉᆞ멸다: 부유하다, 富)- + -더(회상)- + -라(← -다: 평종)

7) ᄀᆞᅀᅢ: ᄀᆞᇫ(← ᄀᆞᆺ: 가, 邊) + -애(-에: 부조, 위치)

8) 모다: 뫃(모이다, 集)- + -아(연어)

9) 믈미틧: 믈밑[물밑, 水底: 믈(물, 水) + 밑(밑, 底)] + -의(-에: 부조, 위치) + -ㅅ(-의: 관조) ※ '믈미틧'는 '물밑에 있는'으로 의역하여 옮긴다.

10) 그르메ᄅᆞᆯ : 그르메(그림자, 影) + -ᄅᆞᆯ(목조)

11) 서르: 서로, 相.

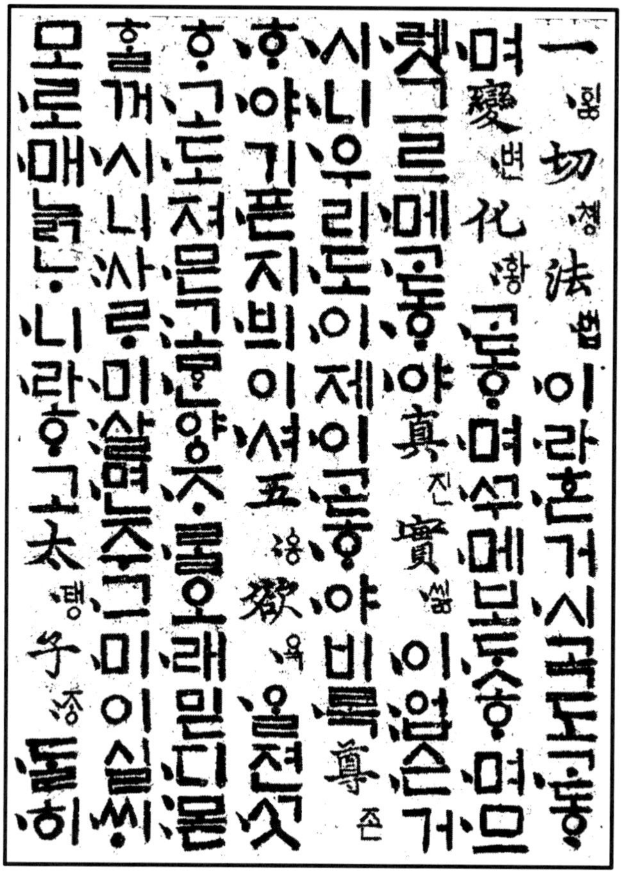

一ᅙᅵᇙ切촁法법이라 혼 거시 곡도 ᄀᆞᆮᄒᆞ
며 變변化황 ᄀᆞᆮᄒᆞ며 ᄭᅮ메 보ᄃᆞᆺᄒᆞ며 므
렛 그르메 ᄀᆞᆮᄒᆞ야 眞진實씷 이 업슨 거
시니 우리도 이제 이 ᄀᆞᆮᄒᆞ야 비록 尊존
ᄒᆞ야 기픈 지븨 이셔 五옹欲욕 올 젼ᄎᆞᆺ
ᄒᆞ고도 져믄 고ᄫᆞᆫ 양ᄌᆞᄅᆞᆯ 오래 믿디 몯
ᄒᆞᇙ 꺼시니 사ᄅᆞ미 살면 주그미 이실ᄊᆡ
모로매 늙ᄂᆞ니라 ᄒᆞ고 太탱子ᄌᆞᆼ ᄃᆞᆯ히

"一切法(일체법)이라 한 것이 허깨비(幻影) 같으며 變化(변화) 같으며 꿈에 보듯 하며 물에 있는 그림자와 같아서 眞實(진실)이 없는 것이니, 우리도 이제 이와 같아서, 비록 (신분이) 尊(존)하여 깊은 집에 있어 五欲(오욕)을 마음껏 누리고도 젊고 고운 모습을 오래 믿지 못할 것이니, 사람이 살면 죽음이 있으므로 모름지기 늙느니라." 하고, 太子(태자)들이

一ᅙᅵᇙ切쳉法법이라[12] ᄒᆞᆫ 거시 곡도[13] ᄀᆞᄐᆞ며 變변化황 ᄀᆞᄐᆞ며 ᄭᅮ메[14] 보ᄃᆞᆺ ᄒᆞ며 므렛[15] 그르메[16] ᄀᆞᄐᆞ야 眞진實ᄴᅵᇙ이 업슨 거시니 우리도 이제 이 ᄀᆞᄐᆞ야 비록 尊존ᄒᆞ야 기픈 지븨 이셔 五ᅌᅩᆼ欲욕[17]을 젼ᄎᆞᆺ[18] ᄒᆞ고도 져믄[19] 고ᄫᆞᆫ[20] 양ᄌᆞᄅᆞᆯ[21] 오래[22] 믿디 몯ᄒᆞᆯ 꺼시니[23] 사ᄅᆞ미 살면 주그미[24] 이실ᄊᆡ 모로매[25] 늙ᄂᆞ니라[26] ᄒᆞ고 太탱子ᄌᆞᆼᄃᆞᆯ히

---

12) 一切法이라: 一切法(일체법) + -이(서조)- + -Ø(현시)- + -라(← -다: 평종) ※ '一切法(일체법)'은 일체의 사물, 모든 현상, 정신적 물질적인 것 등의 모든 존재를 말한다. 원래의 뜻은 '인연(因緣)'으로 말미암아 일어난 존재이다.

13) 곡도: 허깨비, 환영, 幻.

14) ᄭᅮ메: ᄭᅮᆷ[꿈, 夢: ᄭᅮ(꾸다, 夢: 동사)- + -ㅁ(명접)] + -에(부조, 위치)

15) 므렛: 믈(물, 水) + -에(부조, 위치) + -ㅅ(-의: 관조) ※ '므렛'은 '물에 비친'으로 의역하여 옮긴다.

16) 그르메: 그르메(← 그리메 : 그림자, 形) + -Ø(← -이: 부조, 비교)

17) 五欲: 오욕. '오욕'은 '재욕(財欲)·색욕(色欲)·식욕(食欲)·명예욕(名譽欲)·수면욕(睡眠欲)'의 다섯 가지 욕망이다.

18) 젼ᄎᆞᆺ: [실컷, 마음껏, 自恣(부사): 젼(전, 가장자리) + -ㅅ(관조, 사잇) + ᄀᆞᆺ(가, 한계, 邊)]

19) 져믄: 졈(젊다, 壯年)- + -Ø(현시)- + -은(관전)

20) 고ᄫᆞᆫ: 고ᇦ(← 곱다, ㅂ불: 곱다, 美)- + -Ø(현시)- + -ᄋᆞᆫ(관전)

21) 양ᄌᆞᄅᆞᆯ : 양ᄌᆞ(모습, 모양, 樣子) + -ᄅᆞᆯ(목조)

22) 오래: [오래, 久(부사): 오라(오래다, 久: 형사)- + -Ø(부접)]

23) 꺼시니: 껏(← 것: 것, 者, 의명) + -이(서조)- + -니(연어, 설명 계속)

24) 주그미: 주금[죽음, 死(명사) : 죽(죽다, 死)- + -음(명접)] + -이(주조)

25) 모로매: 모름지기, 반드시, 必(부사)

26) 늙ᄂᆞ니라: 늙(늙다, 老)- + -ᄂᆞ(현시)- + -니(원칙)- + -라(← -다 : 평종)

시름ᄒᆞ야 宮궁의 도라와 父뿡母뭏ᄭᅴ
ᄉᆞᆲ보ᄃᆡ 世솅界갱 다 受쓯苦콩ᄅᆞᄫᅵ야
즐거ᄫᅳᆫ 거시 업도소니 父뿡母뭏ㅣ 이
제 우리ᄅᆞᆯ 出츓家강ᄒᆞ게 ᄒᆞ쇼셔 王왕
이 거스디 몯ᄒᆞ샤 그리 ᄒᆞ라 ᄒᆞ야시ᄂᆞᆯ
어마니미 니ᄅᆞ샤ᄃᆡ 너희 出츓家강ᄒᆞ
거든 날 ᄇᆞ리곡 머리 가디 말라 뒷東동
山산이 淸청淨쪙ᄒᆞ고 남기 盛쎵히 기

시름하여 宮(궁)에 돌아와 父母(부모)께 사뢰되, "世界(세계)가 다 受苦(수고)로와서 즐거운 것이 없으니, 父母(부모)가 이제 우리를 出家(출가)하게 하소서." 王(왕)이 거스르지 못하시어 "그리하라." 하시거늘, 어머님이 이르시되 "너희가 出家(출가)하거든 나를 버리고 멀리 가지 말라. 뒷東山(동산)이 淸淨(청정)하고 나무가 盛(성)히 많이 나니

[37앞]

시름ᄒᆞ야 宮궁의 도라와 父ᄲᅮᇰ母ᄝᅮᇢᄭᅴ ᄉᆞᆯᄫᅩᄃᆡ 世세ᇰ界ᄀᆡᇰ 다 受쓔ᇢ苦코ᇰᄅᆞᄫᅵ야[27] 즐거ᄫᅳᆫ[28] 거시 업도소니[29] 父ᄲᅮᇰ母ᄝᅮᇢ ㅣ 이제 우리ᄅᆞᆯ 出ᄎᆔᇙ家강ᄒᆞ게 ᄒᆞ쇼셔 王ᅌᅪᇰ이 거스디[30] 몯ᄒᆞ샤 그리ᄒᆞ라[31] ᄒᆞ야시ᄂᆞᆯ[32] 어마니미[33] 니ᄅᆞ샤ᄃᆡ 너희 出ᄎᆔᇙ家강ᄒᆞ거든 날 ᄇᆞ리곡[34] 머리[35] 가디 말라 뒷東동山산이 淸쳐ᇰ淨쪄ᇰᄒᆞ고 남기[36] 盛쎠ᇰ히[37] 기ᅀᅳ니[38]

---

27) 受苦ᄅᆞᄫᅵ야: 受苦ᄅᆞᄫᅵ[수고롭다, 苦(형사): 受苦(수고: 명사) + -ᄅᆞᄫᅵ(← -ᄅᆞᆸ-: 형접)-]- + -야(← -아: 연어)

28) 즐거ᄫᅳᆫ: 즐겋[← 즐겁다, ㅂ불(즐겁다, 樂): 즑(즐거워하다, 歡: 동사)- + -업(형접)-]- + -Ø(현시)- + -은(관전)

29) 업도소니: 업(← 없다: 없다, 無)- + -돗(감동)- + -오(화자)- + -니(연어, 이유)

30) 거스디: 거스(← 거슬다: 거스르다, 拒)- + -디(-지: 연어, 부정)

31) 그리ᄒᆞ라: 그리ᄒᆞ[그리하다, 如彼: 그(그, 彼: 지대, 정칭) + -리(부접) + -ᄒᆞ(동접)-]- + -라(명종, 아주 낮춤)

32) ᄒᆞ야시ᄂᆞᆯ: ᄒᆞ(하다, 謂)- + -시(주높)- + -야…ᄂᆞᆯ(← -아ᄂᆞᆯ: 연어, 상황)

33) 어마니미: 어마님[어머님, 母親: 어마(← 어미: 어머니, 母) + -님(높접)] + -이(주조)

34) ᄇᆞ리곡: ᄇᆞ리(버리다, 棄)- + -곡(← -고: 연어, 계기) ※ '-곡'은 '-고'의 강조 형태이다.

35) 머리: [멀리, 遠(부사): 멀(멀다, 遠: 형사)- + -이(부접)]

36) 남기: 낡(← 나모: 나무, 木) + -이(주조)

37) 盛히: [무성히, 무성하게(부사): 盛(성: 불어) + -ㅎ(← -ᄒᆞ-: 형접)- + -이(부접)]

38) 기ᅀᅳ니: 깃(← 깃다, ㅅ불 : 논밭에 잡풀이 많이 나다, 茂)- + -으니(연어, 이유)

[37 뒤]

(내가 너희들의) 供養(공양)을 나쁘지 아니케 하리라." 太子(태자)들이 즉시 出家(출가)하여 뒷東山(동산)에 있어서, 다 辟支佛(벽지불)의 道理(도리)를 이루고 父母(부모)의 앞에 와서 사뢰되, "父母(부모)시여, (저희들이) 出家(출가)한 利益(이익)을 이제 이미 얻었습니다." 하고, 그때에 比丘(비구)들이 虛空(허공)에 올라, 東(동)녘에 솟으면 西(서)녘에

供공養양ᄋᆞᆯ 낟ᄇᆞ디[39] 아니케[40] 호리라[41] 太탱子ᄌᆞᆼᄃᆞᆯ히 즉자히 出츓家강ᄒᆞ야 뒷東동山산애[42] 이셔 다 辟벽支징佛뿛[43]ㅅ 道또ᇢ理링ᄅᆞᆯ 일우고[44] 父뿌ᇢ母무ᇢㅅ 알ᄑᆡ[45] 와 ᄉᆞᆯᄫᆞᄃᆡ 父뿌ᇢ母무ᇢ하 出츓家강ᄒᆞᆫ 利링益ᅙᅵᆨ을 이제 ᄒᆞ마[46] 得득ᄒᆞ과이다[47] ᄒᆞ고 그 ᄢᅴ 比삥丘큫ᄃᆞᆯ히[48] 虛헝空콩애 올아 東동녀긔[49] 소ᄉᆞ면[50] 西솅ㅅ녀긔[51]

---

39) 낟ᄇᆞ디: 낟ᄇᆞ(나쁘다, 乏少)- + -디(-지: 연어, 부정)

40) 아니케: 아니ㅎ[← 아니ᄒᆞ다(아니하다, 不: 보용, 부정) : 아니(아니, 不: 부사, 부정) + -ᄒᆞ(형접)-]- + -게(연어, 사동)

41) 호리라: ㅎ(← ᄒᆞ-: 하다, 爲, 보용, 사동)- + -오(화자)- + -리(미시)- + -라(← -다 : 평종)

42) 뒷東山애: 뒷東山[뒷동산: 뒤(← 뒤ㅎ: 뒤, 後) + -ㅅ(관조, 사잇) + 東山(동산)] + -애(-에: 부조, 위치) ※ '뒷東山(-동산)'은 집이나 마을 뒤에 있는 작은 산이나 언덕이다.

43) 辟支佛: 벽지불. 부처의 가르침에 기대지 않고 스스로 도를 깨달은 성자(聖者)이다. 그 지위는 보살의 아래, 성문(聲聞)의 위이다.

44) 일우고: 일우[이루다, 得: 일(이루어지다, 成: 자동)- + -우(사접)-]- + -고(연어, 계기)

45) 알ᄑᆡ: 앒(앞, 前) + -ᄋᆡ(-에: 부조, 위치)

46) ᄒᆞ마: 이미, 벌써, 已(부사)

47) 得ᄒᆞ과이다: 得ᄒᆞ[득하다, 얻다 : 得(득: 불어) + -ᄒᆞ(동접)-]- + -Ø(과시)- + -과(← -아-: 확인)- + -Ø(← -오-: 화자)- + -이(상높, 아주 높임)- + -다(평종)

48) 比丘ᄃᆞᆯ히: 比丘ᄃᆞᆯㅎ[비구들: 比丘(비구) + -ᄃᆞᆯㅎ(-들: 복접)] + -이(주조) ※ '比丘(비구)'는 출가하여 구족계(具足戒)를 받은 남자 승려이다. '구족계(具足戒)'는 비구와 비구니가 지켜야 할 계율이다. 비구에게는 250계, 비구니에게는 348계가 있다.

49) 東녀긔: 東녘[동녘, 동쪽: 東(동) + 녘(녘: 의명)] + -의(-에: 부조, 위치)

50) 소ᄉᆞ면: 솟(솟다, 昇)- + -ᄋᆞ면(연어, 조건)

51) 西ㅅ녀긔: 西녘[서녘, 서쪽: 西(서) + -ㅅ(관조, 사잇) + 녘(녘: 의명)] + -의(-에: 부조, 위치)

숨고西솅ㅅ녀긔소ᄉᆞ면東동녀긔숨
고南남녀긔소ᄉᆞ면北븍녀긔숨고北
븍녀긔소ᄉᆞ면南남녀긔숨고큰모ᄆᆞᆯ
지ᅀᅳ면虛헝空콩애ᄀᆞᄃᆞᆨᄒᆞ고ᄯᅩᄒᆞᆫ모
ᄆᆞ로無뭉量량모ᄆᆞᆯ지ᅀᅳ며몸우희믈
내오몸아래블내며몸아래믈내오몸
우희블내야父뿡母뭏위ᄒᆞᅀᆞᄫᅡ種죵
種죵變변化황ᄒᆞ고즉자히모ᄆᆞᆯᄉᆞ라

숨고, 西(서)녘에 솟으면 東(동)녘에 숨고, 南(남)녘에 솟으면 北(북)녘에 숨고, 北(북)녘에 솟으면 南(남)녘에 숨고, 큰 몸을 지으면 虛空(허공)에 가득하고, 또 한 몸으로 無量(무량)한 몸을 지으며, 몸 위에서 물을 내고 몸 아래에서 불을 내며, 몸 아래서 물을 내고 몸 위에서 불을 내어, 父母(부모)를 위하여 種種(종종)으로 變化(변화)하고, 즉시 몸을 불살라서

[38 앞]

숨고 西솅ㅅ녀긔 소ᄉᆞ면 東동녀긔 숨고 南남녀긔[52] 소ᄉᆞ면 北븍녀긔[53] 숨고 北븍녀긔 소ᄉᆞ면 南남녀긔 숨고 큰 모ᄆᆞᆯ 지ᅀᅳ면[54] 虛헝空콩애 ᄀᆞ독ᄒᆞ고[55] ᄯᅩ ᄒᆞᆫ 모ᄆᆞ로 無뭉量량 모ᄆᆞᆯ 지ᅀᅳ며 몸 우희[56] 믈[57] 내오[58] 몸 아래 블[59] 내며 몸 아래 믈 내오 몸 우희 블 내야 父뿡母뭏 위ᄒᆞᅀᆞᄫᅡ[60] 種죵種죵[61] 變변化황ᄒᆞ고 즉자히 모ᄆᆞᆯ ᄉᆞ라[62]

52) 南녀긔: 南녁[남녘, 남쪽: 南(남) + 녁(녘: 의명)] + -의(-에: 부조, 위치)

53) 北녀긔: 北녁[북녘, 북쪽: 北(동) + 녁(녘: 의명)] + -의(-에: 부조, 위치)

54) 지ᅀᅳ면: 지ᇫ(← 짓다, ㅅ불: 짓다, 만들다, 作)- + -으면(연어, 조건)

55) ᄀᆞ독ᄒᆞ고: ᄀᆞ독ᄒᆞ[가득하다, 滿: ᄀᆞ독(가득, 滿: 부사) + -ᄒᆞ(형접)-]- + -고(연어, 나열)

56) 우희: 우ㅎ(위, 上) + -의(-에: 부조, 위치)

57) 믈: 물, 水.

58) 내오: 내[내다, 出: 나(나다, 出: 자동)- + -ㅣ(← -이-: 사접)-]- + -오(← -고: 연어, 나열)

59) 블: 불, 火.

60) 위ᄒᆞᅀᆞᄫᅡ: 위ᄒᆞ[위하다, 爲: 위(위, 爲: 불어) + -ᄒᆞ(동접)-]- + -ᅀᆞᇦ(← -ᅀᆞᆸ-: 객높)- + -아(연어)

61) 種種: 종종. 갖가지, 여러 가지(명사) ※ '種種(종종)'은 문맥을 고려하여 '種種(종종)으로'로 의역하여 옮긴다.

62) ᄉᆞ라 : ᄉᆞᆯ(불사르다, 燒)- + -아(연어)

[38 뒤]

涅槃(열반)하거늘, 鹿母夫人(녹모부인)이 뼈를 주워 뒷東山(동산)에 五百(오백) 塔(탑)을 이루고, 花香(화향)과 풍류(風流)로 날마다 東山(동산)에 들어 五百(오백) 辟支佛(벽지불)의 塔(탑)을 供養(공양)하시더니, 그 塔(탑) 앞에서 시름하여 이르시되 "내 비록 五百(오백) 太子(태자)를 낳아 出家(출가)하여도 하나도 菩提心(보리심)을 發(발)한 이가

涅녏槃빤ᄒᆞ거늘[63] 鹿록母뭏夫붕人ᅀᅵᆫ이 ᄲᅧ를[64] 주ᅀᅥ[65] 뒷東동山산애 五ᅌᅩᆼ百ᄇᆡᆨ 塔탑ᄋᆞᆯ 이로고[66] 花황香향[67] 풍류로[68] 날마다 東동山산애 드려 五ᅌᅩᆼ百ᄇᆡᆨ 辟벽支징佛뿛 塔탑ᄋᆞᆯ 供공養ᅌᅣᆼᄒᆞ더시니[69] 그 塔탑 알ᄑᆡ 시름ᄒᆞ야 니ᄅᆞ샤ᄃᆡ 내 비록 五ᅌᅩᆼ百ᄇᆡᆨ 太ᄐᆡᆼ子ᄌᆞᆼᄅᆞᆯ 나하 出츓家강ᄒᆞ야도[70] ᄒᆞ나토[71] 菩뽕提똉心심[72]ᄋᆞᆯ 發벓ᄒᆞ니[73]

---

63) 涅槃ᄒᆞ거늘: 涅槃ᄒᆞ[열반하다: 涅槃(열반: 명사) + -ᄒᆞ(동접)-]- + -거늘(연어, 상황) ※ '涅槃(열반)'은 승려가 죽는 것이다.

64) ᄲᅧ를: ᄲᅧ(뼈, 骨) + -를(목조)

65) 주ᅀᅥ: 줏(← 줏다, ㅅ불: 줍다, 收取)- + -어(연어) ※ '줏다'는 15세기 국어에서는 'ㅅ' 불규칙 용언이었다. 그러나 현대어에서는 이 말의 기본 형태가 '줍다'로 변하여 'ㅂ' 불규칙 용언으로 바뀌었는데, 이에 따라서 '줍다'의 어간에 '-어'가 결합하면 그 활용 형태가 '주워'로 된다.

66) 이로고: 이로[이루다, 起: 일(이루어지다, 成: 자동)- + -오(사접)-]- + -고(연어, 계기)

67) 花香: 화향. 불전에 올리는 꽃과 향을 이른다.

68) 풍류로: 풍류(풍류, 風流) + -로(부조, 방편) ※ '풍류'는 멋스럽고 풍치가 있는 일이나 그렇게 노는 일이다. 혹은 음악을 이르기도 한다.

69) 供養ᄒᆞ더시니: 供養ᄒᆞ[공양하다: 供養(공양: 명사) + -ᄒᆞ(동접)-]- + -더(회상)- + -시(주높)- + -니(연어, 설명 계속) ※ '供養(공양)'은 불(佛), 법(法), 승(僧)의 삼보(三寶)나 죽은 이의 영혼에게 음식, 꽃 따위를 바치는 일이나 그 음식을 이른다. 여기서는 녹모부인이 오백 태자들을 위하여 벽지불의 탑을 세운 것을 이른다.

70) 出家ᄒᆞ야도: 出家ᄒᆞ[출가하다: 出家(출가: 명사) + -ᄒᆞ(동접)-]- + -야도(← -아도: 연어, 양보)

71) ᄒᆞ나토: ᄒᆞ나ㅎ(하나, 一: 수사, 양수) + -도(보조사, 강조)

72) 菩提心: 보리심. 불도의 깨달음을 얻고 그 깨달음으로써 널리 중생을 교화하려는 마음이다. 곧, 위로는 보리를 구하고 아래로는 중생을 교화하려는(上求菩提 下化衆生) 마음이다. 이 마음의 내용은 "한없는 중생 다 제도하리라, 끝없는 번뇌 다 끊으리라, 한량없는 법문 다 배우리라, 위 없는 불도 모두 다 증득하리라(衆生無邊誓願度, 煩惱無盡誓願斷, 法門無量誓願學, 佛道無上誓願成)"는 네 가지 큰 서원(四弘誓願)을 세우고 그것을 성취하려는 마음이다. 보살은 광대한 자리이타의 서원을 세우고 오랜 세월 동안 육바라밀을 닦아 보리심을 길러야만 마침내 성불할 수 있다.

73) 發ᄒᆞ니: 發ᄒᆞ[발하다, 펴다: 發(발: 불어) + -ᄒᆞ(동접)-]- + -ㄴ(관전) # 이(이, 사람, 人: 의명) + -∅(주조)

ᄒᆞ니업도다ᄒᆞ시고즉자히盟명誓쎙
發벓願원ᄒᆞ샤ᄃᆡ내五옹百ᄇᆡᆨ辟벽
支징佛뿛ㅅ舍샹利링ᄅᆞᆯ供공養양ᄒᆞᆫ
功공德득으로오ᄂᆞᆫ뉘예아ᄃᆞᆯ해나티
말오오직ᄒᆞᆫ아ᄃᆞᄅᆞᆯ나하能ᄂᆼ히道똫
理링ㅅᄆᆞᅀᆞᄆᆞᆯ發벓ᄒᆞ야能ᄂᆼ은잘ᄒᆞᆯ씨라出
츓家강ᄒᆞ야現현ᄒᆞᆫ뉘예一ᅙᅵᇙ切쳉智
딩慧쀙ᄅᆞᆯ得득ᄒᆞ고라ᄒᆞ시니라부텨

없구나.” 하시고, 즉시 盟誓(맹서)하고 發願(발원)하시되, “내 五百(오백) 辟支佛(벽지불)의 舍利(사리)를 供養(공양)한 功德(공덕)으로 오는 세상에 아들을 많이 낳지 말고 오직 한 아들을 낳아, (그 아들이) 能(능)히 道理(도리)의 마음을 發(발)하여【能(능)은 잘하는 것이다.】 出家(출가)하여 現世(현세)에 一切(일체)의 智慧(지혜)를 얻기를 바란다.” 하셨니라. 부처가 업도다[74] ᄒᆞ시고 즉자히 盟명誓솅 發벓願원[75]을 ᄒᆞ샤ᄃᆡ 내 五ᅌᅩᆼ百빅 辟벽支징佛뿛ㅅ 舍샹利링[76]ᄅᆞᆯ 供공養양ᄒᆞᆫ[77] 功공德득으로 오ᄂᆞᆫ 뉘예[78] 아ᄃᆞᆯ 해[79] 나티[80] 말오 오직 ᄒᆞᆫ 아ᄃᆞᄅᆞᆯ 나하 能능히[81] 道또ᇢ理링ㅅ ᄆᆞᅀᆞᄆᆞᆯ 發벓ᄒᆞ야【能능은 잘ᄒᆞᇙ[82] 씨라[83]】 出ᄎᆔᇙ家강ᄒᆞ야 現ᅘᅧᆫᄒᆞᆫ[84] 뉘예[85] 一ᅙᅵᇙ切쳉 智딩慧ᅘᅰᆼᄅᆞᆯ 得득ᄒᆞ고라[86] ᄒᆞ시니라[87] 부톄

---

74) 업도다: 업(← 없다: 없다, 無)-+-Ø(현시)-+-도(감동)-+-다(평종)

75) 發願: 발원. 신이나 부처에게 비는 소원을 이른다. 혹은 부처나 보살이 중생을 구제하고자 다짐하는 맹세, 또는 부처나 보살에게 소원을 비는 것을 뜻하기도 한다.

76) 舍利: 사리(sarira). 원래는 석가모니를 화장하고 난 뒤에 남은 유골과 잔류물을 가리켰다. 그러나 후대에 이르러서는 고승이나 덕망 높은 사람을 화장한 뒤에 유해에서 발견되는 구슬 모양의 결정체를 가리키는 말로 쓰이게 되었다.

77) 供養ᄒᆞᆫ: 供養ᄒᆞ[←供養ᄒᆞ다(공양하다): 供養(공양: 명사)+-ᄒᆞ(동접)-]-+-Ø(과시)-+-오(대상)-+-ㄴ(관전)

78) 뉘예: 뉘(누리, 세상, 世)+-예(←-에: 부조, 위치)

79) 해: [많이, 多(부사): 하(많다, 多: 형사)-+-ㅣ(←-이: 부접)]

80) 나티: 낳(낳다, 生)-+-디(-지: 연어, 부정)

81) 能히: [능히(부사): 能(능: 불어)+-ㅎ(←-ᄒᆞ-: 형접)-+-이(부접)]

82) 잘ᄒᆞᇙ: 잘ᄒᆞ[잘하다: 잘(잘, 能: 부사)+-ᄒᆞ(동접)-]-+-ㄹ(관전)

83) 씨라: ㅆ(←ᄉᆞ: 것, 者, 의명)+-이(서조)-+-Ø(현시)-+-라(←-다: 평종)

84) 現ᄒᆞᆫ: 現ᄒᆞ[현하다, 나타나다 : 現(현 : 불어)+-ᄒᆞ(동접)-]-+-Ø(과시)-+-ㄴ(관전)

85) 뉘예: 뉘(누리, 세상, 世)+-예(←-에 : 부조, 위치) ※ '現ᄒᆞᆫ 뉘'는 '현세(現世)'로 옮긴다. '現世(현세)'는 삼세(三世)의 하나로서, 지금 살아 있는 이 세상을 이른다.

86) 得ᄒᆞ고라: 得ᄒᆞ[득하다, 얻다: 得(득: 불어)+-ᄒᆞ(동접)-]-+-고라(명종, 반말) ※ '-고라'는 반말의 명령형 어미인데, 대체로 말하는 이의 희망이나 의지를 나타낸다. 따라서 '-기를 바란다'로 의역하여 옮긴다.

87) ᄒᆞ시니라: ᄒᆞ(하다, 謂)-+-시(주높)-+-Ø(과시)-+-니(원칙)-+-라(←-다: 평종)

阿항難난이 ᄃᆞ려 니ᄅᆞ샤ᄃᆡ 그ᄢᅴ 鹿록
母뭏夫붕人신ᄋᆞᆫ 이젯 摩망耶양夫붕
人신이시니 五옹百ᄇᆡᆨ 辟벽支징佛뿛
을 供공養양ᄒᆞ시며 그지업슨 됴ᄒᆞᆫ 業업
을 닷ᄀᆞ실ᄊᆡ 이제 와 如셩來링를 나
ᄒᆞ시니라 부톄 이 法법 니ᄅᆞ싫 時씽節졿
에 無뭉量량 百ᄇᆡᆨ千쳔 人신天텬이
四ᄉᆞᆼ果광애 니르고 無뭉量량 衆즁生ᄉᆡᆼ이

阿難(아난)이더러 이르시되, “그때에 있은 鹿母夫人(녹모부인)은 이제의 摩耶夫人(마야부인)이시니, 五百(오백) 辟支佛(벽지불)을 供養(공양)하시며 그지없는 좋은 業(업)을 닦으시므로 이제 와서 如來(여래)를 낳으셨느니라.” 부처가 이 法(법)을 이르실 時節(시절, 때)에 無量(무량)한 百千(백천) 人天(인천)이 四果(사과)에 이르고, 無量(무량)한 衆生(중생)이

[39 뒤]

阿앙難난이ᄃᆞ려[88] 니ᄅᆞ샤ᄃᆡ 그 ᄢᅴᆺ[89] 鹿록母뭏夫붕人신ᄋᆞᆫ 이젯[90] 摩망耶양夫붕人신이시니 五옹百ᄇᆡᆨ 辟벽支징佛뿛을 供공養양ᄒᆞ시며 그지업슨[91] 됴ᄒᆞᆫ 業업[92]을 닷ᄀᆞ실ᄊᆡ[93] 이제 와 如ᅀᅧᆼ來ᄅᆡᆼ[94]를 나ᄒᆞ시니라[95] 부텨 이 法법 니르싫 時씽節졇에 無뭉量량 百ᄇᆡᆨ千쳔 人ᅀᅵᆫ天텬[96]이 四ᄉᆞᆼ果광[97]애 니를오[98] 無뭉量량 衆즁生ᄉᆡᆼ이

88) 阿難이ᄃᆞ려: 阿難이[아난이: 阿難(아난: 인명) + -이(명접)] + -ᄃᆞ려(-더러, -에게 : 부조, 상대) ※ '阿難(아난)'은 석가모니의 종제(從弟)로서, 십대제자(十大弟子)의 한 사람이며 십육나한(十六羅漢)의 한 사람이다.

89) ᄢᅴᆺ: ᄢᅳ(← ᄣᅳ: 때, 時) + -의(-에: 부조, 위치) + -ㅅ(-의: 관조) ※ 'ᄢᅴᆺ'은 '그때에 있은'으로 의역하여 옮긴다.

90) 이젯: 이제[이제, 이때, 爾時: 이(이, 此: 관사, 지시, 정칭) + 제(제, 때: 의명)] + -ㅅ(-의: 관조) ※ '제'는 [저(← 적: 적, 時: 의명) + -ㅣ(← -의: 부조, 위치)]의 방식으로 형성된 의존 명사이다.

91) 그지업슨: 그지없[그지없다, 無量: 그지(끝, 한도, 限: 명사) + 없(없다, 無: 형사)-]- + -Ø(현시)- + -은(관전)

92) 業: 업(Karman). 불교에서 중생이 몸과 입과 뜻으로 짓는 선악의 소행을 말하며, 혹은 전생의 소행으로 말미암아 현세에 받는 응보(應報)를 가리킨다.

93) 닷ᄀᆞ실ᄊᆡ : 닭(닦다, 修)- + -ᄋᆞ시(주높)- + -ㄹᄊᆡ(-므로 : 연어, 이유)

94) 如來: 여래. '여래 십호(如來十號)'의 하나이다. 진리로부터 진리를 따라서 온 사람이라는 뜻으로 '부처'를 달리 이르는 말이다.

95) 나ᄒᆞ시니라 : 낳(낳다, 生, 産)- + -ᄋᆞ시(주높)- + -Ø(과시)- + -니(원칙)- + -라(← -다 : 평종)

96) 人天: 인천. 인간과 신(神). 인간계와 천상계의 중생이다.

97) 四果: 사과. 소승 불교에서 이르는 깨달음의 네 단계이다. '수다원과(須陀洹果)·사다함과(斯多含果)·아나함과(阿那含果)·아라한과(阿羅漢果)'의 단계가 있다.

98) 니를오: 니를(이르다, 至)- + -오(← -고: 연어, 나열)

[40 앞]

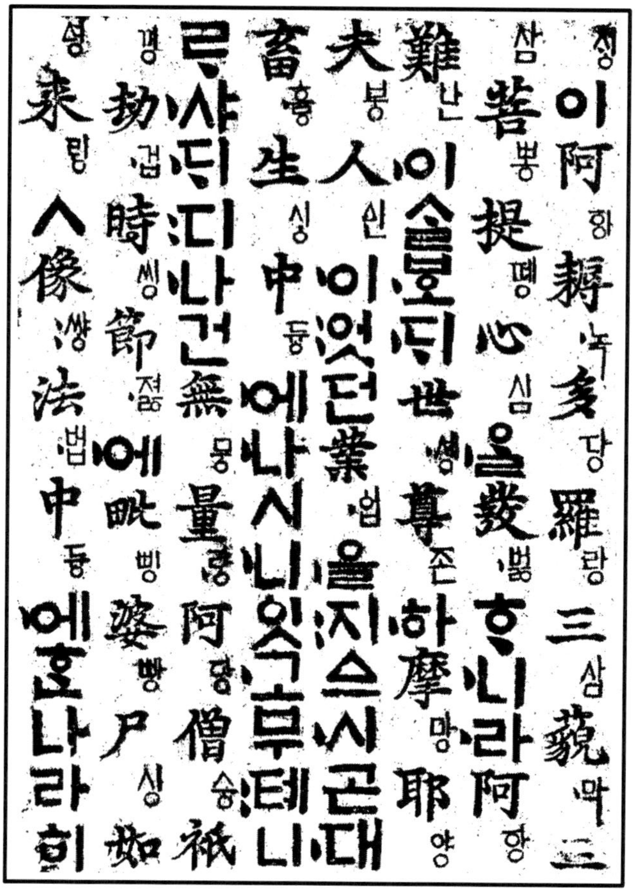

阿耨多羅三藐三菩提心(아뇩다라삼먁삼보리심)을 發(발)하였니라. 阿難(아난)이 사뢰되 “世尊(세존)이시여. 摩耶夫人(마야부인)이 어떤 業(업)을 지으셨기에 畜生(축생) 中(중)에 나셨습니까?” 부처가 이르시되 “지난 無量(무량)한 阿僧祇(아승기)의 劫(겁) 時節(시절)에, 毗婆尸如來(비바시여래)의 像法(상법) 中(중)에 한 나라가

阿항耨녹多당羅랑三삼藐막三삼菩뽕提똉心심[99] ᄋᆞᆯ 發벓ᄒᆞ니라[100] 阿항難난이 ᄉᆞᆯ보ᄃᆡ 世솅尊존하 摩망耶양夫붕人신이 엇던 業업을 지ᅀᅳ시곤대[1] 畜흏生싱[2] 中듕에 나시니잇고[3] 부톄 니ᄅᆞ샤ᄃᆡ 디나건[4] 無뭉量량 阿항僧승祇낑 劫겁 時씽節졇에 毗삥婆빵尸싱如셩來링[5]ㅅ 像썅法법[6] 中듕에 ᄒᆞᆫ 나라히[7]

---

99) 阿耨多羅三藐三菩提心: 아뇩다라삼먁삼보리심. 일체의 진상을 모두 아는 부처님의 무상의 승지(勝地), 곧 무상정각(無上正覺)이다. 부처님의 지혜는 가장 뛰어나고 그 위가 없으며 평등한 바른 이치를 깨닫는 것이다. ※ '阿(아)'는 '없다'이다. '耨多羅(뇩다라)'는 '위'이다. '三(삼)'은 '正(정)'이다. '藐(먁)'은 '等(등)'이다. '菩提(보리)'는 '正覺(정각)'이다.

100) 發ᄒᆞ니라: 發ᄒᆞ[발하다, 내다: 發(발: 불어)+-ᄒᆞ(동접)-]-+-Ø(과시)-+-니(원칙)-+-라(←-다: 평종)

1) 지ᅀᅳ시곤대: 지ᇫ(← 짓다, ㅅ불: 짓다, 造)-+-ᄋᆞ시(주높)-+-곤대(←-관대: -기에, 연어, 이유) ※ '지ᅀᅳ시곤대'는 '지ᅀᅳ시관대'를 오각한 형태이다.

2) 畜生: 축생. 산스크리트어 tiryag-yoni의 음역이다. 새·짐승·벌레·물고기 등 온갖 동물을 이른다.

3) 나시니잇고: 나(나다, 生)-+-시(주높)-+-잇(←-이-: 상높, 아주 높임)-+-니…고(-까: 의종, 설명)

4) 디나건: 디나(지나다, 過去)-+-Ø(과시)-+-거(확인)-+-ㄴ(관전)

5) 毗婆尸如來: 비바시여래. 과거칠불(過去七佛)의 제일(第一)이다. 과거 구십일 겁(九十一劫) 때에 사람의 목숨이 8만 4천살 때의 부처이다. ※ '過去七佛(과거칠불)'은 첫째 비바시(毗婆尸), 둘째 시기(尸棄), 셋째 비사부(毘舍浮), 넷째 구류손(俱留孫), 다섯째 구나함모니(俱那含牟尼), 여섯째 가섭(迦葉), 일곱째 석가모니(釋迦牟尼) 등이다. 이 일곱 부처님 중 첫째부터 셋째까지의 부처는 과거 장엄겁(莊嚴劫)에 태어났고, 넷째부터 일곱째까지의 부처는 현재 현겁(賢劫)에 태어난 부처라고 한다.

6) 像法: 상법. 상법은 '상법시(像法時)'의 준말이다. 부처님이 열반(涅槃)에 든 뒤에 정법(正法)·상법(像法)·말법(末法)으로 나누어진 교법(敎法)의 3시기 중의 하나이다. '정법시'는 교법(敎法)·수행(修行)·증과(證果)가 갖추어 있는 때이지만, '상법시'는 교법·수행만 남은 때이고, '말법시(末法時)'는 교법만 남은 때이다. 일반적으로 경전에서는 정법 시기를 부처님 별도 후 5백년 또는 1천년으로 잡았고, 상법 시기를 정법이 끝난 뒤의 1천년으로 삼았다.

7) 나라히: 나라ㅎ(나라, 國)+-이(주조)

[40 뒤]

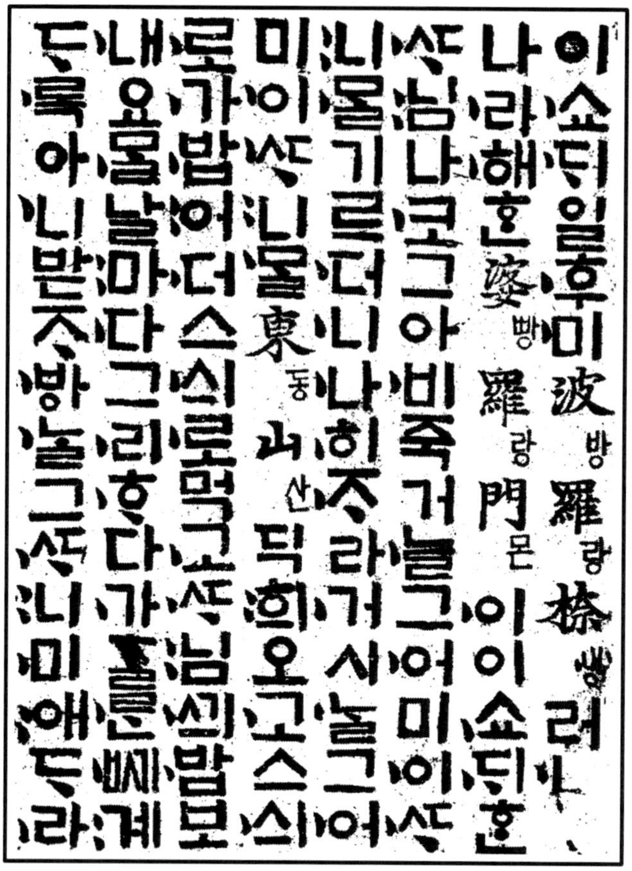
이쇼ᄃᆡ 일후미 波羅㮈러니
나라해 ᄒᆞᆫ 婆羅門이 이쇼ᄃᆡ ᄒᆞᆫ
ᄯᆞ님 나ᄒᆞ니 그 아비 죽거늘 그 어미 이 ᄯᆞ
니ᄆᆞᆯ 기르더니 나히 ᄌᆞ라거시늘 그 어
미 이 ᄯᆞ니ᄆᆞᆯ 東山 딕희오고 스ᄉᆡ
로 가 밥 어더 스ᄉᆡ로 먹고 ᄯᆞ님ᄭᅴ 밥 보
내요ᄆᆞᆯ 날마다 그리ᄒᆞ다가 ᄒᆞᄅᆞᆫ ᄣᅢ계
드록 아니 받ᄌᆞᄫᅡ ᄂᆞᆯ 그 ᄯᆞ니미 애ᄃᆞ라

있되 이름이 波羅奈(바라내)이더니, 그 나라에 한 婆羅門(바라문)이 있되 한 따님을 낳고 그 아버지가 죽거늘, 그 어머니가 이 따님을 기르더니 나이가 자라시거늘, 그 어머니가 이 따님에게 東山(동산)을 지키게 하고, 스스로 가서 밥을 얻어 스스로 먹고 따님께 밥을 보내는 것을 날마다 그리하다가, 하루는 때가 지나도록 (어머니가 밥을) 아니 바치거늘, 그 따님이 애달파서 이쇼ᄃᆡ[8] 일후미 波방羅랑㮈냉러니[9] □ 나라해[10] ᄒᆞᆫ 婆빵羅랑門몬[11]이 이쇼ᄃᆡ ᄒᆞᆫ ᄯᆞ님[12] 나코[13] 그 아비 죽거늘 그 어미 이 ᄯᆞ니ᄆᆞᆯ 기르더니[14] 나히[15] ᄌᆞ라거시ᄂᆞᆯ[16] 그 어미 이 ᄯᆞ니ᄆᆞᆯ 東동山산 ᄃᆡᆨ희오고[17] 스싀로[18] 가 밥 어더 스싀로 먹고 ᄯᆞ님ᄭᅴ[19] 밥 보내요ᄆᆞᆯ[20] 날마다 그리ᄒᆞ다가[21] ᄒᆞᆯᄅᆞᆫ[22] ᄢᅵ[23] 계ᄃᆞ록[24] 아니 받ᄌᆞ바ᄂᆞᆯ[25] 그 ᄯᆞ니미 애ᄃᆞ라[26]

---

8) 이쇼ᄃᆡ: 이시(있다, 有)- + -오ᄃᆡ(-되: 연어, 설명 계속)

9) 波羅㮈러니: 波羅㮈(바라내) + -Ø(← -이-: 서조)- + -러(← -더-: 회상)- + -니(연어, 설명 계속)

10) □ 나라해: 『대방편불보은경』에 '其國'으로 기술되어 있으므로, '□ 나라해'는 '그 나라해'로 추정한다. '그 나라해'는 '그(그, 其: 관사, 지시, 정칭) # 나라ㅎ(나라, 國) + -애(부조, 위치)'로 분석한다.

11) 婆羅門: 바라문(Brāhmaṇa). 힌두교 카스트의 최상위 계급인 성직자·학자 계급을 일컫는다. 성스러운 베다의 지식을 유지·전달하고 사원과 일상에서 벌어지는 모든 제식(祭式)을 관장했다. 『바가바드기타』에 따르면 "평온, 자기통제, 엄격, 순결, 관용, 정직, 지식, 지혜, 독실함" 같은 특성이 있다. 또한 교육, 연구, 자선, 의식 집전 등의 의무가 있다.

12) ᄯᆞ님: [따님, 女: ᄯᆞ(← ᄯᆞᆯ: 딸, 女) + -님(높접)]

13) 나코: 낳(낳다, 生)- + -고(연어, 계기)

14) 기르더니: 기르[기르다, 養育: 길(길다, 자라다, 長: 자동, 형사)- + -으(사접)]- + -더(회상)- + -니(연어, 설명 계속)

15) 나히: 나ㅎ(나이, 年) + -이(주조)

16) ᄌᆞ라거시ᄂᆞᆯ: ᄌᆞ라(자라다, 長大)- + -시(주높)- + -거 …ᄂᆞᆯ(-거늘: 연어, 상황)

17) ᄃᆡᆨ희오고: ᄃᆡᆨ희오[지키게 하다, 守: ᄃᆡᆨ희(지키다, 守: 타동)- + -오(사접)-]- + -고(연어, 계기)

18) 스싀로: 스스로, 自(부사)

19) ᄯᆞ님ᄭᅴ: ᄯᆞ님[따님, 女: ᄯᆞ(← ᄯᆞᆯ: 딸, 女) + -님(높접)] + -ᄭᅴ(-께: 부조, 상대, 높임)

20) 보내요ᄆᆞᆯ: 보내(보내다, 送)- + -욤(← -옴: 명전) + -ᄋᆞᆯ(목조)

21) 그리ᄒᆞ다가: 그리ᄒᆞ[그리하다, 그렇게 하다: 그(그, 彼: 지대, 정칭) + -리(부접) + -ᄒᆞ(동접)-]- + -다가(연어, 동작의 전환)

22) ᄒᆞᆯᄅᆞᆫ: ᄒᆞᆯㄹ(← ᄒᆞᄅᆞ: 하루, 一日)- + -ᄋᆞᆫ(보조사, 주제)

23) ᄢᅵ: ᄢ(← ᄢᅳ: 때, 時) + -이(주조)

24) 계ᄃᆞ록: 계(지나다, 넘다, 過)- + -ᄃᆞ록(-도록: 연어, 도달)

25) 받ᄌᆞ바ᄂᆞᆯ: 받(바치다, 與)- + -ᄌᆞᇦ(← -ᄌᆞᆸ-: 객높)- + -아ᄂᆞᆯ(-거늘: 연어, 상황)

26) 애ᄃᆞ라: 애ᄃᆞᆯ[애닯게 여기다, 悒: 애(애, 腸) + ᄃᆞᆯ(달다, 焦)-]- + -아(연어)

[41 앞]

이르시되 "우리 어머니는 짐승과도 같지 못하구나. 내가 짐승을 보면 사슴도 새끼가 배곯아 하거든 마음에 잊지 못한다." 하시더니, 이윽고 어머니가 밥을 가져오거늘 먹으려 하시는 순간에, 한 辟支佛(벽지불)이 南(남)녘으로부터서 虛空(허공)에 날아 지나가더니, 그 따님이 이 比丘(비구)를 보고 기뻐하여 절하고 請(청)하여 좋은 座(좌)를 깔고,

니ᄅᆞ샤ᄃᆡ 우리 어미ᄂᆞᆫ 즁ᄉᆡᆼ도[27] ᄀᆞᆮ디[28] 몯도다[29] 내 즁ᄉᆡᅌᆞᆯ[30] 본ᄃᆞᆫ[31] 사ᄉᆞᆷ도[32] 삿기[33] ᄇᆡ골하[34] ᄒᆞ거든 ᄆᆞᅀᆞ매 닛디[35] 몯ᄒᆞᄂᆞ다[36] ᄒᆞ더시니 이ᅀᅳᆨ고[37] 어미 밥 가져오나ᄂᆞᆯ[38] 머구려[39] ᄒᆞ시ᄂᆞᆫ ᄆᆞᄃᆡ예[40] ᄒᆞᆫ 辟벽支징佛뿛이 南남녀그로셔[41] 虛헝空콩애 ᄂᆞ라 디나가더니 그 ᄯᆞ니미 이 比삥丘쿻ᄅᆞᆯ 보고 깃거[42] 저ᅀᆞᆸ고[43] 請청ᄒᆞ야 조ᄒᆞᆫ[44] 座쫭 ᄭᆞᆯ오[45]

---

27) 즁ᄉᆡᆼ도: 즁ᄉᆡᆼ(짐승, 畜生) + -도(보조사, 강조)

28) ᄀᆞᆮ디: ᄀᆞᆮ(← ᄀᆞᇀ다 ← ᄀᆞᆮᄒᆞ다: 같다, 如)- + -디(-지: 연어, 부정)

29) 몯도다: 몯[← 몯ᄒᆞ다(못하다, 不能: 보용, 부정): 몯(못, 不能: 부사, 부정) + -ᄒᆞ(형접)-]- + -Ø(현시)- + -도(감동)- + -다(평종)

30) 즁ᄉᆡᅌᆞᆯ: 즁ᄉᆡᆼ(짐승, 畜生) + -ᄋᆞᆯ(목조)

31) 본ᄃᆞᆫ: 보(보다, 見)- + -ㄴᄃᆞᆫ(-면: 연어, 조건)

32) 사ᄉᆞᆷ도 : 사ᄉᆞᆷ(사슴, 鹿) + -도(보조사, 첨가, 강조)

33) 삿기: 삿기(새끼, 子) + -Ø(← -이: 주조)

34) ᄇᆡ골하: ᄇᆡ곯[배곯다, 飢: ᄇᆡ(배, 腹: 명사) + 곯(곯다, 飢: 동사)-]- + -아(연어)

35) 닛디: 닛(← 닞다: 잊다, 忘)- + -디(-지: 연어, 부정)

36) 몯ᄒᆞᄂᆞ다: 몯ᄒᆞ다[못하다, 不能(보용, 부정): 몯(못, 不能: 부사, 부정) + -ᄒᆞ(동접)-]- + -ᄂᆞ(현시)- + -다(평종)

37) 이ᅀᅳᆨ고: [이윽고, 未久(부사): 이ᅀᅳᆨ(이윽: 불어) + -Ø(← -ᄒᆞ-: 동접)- + -고(연어 ▷ 부접)] ※ '이ᅀᅳᆨ고'는 '얼마 있다가' 또는 '얼마쯤 시간이 흐른 뒤에'의 뜻을 나타내는 부사이다.

38) 가져오나ᄂᆞᆯ: 가져오[가져오다, 持至: 가지(가지다, 持)- + -어(연어) + 오(오다, 至)-]- + -나ᄂᆞᆯ(← -거늘: 연어, 상황)

39) 머구려: 먹(먹다, 食飮)- + -우려(-으려: 연어, 의도)

40) ᄆᆞᄃᆡ예: ᄆᆞᄃᆡ(마디, 순간, 時) + -예(← -에: 부조, 위치)

41) 南녀그로셔: 南녁[남쪽, 南方: 南(남) + 녁(녘, 쪽, 方)] + -으로(부조, 위치, 방향) + -셔(-서: 보조사, 위치 강조)

42) 깃거: 깄(기뻐하다, 生歡喜)- + -어(연어)

43) 저ᅀᆞᆸ고 : 저ᅀᆞᆸ[절하다, 作禮: 저(← 절: 절, 拜) + -Ø(← -ᄒᆞ-: 동접)- + -ᅀᆞᆸ(객높)-]- + -고(연어, 계기) ※ '저ᅀᆞᆸ다'는 높임의 대상인 신이나 부처에게 절하는 것이다.

44) 조ᄒᆞᆫ: 좋(깨끗하다, 淨)- + -Ø(현시)- + -ᄋᆞᆫ(관전)

45) ᄭᆞᆯ오: ᄭᆞᆯ(깔다, 敷)- + -오(← -고: 연어, 계기)

[41 뒤]

고운 꽃을 꺾고 자기의 밥을 덜어 내어 比丘(비구)께 주시니, 比丘(비구)가 먹고 妙法(묘법)을 이르거늘, 그 따님이 發願(발원)을 하시되 '내가 내세(來世)에 賢聖(현성)을 만나 禮數(예수)하여 供養(공양)하며, 내 모습이 端正(단정)하며 尊(존)하고 높은 몸이 되며, 다닐 적에 蓮花(연화)가 발을 받치게 하소서.' 부처가 阿難(아난)이더러 이르시되

고ᄫᆞᆫ[46] 곳[47] 것고[48] ᄌᆞ걋[49] 밥 더러[50] 내야 比삥丘쿻ᄭᅴ 주시니 比삥
丘쿻ㅣ 먹고 妙묳法법[51]을 닐어늘[52] 그 ᄯᆞ니미 發벓願원을 ᄒᆞ샤ᄃᆡ
내[53] 오ᄂᆞᆫ 뉘예[54] 賢현聖셩[55]을 맛나ᅀᆞᄫᆞ[56] 禮롕數숭ᄒᆞ야 供공養양ᄒᆞᅀᆞ
ᄫᆞ며[57] 내[58] 양ᄌᆡ[59] 端돤正졍ᄒᆞ며 尊존코[60] 노ᄑᆞᆫ 몸 ᄃᆞ외며[61] ᄒᆞ닗[62]
저긔 蓮련花황ㅣ 바ᄅᆞᆯ[63] 받긔[64] ᄒᆞ쇼셔 부텨 阿항難난이ᄃᆞ려 니ᄅᆞ샤ᄃᆡ

---

46) 고ᄫᆞᆫ: 곱(← 곱다, ㅂ불: 곱다, 好)-+-Ø(현시)-+-ᄋᆞᆫ(관전)

47) 곳: 곳(← 곶: 꽃, 花)

48) 것고: 것(← 걹다: 꺾다, 取)-+-고(연어, 계기)

49) ᄌᆞ걋: ᄌᆞ갸(자기, 당신, 其: 인대, 재귀칭, 높임)+-ㅅ(-의: 관조)

50) 더러: 덜(덜다, 減)-+-어(연어)

51) 妙法: 묘법. 불교의 신기하고 묘한 법문이다.

52) 닐어늘: 닐(← 니르다: 이르다, 說)-+-어늘(← -거늘: 연어, 상황)

53) 내: 나(나, 我: 인대, 1인칭)+-ㅣ(← -이: 주조)

54) 뉘예: 뉘(세상, 世)+-예(← -에: 부조, 위치) ※ '오ᄂᆞᆫ 뉘'는 '내세(來世)'이다. '내세(來世)'는 삼세(三世)의 하나로서, 죽은 뒤에 다시 태어나 산다는 미래의 세상을 이른다.

55) 賢聖: 현성. 현인과 성자(聖者)를 아울러 이르는 말이다. 불도를 수행하는 사람 가운데 견도(見道) 이상에 이른 사람이 성자이며, 견도에 이르지는 않았으나 악(惡)에서 벗어난 사람이 현인이다. ※ '견도(見道)'는 삼도(三道)의 첫째 단계로서, 처음으로 지혜를 얻어 번뇌와 미혹(迷惑)을 벗어나 진리를 보는 단계이다.

56) 맛나ᅀᆞᄫᆞ: 맛나[만나다, 遭遇: 맛(← 맞다: 맞다, 迎)-+나(나다, 出)-]-+-ᅀᆞᇦ(← -ᅀᆞᆸ-: 객높)-+-아(연어)

57) 供養ᄒᆞᅀᆞᄫᆞ며: 供養ᄒᆞ[공양하다: 供養(공양: 명사)+-ᄒᆞ(동접)-]-+-ᅀᆞᇦ(← -ᅀᆞᆸ-: 객높)-+-ᄋᆞ며(연어, 나열)

58) 내: 나(나, 我: 인대, 1인칭)+-ㅣ(← -ᄋᆡ: 관조)

59) 양ᄌᆡ: 양ᄌᆞ(모습, 面首)+-ㅣ(← -이: 주조)

60) 尊코: 尊ㅎ[← 尊ᄒᆞ다(존하다): 尊(존: 불어)+-ᄒᆞ(형접)-]-+-고(연어, 나열) ※ '尊(존)'은 지위나 신분이 높거나 귀한 것이다.

61) ᄃᆞ외며: ᄃᆞ외(되다, 爲)-+-며(연어, 나열)

62) ᄒᆞ닗: ᄒᆞ니(움직이다, 다니다, 徑行)-+-ㅭ(관전)

63) 바ᄅᆞᆯ: 발(발, 足)+-ᄋᆞᆯ(목조)

64) 받긔: 받(받치다, 承)-+-긔(-게: 연어, 사동)

샤ᄃᆡ 그ᄢᅵᆺ ᄯᆞ니미 鹿록母뭏夫붕人신
이시니 ᄒᆞᆫ 밥ᄉᆞᄒᆞᆫ 고ᄌᆞ로 辟벽支징佛뿛
供공養양ᄒᆞ샨 다ᄉᆞ로 五옹百ᄇᆡᆨ 뉘
예 尊존ᄒᆞ고 빗나며 어딜오 貴귕ᄒᆞ샤 옷
바비 自ᄍᆞᆼ然ᅀᅧᆫ히 有ᅌᅮᇢ餘영ᄒᆞ며 有餘ᅌᅮᇢ영
ᄂᆞᆫ 나ᄆᆞᆫ 것 이실씨라 蓮련花황ㅣ 바ᄅᆞᆯ 바ᄯᆞᄫᆞ니
願원力륵 因인緣원으로 五옹百ᄇᆡᆨ 辟
벽支징佛뿛을 맛나샤 供공養양ᄒᆞ

“그때에 있은 따님이 鹿母夫人(녹모부인)이시니, 한 (덩이의) 밥과 좋은 꽃으로 辟支佛(벽지불)을 供養(공양)하신 탓으로, 五百(오백) 세상에 尊(존)하고 빛나며 어질고 貴(귀)하시어, 옷과 밥이 自然(자연)히 有餘(유여)하며 【 有餘(유여)는 남은 것이 있는 것이다. 】 蓮花(연화)가 발을 받치니, 願力(원력)과 因緣(인연)으로 五百(오백) 辟支佛(벽지불)을 만나시어 供養(공양)하셨니라.

그 ᄢᅴᆺ[65] ᄯᆞ니미 鹿록母뭏夫붕人신이시니 ᄒᆞᆫ 밥[66] 조ᄒᆞᆫ[67] 고ᄌᆞ로[68] 辟벽支징佛뿛 供공養양ᄒᆞ샨[69] 다ᄉᆞ로[70] 五옹百빅 뉘예[71] 尊존코[72] 빗나며[73] 어딜오[74] 貴귕ᄒᆞ샤 옷 바비[75] 自ᄍᆞᆼ然션히[76] 有ᅌᅮᇢ餘ᅌᅧᆼᄒᆞ며[77]【有ᅌᅮᇢ餘ᅌᅧᆼ는 나ᄆᆞᆫ[78] 것 이실 씨라】蓮련花황ㅣ 바ᄅᆞᆯ 바ᄌᆞᄫᆞ니[79] 願ᅌᅯᆫ力륵[80] 因ᅙᅵᆫ緣ᅌᅯᆫᄋᆞ로 五옹百빅 辟벽支징佛뿛을 맛나샤[81] 供공養양ᄒᆞ□니라[82]

---

65) ᄢᅴᆺ: ᄢᅴ(← ᄣᅳ: 때, 時) + -의(-에: 부조, 위치) + -ㅅ(-의: 관조) ※ '그 ᄢᅴᆺ'는 '그때에 있은'으로 의역하여 옮긴다.

66) ᄒᆞᆫ 밥: 한 덩이의 밥. 'ᄒᆞᆫ 밥'은 『대방편불보은경』의 '一食'을 직역한 말인데, 여기서는 '한 덩이의 밥'으로 의역하여 옮긴다.

67) 조ᄒᆞᆫ: 좋(깨끗하다, 淨)- + -Ø(현시)- + -ᄋᆞᆫ(관전)

68) 고ᄌᆞ로: 곶(꽃, 華) + -ᄋᆞ로(부조, 방편)

69) 供養ᄒᆞ샨: 供養ᄒᆞ[공양하다: 供養(공양: 명사) + -ᄒᆞ(동접)-]- + -샤(← -시-: 주높)- + -Ø(과시)- + -Ø(← -오-: 대상)- + -ㄴ(관전)

70) 다ᄉᆞ로: 닷(탓, 故: 의명) + -ᄋᆞ로(부조, 방편)

71) 뉘예: 뉘(세상, 世) + -예(← -에: 부조, 위치)

72) 尊코: 尊ㅎ[← 尊ᄒᆞ다(존하다): 尊(존: 불어) + -ᄒᆞ(형접)-]- + -고(연어, 나열)

73) 빗나며: 빗나[빛나다, 榮: 빗(← 빛: 빛, 光) + 나(나다, 出)-]- + -며(연어, 나열)

74) 어딜오: 어딜(어질다, 仁)- + -오(← -고: 연어, 나열)

75) 바비: 밥(밥, 食) + -이(주조)

76) 自然히: [자연히(부사): 自然(자연: 명사) + -ㅎ(← -ᄒᆞ-: 형접)- + -이(부접)]

77) 有餘ᄒᆞ며: 有餘ᄒᆞ[유여하다: 有餘(유여: 명사) + -ᄒᆞ(형접)-]- + -며(연어, 나열) ※ '有餘(유여)'는 여유가 있는 것이다.

78) 나ᄆᆞᆫ: 남(남다, 餘)- + -Ø(과시)- + -ᄋᆞᆫ(관전)

79) 바ᄌᆞᄫᆞ니: 바(← 받다: 받다, 承)- + -ᄌᆞᇦ(← -ᄌᆞᆸ-: 객높)- + -ᄋᆞ니(연어, 설명 계속, 이유)

80) 願力: 원력. 부처에게 빌어 원하는 바를 이루려는 마음의 힘이다.

81) 맛나샤: 맛나[만나다, 遭遇: 맛(← 맞다: 맞다, 迎)- + 나(나다, 出)-]- + -샤(← -시-: 주높)- + -Ø(← -아: 연어)

82) 供養ᄒᆞ□니라: 供養ᄒᆞ[공양하다: 供養(공양: 명사) + -ᄒᆞ(동접)-]- + -시(주높)- + -Ø(과시)- + -니(원칙)- + -라(← -다: 평종) ※ '供養ᄒᆞ다'에 대응하는 주체가 높임의 대상인 '鹿母夫人'이다. 이에 근거하여 '供養ᄒᆞ□니라'의 탈각자를 주체 높임의 선어말 어미인 '-시-'로 추정한다.

[42 뒤]

그때에 (녹모부인이) 恩惠(은혜)를 몰라 어머니를 꾸짖어 짐승에 비유하시니, 이 모진 입의 탓으로 사슴의 배에서 나셨니라." 부처가 阿難(아난)이더러 이르시되, "사람이 世間(세간)에 나 있어서 나쁜 일이 입으로 나나니 입이 불보다 더하니, 불이 盛(성)하여 나면 한 세상을 불사르거니와 모진 입이 盛(성)하여 나면 無數(무수)한 세상을 불사르며, 불이 盛(성)하여

그 ᄢᅴ 恩ᅙᅳᆫ惠ᅘᅰᆼ 몰라 어미 구지저[83] 즁ᄉᆡᆼ애[84] 가ᄌᆞᆯ비시니[85] 이 모딘 이븨[86] 젼ᄎᆞ로[87] 사ᄉᆞᄆᆡ ᄇᆡ예[88] 나시니라[89] 부텨 阿ᅙᅡᆼ難난이ᄃᆞ려[90] 니ᄅᆞ샤ᄃᆡ 사ᄅᆞ미 世솅間간애 나아 이셔 머즌[91] 이리 이브로 나ᄂᆞ니 이비 블라와[92] 더으니[93] 브리 盛쎵ᄒᆞ야 나면 ᄒᆞᆫ 뉘ᄅᆞᆯ[94] ᄉᆞᆯ어니와[95] 모딘 이비 盛쎵ᄒᆞ야 나면 無뭉數숭ᄒᆞᆫ 뉘ᄅᆞᆯ ᄉᆞᆯ며 브리 盛쎵ᄒᆞ야

---

83) 구지저: 구짖(꾸짖다, 毁罵)- + -어(연어)

84) 즁ᄉᆡᆼ애: 즁ᄉᆡᆼ(짐승, 畜生) + -애(-에: 부조, 비교)

85) 가ᄌᆞᆯ비시니: 가ᄌᆞᆯ비(비유하다, 喩如)- + -시(주높)- + -니(연어, 설명 계속, 이유)

86) 이븨: 입(입, 口) + -의(관조)

87) 젼ᄎᆞ로: 젼ᄎᆞ(탓, 까닭, 인연, 因緣) + -로(부조, 방편) ※『대방편불보은경』에는 '젼ᄎᆞ'가 '因緣(인연)'으로 기술되어 있다.

88) ᄇᆡ예: ᄇᆡ(배, 腹) + -예(← -에: 부조, 위치)

89) 나시니라: 나(나다, 生)- + -시(주높)- + -Ø(과시)- + -니(원칙)- + -라(← -다: 평종)

90) 阿難이ᄃᆞ려: 阿難이[아난이: 阿難(아난: 인명) + -이(접미, 어조 고름)] + -ᄃᆞ려(-더러: 부조, 상대)

91) 머즌: 멎(나쁘다, 흉하다, 凶)- + -Ø(현시)- + -은(관전) ※『대방편불보은경』에는 '머즌 일'을 '禍(화)'로 기술하고 있다.

92) 블라와: 블(불, 火) + -라와(-보다: 부조, 비교)

93) 더으니: 더으(더하다, 甚)- + -니(연어, 설명 계속, 이유)

94) 뉘ᄅᆞᆯ: 뉘(세상, 世) + -ᄅᆞᆯ(목조)

95) ᄉᆞᆯ어니와: ᄉᆞᆯ(사르다, 燒)- + -어니와(← -거니와: 연어, 첨가) ※ '-거니와'는 앞 절의 사태가 일어날 것임을 밝히면서 뒤 절에서 관련된 다른 사실을 첨가하여서, 앞 절과 뒤 절을 이어 주는 연결 어미이다.

[43 앞]

나면 世間(세간)에 있는 재물을 사르거니와 모진 입이 盛(성)하여 나면 七聖財(칠성재)를 사르느니라. 【七聖財(칠성재)는 일곱 가지의 聖人(성인)의 재물이니, 信(신)과 戒(계)와 慚(참)과 愧(괴)와 聞(문)과 施(시)와 慧(혜)이다. 마음이 깨끗한 것이 信(신)이요, 그른 일을 마는 것이 戒(계)이오, 자기가 사나움을 부끄러워하여 어짊을 떠받는 것이 慚(참)이요, 모진 것을 부끄러워하여 업신여겨 거스르는 것이 愧(괴)이요, 부처가 가르치시는 것을 많이 듣는 것을 聞(문)이요, 내 것을 내어 남을 주는 것이 施(시)이요, 여러 法(법)을 가리는 것이 慧(혜)이다. 慚(참)과 愧(괴)는 부끄러워하는 것이다.】 이러므로 阿難(아난)아나면 世솅間간앳[96] 쳔랴ᇰ[97] 솔어니와 모딘 이비 盛쎵ᄒᆞ야 나면 七칧聖셩財찡[98]를 ᄉᆞᄂᆞ니라[99]【七칧聖셩財찡ᄂᆞᆫ 닐굽 가짓 聖셩人신ㅅ 쳔랴ᇰ이니 信신과 戒갱와 慚짬과 愧굉와 聞문과 施싱와 慧훼왜라[100] ᄆᆞᅀᆞᆷ 조ᄒᆞᆯ 씨[1] 信신이오 왼[2] 일 마로미[3] 戒갱오[4] 제[5] 사오나ᄫᆞ믈[6] 붓그려[7] 어디로ᄆᆞᆯ[8] 위와ᄃᆞᆯ[9] 씨 慚짬이오 모디로ᄆᆞᆯ[10] 붓그려 업시버[11] 거스로미[12] 愧굉오 부텨 ᄀᆞᄅᆞ치샤ᄆᆞᆯ[13] 만히[14] 듣ᄌᆞᄫᆞᆯ 씨 聞문이오 내 거슬 내야 ᄂᆞᆷ 줄 씨 施싱오 여러 法법을 ᄀᆞᆯ□ 씨[15] 慧훼라 慚짬과 愧굉와ᄂᆞᆫ 붓그릴 씨라】 이럴씨[16] □□아[17]

---

96) 世間앳: 世間(세간) + -애(-에: 부조, 위치) + -ㅅ(-의: 관조)

97) 쳔랴ᇰ: 쳔량(재물, 財) + -ᄋᆞᆯ(목조)

98) 七聖財: 칠성재. 불도를 이루는 성스러운 법을 7종의 재물에 비유한 것이다.

99) ᄉᆞᄂᆞ니라: ᄉᆞ(← ᄉᆞᆯ다: 사르다, 燒)- + -ᄂᆞ(현시)- + -니(원칙)- + -라(← -다: 평종)

100) 慧왜라: 慧(혜) + -와(접조) + -ㅣ(← -이-: 서조)- + -Ø(현시)- + -라(← -다: 평종)

1) 씨: ㅆ(← ᄉᆞ: 것, 의명) + -이(주조)

2) 왼: 외(외다, 그르다, 非)- + -Ø(현시)- + -ㄴ(관전)

3) 마로미: 말(말다, 勿)- + -옴(명전) + -이(주조)

4) 戒오: 戒(계) + -Ø(← -이-: 서조)- + -오(← -고: 연어, 나열)

5) 제: 저(자기, 己: 인대, 재귀칭) + -ㅣ(← -의: 관조, 의미상 주격)

6) 사오나ᄫᆞᆯ: 사오낳(← 사오납다, ㅂ불: 사납다, 猛)- + -옴(명전) + -ᄋᆞᆯ(목조)

7) 붓그려: 붓그리(부끄러워하다, 畏)- + -어(연어)

8) 어디로ᄆᆞᆯ: 어딜(어질다, 仁)- + -옴(명전) + -ᄋᆞᆯ(목조)

9) 위와ᄃᆞᆯ: 위왇(떠받들다, 奉)- + -ᄋᆞᆯ(관전)

10) 모디로ᄆᆞᆯ: 모딜(모질다, 虐)- + -옴(명전) + -ᄋᆞᆯ(목조)

11) 업시버: 업시ᄫᅵ[← 업시ᄫᅳ다(업신여기다, 蔑視): 없(없다, 無: 형사)- + -이(부접) + -ᄫᅳ(형접)-]- + -어(연어)

12) 거스로미: 거슬(거스르다, 逆)- + -옴(명전) + -이(주조)

13) ᄀᆞᄅᆞ치샤ᄆᆞᆯ: ᄀᆞᄅᆞ치(가르치다, 敎)- + -샤(← -시-: 주높)- + -ㅁ(← -옴) + -ᄋᆞᆯ(목조)

14) 만히: [많이, 多(부사): 많(많다, 多: 형사)- + -이(부접)]

15) ᄀᆞᆯ□: ᄀᆞᆯ□(← ᄀᆞᆯᄒᆡ다: 가리다, 분별하다, 選)- + -ㄹ(관전)

16) 이럴씨: 이러[← 이러ᄒᆞ다(이러하다, 如此): 이러(불어) + -ᄒᆞ(형접)-)-]- + -ㄹ씨(연어, 이유)

17) 阿難아: 阿難(아난: 인명) + -아(호조, 아주 낮춤)

[43 뒤]

혀는 제 몸을 패는 도끼이다. 그때에 一千(일천)의 優婆塞(우바새)와 優婆夷(우바이)가 입에서 나는 허물을 조심하여 初果(초과)를 得(득)하며, 無量(무량)한 人天(인천)이 阿耨多羅三藐三菩提心(아뇩다라삼먁삼보리심)을 發(발)하며 辟支佛心(벽지불심)에 이르렀니라. □□□

허는[18] 제 몸 픽ᄂᆞᆫ[19] □□라[20] 그 □ □□千천[21] 優ᅙᅮᇰ婆빵塞싱[22] 優ᅙᅮᇰ婆빵夷잉[23] □벳[24] 허므를[25] 조심ᄒᆞ야 初총果광[26]를 得□ᄒᆞ며[27] 無뭉量량 比뼹丘쿻[28] 比뼹丘쿻尼닝[29]는 四숭果광[30]애 니를며[31] 無뭉量량 人신天텬[32]이 阿항耨녹多당羅랑 三삼藐막三삼菩뽕提뗑心심[33]을 發벓ᄒᆞ며 辟벽支징佛뿛心심[34]에 니르니라[35] □□□

---

18) 허는: 허(舌) + -는(보조사, 주제)

19) 픽ᄂᆞᆫ: 픽(패다, 鑿)- + -ᄂᆞ(현시)- + -ㄴ(관전) ※ '픽다'는 도끼로 장작 따위를 쪼개는 것이다.

20) □□라: 도최(도끼, 斧) + -Ø(←-이-: 서조)- + -Ø(현시)- + -라(←-다: 평종)

21) 그□□□千: ※『석보상절』의 원문이 탈각되어 내용을 확인할 수 없다.『대방편불보은경』에는 '그□□□千 優婆塞 優婆夷 □벳 허므를 조심ᄒᆞ야'의 부분이 '佛說此經時, 有千優婆塞優婆夷, 愼護口過'로 기술되어 있다. 이를 감안하면 탈각된 부분의 글자를 '그 쁴 一(잃)'로 추정한다.

22) 優婆塞: 우바새. 속세에 있으면서 불교를 믿는 남자이다.

23) 優婆夷: 優婆夷(우바이) + -Ø(←-이: 주조) ※ '優婆夷(우바이)'는 불교를 믿고 삼귀(三歸), 오계(五戒)를 받은 세속의 여자이다.

24) □벳: 입(입, 口) + -에(부조, 위치) + -ㅅ(-의: 관조) ※『대방편불보은경』에는 '□벳 허믈'이 '口過'로 기술되어 있으므로, '□벳'은 '이벳'으로 추정하여 '입에서 나는'으로 의역하여 옮긴다.

25) 허므를: 허믈(허물, 過) + -을(목조)

26) 初果: 초과. 성문(聲聞) 사과(四果)의 하나이다. '욕계(欲界)·색계(色界)·무색계(無色界)'의 견혹(見惑)을 끊고, 처음으로 성인의 무리에 참여하는 자리이다.

27) 得ᄒᆞ며: 得ᄒᆞ[득하다, 얻다: 得(득: 불어) + -ᄒᆞ(동접)-]- + -며(연어, 나열)

28) 比丘: 비구. 출가하여 구족계를 받은 남자 승려이다.

29) 比丘尼: 비구니. 출가하여 구족계를 받은 여자 승려이다.

30) 四果: 사과. 소승 불교에서 이르는 깨달음의 네 단계이다. '수다원과(須陀洹果)·사다함과(斯多含果)·아나함과(阿那含果)·아라한과(阿羅漢果)'의 단계가 있다.

31) 니를며: 니를(이르다, 至)- + -며(연어, 나열)

32) 人天: 인천. 인간과 신(神), 곧 인간계와 천상계의 중생이다.

33) 阿耨多羅三藐三菩提心: 아뇩다라삼먁삼보리심. 일체의 진상을 모두 아는 부처님의 무상의 승지(勝地), 곧 무상정각이다. 부처님의 지혜는 가장 뛰어나고 그 위가 없으며 평등한 바른 이치를 깨닫는 것이다.

34) 辟支佛心: 벽지불심. 벽지불(辟支佛)의 마음이다. ※ '辟支佛(벽지불)'은 부처의 가르침에 기대지 않고 스스로 도를 깨달은 성자(聖者)이다.(= 緣覺, 연각)

35) 니르니라: 니르(이르다, 至)- + -Ø(과시)- + -니(원칙)- + -라(←-다: 평종)

[44 앞]

[44 앞]

□□□□□□□□□□□□□□□□□□□□□□□□□□□□□□□□□□□□[36)]

36) 『석보상절』 권11의 끝부분의 원문이 훼손되어 이하의 내용을 알 수 없다. 『대방편불보은경』에는 그 뒤의 부분이 '一切大衆聞佛說法 歡喜奉行 作禮而去'으로 기술되어 있다. 이 부분은 '일체(一切)의 대중(大衆)이 부처의 설법을 듣고 환희(歡喜)·봉행(奉行)하며 예수(禮數)하고 갔니라. 【奉行(봉행)은 뜻을 받들어 행하는 것이다.】'로 옮길 수 있다.

[44 뒤]

팔상도*

'팔상(八相)'은 부처가 중생을 제도하려고 이 세상에 나타내 보인 여덟 가지 모습(相, 상)이다. 대승 불교에서는 '종도솔천퇴상(從兜率天退相), 입태상(入胎相), 주태상(住胎相), 출태상(出胎相), 출가상(出家相), 성도상(成道相), 전법륜상(轉法輪相), 입열반상(入涅槃相)'을 팔상이라고 이른다.

이러한 팔상을 그림으로 표현한 것이 '팔상도(八相圖)'이다. 팔상도는 매 그림마다 제목을 달아서 그림의 내용을 쉽게 이해할 수 있게 하였다. 곧, 부처가 도솔천에서 내려오는 '도솔래의상(兜率來儀相)', 룸비니동산에서 탄생하는 '비람강생상(毘藍降生相)', 사문(四門)에 나가 세상을 보는 '사문유관상(四門遊觀相)', 성을 넘어 출가하는 '유성출가상(踰城出家相)', 설산에서 수도하는 '설산수도상(雪山修道相)', 보리수 아래에서 마귀의 항복을 받는 '수하항마상(樹下降魔相)', 녹야원에서 첫 설교를 하는 '녹원전법상(鹿苑轉法相)', 사라쌍수 아래에서 열반에 드는 '쌍림열반상(雙林涅槃相)'의 8장면이다. 보통은 이러한 8장면을 한 폭으로 그려서 전체를 여덟 폭으로 그림을 구성하지만, 한 폭에 두 상씩 묶어서 그리기도 한다.

팔상도는 석가모니가 열반에 든 지 약 백여 년 후부터 만들어진 것으로 알려져 있다. 처음에는 네 장면뿐이었으나 대승불교에서 여덟 장면으로 분화되었다고 한다. 우리나라에서는 대개 『불본행집경(佛本行集經)』의 설을 참고하여 팔상도를 제작하였는데, 『법화경(法華經)』을 숭신(崇信)하는 사람들에 의하여 그 사상(事相)이 묘사되어 왔다. 팔상도는 절에서 팔상전(八相殿)이나 영산전(靈山殿)에 탱화(幀畵)로 많이 전해진다.

『월인석보』에 실린 팔상도는 우리나라에 제작된 팔상도의 원류가 되는데, 『월인석보』 권1, 2에 첨부되어 있는 팔상도는 하나의 상을 두 폭의 그림으로 묘사했다. 참고로 『월인석보』 권1, 2에는 팔상도 중에서 여덟 번째인 '쌍림열반상(雙林涅槃相)'이 빠져 있는 것이 특징이다. 이에 반해서 『월인석보』 9, 10에 실려 있는 팔상도에는 '쌍림열반상'을 포함하고 있다

* '팔상도'에 관한 해제는 『표준국어대사전』, 『한국민족문화대백과』, 『원불교사전』, 『한국불교대사전』, 『불교상식백과』, 『시공불교사전』의 내용을 참조하였다.

[팔상도 1]

* '도솔래의상(兜率來儀相)'은 석가모니가 탄생을 위하여 도솔천을 떠나 흰코끼리를 타고 북인도의 가비라(카필라) 왕궁을 향하고 있는 모습이다.

[팔상도 2]

* '비람강생상(毘藍降生相)'은 마야(摩耶)부인이 산달을 맞아 친정으로 가던 도중에 산기가 있어 룸비니 동산에서 싯다르타 태자를 낳는 모습이다. 싯다르타 태자는 부인의 오른쪽 옆구리로 출생하였다.

[팔상도 3]

* '사문유관상(四門遊觀相)'은 싯다르타 태자가 도성의 성문을 나가 노인과 아픔을 호소하는 병자, 죽어 실려 나가는 시체를 동, 서, 남문에서 본다. 한편 북문에서는 출가하는 사문(沙門)을 만나서 출가를 결심하는 그림이다.

[팔상도 4]

* '유성출가상(踰城出家相)'은 싯다르타 태자가 29세 되던 해에 사랑하는 처자와 왕위를 계승할 태자의 자리를 버리고 성을 떠나 출가하는 모습이다.

[팔상도 5]

---

* '설산수도상(雪山修道相)'은 싯다르타 태자가 6년 동안 갖은 고행을 겪으며 스승을 찾아다니다가, 스승은 밖에 있지 않고 자기 안에 있음을 깨달아서 붓다가야의 보리수 아래에서 선정(禪定)에 들어가는 모습이다.

[설산수도]

[팔상도 6]

* '수하항마상(樹下降魔相)'은 싯다르타 태자가 선정(禪定)에 들어가 갈등이 심하지만 수행이 자신과의 투쟁임을 깨닫고, 용맹 정진하여 마침내 마군의 항복을 받고 대오각성(大悟覺醒)의 경지에 드는 모습이다.

[수하항마]

[팔상도 7]

* '녹원전법상(鹿苑轉法相)'은 대오각성한 석가모니가 그곳에서 500리쯤 떨어진 녹야원(鹿野苑)으로 가서, 처음으로 5명의 수행자에게 설법하여 그들을 귀의시키는 모습이다.

[녹원전법]

[팔상도 8]

* '쌍림열반(雙林涅槃)'은 석가모니가 사라쌍수(沙羅雙樹) 아래에서 열반에 드는 모습이다.

부록

‘원문과 번역문의 벼리’ 및 ‘문법 용어의 풀이’

부록 1. 원문과 번역문의 벼리

『석보상절 제십일』의 원문 벼리

『석보상절 제십일』의 번역문 벼리

부록 2. 문법 용어의 풀이

1. 품사
2. 불규칙 활용
3. 어근
4. 파생 접사
5. 조사
6. 어말 어미
7. 선어말 어미

부록 1. 원문과 번역문의 벼리

『석보상절 제십일』의 원문 벼리

[1앞 釋셕譜봉詳썅節ᄌᆑᇙ第똉十씹一ᅙᅵᇙ

釋셕提똉桓ᅘᅪᆫ因인이 부텻긔 請청ᄒᆞᄉᆞ보ᄃᆡ 忉도ᇢ利링天텬의 가샤 어마님 위ᄒᆞ샤 說ᅌᅯᇙ法법ᄒᆞ쇼셔 世솅尊존이 사ᄅᆞᆷ 아니 알외샤 ᄒᆞ오ᅀᅡ 忉도ᇢ利링天텬에 가샤 歡환喜힁園원이라 ᄒᆞᇙ 東동山산애 波방利링 質짏多당羅랑樹쓩ㅣ라 ᄒᆞᆯ 나모 아래 겨샤 석 ᄃᆞᄅᆞᆯ 安한居겅ᄒᆞ더시니 [1뒤

그 ᄢᅴ 하ᄂᆞᆳ 四ᄉᆞᆼ衆즁이 圍윙繞ᅀᅳᇢᄒᆞᄉᆞᄫᆞᆺ더니 如ᅀᅧᆼ來ᄅᆡᆼㅅ 모매 터럭 구무마다 放방光광ᄒᆞ샤 三삼千쳔大땡千쳔世솅界갱ᄅᆞᆯ 비취시니 光광明명마다 千쳔葉엽 蓮련花황ㅣ 잇고 [2앞 곳 가온ᄃᆡ마다 化황佛뿛이 잇더시니 世솅尊존이 文문殊쓩ᄅᆞᆯ 어마님ᄭᅴ 브리샤 請청ᄒᆞ야시ᄂᆞᆯ 文문殊쓩ㅣ 摩망耶양夫붕人ᅀᅵᆫᄭᅴ 가 ᄉᆞᆯᄫᆞ신대 摩망耶양夫붕人ᅀᅵᆫ이 그 말 드르시니 져지 흘러 나거늘 니ᄅᆞ샤ᄃᆡ 眞진實씷로 내 나ᄒᆞᆫ 悉싫達땷이면 이 져지 그 이베 가리라 ᄒᆞ시니 두 져지 [2뒤 소사나아 如ᅀᅧᆼ來ᄅᆡᆼㅅ 이베 가 들어늘 摩망耶양ㅣ 깃거ᄒᆞ시니 大땡千쳔世솅界갱 드러치고 時씽節ᄌᆑᇙ 아닌 곳도 프며 여름도 여러 닉더라

摩망耶양ㅣ 文문殊쓩ᄃᆞ려 니ᄅᆞ샤ᄃᆡ 내 부텨와 ᄒᆞ야 母무ᇢ子ᄌᆞᆼ ᄃᆞ윈 後ᅘᅮᇢ로 즐거ᄫᅳ미 오ᄂᆞᆯ ᄀᆞᄐᆞ니 업다 ᄒᆞ시고 즉자히 文문殊쓩와 ᄒᆞ샤 世솅尊존ᄭᅴ 오나시ᄂᆞᆯ [3앞 世솅尊존이 ᄇᆞ라시고 ᄉᆞᆯᄫᆞ샤ᄃᆡ 涅ᄂᆟᇙ槃빤ᄋᆞᆯ 닷가ᅀᅡ 苦콩樂락ᄋᆞᆯ 기리 여희리이다 摩

망耶양ㅣ 싸해 업데샤 ᄆᆞᅀᆞᄆᆞᆯ 고ᄌᆞ기 너기시니 結겷使ᄉᆞᆼㅣ 스러디거늘 世솅尊존이 說쉃法법ᄒᆞ시니 摩망耶양ㅣ 즉자히 宿슉命명을 아라 須슝陁땅洹뽠果광ᄅᆞᆯ 得득ᄒᆞ시고 [3뒤 부텻긔 ᄉᆞᆯᄫᆞ샤ᄃᆡ 죽사릿 어리예 버서날 이ᄅᆞᆯ 알와이다 그 저긔 모댓ᄂᆞᆫ 大땡衆즁ᄃᆞᆯ히 이 말 듣ᄌᆞᆸ고 ᄒᆞᆫᄢᅴ 닐오ᄃᆡ 一힗切쳉 衆즁生ᄉᆡᆼ이 다 버서나과ᄃᆡ여 願원ᄒᆞ노이다

그 ᄢᅴ 十씹方방 無뭉量량世솅界갱예 몯내 니ᄅᆞᆯ 一힗切쳉 諸졍佛뿛와 菩뽕薩삻摩망訶항薩삻ᄃᆞᆯ히 다 와 讚잔嘆탄ᄒᆞ샤ᄃᆡ [4앞 釋셕迦강牟뭉尼닝佛뿛이 能능히 五옹濁똑惡악世솅예 큰 智딩慧쮕 神씬通통力륵으로 에구든 모딘 衆즁生ᄉᆡᆼ올 降ᅘᅡᆼ服뽁히시ᄂᆞ다 ᄒᆞ시고 各각各각 뫼ᅀᆞᄫᆞ니 브리샤 安ᅙᅡᆫ否블ᄒᆞ더시니 娑상婆빵世솅界갱와 녀느 國귁土통앳 그지업슨 天텬龍룡 鬼궝神씬이 [4뒤 忉돟利링天텬에 다 모다 오나ᄂᆞᆯ

그 ᄢᅴ 釋셕迦강牟뭉尼닝佛뿛이 文문殊쓩師ᄉᆞᆼ利링 法법王왕子ᄌᆞᆼ 菩뽕薩삻 摩망訶항薩삻ᄭᅴ 무르샤ᄃᆡ 이제 모댓ᄂᆞᆫ 이 世솅界갱며 다ᄅᆞᆫ 世솅界갱옛 諸졍佛뿛 菩뽕薩삻 天텬龍룡 鬼궝神씬올 네 數숭ᄅᆞᆯ 알리로소니여 모ᄅᆞ리로소니여 文문殊쓩ㅣ ᄉᆞᆯᄫᆞ샤ᄃᆡ 내 神씬力륵으로 [5앞 一힗千쳔 劫겁에 혜여도 몯내 알리로소이다 부톄 니ᄅᆞ샤ᄃᆡ 이 다 地띵藏짱菩뽕薩삻이 오라건 劫겁으로셔 ᄒᆞ마 濟졩渡똥ᄒᆞ니며 이제 濟졩渡똥ᄒᆞᄂᆞ니며 장ᄎᆞ 濟졩渡똥ᄒᆞ리ᄃᆞᆯ히라

그 ᄢᅴ 百ᄇᆡᆨ千쳔萬먼億흑 不붏可캉思ᄉᆞᆼ議읭 無뭉量량 阿항僧ᄉᆞᆼ祇낑 世솅界갱예 잇ᄂᆞᆫ 地띵獄옥앳 分분身신 [5뒤 地띵藏짱菩뽕薩삻이 다 오나시ᄂᆞᆯ 世솅尊존이 金금色식 ᄇᆞᆯᄒᆞᆯ 펴샤 百ᄇᆡᆨ千쳔 萬먼億흑 不붏可캉思ᄉᆞᆼ議읭 無뭉量량 阿항僧ᄉᆞᆼ祇낑 世솅界갱옛 化황身신 地띵藏짱菩뽕薩삻摩망訶항薩삻ㅅ 머리ᄅᆞᆯ ᄆᆞ니시며 니ᄅᆞ샤ᄃᆡ 내 五옹濁똑惡악世솅예 에구든 衆즁生ᄉᆡᆼ올 敎굘化황ᄒᆞ야 邪썅曲콕올 ᄇᆞ리고 [6앞 正졍ᄒᆞᆫ ᄃᆡ 가긔 호니 열헷 ᄒᆞ나 둘흔 오히려 모딘 ᄇᆡᄒᆞ시 이실ᄊᆡ 나도 千쳔百ᄇᆡᆨ億흑 모미

ᄃᆞ외야 方방便뼌을 너비 ᄒᆞ야든 됴ᄒᆞᆫ 根근源원엣 衆즁生ᄉᆡᆼ이 듣고 즉자히 信신ᄒᆞ야 바ᄃᆞ리도 이시며 됴ᄒᆞᆫ 果광報볼앳 衆즁生ᄉᆡᆼ이 브즈러니 勸퀀ᄒᆞ야 일우리도 이시며 미혹고 鈍똔ᄒᆞᆫ [6뒤 衆즁生ᄉᆡᆼ이 오래 敎골化황ᄒᆞ야ᅀᅡ 歸귕依힁ᄒᆞ리도 이시며 罪쬥業업 重뜡ᄒᆞᆫ 衆즁生ᄉᆡᆼ이 恭공敬경ᄒᆞᄫᆞᆯ ᄆᆞᅀᆞᆷ 아니 내리도 잇ᄂᆞ니 이 트렛 衆즁生ᄉᆡᆼ ᄃᆞᆯ히 各각各각 제여고밀씨 分분身신ᄒᆞ야 度똥脫퇋호ᄃᆡ 남지늬 몸도 現현ᄒᆞ며 겨지븨 몸도 現현ᄒᆞ며 天텬龍룡 몸도 現현ᄒᆞ며 神씬鬼귕 몸도 [7앞 現현ᄒᆞ며 뫼히며 수프리며 내히며 ᄀᆞᄅᆞ미며 모시며 ᄉᆡ미며 우므리 現현ᄒᆞ야 사ᄅᆞᄆᆞᆯ 利링益혁긔 ᄒᆞ야 다 度똥脫퇋ᄒᆞ며 帝뎽釋셕 몸도 現현ᄒᆞ며 梵뻠王왕 몸도 現현ᄒᆞ며 轉둰輪륜王왕 몸도 現현ᄒᆞ며 居걍士ᄉᆞᆼ 몸도 現현ᄒᆞ며 國귁王왕 몸도 現현ᄒᆞ며 宰ᄌᆡᆼ輔뽕 몸도 現현ᄒᆞ며 [7뒤 官관屬쑉 몸도 現현ᄒᆞ며 比삥丘쿻 比삥丘쿻尼닝 優훟婆빵塞ᄉᆡᆨ 優훟婆빵夷잉 몸도 現현ᄒᆞ며 聲셩聞문 羅랑漢한 辟벽支징佛뿛 菩뽕薩삻 몸도 現현ᄒᆞ야 濟졩渡똥ᄒᆞ노니 부텻 몺ᄃᆞᄅᆞ미 現현ᄒᆞᆯ ᄲᅮ니 아니니라 네 내ᄋᆡ 여러 劫겁에 이 트렛 에구든 衆즁生ᄉᆡᆼ ᄋᆞᆯ 受쓩苦콩ᄅᆞᄫᅵ [8앞 度똥脫퇋ᄒᆞ논 이ᄅᆞᆯ 보ᄂᆞ니 그 中듕에 業업報볼ᄅᆞᆯ 조차 惡학趣츙예 ᄢᅥ러디여 큰 受쓩苦콩 ᄒᆞᇙ 時씽節졇에 네 모로매 내ᄋᆡ 忉돌利링天텬宮궁에 이셔 브즈러니 付붕屬쑉ᄒᆞ단 이ᄅᆞᆯ ᄉᆡᇰ각ᄒᆞ야 娑상婆빵世솅界갱예 彌밍勒륵이 世솅間간애 낧 적 니르리 그 ᄉᆞᅀᅵ옛 衆즁生ᄉᆡᆼ ᄋᆞᆯ 다 벗겨 내야 [8뒤 受쓩苦콩ᄅᆞᆯ 여희에 ᄒᆞ라

그 ᄢᅴ 여러 世솅界갱옛 化황身신 地띵藏짱菩뽕薩삻이 어우러 ᄒᆞᆫ 모미 ᄃᆞ외샤 울며 슬허 부텻긔 ᄉᆞᆯᄫᆞ샤ᄃᆡ 내 오라건 劫겁으로셔 부텨 接졉引인ᄒᆞ샤ᄆᆞᆯ 닙ᄉᆞ바 不붏可캉思ᄉᆞᆼ議읭 神씬力륵을 어더 큰 智딩慧휑 ᄀᆞ자 내 分분身신이 百ᄇᆡᆨ千쳔萬먼億흑 恒ᅘᅳᆼ河ᅘᅡᆼ沙상 世솅界갱예 ᄀᆞᄃᆞᆨᄒᆞ야 [9앞 世솅界갱마다 百ᄇᆡᆨ千쳔萬먼億흑 모미

ᄃᆞ외야 몸마다 百빅千쳔萬먼億흑 사ᄅᆞᄆᆞᆯ 濟졩渡똥ᄒᆞ야 三삼寶볼ᄅᆞᆯ 恭공敬경ᄒᆞ야 生싱死ᄉᆞᆼᄅᆞᆯ 기리 여희여 涅녫槃빤樂락애 니를의 ᄒᆞ노니 오직 佛뿛法법 中듕에 ᄒᆞ욘 됴ᄒᆞᆫ 이리 ᄒᆞᆫ 터럭 ᄒᆞᆫ 드틀 만 ᄒᆞ야도 내 漸쪔漸쪔 [9뒤 度똥脫퇋ᄒᆞ야 큰 利링ᄅᆞᆯ 얻긔 호리니 願원ᄒᆞᆫᄃᆞᆫ 世솅尊존이 後흫世솅옛 모딘 衆즁生싱ᄋᆞ로 분별 마ᄅᆞ쇼셔 이 야ᄋᆞ로 세 번 ᄉᆞᆯᄫᆞ샤 願원ᄒᆞᆫᄃᆞᆫ 世솅尊존이 後흫世솅옛 모딘 衆즁生싱ᄋᆞ로 분별 마ᄅᆞ쇼셔 ᄒᆞ야시ᄂᆞᆯ

그 ᄢᅴ 부톄 地띵藏짱菩뽕薩삻ᄋᆞᆯ 讚잔歎탄ᄒᆞ야 니ᄅᆞ샤ᄃᆡ 됴타 됴타 내 너의 깃구믈 돕노니 [10앞 네 能능히 오라건 劫겁엣 큰 盟명誓쎙 發벓願원을 일워 너비 濟졩渡똥호ᄆᆞᆯ 거의 ᄆᆞᄎᆞ면 즉자히 菩뽕提뗑ᄅᆞᆯ 證징ᄒᆞ리라

그 ᄢᅴ 人신間간애 이셔 부텨 몯 보ᅀᆞᄫᆞᆫ ᄃᆡ 오라더니 優흫塡뗜王왕ᄃᆞᆯ히 阿항難난이 그에 가 무로ᄃᆡ 如셩來링 어듸 겨시니잇고 阿항難난이 ᄉᆞᆯᄫᅩᄃᆡ 大땡王왕하 [10뒤 나도 如셩來링 겨신 ᄃᆡ를 모ᄅᆞᅀᆞᄫᅡ이다 優흫塡뗜王왕이 世솅尊존 그리ᅀᆞᄫᅡ 病뼝을 ᄒᆞ야 나라해 어딘 匠짱人신 뫼호아 牛읗頭뚷梅젼檀딴香향ᄋᆞ로 世솅尊존ㅅ 像썅ᄋᆞᆯ ᄆᆡᇰᄀᆞᅀᆞᄫᅡ 供공養양ᄒᆞᅀᆞᆸ더니 波방斯ᄉᆞᆼ匿닉王왕도 그 말 듣고 紫ᄌᆞᆼ摩망金금으로 如셩來링ㅅ 像썅ᄋᆞᆯ [11앞 ᄆᆡᇰᄀᆞᅀᆞᄫᆞ니 閻염浮뿧提뗑ㅅ 內뇡예 ᄆᆡᇰᄀᆞᅀᆞᄫᆞᆫ 부텻 像썅이 이 둘히 始싱作작이시니라

그 ᄢᅴ 世솅尊존이 忉돌利링天텬에 겨샤 ᄒᆞᆫ 사ᄅᆞᆷ 위ᄒᆞ야 說쉃法법ᄒᆞ시고 석 ᄃᆞ리 다ᄋᆞ거늘 鳩궇摩망羅랑ᄅᆞᆯ 브리샤 閻염浮뿧提뗑에 ᄂᆞ려와 닐오ᄃᆡ 如셩來링 아니 오라 涅녫槃빤애 [11뒤 드르시리라 그 ᄢᅴ예 衆즁生싱ᄃᆞᆯ히 이 말 듣고 닐오ᄃᆡ 우리ᄃᆞᆯ히 스스이 겨신 ᄯᅡ홀 모ᄅᆞ다니 忉돌利링天텬에 겨시닷다 ᄯᅩ 涅녫槃빤애 드로려 ᄒᆞ시니 이리ᄃᆞ록 셟ᄇᆞᆯ쎠 世솅間간앳 누니 업스려다 우리ᄂᆞᆫ 罪쬥 지슨 모미라 하ᄂᆞᆯ

해 몬 가노니 願원혼둔 仁신者쟝ㅣ 請청ᄒᆞᅀᆞ바 [12앞 어셔 ᄂᆞ려오시게 ᄒᆞ쇼셔 鳩궇摩망羅랑ㅣ 올아가 ᄉᆞᆲ바ᄂᆞᆯ 世솅尊존이 드르시고 五옹色식 光광明명을 내야 비취신대 帝뎽釋셕이 鬼귕神씬 ᄇᆞ려 세 즁 ᄃᆞ리ᄅᆞᆯ 노ᄒᆞ니 가온ᄃᆡᆫ 金금이오 왼녀긘 瑠률璃링오 올ᄒᆞᆫ녀긘 瑪망瑙놓ㅣ러라

부톄 摩망耶양ᄭᅴ ᄉᆞᆯ보샤ᄃᆡ 죽사릿 法법은 모댓다가도 모ᄃᆡ [12뒤 여희ᄂᆞ니이다 내 이제 ᄂᆞ려가면 아니 오라아 涅넗槃빤호리이다 摩망耶양ㅣ 우르시고 偈껭 지ᅀᅥ ᄉᆞᆲ바시ᄂᆞᆯ 그 저긔 世솅尊존이 辭쌍ᄒᆞ시고 그 寶봉階갱로 ᄂᆞ려오더시니 梵뻠天텬이 蓋갱 자바 四ᄉᆞᆼ天텬王왕과 두 녀긔 셔ᅀᆞᆸ고 四ᄉᆞᆼ衆즁이 놀애 블러 讚잔嘆탄ᄒᆞᅀᆞ바 조ᄍᆞ바 [13앞 오더니 하ᄂᆞᇙ 풍류 虛헝空콩애 ᄀᆞᄃᆞᆨᄒᆞ야 곳비 비흐며 香향 퓌우고 길잡ᅀᆞᆸ거니 미조ᄍᆞᆸ거니 ᄒᆞ야 ᄂᆞ려오더라

閻염浮뿧提똉옛 님금 波방斯ᄉᆞᆼ匿닉王왕 等둥 一힗切쳉 大땡衆즁이 寶봉階갱 미틔 모다 가 부텨를 마ᄌᆞᆸ더니 優흫塡띤王왕이 ᄆᆡᆼᄀᆞ론 金금像쌍ᄋᆞᆯ 象쌍애 시ᄉᆞ바 가더니 [13뒤 그 金금像쌍이 象쌍 우희 오ᄅᆞ락 아래 ᄂᆞ리락 ᄒᆞ야 生ᄉᆡᆼ佛뿛이 ᄀᆞᄐᆞ시며 虛헝空콩애 올아 거르믈 거르시니 발 아래셔 곳비 오며 放방光광 니르리 ᄒᆞ시더라 그 金금像쌍이 世솅尊존 보ᅀᆞᆸ고 合햅掌쟝ᄒᆞ야 禮롕數숭ᄒᆞ시거늘 世솅尊존도 ᄭᅮ르샤 合햅掌쟝ᄒᆞ시니 虛헝空콩애 겨신 [14앞 百빅千쳔 化황佛뿛이 다 合햅掌쟝ᄒᆞ야 金금像쌍 向향ᄒᆞ야 ᄭᅮ르시니라

그 ᄢᅴ 世솅尊존이 金금像쌍ᄭᅴ 니ᄅᆞ샤ᄃᆡ 네 오는 뉘예 佛뿛事ᄊᆞᆼᄅᆞᆯ ᄀᆞ장 ᄒᆞ리니 나 滅멿度똥ᄒᆞᆫ 後ᅘᅮᆼ에 내 弟뗑子ᄌᆞᆼᄅᆞᆯ 너를 마ᄭᅵ노라 ᄒᆞ야시ᄂᆞᆯ 空콩中듕엣 百빅千쳔 化황佛뿛이 ᄒᆞᆫᄢᅴ 니ᄅᆞ샤ᄃᆡ 衆즁生ᄉᆡᆼ이 부텨 업스신 後ᅘᅮᆼ에 부텻 [14뒤 像쌍 ᄆᆡᆼᄀᆞᅀᆞ바 種죵種죵 供공養양ᄒᆞ면 그 사ᄅᆞ미 後ᅘᅮᆼ生ᄉᆡᆼ애 당다이 念념佛뿛 淸청淨쪙 三

삼昧밍를 得득ᄒᆞ리라 ᄒᆞ더시다 그 ᄢᅴ 六륙師ᄉᆞᆼ이 무리 모다 너교ᄃᆡ 우리 이제 衰ᄉᆔᆼᄒᆞᆫ 災ᄌᆡᆼ禍ᅘᅪᆼㅣ ᄒᆞ마 오노소니 이제 天텬人ᅀᅵᆫ 大ᄄᆡᆼ衆즁 中듕에 가ᅀᅡ ᄒᆞ리로다 ᄒᆞ고 제 물 八밣千쳔 사ᄅᆞᆷ 더블오 [15앞 大ᄄᆡᆼ衆즁 모ᄃᆞᆫ ᄃᆡ 가 ᄒᆞ녀긔 안ᄌᆞ니라

그 ᄢᅴ ᄒᆞᆫ 乾껀闥탏婆빵이 아ᄃᆞᆯ 일후미 闥탏婆빵摩망羅랑ㅣ라 호리 七칧寶봉琴끔 놀오 놀애 브르니 微밍妙묳ᄒᆞᆫ 소리를 내니라 그 소리 和ᅘᅪᆼ雅앙ᄒᆞ야 모ᄃᆞᆫ ᄆᆞᅀᆞ미 즐겁더니 聲셩聞문 辟벽支징佛뿛ᄃᆞᆯ히 모미 뮈ᄂᆞᆫ ᄃᆞᆯ 몰라 니러 춤츠며 須슝彌밍山산도 소ᅀᆞ락 ᄌᆞᄆᆞ락 수기락 ᄒᆞ야 [15뒤 즐기더니 如ᅀᅧᆼ來ᄅᆡᆼ 즉자히 有울相샹 三삼昧밍예 드르시니 三삼昧밍力륵으로 琴끔ㅅ 소리 三삼千쳔大ᄄᆡᆼ千쳔世솅界갱예 들여 그 소리 苦콩空콩無뭉常썅無뭉我앙를 물어 니르니 게으른 衆즁生ᄉᆡᆼᄃᆞᆯ히 이 소리 듣고 다 如ᅀᅧᆼ來ᄅᆡᆼ 恩ᅙᅳᆫ惠ᅘᅨᆼ를 아ᄅᆞ샤 恩ᅙᅳᆫ惠ᅘᅨᆼ를 가ᄑᆞ샤 無뭉量량 [16앞 阿항僧ᄉᆞᆼ祇낑 劫겁에 父뿡母뭏 孝ᅘᅭᇢ養양ᄒᆞ시단 고ᄃᆞᆯ 아ᅀᆞ바 一ᅙᅵᇙ切쳉 衆즁生ᄉᆡᆼ이 다 소리 ᄌᆞᆺ가 閻염浮뿧提뗑예 와 부텨ᄭᅴ 禮롕數숭ᄒᆞᅀᆞᆸ고 ᄒᆞ녀긔 안ᄌᆞ니

그 ᄢᅴ 大ᄄᆡᆼ衆즁이 如ᅀᅧᆼ來ᄅᆡᆼ를 울워ᅀᆞ바 누늘 ᄀᆞᆷᄌᆞᆨ도 아니 ᄒᆞ얫더니 如ᅀᅧᆼ來ᄅᆡᆼ 三삼昧밍예 드러 괴외ᄒᆞ야 겨실ᄊᆡ 一ᅙᅵᇙ切쳉 大ᄄᆡᆼ衆즁도 다 ᄌᆞᆷᄌᆞᆷᄒᆞ얫거늘 [16뒤 大ᄄᆡᆼ衆즁 中듕에 七칧寶봉□탑이 ᄡᅡ해셔 솟나아 虛헝空콩애 머므니 無뭉數숭 幢뙁幡펀이 그 우희 ᄃᆞᆯ이고 百ᄇᆡᆨ千쳔 바오리 절로 울어늘 ᄀᆞᄆᆞᆫᄒᆞᆫ ᄇᆞᄅᆞ미 부니 微밍妙묳ᄒᆞᆫ 소리 나더라 그 ᄢᅴ 大ᄄᆡᆼ衆즁이 이 寶봉塔탑ᄋᆞᆯ 보고 疑읭心심ᄒᆞ야 엇던 因ᅙᅵᆫ緣원으로 이런 寶봉塔탑이 ᄡᅡ해셔 소사나거뇨 [17앞 ᄒᆞ더라 그 ᄢᅴ 如ᅀᅧᆼ來ᄅᆡᆼ 三삼昧밍로셔 나거시ᄂᆞᆯ 彌밍勒륵菩뽕薩삻이 모ᄃᆞᆫ ᄆᆞᅀᆞᄆᆡ 疑읭心심ᄋᆞᆯ 보며 ᄌᆞ개도 모ᄅᆞ샤 座쫭애셔 니러 부텻 알ᄑᆡ 나ᅀᅡ 드르샤 禮롕數숭ᄒᆞᅀᆞᆸ고 合합掌쟝ᄒᆞ야 ᄉᆞᆯᄫᆞ샤ᄃᆡ 世솅尊존하 엇던 因ᅙᅵᆫ緣원으로 이런 寶봉塔탑이 ᄡᅡ해셔 소사나니잇고

부톄 彌밍勒륵菩뽕薩삻드려 니르샤딕 [17뒤 디나건 不붏可캉思숭議읭 阿항僧숭祇낑 劫겁에 毗삥婆방尸싱如셩來릥ㅅ 像쌍法법 中듕에 나라히 이쇼딕 일후미 波방羅랑㮈냉러니 波방羅랑㮈냉大땡王왕이 어디르샤 正졍法법으로 나라할 다스리더시니 여쉰 小숑國귁에 위두ᄒᆞ얫더시다 王왕이 아ᄃᆞ리 업스실씨 손소 神씬靈령을 셤기샤 [18앞 열두 ᄒᆡ를 누흙디 아니ᄒᆞ샤 子중息식을 求끃ᄒᆞ더시니 第뗑一힗 夫붕人신이 아기를 ᄇᆡ여 나ᄒᆞ시니 그 太탱子중ㅣ 端돤正졍ᄒᆞ고 性셩이 됴하 嗔친心심을 아니 홀씨 일후믈 忍신辱쇽이라 ᄒᆞ시니라 忍신辱쇽太탱子중ㅣ ᄌᆞ라아 布봉施싱를 즐기며 聰총明명ᄒᆞ고 衆즁生싱을 골오 어여쎄 너기더니 [18뒤 그 ᄢᅴ 여슷 大땡臣씬이 이쇼딕 性셩이 모디러 太탱子중를 새와 ᄒᆞ더라

그 ᄢᅴ 大땡王왕이 重뜡ᄒᆞᆫ 病뼝을 어더 겨시거늘 太탱子중ㅣ 臣씬下향ᄋᆡ 그에 가 닐오딕 아바님 病뼝이 기프시니 엇뎨ᄒᆞ료 臣씬下향ㅣ 닐오딕 됴ᄒᆞᆫ 藥약을 몯 어들씨 命명이 아니 오라시리이다 太탱子중ㅣ 듣고 안닶겨 싸해 그우러디옛더라 [19앞 여슷 大땡臣씬이 議읭論론호딕 太탱子중를 더러 ᄇᆞ리디 아니ᄒᆞ면 우리 乃냉終즁내 便뻔安한티 몯ᄒᆞ리라 ᄒᆞᆫ 大땡臣씬이 닐오딕 내 方방便뻔으로 더로리라 ᄒᆞ고 太탱子중ᄭᅴ 가 닐오딕 내 요ᄉᆞᅀᅵ예 여쉰 小숑國귁에 가 藥약을 얻다가 몯호이다 太탱子중ㅣ 닐오딕 얻는 藥약이 므스것고 [19뒤 大땡臣씬이 닐오딕 나다가며브터 嗔친心심 아니 ᄒᆞᄂᆞᆫ 사ᄅᆞᄆᆡ 눈ᄌᆞᅀᆞ와 骨곯髓쉉왜니이다 太탱子중ㅣ 듣고 닐오딕 내 모미 새즈ᄒᆞ도다 大땡臣씬이 닐오딕 太탱子중ㅣ 그런 사ᄅᆞ미시면 이 이리 어렵도소이다 天텬下향애 앗가ᄫᅳᆫ 거시 몸 ᄀᆞᄐᆞ니 업스니이다 太탱子중ㅣ 닐오딕 그 듸냇 말 곧디 아니호니 [20앞 오직 아바님 病뼝이 됴ᄒᆞ실씨언뎡 모ᄆᆞᆯ 百ᄇᆡᆨ千쳔 디위 ᄇᆞ료민ᄃᆞᆯ 므스기 어려ᄫᅳ료 大땡臣씬이 닐오딕 그러면 太탱子중ㅅ ᄠᅳᆮ 다히 호

리이다

그 ᄢᅴ 忍ᅀᅵᆫ辱ᅀᅭᆨ太탱子ᄌᆼㅣ 깃거 어마닚긔 드러가 ᄉᆞᆯᄫᅩᄃᆡ 이제 이 모ᄆᆞ로 아바님 위ᄒᆞ야 病뼝엣 藥약ᄋᆞᆯ 지수려 ᄒᆞ노니 목수미 몯 이실까 너겨 여희ᅀᆞᄫᆞ라 오니 [20뒤 願원ᄒᆞᆫᄃᆞᆫ 어마니미 그려 마ᄅᆞ쇼셔 어마니미 드르시고 안답ᄭᅵ샤 낫ᄃᆞ라 아ᄂᆞ샤 것ᄆᆞᄅᆞ죽거시ᄂᆞᆯ ᄎᆞᆫ믈 ᄲᅳ리여ᅀᅡ ᄭᅵ시니라

그 ᄢᅴ 太탱子ᄌᆼㅣ 大땡臣씬과 小숗國귁王왕ᄃᆞᆯᄒᆞᆯ 블러 大땡衆즁 中듕에 닐오ᄃᆡ 내 이제 大땡衆즁과 여희노라 ᄒᆞ야ᄂᆞᆯ 大땡臣씬이 즉자히 栴젼陁땅羅랑ᄅᆞᆯ 블러 [21앞 ᄲᅢ를 그처 骨곯髓숭 내오 두 눉ᄌᆞᅀᆞᄅᆞᆯ 우의여 내니라

그 ᄢᅴ 大땡臣씬이 이 藥약 ᄆᆡᇰᄀᆞ라 大땡王왕ᄭᅴ 받ᄌᆞᄫᆞᆫ대 王왕이 좌시고 病뼝이 됴ᄒᆞ샤 이 말 드르시고 놀라 臣씬下ᅘᅡᆼᄃᆞ려 무르샤ᄃᆡ 太탱子ᄌᆼㅣ 이제 어듸 잇ᄂᆞ뇨 大땡臣씬이 [21뒤 ᄉᆞᆯᄫᅩᄃᆡ 太탱子ᄌᆼㅅ 모미 傷샹ᄒᆞ야 命명이 머디 아니ᄒᆞ시이다 王왕이 드르시고 ᄡᅡ해 디여 우르샤 모매 몬ᄌᆡ 무티시고 太탱子ᄌᆼᄭᅴ 가시니 ᄒᆞ마 命명終즁ᄒᆞ거늘 王왕과 夫붕人ᅀᅵᆫ괘 臣씬下ᅘᅡᆼ와 百ᄇᆡᆨ姓셩과 無뭉量량 大땡衆즁이 앒뒤헤 圍윙繞ᅀᅣᇢᄒᆞ얫더니 어마니미 太탱子ᄌᆼㅅ 우희 업더디여 슬호시더라 [22앞 그 ᄢᅴ 父뿡王왕과 小숗王왕ᄃᆞᆯ히 牛ᅌᅮᇹ頭뚷栴젼檀딴香향 남ᄀᆞ로 太탱子ᄌᆼ ᄉᆞᄅᆞ시고 七칧寶봏塔탑 세여 供공養양ᄒᆞ더시니라

世솅尊존이 彌밍勒륵菩뽕薩삻ᄃᆞ려 니ᄅᆞ샤ᄃᆡ 波방羅랑㮈냉大땡王왕ᄋᆞᆫ 이젯 내 아바님 閱웛頭뚷檀딴이시고 그 ᄢᅴᆺ 어마니ᄆᆞᆫ 이젯 내 어마님 摩망耶양ㅣ시고 [22뒤 忍ᅀᅵᆫ辱ᅀᅭᆨ太탱子ᄌᆼᄂᆞᆫ 이젯 내 모미라 菩뽕薩삻이 無뭉量량 阿항僧승祇낑 劫겁에 父뿡母뭏 孝ᄒᆞᇴ養양ᄒᆞᅀᆞᄫᅩᄃᆡ 오시며 차바니며 지비며 니블 쇼히며 모맷 骨곯髓숭 니르리 ᄲᅧ 호미 이러호니 이리 혼 因인緣원으로 成쎵佛뿛호매 니르로니 이제 이 塔탑이 ᄡᅡ해셔 소사나ᄆᆞᆫ [23앞 곧 이 내 父뿡母뭏 위ᄒᆞᅀᆞ바 목숨 ᄇᆞ려늘 곧 이 ᄡᅡ해

塔탑ᄋᆞᆯ 셰여 供공養양ᄒᆞ시더니 내 이제 成쎵佛뿛ᄒᆞᆯᄊᆡ 알ᄑᆡ 소사냇ᄂᆞ니라

그 ᄢᅴ 大땡衆즁 中듕에 그지업슨 人신 天텬 龍룡 鬼귕神씬이 이 말 듣ᄌᆞᆸ고 눉믈 흘리며 ᄒᆞᆫ 소리로 如셩來ᄅᆡᆼㅅ 功공德득을 讚잔嘆탄ᄒᆞᅀᆞᆸ고 즉자히 阿항耨녹多당羅랑三삼藐막三삼菩뽕提뗑心심ᄋᆞᆯ [23뒤 發벓ᄒᆞ며 ᄯᅩ 無뭉量량 百빅千쳔 衆즁生ᄉᆡᆼ이 聲셩聞문 辟벽支징佛뿛 心심ᄋᆞᆯ 發벓ᄒᆞ며 ᄯᅩ 無뭉量량 사ᄅᆞ미 須슝陁땅洹퀀果광 阿항羅랑漢한道또ᇢ애 니르며 ᄯᅩ 無뭉量량 百빅千쳔 萬먼億흑 菩뽕薩삻摩망訶항薩삻이 아니 오라아 阿항耨녹多당羅랑三삼藐막三삼菩뽕提뗑를 [24앞 得득ᄒᆞ시리러라

그 ᄢᅴ 大땡衆즁이 ᄒᆞᆫ 소리로 摩망耶양ᄅᆞᆯ 讚잔嘆탄ᄒᆞᅀᆞᄫᅩᄃᆡ 됴ᄒᆞ실ᄊᆡ 摩망耶양ㅣ 如셩來ᄅᆡᆼᄅᆞᆯ 나ᄊᆞᄫᆞ실ᄊᆡ 天텬人신世솅間간애 ᄀᆞᆯᄫᆞ리 업스샷다 ᄒᆞ더라 그 저긔 闥탏婆빵摩망羅랑ㅣ 座쫭애셔 니러나아 부텨ᄭᅴ ᄉᆞᆯᄫᅩᄃᆡ 世솅尊존하 摩망耶양夫붕人신이 엇던 功공德득을 닷ᄀᆞ시며 [24뒤 엇던 因인緣원으로 如셩來ᄅᆡᆼᄅᆞᆯ 나ᄊᆞᄫᆞ시니잇고

부톄 니ᄅᆞ샤ᄃᆡ 디나건 오란 劫겁에 毗삥婆빵尸싱如셩來ᄅᆡᆼㅅ 像썅法법 後ᅘᅮᇢ에 나라히 이쇼ᄃᆡ 일후미 波방羅랑㮈냉러라 城쎵 아니 머리 뫼히 이쇼ᄃᆡ 일후미 聖셩所송遊융居겅ㅣ러니 [25앞 그 뫼해 ᄒᆞᆫ 仙션人신ᄋᆞᆫ 南남녁 堀쿯애 잇고 ᄒᆞᆫ 仙션人신ᄋᆞᆫ 北븍녁 堀쿯애 잇거든 두 山산 ᄊᆞᅀᅵ예 ᄒᆞᆫ ᄉᆡ미 잇고 그 믌ᄀᆞᅀᅢ 平뼝ᄒᆞᆫ 돌히 잇더라

그 ᄢᅴ 南남녁 堀쿯앳 仙션人신이 이 돌 우희 이셔 옷 ᄲᆞᆯ며 발 싯고 니거늘 ᄒᆞᆫ 암사ᄉᆞ미 와 옷 ᄲᆞ론 므를 먹고 모ᄀᆞᆯ 도ᄅᆞ혀 오좀 누는 ᄯᅡᄒᆞᆯ 할ᄒᆞ니 그 사ᄉᆞ미 [25뒤 삿기 ᄇᆡ여 ᄃᆞᆯ ᄎᆞ거늘 그 돌 우희 도라와 슬피 울오 ᄒᆞᆫ 겨지블 나ᄊᆞᄫᆞ니라

그 ᄢᅴ 南남堀쿯앳 仙션人신이 사ᄉᆞᄆᆡ 우룸쏘리 듣고 어엿비 너겨 가 보니 암사ᄉᆞ미 ᄒᆞᆫ ᄯᆞ니ᄆᆞᆯ 나하 두고 할타가 仙션人신ᄋᆞᆯ 보고 나ᄃᆞᄅᆞ니라

그 ᄢᅴ 仙션人신이 그 ᄯᆞ니ᄆᆞᆯ 어엿비 너겨 草총衣힁로 ᄉᆞᆺ봇고 뫼ᅀᆞᄫᅡ다가 [26앞

果광實씷 ᄣᅡ 머겨 기르ᅀᆞᄫᆞ니 나히 열네히어시늘 그 아비 ᄉᆞ랑ᄒᆞ야 샹녜 블 부듫 ᄌᆞ비를 시기ᅀᆞᄫᆞᆺ더니 ᄒᆞᄅᆞᆫ 조심 아니 ᄒᆞ샤 브를 ᄢᅵ긔 ᄒᆞ야시늘 그 아비 그 ᄯᆞ니믈 구짓고 北븍녁 堀쿯애 브리ᅀᆞᄫᅡ 블 가져오라 ᄒᆞ야늘 그 ᄯᆞ니미 아빅 말 드르샤 北븍堀쿯로 가시니 거름마다 발 드르신 ᄧᅡ해 [26뒤 다 蓮련花황ㅣ 나니 자최를 조차 느러니 次ᄎᆞᆼ第뗑로 길 ᄂᆞᆫ더니 北븍堀쿯애 가 블 빌이쇼셔 ᄒᆞ야시늘 그 仙션人신이 이 ᄯᆞ니ᄆᆡ 福복德득이 자최마다 蓮련花황ㅣ 나ᄂᆞᆫ 고ᄃᆞᆯ 보고 닐오ᄃᆡ 블옷 얻고져 ᄒᆞ거든 네 올ᄒᆞᆫ녀그로 내 堀쿯을 닐굽 번 값돌라

그 ᄯᆞ니미 닐온 야ᅌᆞ로 ᄒᆞ고 니거시늘 이슥고 波방羅랑捺낭王왕이 [27앞 한 사ᄅᆞᆷ 더블오 그 뫼해 山산行ᅘᆡᆼ 가샤 北븍堀쿯애 仙션人신 잇ᄂᆞᆫ ᄃᆡ 가 보시니 蓮련花황ㅣ 堀쿯을 둘어 느러니 냇거늘 大땡王왕이 과ᄒᆞ샤 讚잔嘆탄ᄒᆞ샤ᄃᆡ 됴ᄒᆞᆯ쎠 됴ᄒᆞᆯ쎠 大땡德득 大땡仙션이 福복德득이 노ᄑᆞ샤 이러ᄒᆞ샷다 ᄒᆞ야시늘 仙션人신이 王왕ᄭᅴ ᄉᆞᆯᄫᅩᄃᆡ 大땡王왕하 아ᄅᆞ쇼셔 이 蓮련花황ᄂᆞᆫ [27뒤 내ᄋᆡ 어디로미 아니니이다 王왕이 니ᄅᆞ샤ᄃᆡ 大땡師ᄉᆞᆼ ᄒᆞ샨 일 아니면 뉘 ᄒᆞᆫ 거시잇고 仙션人신이 ᄉᆞᆯᄫᅩᄃᆡ 大땡王왕하 이 南남堀쿯ㅅ 仙션人신이 ᄒᆞᆫ ᄯᆞᄅᆞᆯ 길어 내니 양ᄌᆡ 端돤正졍ᄒᆞ야 世솅間간애 쉽디 몯ᄒᆞ니 그 ᄯᆞᆯ ᄒᆞᇝ 時씽節졇에 자최마다 蓮련花황ㅣ 나ᄂᆞ니이다 [28앞

王왕이 드르시고 즉자히 南남堀쿯애 가샤 뎌 仙션人신을 보샤 禮롕數숭ᄒᆞ시고 니ᄅᆞ샤ᄃᆡ ᄯᆞᄅᆞᆯ 두겨시다 듣고 婚혼姻인을 求끃ᄒᆞ노이다 仙션人신이 ᄉᆞᆯᄫᅩᄃᆡ 내 ᄒᆞᆫ ᄯᆞᄅᆞᆯ 뒤쇼ᄃᆡ 져머 어리오 아ᄒᆡ ᄢᅴ브터 深심山산애 이셔 사ᄅᆞᄆᆡ 이리 설우르고 플옷 닙고 나못 여름 먹ᄂᆞ니 王왕이 므슴 호려 져주시ᄂᆞ니잇고 [28뒤 ᄯᅩ 이 ᄯᆞᄅᆞᆫ 畜흉生ᄉᆡᆼ이 나ᄒᆞᆫ 거시이다 ᄒᆞ고 根근源원을 다 ᄉᆞᆯᄫᅡ늘 王왕이 니ᄅᆞ샤ᄃᆡ 그러ᄒᆞ야도 므던ᄒᆞ니 이제 어듸 잇ᄂᆞ니잇고 ᄉᆞᆯᄫᅩᄃᆡ 이 堀쿯애 잇ᄂᆞ니이다

그 ᄢᅴ 大땡王왕이 堀꿇애 드러 보시고 깃그샤 즉자히 香향湯탕애 沐목浴욕히여 위두ᄒᆞᆫ 오ᄉᆞ로 빗이시고 보ᄇᆡ 瓔ᅙᅧᆼ珞락ᄋᆞ로 [29앞 莊장嚴엄히시고 큰 象썅 ᄐᆡ오시고 百ᄇᆡᆨ千쳔 사ᄅᆞ미 侍씽衛윙ᄒᆞ야 呈뗑才찡ᄒᆞ며 풍류ᄒᆞ야 나라해 도라오시니 그 ᄯᆞ니미 몯 보던 한 사ᄅᆞᄆᆞᆯ 두리여 ᄒᆞ더시다

그 아비 노ᄑᆞᆫ 묏 그테 올아 울며 ᄇᆞ라며 너교ᄃᆡ 내 이 ᄯᆞᄅᆞᆯ 나하 길오니 ᄒᆞᆫ 일도 몰라셔 날 여희여 가ᄂᆞ니 내 [29뒤 이에 이셔 년 ᄃᆡ 옮디 아니호리니 ᄒᆞ다가 내 ᄯᆞ리 뒤도라 날 ᄇᆞ라다가 보디 몯ᄒᆞ면 시름ᄒᆞ야 ᄎᆞ기 너기리라 ᄒᆞ야 오래 셔아 이셔 ᄇᆞ라더니 그 ᄯᆞ니미 몯 보ᄃᆞ록 가ᄃᆡ 乃냉終즁내 도라보디 아니ᄒᆞ야시ᄂᆞᆯ 그 아비 애ᄃᆞ라 닐오ᄃᆡ 畜흉生싱ᄋᆡ 나ᄒᆞᆫ 거실ᄊᆡ 그러ᄒᆞ도다 내 져믄 ᄢᅴ브터 길어 사ᄅᆞᆷ ᄃᆞ외야 王왕이 ᄉᆞ랑ᄒᆞ샤미 [30앞 ᄃᆞ외야ᄃᆞᆫ 도ᄅᆞᅘᅧ 나ᄅᆞᆯ ᄇᆞ리ᄂᆞ다 ᄒᆞ고 堀꿇애 드러 呪즇術쓣을 외와 그 ᄯᆞᄅᆞᆯ 비로ᄃᆡ 王왕곳 너를 ᄉᆞ랑티 아니ᄒᆞ시린댄 커니와 王왕이 너를 禮롕로 待뗑接졉ᄒᆞ샳 딘댄 모로매 願원이 이디 말오라 ᄒᆞ더니

波방羅랑棕냉王왕이 大땡闕궗에 도라오샤 第뗑一ᅙᅵᇙ 夫붕人신ᄋᆞᆯ 사ᄆᆞ시고 일후믈 [30뒤 鹿록母뭏夫붕人신이라 ᄒᆞ시니 녀느 혀근 나랏 王왕이 다 와 賀ᅘᅡᆼ禮롕ᄒᆞᅀᆞᆸ더라 아니 오라아 아기ᄅᆞᆯ ᄇᆡ여시ᄂᆞᆯ 王왕이 손소 그 夫붕人신ᄋᆞᆯ 供공養양ᄒᆞ시며 자리며 차바ᄂᆞᆯ 다 보ᄃᆞ랍긔 ᄒᆞ더시니 열 ᄃᆞ리 ᄎᆞ거늘 ᄇᆞ라샤ᄃᆡ 아ᄃᆞᆯ 나하ᄃᆞᆫ 나랏 位윙ᄅᆞᆯ 닛긔 코져 ᄒᆞ더시니 ᄃᆞ리 ᄎᆞ거늘 産산生싱ᄒᆞ샤ᄃᆡ [31앞 ᄒᆞᆫ 蓮련花황ᄅᆞᆯ 나ᄒᆞ신대 仙션人신ᄋᆡ 呪즇ᄒᆞ욘 다ᄉᆞ로 王왕이 怒농ᄒᆞ야 니ᄅᆞ샤ᄃᆡ 畜흉生싱ᄋᆡ 나ᄒᆞᆫ 거실ᄊᆡ 그러ᄒᆞ도다 ᄒᆞ시고 즉자히 夫붕人신ᄉ 벼슬 아ᅀᆞ시고 그 蓮련花황ᄅᆞᆯ ᄇᆞ리라 ᄒᆞ시다

그 後ᅘᅮᇢ 사나ᄋᆞᆯ 마내 王왕이 臣씬下ᅘᅡᆼᄃᆞᆯ ᄃᆞ리시고 뒷東동山산애 드러 노ᄅᆞᆺᄒᆞ시며 [31뒤 象썅이며 ᄆᆞ리며 力륵士ᄊᆞᆼᄃᆞᆯᄒᆞᆯ 싸홈 브텨 보더시니 위두ᄒᆞᆫ 큰 力륵士ᄊᆞᆼㅣ 업더디여 발로 싸홀 구르니 싸히 다 드러쳐 蓮련모시 조차 뮌대 蓮련못 ᄀᆞᅀᆡᆺ 큰 珊

산瑚ᅘᅩᇰ 나모 아래 ᄒᆞᆫ 蓮련花황ㅣ 소사나아 므레 ᄠᅥ디니 그 고지 ᄂᆞ올ᄫᆞ고 貴귕ᄒᆞᆫ 光광明명이 잇더라 王왕이 보시고 깃그샤 臣씬下ᅘᅡᆼᄃᆞ려 니ᄅᆞ샤ᄃᆡ [32앞 이런 고지 아래 업더니라 ᄒᆞ시고 사ᄅᆞᆷ 브리샤 모새 드러 내야 오라 ᄒᆞ시니 그 고지 五옹百ᄇᆡᆨ 니피오 닙 아래마다 ᄒᆞᆫ 童똥男남이 이쇼ᄃᆡ 양ᄌᆡ 端돤正졍ᄒᆞ더라

그 브리샨 사ᄅᆞ미 王왕ᄭᅴ 와 ᄉᆞᆯᄫᅩᄃᆡ 이 蓮련花황ㅣ 五옹百ᄇᆡᆨ 니피오 닙 아래마다 ᄒᆞᇝ 童똥男남이 잇ᄂᆞ니이다 王왕이 드르시고 소홈 도텨 讚잔嘆탄ᄒᆞ시고 [32뒤 무르샤ᄃᆡ 眞진實씷로 그러ᄒᆞ니여 이 아니 내 鹿록母뭏夫봉人신ᄋᆡ 나ᄒᆞᆫ 고진가 즉자히 靑청衣ᅙᅴᆼᄃᆞ려 무르샤ᄃᆡ 鹿록母뭏夫봉人신ᄋᆡ 나ᄒᆞᆫ 고ᄌᆞᆯ 어듸 ᄇᆞ린다 對됭答답ᄒᆞᅀᆞᄫᅩᄃᆡ 이 못 ᄀᆞᇫ 큰 珊산瑚ᅘᅩᇰ 나모 아래 무두이다

王왕이 그 이ᄅᆞᆯ ᄎᆞᄌᆞ샤 鹿록母뭏夫봉人신ᄋᆡ 나ᄒᆞ신 ᄃᆞᆯ 아ᄅᆞ시고 宮궁의 [33앞 드르샤 鹿록母뭏夫봉人신ᄭᅴ ᄌᆞ갸 허므를 뉘으처 니ᄅᆞ샤ᄃᆡ 내 實씷로 미혹ᄒᆞ야 어딘 사ᄅᆞᄆᆞᆯ 몰라보아 夫봉人신ᄋᆞᆯ 거슯지 호이다 ᄒᆞ시고 도로 녯 벼슬 ᄒᆡ시고 나라해 出츓令령ᄒᆞ샤 五옹百ᄇᆡᆨ 졋어미 어드라 ᄒᆞ더시니 鹿록母뭏夫봉人신이 ᄉᆞᆯᄫᆞ샤ᄃᆡ 나라해 어즈러ᄫᅵ 졋어미 블리디 마ᄅᆞ쇼셔 [33뒤 王왕ㅅ 宮궁中듕에 五옹百ᄇᆡᆨ 夫부人신이 잇ᄂᆞ니 이 夫부人신ᄃᆞᆯ히 내 아ᄃᆞᆯ 나ᄒᆞᆫ 이ᄅᆞᆯ 새와 ᄒᆞᄂᆞ니 王왕이 ᄒᆞᆫ 太탱子ᄌᆼᄅᆞᆯ ᄒᆞᆫ 夫붕人신곰 맛디샤 졋 머겨 기르라 ᄒᆞ시면 아ᄃᆞ리 아니리잇가 王왕이 니ᄅᆞ샤ᄃᆡ 五옹百ᄇᆡᆨ 夫붕人신이 샹녜 새와 그듸ᄅᆞᆯ 害ᅘᆡᆼ코져 ᄒᆞ더니 그듸 이제 날 ᄒᆞ야 티거나 내좇거나 주기라 ᄒᆞ야도 [34앞 그듸ᄅᆞᆯ 거스디 아니호리어늘 이제 엇뎨 怨ᅙᅯᆫ讎쓯ᄅᆞᆯ 니ᄌᆞ시ᄂᆞ니 이 일도 미추미 甚씸히 어렵거늘 ᄯᅩ 能능히 큰 恩ᅙᅳᆫ惠ᅘᅰᆼᄅᆞᆯ 내야 太탱子ᄌᆼ로 夫부人신ᄃᆞᆯᄒᆞᆯ 주려 ᄒᆞ시ᄂᆞ다 그 ᄢᅴ 五옹百ᄇᆡᆨ 夫붕人신이 몯내 기ᄭᅥᄒᆞ더니 無뭉量량 百ᄇᆡᆨ千쳔 大땡衆즁이 이 말 듣고 다 道똫理링옛 ᄆᆞᅀᆞᄆᆞᆯ 내니라

그 ᄢᅴ [34뒤 大땡王왕이 夫붕人ᅀᅵᆫᄭᅴ ᄉᆞᆯᄫᆞ샤ᄃᆡ 네 업던 이미로소니 내 그듸를 몯 미츠리로다 夫붕人ᅀᅵᆫ이 니ᄅᆞ샤ᄃᆡ 나ᄂᆞᆫ 난 後ᅘᅮᇢ로 ᄂᆞᆷ 더브러 ᄃᆞ토ᄃᆞᆯ 아니ᄒᆞ노이다 夫붕人ᅀᅵᆫᄃᆞᆯ히 절로셔 嗔친心심ᄋᆞᆯ ᄒᆞᄂᆞ니 가ᄌᆞᆯ비건댄 사ᄅᆞ미 바ᄆᆡ 녀다가 机빙를 보고 도ᄌᆞ긴가 너겨며 모딘 귀써신가 너겨 두리여 헤ᄃᆞᆮ다가 [35앞 노ᄑᆞᆫ 바회예 ᄠᅥ디거나 므리어나 보리어나 가ᄉᆡ남기어나 업더디여 제 모ᄆᆞᆯ 허리ᄂᆞ니 망랴앳 짐쟈ᄀᆞ로 머즌 이리 이러ᄒᆞᄂᆞ니 一ᅙᅵᇙ切쳉 衆즁生ᄉᆡᇰ도 이 ᄀᆞᆮᄒᆞ야 절로 살오 절로 주구미 누에고티예 잇ᄃᆞᆺ ᄒᆞ며 나ᄇᆡ 브레 드ᄃᆞᆺ ᄒᆞ야 ᄒᆞ라 ᄒᆞ리 업시 一ᅙᅵᇙ切쳉 머즌 이리 망랴앳 짐쟈ᄀᆞ로브터 나ᄂᆞ니이다 [35뒤 夫붕人ᅀᅵᆫᄃᆞᆯ토 이 ᄀᆞᆮᄒᆞᆯᄊᆡ 내 뎌런 어린 것 ᄃᆞ려 겻구믈 아니 ᄒᆞ노이다 五옹百ᄇᆡᆨ 夫붕人ᅀᅵᆫ이 즉자히 鹿록母뭏夫붕人ᅀᅵᆫᄭᅴ 禮롕數숭ᄒᆞ고 제 허므를 뉘으처 鹿록母뭏夫붕人ᅀᅵᆫᄋᆞᆯ 셤교ᄃᆡ 어버ᅀᅵ ᄀᆞ티 ᄒᆞ야 기르ᄂᆞᆫ 太탱子중ᄅᆞᆯ 나ᄒᆞᆫ 게셔 달이 아니 터라

그 ᄢᅴ 五옹百ᄇᆡᆨ 太탱子중ㅣ 漸쪔漸쪔 ᄌᆞ라니 ᄒᆞᆫ 太탱子중마다 [36앞 히미 一ᅙᅵᇙ千쳔 사ᄅᆞ미 맛더니 이웃 나라히 背ᄇᆡᆼ叛빤ᄒᆞ거든 저희 가 티고 四ᄉᆞᆼ兵병을 니르왇디 아니ᄒᆞᆯᄊᆡ 나라히 便뼌安한ᄒᆞ고 하ᄂᆞᆯ콰 神씬靈령괘 깃거 ᄇᆞᄅᆞᆷ 비를 時씽節졇로 ᄒᆞ야 百ᄇᆡᆨ姓셩이 가ᅀᆞ며더라

그 ᄢᅴ 五옹百ᄇᆡᆨ 太탱子중ㅣ 蓮련못 ᄀᆞᅀᅢ 모다 안자 이셔 믈미틧 그르메를 보고 서르 닐오ᄃᆡ [36뒤 一ᅙᅵᇙ切쳉法법이라 ᄒᆞᆫ 거시 곡도 ᄀᆞᆮᄒᆞ며 變변化황 ᄀᆞᆮᄒᆞ며 ᄭᅮ메 보ᄃᆞᆺ ᄒᆞ며 므렛 그르메 ᄀᆞᆮᄒᆞ야 眞진實씷이 업슨 거시니 우리도 이제 이 ᄀᆞᆮᄒᆞ야 비록 尊존ᄒᆞ야 기픈 지븨 이셔 五옹欲욕ᄋᆞᆯ 젼ᄎᆞᆺ ᄒᆞ고도 져믄 고ᄫᆞᆫ 양ᄌᆞ를 오래 믿디 몯ᄒᆞᆯ 꺼시니 사ᄅᆞ미 살면 주그미 이실ᄊᆡ 모로매 늙ᄂᆞ니라 ᄒᆞ고 太탱子중ᄃᆞᆯ히 [37앞 시름ᄒᆞ야 宮궁의 도라와 父뿡母뭏ᄭᅴ ᄉᆞᆯ보ᄃᆡ 世솅界갱 다 受쓯苦콩ᄅᆞᄫᆡ야 즐거ᄫᅳᆫ 거시 업도소니 父뿡母뭏ㅣ 이제 우리를 出츓家강ᄒᆞ게 ᄒᆞ쇼셔

王왕이 거스디 몯ᄒᆞ샤 그리ᄒᆞ라 ᄒᆞ야시ᄂᆞᆯ 어마니미 니ᄅᆞ샤ᄃᆡ 너희 出츓家강ᄒᆞ거든 날 ᄇᆞ리곡 머리 가디 말라 뒷東동山산이 淸쳥淨쪙ᄒᆞ고 남기 盛씽히 기스니 [37뒤 供공養양ᄋᆞᆯ 낟ᄇᆞ디 아니케 호리라 太탱子ᄌᆞᆼᄃᆞᆯ히 즉자히 出츓家강ᄒᆞ야 뒷東동山산애 이셔 다 辟벽支징佛뿛ㅅ 道똫理링ᄅᆞᆯ 일우고 父뿡母뭏ㅅ 알ᄑᆡ 와 ᄉᆞᆯᄫᆞᄃᆡ 父뿡母뭏하 出츓家강ᄒᆞᆫ 利링益힉을 이제 ᄒᆞ마 得득ᄒᆞ과이다 ᄒᆞ고

그 ᄢᅴ 比삥丘쿻ᄃᆞᆯ히 虛헝空콩애 올아 東동녀긔 소ᄉᆞ면 西솅ㅅ녀긔 [38앞 숨고 西솅ㅅ녀긔 소ᄉᆞ면 東동녀긔 숨고 南남녀긔 소ᄉᆞ면 北븍녀긔 숨고 北븍녀긔 소ᄉᆞ면 南남녀긔 숨고 큰 모ᄆᆞᆯ 지ᅀᅳ면 虛헝空콩애 ᄀᆞᄃᆞᆨᄒᆞ고 ᄯᅩ ᄒᆞᆫ 모ᄆᆞ로 無뭉量량 모ᄆᆞᆯ 지ᅀᅳ며 몸 우희 믈 내오 몸 아래 블 내며 몸 아래 믈 내오 몸 우희 블 내야 父뿡母뭏 위ᄒᆞᅀᆞᄫᅡ 種종種종 變변化황ᄒᆞ고 즉자히 모ᄆᆞᆯ ᄉᆞ라 [38뒤 涅넗槃빤ᄒᆞ거늘

鹿록母뭏夫붕人신이 ᄡᅢ를 주ᅀᅥ 뒷東동山산애 五옹百ᄇᆡᆨ 塔탑ᄋᆞᆯ 이로고 花황香향 풍류로 날마다 東동山산애 드러 五옹百ᄇᆡᆨ 辟벽支징佛뿛 塔탑ᄋᆞᆯ 供공養양ᄒᆞ더시니 그 塔탑 알ᄑᆡ 시름ᄒᆞ야 니ᄅᆞ샤ᄃᆡ 내 비록 五옹百ᄇᆡᆨ 太탱子ᄌᆞᆼᄅᆞᆯ 나하 出츓家강ᄒᆞ야도 ᄒᆞ나토 菩뽕提똉心심ᄋᆞᆯ 發벓ᄒᆞ니 [39앞 업도다 ᄒᆞ시고 즉자히 盟명誓쎙 發벓願원을 ᄒᆞ샤ᄃᆡ 내 五옹百ᄇᆡᆨ 辟벽支징佛뿛ㅅ 舍샹利링ᄅᆞᆯ 供공養양ᄒᆞᆫ 功공德득으로 오ᄂᆞᆫ 뉘예 아ᄃᆞᆯ 해 나티 말오 오직 ᄒᆞᆫ 아ᄃᆞᄅᆞᆯ 나하 能능히 道똫理링ㅅ ᄆᆞᅀᆞᄆᆞᆯ 發벓ᄒᆞ야 出츓家강ᄒᆞ야 現현ᄒᆞᆫ 뉘예 一힗切쳉 智딩慧쮕ᄅᆞᆯ 得득ᄒᆞ고라 ᄒᆞ시니라

부톄 [39뒤 阿항難난이ᄃᆞ려 니ᄅᆞ샤ᄃᆡ 그 ᄢᅵ 鹿록母뭏夫붕人신ᄋᆞᆫ 이젯 摩망耶양夫붕人신이시니 五옹百ᄇᆡᆨ 辟벽支징佛뿛을 供공養양ᄒᆞ시며 그지업슨 됴ᄒᆞᆫ 業업을 닷ᄀᆞ실ᄊᆡ 이제 와 如ᅀᅧᆼ來ᄅᆡᆼᄅᆞᆯ 나ᄒᆞ시니라

부톄 이 法법 니ᄅᆞ싫 時씽節졇에 無뭉量량 百ᄇᆡᆨ千쳔 人신天텬이 四ᄉᆞᆼ果광애 니

를오 無뭉量량 衆즁生싱이 [40앞 阿항耨녹多당羅랑三삼藐막三삼菩뽕提똉心심ᄋᆞᆯ 發벓ᄒᆞ니라 阿항難난이 ᄉᆞᆯᄫᆞᄃᆡ 世솅尊존하 摩망耶양夫붕人신이 엇던 業업을 지ᅀᆞ시곤대 畜휵生싱 中듕에 나시니잇고 부톄 니ᄅᆞ샤ᄃᆡ 디나건 無뭉量량 阿항僧승祇낑 劫겁 時씽節졇에 毗삥婆빵尸싱如셩來링ㅅ 像썅法법 中듕에 ᄒᆞᆫ 나라히 [40뒤 이쇼ᄃᆡ 일후미 波방羅랑棕냉러니 □ 나라해 ᄒᆞᆫ 婆빵羅랑門몬이 이쇼ᄃᆡ ᄒᆞᆫ ᄯᆞ님 나코 그 아비 죽거늘 그 어미 이 ᄯᆞ니믈 기르더니 나히 ᄌᆞ라거시ᄂᆞᆯ 그 어미 이 ᄯᆞ니믈 東동山산 ᄃᆡ희오고 스싀로 가 밥 어더 스싀로 먹고 ᄯᆞ님ᄭᅴ 밥 보내요믈 날마다 그리 ᄒᆞ다가 ᄒᆞᄅᆞᆫ ᄢᅵ 계ᄃᆞ록 아니 받ᄌᆞ바ᄂᆞᆯ 그 ᄯᆞ니미 애ᄃᆞ라 [41앞 니ᄅᆞ샤ᄃᆡ 우리 어미ᄂᆞᆫ 즁ᄉᆡᆼ도 ᄀᆞᆮ디 몯도다 내 즁ᄉᆡᆼᄋᆞᆯ 본ᄃᆡᆫ 사ᄉᆞᆷ도 샷기 ᄇᆡ골하 ᄒᆞ거든 ᄆᆞᅀᆞ매 닛디 몯ᄒᆞᄂᆞ다 ᄒᆞ더시니 이슥고 어미 밥 가져오나ᄂᆞᆯ 머구려 ᄒᆞ시ᄂᆞᆫ ᄆᆞᄃᆡ예 ᄒᆞᆫ 辟벽支징佛뿛이 南남녀그로셔 虛헝空콩애 ᄂᆞ라 디나가더니 그 ᄯᆞ니미 이 比삥丘쿻ᄅᆞᆯ 보고 깃거 저ᅀᆞᆸ고 請청ᄒᆞ야 조ᄒᆞᆫ 座쫭 ᄭᆞᆯ오 [41뒤 고ᄫᆞᆫ 곳 것고 ᄌᆞ갸 밥 더러 내야 比삥丘쿻ᄭᅴ 주시니 比삥丘쿻ㅣ 먹고 妙묳法법을 닐어늘 그 ᄯᆞ니미 發벓願원을 ᄒᆞ샤ᄃᆡ 내 오ᄂᆞᆫ 뉘예 賢현聖셩을 맛나ᅀᆞ바 禮롕數숭ᄒᆞ야 供공養양ᄒᆞᅀᆞᄫᆞ며 내 양ᄌᆡ 端돤正졍ᄒᆞ며 尊존코 노ᄑᆞᆫ 몸 ᄃᆞ외며 ᄒᆞ닗 저긔 蓮련花황ㅣ 바ᄅᆞᆯ 받긔 ᄒᆞ쇼셔

부톄 阿항難난이ᄃᆞ려 니ᄅᆞ샤ᄃᆡ [42앞 그 ᄢᅴᆺ ᄯᆞ니미 鹿록母뭏夫붕人신이시니 ᄒᆞᆫ 밥 조ᄒᆞᆫ 고ᄌᆞ로 辟벽支징佛뿛 供공養양ᄒᆞ샨 다ᄉᆞ로 五옹百ᄇᆡᆨ 뉘예 尊존코 빗나며 어딜오 貴귕ᄒᆞ샤 옷 바비 自ᄍᆞᆼ然션히 有웋餘영ᄒᆞ며 蓮련花황ㅣ 바ᄅᆞᆯ 바ᄍᆞᄫᆞ니 願원力륵 因인緣원으로 五옹百ᄇᆡᆨ 辟벽支징佛뿛을 맛나샤 供공養양ᄒᆞ시니라 [42뒤 그 ᄢᅴ 恩ᅙᅳᆫ惠ᅘᅰᆼ 몰라 어미 구지저 즁ᄉᆡᆼ애 가ᄌᆞᆯ비시니 이 모딘 이븨 젼ᄎᆞ로 사ᄉᆞᄆᆡ ᄇᆡ예 나시니라

부톄 阿항難난이ᄃᆞ려 니ᄅᆞ샤ᄃᆡ 사ᄅᆞ미 世솅間간애 나아 이셔 머즌 이리 이브로

나ᄂᆞ니 이비 블라와 더으니 브리 盛쎵ᄒᆞ야 나면 ᄒᆞᆫ 뉘ᄅᆞᆯ ᄉᆞᆯ어니와 모딘 이비 盛쎵ᄒᆞ야 나면 無뭉數숭ᄒᆞᆫ 뉘ᄅᆞᆯ ᄉᆞᆯ며 브리 盛쎵ᄒᆞ야 나면 [43앞 世솅間간앳 쳔랴ᇰᄋᆞᆯ ᄉᆞᆯ어니와 모딘 이비 盛쎵ᄒᆞ야 나면 七칧聖셩財찡ᄅᆞᆯ ᄉᆞᄂᆞ니라 이럴ᄊᆡ 阿항難난아 [43뒤 혀는 제 몸 ᄑᆡᄂᆞᆫ 도최라

그 ᄢᅴ 一ᅙᅵᇙ千쳔 優ᅙᅮᇢ婆빵塞싱 優ᅙᅮᇢ婆빵夷잉 이벳 허므를 조심ᄒᆞ야 初총果광ᄅᆞᆯ 得득ᄒᆞ며 無뭉量량 比삥丘쿻 比삥丘쿻尼닝ᄂᆞᆫ 四ᄉᆞᆼ果광애 니를며 無뭉量량 人신天텬이 阿항耨녹多당羅랑 三삼藐막三삼菩뽕提똉心심ᄋᆞᆯ 發벓ᄒᆞ며 辟벽支징佛뿛心심에 니르니라 □□□

『석보상절 제십일』의 번역문 벼리

[1앞 석보상절(釋譜詳節) 제십일(第十一)

석제환인(釋提桓因)이 부처께 청(請)하되 "도리천(忉利天)에 가시어, 어머님을 위하시어 설법(說法)하소서." 세존(世尊)이 사람에게 아니 알리시어 혼자 도리천(忉利天)에 가시어, 환희원(歡喜園)이라 하는 동산(東山)에 파리질다라수(波利質多羅樹)라 하는 나무 아래에 계시어 석 달을 안거(安居)하시더니, [1뒤

그때에 하늘의 사중(四衆)이 세존을 위요(圍繞)하여 있더니, 여래(如來)의 몸에 있는 털 구멍마다 방광(放光)하시어 삼천대천세계(三千大千世界)를 비추시니, 광명(光明)마다 천엽(千葉)의 연화(蓮花)가 있고, [2앞 꽃 가운데마다 화불(化佛)이 있으시더니,

세존(世尊)이 문수(文殊)를 어머님께 보내시어 청(請)하시거늘, 문수(文殊)가 마야부인(摩耶夫人)께 가서 사뢰시니, 마야부인(摩耶夫人)이 그 말을 들으시니 젖이 흘러 나거늘, 이르시되 "세존이 진실(眞實)로 내가 낳은 실달(悉達)이면 이 젖이 그 입에 가리라." 하시니, 두 젖이 [2뒤 솟아나 여래(如來)의 입에 가 들거늘 마야(摩耶)가 기뻐하시니, 대천세계(大千世界)가 진동하고 시절(時節)이 아닌 꽃도 피며 열매도 열어서 익더라.

마야(摩耶)가 문수(文殊)더러 이르시되 "내가 부처와 함께하여 모자(母子)가 된 후(後)로 즐거움이 오늘 같은 것이 없다." 하시고, 즉시 문수(文殊)와 함께하시어 세존(世尊)께 오시거늘, [3앞 세존(世尊)이 마야를 바라보시고 사뢰시되, "열반(涅槃)을 닦아야 고락(苦樂)을 길이 떨쳐 내겠습니다." 마야(摩耶)가 땅에 엎드리시어 마음을 올곧게 여기시니 결사(結使)가 사라지거늘, 세존(世尊)이 설법(說法)하시니 마야(摩耶)가 즉시 숙명(宿命)을 알아 수타환과(須陀洹果)를 득(得)하시고, [3뒤 부처께 사뢰시되 "생사(生死)의 우리(獄)에서 벗어날 일을 알았습니다." 그때에 모여 있는 대중(大衆)들이 이 말을 듣고 함께 이르되, "일체(一切)의 중생(衆生)이 다 생사의 우리(獄)에서 벗어나고자 원(願)합니다."

그때에 시방(十方)의 무량세계(無量世界)에 끝내 말로써 다 이르지 못할 일체(一切)의 제불(諸佛)과 보살마하살(菩薩摩訶薩)들이 다 와서 찬탄(讚嘆)하시되, [4앞 "석가모니불(釋迦牟尼佛)이 능(能)히 오탁악세(五濁惡世)에 큰 지혜(智慧)와 신통력(神通力)으로 몹시 굳은 모진 중생(衆生)을 항복(降服)시킨다." 하시고, 각각(各各) 자신들을 모신 이(者)를 부리시어 석가모니불께 안부(安否)하시더니, 사바세계(娑婆世界)와 다른 국토(國土)에 있는 그지없는 천룡(天龍)·귀신(鬼神)이 [4뒤 도리천(忉利天)에 다 모여 오거늘,

그때에 석가모니불(釋迦牟尼佛)이 문수사리(文殊師利) 법왕자(法王子)와 보살(菩薩) 마하살(摩訶薩)께 물으시되, "이제 모여 있는 이 세계(世界)며 다른 세계(世界)에 있는 제불(諸佛)·보살(菩薩)·천룡(天龍)·귀신(鬼神)을 네가 그 수(數)를 알겠느냐 모르겠느냐?" 문수(文殊)가 사뢰시되 "나의 신력(神力)으로 [5앞 일천(一千) 겁(劫)에 헤아려도 끝내 못 알겠습니다." 부처가 이르시되 "이것이 다 지장보살(地藏菩薩)이 오랜 겁(劫)으로부터서 이미 제도(濟渡)한 이(者)며, 이제 제도(濟渡)하는 이(者)며, 장차(將次) 제도(濟渡)할 이(者)들이다."

그때에 백천(百千) 만억(萬億) 불가사의(不可思議) 무량(無量) 아승기(阿僧祇)의 세계(世界)에 있는, 지옥(地獄)에 나타난 분신(分身)인 [5뒤 지장보살(地藏菩薩)이 다 오시거늘, 세존(世尊)이 금색(金色)의 팔을 펴시어, 백천(百千) 만억(萬億) 불가사의(不可思議) 무량(無量) 아승기(阿僧祇)의 세계(世界)에 나타난 화신(化身)인 지장보살(地藏菩薩) 마하살(摩訶薩)의 머리를 만지시며 이르시되, "내가 오탁악세(五濁惡世)에 몹시 굳은 중생(衆生)을 교화(敎化)하여, 사곡(邪曲)을 버리고 [6앞 정(正)한 데에 가게 하니, 열 중에 하나 둘은 오히려 모진 버릇이 있으므로 나도 천백억(千百億)의 몸이 되어 방편(方便)을 널리 하는데, 좋은 근원(根源)이 있는 중생(衆生)이 듣고 즉시 그 방편을 신(信)하여 받을 이도 있으며, 좋은 과보(果報)가 있는 중생(衆生)이 부지런히 그 방편을 권(勸)하여 이루는 이도 있으며, 미혹(迷惑)하고 둔(鈍)한 [6뒤 중생(衆生)이 오래 교화(敎化)하여야 귀의(歸依)할 이도 있으며, 죄업(罪業)이 중(重)한 중생(衆生)이 공경(恭敬)스러운 마음을 아니 낼 이도 있나니, 이 유형에 속한 중생(衆生)들이 각각(各各) 제각각이므로 분신(分身)하여 도탈(度脫)하되, 남자의 몸도 현(現)하며 여자의 몸도 현(現)하며 천룡(天龍)의 몸도 현(現)하며 귀신(鬼

神)의 몸도 [7앞 현(現)하며, 산이며 수풀이며 내(川)이며 강이며 못이며 샘이며 우물이 현(現)하여 사람을 이익(利益)되게 하여 다 도탈(度脫)하며, 제석(帝釋)의 몸도 현(現)하며 범왕(梵王)의 몸도 현(現)하며 전륜왕(轉輪王)의 몸도 현(現)하며 거사(居士)의 몸도 현(現)하며 국왕(國王)의 몸도 현(現)하며 재보(宰輔)의 몸도 현(現)하며 [7뒤 관속(官屬)의 몸도 현(現)하며 비구(比丘)·비구니(比丘尼)·우바새(優婆塞)·우바이(優婆夷)의 몸도 현(現)하며, 성문(聲聞)·나한(羅漢)·벽지불(辟支佛)·보살(菩薩)의 몸도 현(現)하여 중생을 제도(濟渡)하나니, 부처의 몸만이 현(現)할 뿐이 아니니라. 네가 내가 여러 겁(劫)에 이 유형에 속한 아주 굳은 중생(衆生)을 수고(受苦)로이 [8앞 도탈(度脫)하는 일을 보나니, 그 중(中)에 업보(業報)를 좇아서 악취(惡趣)에 떨어져서 큰 수고(受苦)할 시절(時節)에, 네가 모름지기 내가 도리천궁(忉利天宮)에 있어서 부지런히 부촉(付屬)하던 일을 생각하여, 사바세계(娑婆世界)에서 미륵(彌勒)이 세간(世間)에 날 적에 이르도록, 그 사이에 있은 중생(衆生)을 수고에서 다 벗어나게 하여 [8뒤 수고(受苦)를 떨치게 하라."

그때에 여러 세계(世界)에 있는 화신(化身)인 지장보살(地藏菩薩)이 합쳐져서 한 몸이 되시어, 울며 슬퍼하여 부처께 사뢰시되 "내가 오랜 겁(劫)으로부터 부처가 나를 접인(接引)하시는 것을 당하여, 내가 불가사의(不可思議)의 신력(神力)을 얻어 큰 지혜(智慧)가 갖추어져 있어, 나의 분신(分身)이 백천만억(百千萬億) 항하사(恒河沙)의 세계(世界)에 가득하여, [9앞 세계(世界)마다 백천만억(百千萬億)의 몸이 되어, 몸마다 백천만억(百千萬億)의 사람을 제도(濟渡)하여, 백천만억(百千萬億)의 사람이 삼보(三寶)를 공경(恭敬)하여 생사(生死)를 길이 떨쳐서 열반락(涅槃樂)에 이르게 하니, 오직 불법(佛法) 중(中)에 행한 좋은 일이 한 털 한 티끌 만하여도, 내가 점점(漸漸) [9뒤 도탈(度脫)하여 큰 이(利)를 얻게 하겠으니, 원(願)하건대 세존(世尊)이 후세(後世)에 있을 모진 중생(衆生)으로 인해서 염려(念慮)를 마소서." 이 양(樣)으로 세 번 사뢰시어, "원(願)하건대 세존(世尊)이 후세(後世)에 있을 모진 중생(衆生)으로 인해서 염려를 마소서." 하시거늘,

그때에 부처가 지장보살(地藏菩薩)을 찬탄(讚歎)하여 이르시되, "좋다. 좋다. 내가 너의 기뻐함을 돕나니, [10앞 네가 능(能)히 오랜 겁(劫)에 있은 큰 맹서(盟誓)와 발원(發願)을 이루어 널리 제도(濟渡)하는 것을 거의 마치면, 즉시 보리(菩提)를 증

(證)하리라."

그때에 인간(人間, 세상)에서 중생들이 부처를 못 본 지가 오래더니, 우전왕(優塡王) 등(等)이 아난(阿難)에게 가 묻되 "여래(如來)가 어디에 계십니까?" 아난(阿難)이 사뢰되 "대왕(大王)이시여, [10뒤 나도 여래(如來)가 계신 데를 몰랐습니다." 우전왕(優塡王)이 세존(世尊)을 그리워하여 병(病)을 하여, 나라에 어진 장인(匠人)을 모아 우두전단향(牛頭栴檀香)으로 세존(世尊)의 상(像)을 만들어 공양(供養)하더니, 파사닉왕(波斯匿王)도 그 말을 듣고 자마금(紫摩金)으로 여래(如來)의 상(像)을 [11앞 만드니, 염부제(閻浮提)의 내(內)에 만든 부처의 상(像)이 이 둘이 시작(始作)이시니라.

그때에 세존(世尊)이 도리천(忉利天)에 계시어 많은 사람을 위하여 설법(說法)하시고, 석 달이 다하거늘 구마라(鳩摩羅)를 부리시어 염부제(閻浮提)에 내려와 이르되 "여래(如來)가 아니 오래어 열반(涅槃)에 [11뒤 드시리라." 그때에 중생(衆生)들이 이 말을 듣고 이르되, "우리들이 스승이 계신 곳을 모르더니, 스승께서 도리천(忉利天)에 계시더구나. 스승께서 또 열반(涅槃)에 들려 하시니 이토록 서럽구나. 세간(世間)에 있는 눈(眼)이 없어지겠다. 우리는 죄(罪)를 지은 몸이라서 하늘에 못 가니, 원(願)하건대 인자(仁者)가 스승을 청(請)하여 [12앞 어서 내려오시게 하소서." 구마라(鳩摩羅)가 올라가 세존께 사뢰거늘, 세존(世尊)이 들으시고 오색(五色) 광명(光明)을 내어 비추시는데, 제석(帝釋)이 귀신(鬼神)을 부려 세 줄로 된 다리를 놓으니, 가운데는 금(金)이요 왼녘에는 유리(瑠璃)요 오른녘에는 마노(瑪瑙)이더라.

부처가 마야(摩耶)께 사뢰시되 "죽살이(生死)의 법(法)은 모여 있다가도 반드시 [12뒤 이별합니다. 내가 이제 내려가면 오래지 않아 열반(涅槃)하겠습니다." 마야(摩耶)가 우시고 게(偈)를 지어 세존께 사뢰시거늘, 그때에 세존(世尊)이 마야께 사별(辭別)하시고 그 보계(寶階)로 내려오시더니, 범천(梵天)이 개(蓋)를 잡아 사천왕(四天王)과 두 쪽에 서고, 사중(四衆)이 노래를 불러 세존을 찬탄(讚嘆)하여 좇아서 [13앞 오더니, 하늘의 풍류가 허공(虛空)에 가득하여 꽃비를 흩뿌리며 향(香)을 피우고, 인도(引導)하거니 뒤따르거니 하여 내려오더라.

염부제(閻浮提)에 있는 임금인 파사닉왕(波斯匿王) 등(等) 일체(一切)의 대중(大衆)이 보계(寶階)의 밑에 모여 가서 부처를 맞더니, 우전왕(優塡王)이 만든 금상(金

像)을 상(象, 코끼리)에 실어서 가더니, [13뒤 그 금상(金像)이 상(象, 코끼리) 위에 오르락 아래에 내리락 하여 생불(生佛)과 같으시며, 허공(虛空)에 올라 걸음을 걸으시니 발 아래에서 꽃비가 오며 방광(放光)까지 하시더라. 그 금상(金像)이 세존(世尊)을 보고 합장(合掌)하여 예수(禮數)하시거늘, 세존(世尊)도 꿇으시어 합장(合掌)하시니, 허공(虛空)에 계신 [14앞 백천(百千)의 화불(化佛)이 다 합장(合掌)하여 금상(金像)을 향(向)하여 꿇으셨니라.

그때에 세존(世尊)이 금상(金像)께 이르시되 "네가 오는 세상(來世)에 불사(佛事)를 매우 잘 하겠으니, 내가 멸도(滅度)한 후(後)에 나의 제자(弟子)를 너에게 맡긴다." 하시거늘, 공중(空中)에 있는 백천(百千)의 화불(化佛)이 함께 이르시되 "중생(衆生)이 부처가 없으신 후(後)에 [14뒤 부처의 상(像)을 만들어 종종(種種)으로 공양(供養)하면, 그 사람이 후생(後生)에 마땅히 염불(念佛) 청정(淸靜) 삼매(三昧)를 득(得)하리라." 하시더라.

그때에 육사(六師)의 무리가 모두 여기되, '우리에게 이제 쇠(衰)한 재화(災禍)가 장차 오나니, 이제 천인(天人) 대중(大衆) 중(中)에 가야 하겠구나.' 하고 저의 무리 팔천(八千) 사람을 더불고 [15앞 대중(大衆)이 모인 데에 가 한편에 앉았니라.

그때에 한 건달바(乾闥婆)의 아들, 그 이름이 달바마라(闥婆摩羅)라 하는 이가 칠보금(七寶琴)을 연주하고 노래를 부르니, 그 칠보금이 미묘(微妙)한 소리를 내었니라. 그 소리가 화아(和雅)하여 모든 마음이 즐겁더니, 성문(聲聞)과 벽지불(辟支佛)들이 몸이 움직이는 것을 몰라 일어나 춤추며, 수미산(須彌山)도 솟으락 잠기락 숙이락 하여 [15뒤 즐기더니, 여래(如來)가 즉시 유상(有相) 삼매(三昧)에 드시니, 삼매력(三昧力)으로 금(琴)의 소리를 삼천대천세계(三千大千世界)에 듣게 하여, 그 소리가 고(苦)·공(空)·무상(無常)·무아(無我)를 펴뜨려 이르니, 게으른 중생(衆生)들이 이 소리를 듣고 모두가 다, 여래(如來)가 은혜(恩惠)를 아시어 은혜(恩惠)를 갚으시어 무량(無量) [16앞 아승기(阿僧祇) 겁(劫)에 부모(父母)를 효양(孝養)하시던 것을 알아서, 일체(一切)의 중생(衆生)이 다 소리를 좇아 염부제(閻浮提)에 와 부처께 예수(禮數)하고 한쪽에 앉으니,

그때에 대중(大衆)이 여래(如來)를 우러러 눈을 깜짝도 아니하고 있더니, 여래(如來)가 삼매(三昧)에 들어 고요하게 계시므로 일체(一切)의 대중(大衆)도 다 잠잠

하여 있거늘, [16뒤 대중(大衆) 중(中)에 칠보탑(七寶塔)이 땅에서 솟아나 허공(虛空)에 머무니, 무수(無數)한 당번(幢幡)이 그 위에 달리고 백천(百千)의 방울이 절로 울거늘, 잔잔한 바람이 부니 미묘(微妙)한 소리가 나더라. 그때에 대중(大衆)이 이 보탑(寶塔)을 보고 의심(疑心)하여, "어떤 인연(因緣)으로 이런 보탑(寶塔)이 땅에서 솟아났느냐?" [17앞 하더라. 그때에 여래(如來)가 삼매(三昧)로부터서 깨어나시거늘, 미륵보살(彌勒菩薩)이 모든 마음의 의심(疑心)을 보며, 당신도 모르시게 좌(座)에서 일어나 부처의 앞에 나아 드시어 예수(禮數)하고 합장(合掌)하여 사뢰시되, "세존(世尊)이시어, 어떤 인연(因緣)으로 이런 보탑(寶塔)이 땅에서 솟아났습니까?"

부처가 미륵보살(彌勒菩薩)더러 이르시되, [17뒤 지난 불가사의(不可思議) 아승기(阿僧祇)의 겁(劫)에, 비바시여래(毗婆尸如來)의 상법(像法) 중(中)에 나라가 있되 그 이름이 바라내(波羅㮈)이더니, 바라내대왕(波羅㮈大王)이 어지시므로 정법(正法)으로 나라를 다스리시더니, 예순의 소국(小國)에 으뜸가 있으시더라. 왕(王)이 아들이 없으시므로, 손수 신령(神靈)을 섬기시어 [18앞 열두 해를 느즈러지지 아니하시어 자식(子息)을 구(求)하시더니, 제일(第一)의 부인(夫人)이 아기를 배어 낳으시니, 그 태자(太子)가 단정(端正)하고 성(性)이 좋아 진심(嗔心)을 아니 하므로 이름을 인욕(忍辱)이라 하셨니라. 인욕태자(忍辱太子)가 자라 보시(布施)를 즐기며 총명(聰明)하고 중생(衆生)을 고루 불쌍히 여기더니, [18뒤 그때에 여섯 대신(大臣)이 있되 성(性)이 모질어서 태자(太子)를 새옴하더라.

그때에 대왕(大王)이 중(重)한 병(病)을 얻어 계시거늘, 태자(太子)가 신하(臣下)에게 가서 이르되 "아버님의 병(病)이 깊으시니 어찌하랴?" 신하(臣下)가 이르되 "좋은 약(藥)을 못 얻으므로 명(命)이 아니 오래시겠습니다." 태자(太子)가 듣고 안타까워 땅에 넘어져 있더라. [19앞 여섯 대신(大臣)이 의논(議論)하되 "태자(太子)를 없애 버리지 아니하면 우리가 끝내 편안(便安)하지 못하리라." 한 대신(大臣)이 이르되 "내가 방편(方便)으로 태자를 없애리라." 하고, 태자(太子)께 가 이르되 "내가 요사이에 예순의 소국(小國)에 가 약(藥)을 얻다가 얻지 못하였습니다." 태자(太子)가 이르되 "얻는 약(藥)이 무엇이냐?" [19뒤 대신(大臣)이 이르되 "나면서부터 진심(嗔心)을 아니 하는 사람의 눈자위와 골수(骨髓)입니다." 태자(太子)가 듣고 이르되 "내 몸이 그와 비슷하구나." 대신(大臣)이 이르되 "태자(太子)가 그런 사람이시면 이 일이 어렵습니다. 천하(天下)에 아까운 것이 몸과 같은 것이 없습니다." 태자(太子)가 이르되 "그대들의 말과 같지 아니하니, [20앞 오직 아버님의 병(病)이 좋아지신다면 몸을 백천(百千) 번 버리는 것인들 무엇이 어려우랴?" 대신(大臣)이 이르되 "그러면 태자(太子)의 뜻대로 하겠습니다."

그때에 인욕태자(忍辱太子)가 기뻐하여 어머님께 들어가 사뢰되, "이제 이 몸으로 아버님을 위하여 병(病)에 쓸 약(藥)을 지으려 하니, 내 목숨이 못 붙어 있을까 여겨서 어머님과 이별하러 오니, 원(願)하건대 [20뒤 어머님이 저를 그리워 마소서." 어머님이 들으시고 안타까우시어 내달아서 태자를 안으시어 까무라치시거늘, 찬물을 뿌리어야 깨셨니라.

그때에 태자(太子)가 대신(大臣)과 소국왕(小國王)들을 불러 대중(大衆) 중(中)에 이르되, "내가 이제 대중(大衆)과 이별한다." 하거늘, 대신(大臣)이 즉시 전타라(栴陁羅)를 불러 [21앞 뼈를 끊어 골수(骨髓)를 내고 두 눈자위를 후비어 내었니라.

그때에 대신(大臣)이 이 약(藥)을 만들어 대왕(大王)께 바치니 왕(王)이 자시고 병(病)이 좋아지시어, 왕이 대신들에게 "너희들이 어떻게 이 약을 구했느냐?" 물으니, 대신들이 "이 약은 태자가 준비하셨다." 했다. 왕이 이 말을 들으시고 놀라 신하(臣下)더러 물으시되 "태자(太子)가 이제 어디 있느냐? 대신(大臣)이 [21뒤 사뢰되 "태자(太子)의 몸이 상(傷)하여 명(命)이 멀지 아니하십니다." 왕(王)이 대신의 말을 들으시고 땅에 거꾸러져 우시어, 몸에 먼지를 묻히시고 태자(太子)께 가시니 태자가 이미 명종(命終)하였거늘, 왕(王)과 부인(夫人)과 신하(臣下)와 백성(百姓)과 무량(無量) 대중(大衆)이 앞뒤에 태자를 위요(圍繞)하여 있더니, 어머님이 태자(太子)의 위에 엎드리어 슬퍼하시더라. [22앞 그때에 부왕(父王)과 소왕(小王)들이 우두전단향(牛頭旃檀香)의 나무로 태자(太子)를 불사르시고, 칠보탑(七寶塔)을 세워 공양(供養)하시더라.

세존(世尊)이 미륵보살(彌勒菩薩)더러 이르시되 "바라내대왕(波羅㮈大王)은 이제의 내 아버님인 열두단(閱頭檀)이시고, 그때의 어머님은 이제의 내 어머님인 마야(摩耶)이시고, [22뒤 인욕태자(忍辱太子)는 이제의 내 몸이다. 보살(菩薩)이 무량(無量) 아승기(阿僧祇)의 겁(劫)에 부모(父母)를 효양(孝養)하되, 옷이며 음식이며 집이며 이불과 요며 몸에 있는 골수(骨髓)에 이르도록 써서 효양(孝養)한 것이 이러하니, 이렇게 한 인연(因緣)으로 내가 성불(成佛)함에 이르렀으니, 이제 이 탑(塔)이 땅에서 솟아난 것은 [23앞 곧 내가 부모(父母)를 위하여 목숨을 버리거늘, 곧 부모님이 이곳에 탑(塔)을 세워서 공양(供養)하시더니, 내가 이제 성불(成佛)하므로 내 앞에 보탑이 솟아나 있느니라."

그때에 대중(大衆) 중(中)에 그지없는 인(人)·천(天)·용(龍)·귀신(鬼神)이 이 말을 듣고 눈물을 흘리며, 한 소리로 여래(如來)의 공덕(功德)을 찬탄(讚嘆)하고 즉시 아뇩다라삼먁삼보리심(阿耨多羅三藐三菩提心)을 [23뒤 발(發)하며, 또 무량(無量)한 백천(百千)의 중생(衆生)이 성문(聲聞)과 벽지불(辟支佛)의 심(心)을 발(發)하며, 또 무량(無量)한 사람이 수타환과(須陁洹果)와 아라한도(阿羅漢道)에 이르며, 또 무량(無量)한 백천(百千) 만억(萬億)의 보살마하살(菩薩摩訶薩)이 오래지 않아 아뇩다라삼먁삼보리(阿耨多羅三藐三菩提)를 [24앞 득(得)하시겠더라.

그때에 대중(大衆)이 한 소리로 마야(摩耶)를 찬탄(讚嘆)하되, "좋으시구나! 마야(摩耶)가 여래(如來)를 낳으셨구나! 천인세간(天人世間)에 대적할 이가 없으시구나!" ᄒᆞ더라. 그때에 달바마라(闥婆摩羅)가 좌(座)에서 일어나 부처께 사뢰되, "세존(世尊)이시여, 마야부인(摩耶夫人)이 어떤 공덕(功德)을 닦으시며, [24뒤 어떤 인연(因緣)으로 여래(如來)를 낳으셨습니까?"

부처님이 이르시되, 지난 오랜 겁(劫)에 비파시여래(毗婆尸如來)의 상법(像法) 후(後)에, 나라가 있되 그 이름이 바라내(波羅㮈)이더라. 성(城)에서 아니 멀리 산이 있되, 이름이 성소유거(聖所遊居)이더니, [25앞 그 산에 한 선인(仙人)은 남(南)녘 굴(堀)에 있고 한 선인(仙人)은 북(北)녘 굴(堀)에 있는데, 두 산(山) 사이에 한 샘이 있고 그 물가에 평(平)한 돌이 있더라.

그때에 남(南)녘 굴(堀)에 있는 선인(仙人)이 이 돌 위에 있어 옷을 빨며 발을 씻고 가거늘, 한 암사슴이 와서 옷을 빤 물을 마시고 목을 돌이켜 오줌 누는 곳을 핥으니, 그 사슴이 [25뒤 새끼를 배어 달이 차거늘 그 돌 위에 돌아와 슬피 울고 한 여자를 낳았느니라.

그때에 남굴(南堀)에 있는 선인(仙人)이 사슴의 울음소리를 듣고 가엾게 여겨서 가서 보니, 암사슴이 한 따님을 낳아 두고 핥다가 선인(仙人)을 보고 내달았느니라.

그때에 선인(仙人)이 그 따님을 가엾게 여겨 초의(草衣)로 닦고 모셔다가 [26앞

과실(果實)을 따 먹여서 기르니, 나이가 열넷이거늘 그 아버지가 사랑스럽게 생각하여 늘 불을 지킬 채비를 시키어 있더니, 하루는 따님이 조심을 아니 하시어 불을 꺼지게 하시거늘, 그 아버지가 그 따님을 꾸짖고 북(北)녘 堀(굴)에 따님을 보내어 "불을 가져오라." 하거늘, 그 따님이 아버지의 말을 들으시어 북굴(北堀)로 가시니, 걸음마다 발을 드신 땅에서 [26뒤 다 연화(蓮花)가 나니, 발자취를 좇아서 느런히 차제(次第, 차례)로 피어서 마치 길 같더니, 따님이 북굴(北堀)에 가서 "불을 빌려주소서." 하시거늘, 그 선인(仙人)이 이 따님의 복덕(福德)으로 발자취마다 연화(蓮花)가 나는 것을 보고 이르되, "불을 얻고자 하거든, 네가 오른쪽으로 내 굴(堀)을 일곱 번 감돌아라."

그 따님이 선인이 말한 것처럼 하고 불을 얻어서 가시거늘, 이윽고 바라내왕(波羅㮈王)이 [27앞 많은 사람을 더불어서 그 산에 사냥을 가시어, 북굴(北堀)에 선인(仙人)이 있는 데에 가 보시니 연화(蓮花)가 굴(堀)을 둘러 느런히 나 있거늘, 대왕(大王)이 칭찬하시어 찬탄(讚嘆)하시되, "좋구나! 좋구나! 대덕(大德) 대선(大仙)이 복덕(福德)이 높으셔서 이러하시구나." 하시거늘, 선인(仙人)이 왕(王)께 사뢰되 "대왕(大王)이시여, 아소서. 이 연화(蓮花)는 [27뒤 내가 할 수 있는 것이 아닙니다." 왕(王)이 이르시되 "대사(大師)가 하신 일이 아니면 누가 한 것입니까?" 선인(仙人)이 사뢰되, "대왕(大王)이시여, 이 남굴(南堀)의 선인(仙人)이 한 딸을 길러 내니, 모습이 단정(端正)하여 이러한 사람이 세간(世間)에 나기가 쉽지 못하니, 그 딸이 다닐 시절(時節, 때)에 자취마다 연화(蓮花)가 납니다." [28앞

왕(王)이 들으시고 즉시 남굴(南堀)에 가시어 저 선인(仙人)을 보시어, 예수(禮數)하시고 이르시되 "'딸을 두고 계시다.' 듣고 혼인(婚姻)을 구(求)합니다." 선인(仙人)이 왕께 사뢰되 "내가 한 딸을 두고 있되, 어려서 어리석고, 아이 때부터 심산(深山)에 있어서 사람의 일이 서투르고, 풀(草衣)을 입고 나무의 열매를 먹나니, 왕(王)이 무엇을 하려고 따져 물으십니까? [28뒤 또 이 딸은 축생(畜生)이 낳은 것입니다." 하고 따님의 근원(根源)을 다 사뢰거늘, 왕(王)이 이르시되 "그리하여도 괜찮으니 이제 따님이 어디에 있습니까?" 선인이 사뢰되 "이 堀(굴)에 있습니다."

그때에 대왕(大王)이 굴(堀)에 들어 따님을 보시고 기뻐하셔서, 즉시 향탕(香湯)에 목욕(沐浴)시키어, 으뜸가는 옷으로 꾸미게 하시고, 보배와 영락(瓔珞)으로 [29앞

장엄(莊嚴)하게 하시며, 큰 상(象, 코끼리)에 태우시고, 백천(百千)의 사람이 시위(侍衛)하여 정재(呈才)하며 풍류하여 나라에 돌아오시니, 그 따님이 전에 못 보던 많은 사람을 두려워하시더라.

그 아버지가 높은 산꼭대기에 올라 딸을 울며 바라보며 여기되, "내가 이 딸을 낳아 길렀는데 딸이 한 가지의 일도 몰라서 나를 떠나 가니, 내가 [29뒤 여기에 있어 다른 데에 옮지 아니하겠으니, 만일 내 딸이 뒤돌아 나를 바라보다가 보지 못하면 내 딸이 시름하여 측은히 여기리라." 하고, 오래 서 있어 딸을 바라보더니, 그 따님이 선인이 못 보도록 가되 끝내 돌아보지 아니하시거늘, 그 아버지가 애달아 이르되 "축생(畜生)이 낳은 것이므로 그러하구나. 내가 어린 때부터 딸을 길러, 딸이 사람이 되어 왕(王)이 어여삐 여기시는 바가 [30앞 되었는데, 도리어 나를 버린다." 하고, 굴(掘)에 들어 주술(呪術)을 외워 그 딸에게 빌되, "왕(王)이 너를 사랑하지 아니하시겠으면 하거니와, 왕(王)이 너를 예(禮)로 대접(待接)하실 것이면, 모름지기 너의 원(願)이 이루어지지 말아라." 하더니

바라내왕(波羅棕王)이 대궐(大闕)에 돌아오셔서 선인의 딸을 제일(第一) 부인(夫人)으로 삼으시고, 이름을 [30뒤 녹모부인(鹿母夫人)이라 하시니, 다른 작은 나라의 왕(王)이 다 와서 하례(賀禮)하더라. 오래지 않아 녹모부인이 아기를 배시거늘, 왕(王)이 손수 그 부인(夫人)을 공양(供養)하시며 자리며 음식을 다 보드랍게 하시더니, 열 달이 차거늘 왕이 바라시되 아들을 낳거든 나라의 위(位)를 잇게 하고자 하시더니, 달이 차거늘 산생(産生)하시되 [31앞 한 연화(蓮花)를 낳으시니, 선인(仙人)이 주(呪)한 탓으로 왕(王)이 노(怒)하여 이르시되, "축생(畜生)이 낳은 것이므로 그러하구나." 하시고, 즉시 부인(夫人)의 벼슬을 빼앗으시고 "그 연화(蓮花)를 버리라." 하셨다.

그 후(後) 사나흘 만에 왕(王)이 신하(臣下)들을 데리시고 뒷동산(東山)에 들어 놀이하시며, [31뒤 상(象, 코끼리)며 말이며 역사(力士)들을 싸움 붙여 보시더니, 으뜸가는 큰 역사(力士)가 엎드려 발로 땅을 구르니 땅이 다 진동하여 연못이 좇아서 움직이는데, 연못 가에 있는 큰 산호(珊瑚) 나무 아래에 한 연화(蓮花)가 솟아나서 물에 떨어지니, 그 꽃이 환하게 붉고 귀(貴)한 광명(光明)이 있더라. 왕(王)이 보시고 기뻐하시어 신하(臣下)에게 이르시되 [32앞 "이런 꽃이 예전에 없더니라."

하시고, 사람을 부리시어 “못에 들어 연화를 내어 오라.” 하시니, 그 꽃이 오백(五百) 잎이고 잎 아래마다 한 동남(童男)이 있되 모습이 단정하더라.

그 부리신 사람이 왕(王)께 와서 사뢰되 “이 연화(蓮花)가 오백(五百) 잎이고 그 잎 아래마다 하늘의 동남(童男)이 있습니다.” 왕(王)이 들으시고 소름이 돋혀 찬탄(讚嘆)하시고 [32뒤 물으시되 “진실(眞實)로 그러하냐? 이것이 나의 녹모부인(鹿母夫人)이 낳은 꽃이 아닌가?” 하시고, 즉시 청의(靑衣)더러 물으시되 “녹모부인(鹿母夫人)이 낳은 꽃을 어디에 버렸는가?”, 청의가 대답(對答)하되 “이 못의 가에 있는 큰 산호(珊瑚) 나무 아래 묻었습니다.”

왕(王)이 그 일을 살피시어 그 연화가 녹모부인(鹿母夫人)이 낳으신 것을 아시고, 궁(宮)에 [33앞 드시어 녹모부인(鹿母夫人)께 자기의 허물을 뉘우쳐 이르시되, “내가 실(實)로 미혹(迷惑)하여 어진 사람을 몰라보아 부인(夫人)을 거슬리게 했습니다.” 하시고, 도로 옛 벼슬을 시키시고 나라에 출령(出令)하시어 “오백(五百)의 젖어미를 얻어라.” 하시더니, 녹모부인(鹿母夫人)이 사뢰시되 “나라에 어지럽게 젖어미를 부르게 하지 마소서. [33뒤 왕(王)의 궁중(宮中)에 오백(五百) 부인(夫人)이 있나니, 이 부인(夫人)들이 내가 아들 낳은 일을 시샘하니, 왕(王)이 한 태자(太子)를 한 부인(夫人)씩 맡기시어 젖을 먹여 기르라고 하시면 태자가 모두 부인들의 아들이 아니겠습니까?” 왕(王)이 이르시되 “오백(五百) 부인(夫人)이 늘 시샘하여 그대를 해(害)하고자 하더니, 그대가 이제 나를 시키어 오백 부인을 치거나 내쫓거나 죽이라 하여도 [34앞 내가 그대를 거스르지 아니하겠거늘, 이제 어찌 원수(怨讐)를 잊으시나니, 이 일에도 미치는(及) 것이 심(甚)히 어렵거늘, 또 능(能)히 큰 은혜(恩惠)를 내어 태자(太子)를 부인(夫人)들에게 주려 하신다.” 그때에 오백(五百) 부인(夫人)이 못내 기뻐하더니, 무량(無量) 백천(百千) 대중(大衆)이 이 말을 듣고 다 도리(道理)의 마음을 내었느니라.

그때 [34뒤 대왕(大王)이 부인(夫人)께 사뢰시되, “예전에 없던 일이니, 내가 그대를 못 미치겠구나.” 부인(夫人)이 이르시되 “나는 난 후(後)로 남과 더불어 다투지를 아니합니다. 부인(夫人)들이 스스로 진심(嗔心)을 내니, 이를 비유한다면 사람이 밤에 다니다가 궤(机)를 보고 도둑인가 여기며 모진 귀신인가 여겨, 두려워하여 헤매며 뛰어가다가 [35앞 높은 바위에 떨어지거나, 물이거나 불이거나 가시나무에 엎어져서 제 몸을 헐게 하니, 망령(妄靈)된 짐작으로 궂은 일이 이렇게 되나니, 일체(一切)의 중생(衆生)도 이와 같아서, 저절로 살고 저절로 죽는 것이 누에고치에 있듯 하며 나비가 불에 들듯 하여서, "하라."고 하는 이가 없이 일체(一切)의 궂은 일이 妄靈(망령)된 짐작으로부터 납니다. [35뒤 부인(夫人)들도 이와 같으므로, 내가 저런 어리석은 것을 데리고 싸우는 것을 아니합니다." 오백(五百) 부인(夫人)이 즉시 녹모부인(鹿母夫人)께 예수(禮數)하고, 제 허물을 뉘우쳐 녹모부인(鹿母夫人)을 섬기되 어버이같이 하여, 기르는 태자(太子)를 자신들이 낳은 것에서 달리 아니하더라.

그때에 오백(五百) 태자(太子)가 점점(漸漸) 자라니, 한 태자(太子)마다 [36앞 힘이 일천(一千) 사람이 맞서더니, 이웃 나라가 배반(背叛)거든 저들이 가서 치고 따로 사병(四兵)을 일으키지 아니하므로 나라가 편안(便安)하고, 하늘과 신령(神靈)이 기뻐하여 바람과 비를 시절(時節)로 하여 백성(百姓)이 부유(富有)하더라.

그때에 오백(五百) 태자(太子)가 연(蓮)못 가에 모여 앉아 있어서, 물밑에 있는 그림자를 보고 서로 이르되, [36뒤 "일체법(一切法)이라 한 것이 허깨비(幻影) 같으며 변화(變化) 같으며 꿈에 보듯 하며 물에 있는 그림자와 같아서 진실(眞實)이 없는 것이니, 우리도 이제 이와 같아서 비록 신분이 존(尊)하여 깊은 집에 있어 오욕(五欲)을 마음껏 누리고도 젊고 고운 모습을 오래 믿지 못할 것이니, 사람이 살면 죽음이 있으므로 모름지기 늙느니라." 하고, 태자(太子)들이 [37앞 시름하여 궁(宮)에 돌아와 부모(父母)께 사뢰되, "세계(世界)가 다 수고(受苦)로와서 즐거운 것이 없으니, 부모(父母)가 이제 우리를 출가(出家)하게 하소서."

왕(王)이 거스르지 못하시어 "그리하라." 하시거늘, 어머님이 이르시되 "너희가 출가(出家)하거든 나를 버리고 멀리 가지 말라. 뒷동산(東山)이 청정(淸淨)하고 나무가 성(盛)히 많이 나니 [37뒤 내가 너희들의 공양(供養)을 나쁘지 아니케 하리라." 태자(太子)들이 즉시 출가(出家)하여 뒷동산(東山)에 있어서, 다 벽지불(辟支佛)의 도리(道理)를 이루고 부모(父母)의 앞에 와서 사뢰되, "부모(父母)시여, 저희들이 출가(出家)한 이익(利益)을 이제 이미 얻었습니다." 하고,

그때에 비구(比丘)들이 허공(虛空)에 올라, 동(東)녘에 솟으면 서(西)녘에 [38앞 숨고, 서(西)녘에 솟으면 동(東)녘에 숨고, 남(南)녘에 솟으면 북(北)녘에 숨고, 북

(北)녘에 솟으면 남(南)녘에 숨고, 큰 몸을 지으면 허공(虛空)에 가득하고, 또 한 몸으로 무량(無量)한 몸을 지으며, 몸 위에서 물을 내고 몸 아래에서 불을 내며, 몸 아래서 물을 내고 몸 위에서 불을 내어, 부모(父母)를 위하여 종종(種種)으로 변화(變化)하고, 즉시 몸을 불살라서 [38뒤 열반(涅槃)하거늘,

녹모부인(鹿母夫人)이 뼈를 주워 뒷동산(東山)에 오백(五百) 탑(塔)을 이루고, 화향(花香)과 風流(풍류)로 날마다 동산(東山)에 들어 오백(五百) 辟支佛(벽지불)의 塔(탑)을 供養(공양)하시더니, 그 塔(탑) 앞에서 시름하여 이르시되 "내 비록 오백(五百) 태자(太子)를 낳아 출가(出家)하여도 하나도 보리심(菩提心)을 발(發)한 이가 [39앞 없구나." 하시고, 즉시 맹서(盟誓)하고 발원(發願)하시되, "내 오백(五百) 벽지불(辟支佛)의 사리(舍利)를 공양(供養)한 공덕(功德)으로, 오는 세상에 아들을 많이 낳지 말고 오직 한 아들을 낳아 그 아들이 능(能)히 도리(道理)의 마음을 발(發)하여 출가(出家)하여 현세(現世)에 일체(一切)의 지혜(智慧)를 얻기를 바란다." 하셨니라.

부처가 [39뒤 아난(阿難)이더러 이르시되, "그때에 있은 녹모부인(鹿母夫人)은 이제의 마야부인(摩耶夫人)이시니, 오백(五百) 벽지불(辟支佛)을 공양(供養)하시며 그지없는 좋은 업(業)을 닦으시므로 이제 와서 여래(如來)를 낳으셨느니라."

부처가 이 법(法)을 이르실 시절(時節, 때)에 무량(無量)한 백천(百千) 인천(人天)이 사과(四果)에 이르고, 무량(無量)한 중생(衆生)이 [40앞 아뇩다라삼먁삼보리심(阿耨多羅三藐三菩提心)을 발(發)하였니라.

아난(阿難)이 사뢰되 "세존(世尊)이시여. 마야부인(摩耶夫人)이 어떤 업(業)을 지으셨기에 축생(畜生) 중(中)에 나셨습니까?" 부처가 이르시되, "지난 무량(無量)한 아승기(阿僧祇)의 겁(劫) 시절(時節)에, 비바시여래(毗婆尸如來)의 상법(像法) 중(中)에 한 나라가 [40뒤 있되 이름이 바라내(波羅奈)이더니, 그 나라에 한 바라문(婆羅門)이 있되 한 따님을 낳고 그 아버지가 죽거늘, 그 어머니가 이 따님을 기르더니 나이가 자라시거늘, 그 어머니가 이 따님에게 동산(東山)을 지키게 하고, 스스로 가서 밥을 얻어 스스로 먹고 따님께 밥을 보내는 것을 날마다 그리하다가, 하루는 때가 지나도록 어머니가 밥을 아니 바치거늘, 그 따님이 애달파서 [41앞 이르시되 "우리 어머니는 짐승과도 같지 못하구나. 내가 짐승을 보면 사슴도 새끼가 배곯아 하거든 마음에 잊지 못한다." 하시더니, 이윽고 어머니가 밥을 가져오거늘

먹으려 하시는 순간에, 한 벽지불(辟支佛)이 남(南)녘으로부터서 허공(虛空)에 날아 지나가더니, 그 따님이 이 비구(比丘)를 보고 기뻐하여 절하고 청(請)하여 좋은 좌(座)를 깔고, [41뒤] 고운 꽃을 꺾고 자기의 밥을 덜어 내어 비구(比丘)께 주시니, 비구(比丘)가 먹고 묘법(妙法)을 이르거늘, 그 따님이 발원(發願)을 하시되 '내가 내세(來世)에 현성(賢聖)을 만나 예수(禮數)하여 공양(供養)하며, 내 모습이 단정(端正)하며 존(尊)하고 높은 몸이 되며, 다닐 적에 연화(蓮花)가 발을 받치게 하소서.'"

부처가 아난(阿難)이더러 이르시되, [42앞] "그때에 있은 따님이 녹모부인(鹿母夫人)이시니, 한 덩이의 밥과 좋은 꽃으로 벽지불(辟支佛)을 공양(供養)하신 탓으로, 오백(五百) 세상에 존(尊)하고 빛나며 어질고 귀(貴)하시어, 옷과 밥이 자연(自然)히 유여(有餘)하며 연화(蓮花)가 발을 받치니, 원력(願力)과 인연(因緣)으로 오백(五百) 벽지불(辟支佛)을 만나시어 공양(供養)하셨니라. [42뒤] 그때에 녹모부인(鹿母夫人)이 은혜(恩惠)를 몰라 어머니를 꾸짖어 짐승에 비유하시니, 이 모진 입의 탓으로 사슴의 배에서 나셨니라."

부처가 아난(阿難)이더러 이르시되, "사람이 세간(世間)에 나 있어서 나쁜 일이 입으로 나나니 입이 불보다 더하니, 불이 성(盛)하여 나면 한 세상을 불사르거니와 모진 입이 성(盛)하여 나면 무수(無數)한 세상을 불사르며, 불이 성(盛)하여 나면 [43앞] 세간(世間)에 있는 재물을 사르거니와 모진 입이 성(盛)하여 나면 칠성재(七聖財)를 사르느니라. 이러므로 아난(阿難)아 [43뒤] 혀는 제 몸을 패는 도끼이다."

그때에 일천(一千)의 우바새(優婆塞)와 우바이(優婆夷)가 입에서 나는 허물을 조심하여 초과(初果)를 득(得)하며, 무량(無量)한 인천(人天)이 아뇩다라삼먁삼보리심(阿耨多羅三藐三菩提心)을 발(發)하며 벽지불심(辟支佛心)에 이르렀니라. ('一切(일체)의 대중(大衆)이 부처의 설법을 듣고 환희(歡喜)·봉행(奉行)하며 예수(禮數)하고 갔니라.)

부록 2. 문법 용어의 풀이*

1. 품사

품사는 한 언어에 속하는 수많은 단어를 문법적인 특징에 따라서 갈래지어서 그 범주를 정한 것이다.

가. 체언

'체언(體言, 임자씨)'은 어떠한 대상의 이름이나 수량(순서)을 나타내거나 명사를 대신하는 단어들의 부류들이다. 이러한 체언에는 '명사', '대명사', '수사'가 있다.

① 명사(명사): 어떠한 '대상, 일, 상황' 등의 이름을 나타내는 단어이다.

- 자립 명사: 문장 내에서 관형어의 도움 없이 홀로 쓰일 수 있는 명사이다.

(1) ㄱ. 國은 나라히라 (나라ㅎ + -이- + -다) [훈언 2]

ㄴ. 國(국)은 나라이다.

- 의존 명사(의명): 홀로 쓰일 수 없어서 반드시 관형어와 함께 쓰이는 명사이다.

(2) ㄱ. 어린 百姓이 니르고져 홇 배 이셔도 (바 + -이) [훈언 2]

ㄴ. 어리석은 百姓(백성)이 이르고자 할 바가 있어도…

② 인칭 대명사(인대): 사람을 직시하거나 대용하는 대명사이다.

(3) ㄱ. 내 太子를 셤기ᅀᆞ보ᄃᆡ (나 + -이) [석상 6:4]

ㄴ. 내가 太子(태자)를 섬기되…

③ 지시 대명사(지대): 명사를 직접 가리키거나 대용하는 말이다.

---

* 이 책에서 사용된 문법 용어와 약어에 대하여는 '도서출판 경진'에서 간행한 『학교 문법의 이해 2(2015)』와 '교학연구사'에서 간행한 『중세 국어 문법의 이해: 이론편, 주해편, 강독편(2015)』의 내용을 참조하기 바란다.

(4) ㄱ. 내 이ᄅᆞᆯ 爲ᄒᆞ야 어엿비 너겨 (이+-ᄅᆞᆯ) [훈언 2]

ㄴ. 내가 이를 위하여 불쌍히 여겨…

④ 수사(수사): 사람이나 사물의 수량이나 차례를 나타내는 체언이다.

(5) ㄱ. 點이 둘히면 上聲이오 (둘ㅎ+-이-+-면) [훈언 14]

ㄴ. 點(점)이 둘이면 上聲(상성)이고…

나. 용언

'용언(用言, 풀이씨)'은 문장 속에서 서술어로 쓰여서 주어로 표현되는 대상(주체)의 움직임이나 상태, 혹은 존재의 유무(有無)를 풀이한다. 이러한 용언에는 문법적 특징에 따라서 '동사'와 '형용사', '보조 용언' 등으로 분류한다.

① 동사(동사): 주어로 쓰인 대상의 움직임을 표현하는 용언이다. 동사에는 목적어를 취하는 타동사(= 타동)와 목적어를 취하지 않는 자동사(= 자동)가 있다.

(6) ㄱ. 衆生이 福이 다ᄋᆞ거다 (다ᄋᆞ-+-거-+-다) [석상 23:28]

ㄴ. 衆生(중생)이 福(복)이 다했다.

(7) ㄱ. 어마님이 毘藍園을 보라 가시니 (보-+-라) [월천 기17]

ㄴ. 어머님이 毘藍園(비람원)을 보러 가셨으니.

② 형용사(형사): 주어로 표현되는 대상의 성질이나 상태를 풀이하는 용언이다.

(8) ㄱ. 이 東山ᄋᆞᆫ 남기 됴ᄒᆞᆯᄊᆡ (둏-+-ᄋᆞᆯᄊᆡ) [석상 6:24]

ㄴ. 이 東山(동산)은 나무가 좋으므로…

③ 보조 용언(보용): 문장 안에서 홀로 설 수 없어서 반드시 그 앞의 다른 용언에 붙어서 문법적인 뜻을 더해 주는 기능을 하는 용언이다.

(9) ㄱ. 勞度差ㅣ 또 ᄒᆞᆫ 쇼ᄅᆞᆯ 지ᅀᅥ 내니 (내-+-니) [석상 6:32]

ㄴ. 勞度差(노도차)가 또 한 소(牛)를 지어 내니…

다. 수식언

'수식언(修飾言, 꾸밈씨)'은 체언이나 용언 등을 수식(修飾)하면서 그 의미를 한정(限定)한다. 이러한 수식언으로는 '관형사'와 '부사'가 있다.

① 관형사(관사): 체언을 수식하면서 체언의 의미를 제한(한정)하는 단어이다.

(10) ㄱ. 녯 대예 새 竹筍이 나며 [금삼 3:23]
ㄴ. 옛날의 대(竹)에 새 竹筍(죽순)이 나며…

② 부사(부사): 특정한 용언이나 부사, 관형사, 체언, 절, 문장 등 여러 가지 문법적인 단위를 수식하여, 그들 문법적 단위의 의미를 한정하거나 특정한 말을 다른 말에 이어 준다.

(11) ㄱ. 이거시 더듸 ᄢᅥ러딜ᄉᆡ [두언 18:10]
ㄴ. 이것이 더디게 떨어지므로

(12) ㄱ. 반ᄃᆞ기 甘雨ㅣ ᄂᆞ리리라 [월석 10:122]
ㄴ. 반드시 甘雨(감우)가 내리리라.

(13) ㄱ. ᄒᆞ다가 술옷 몯 먹거든 너덧 번에 ᄂᆞᆫ화 머기라 [구언 1:4]
ㄴ. 만일 술을 못 먹거든 너덧 번에 나누어 먹이라.

(14) ㄱ. 道國王과 밋 舒國王은 實로 親ᄒᆞᆫ 兄弟니라 [두언 8:5]
ㄴ. 道國王(도국왕) 및 舒國王(서국왕)은 實(실로)로 親(친)한 兄弟(형제)이니라.

라. 독립언

감탄사(감탄사): 문장 속의 다른 말과 문법적인 관계를 맺지 않고 독립적으로 쓰인다.

(15) ㄱ. 의 丈夫ㅣ여 엇뎨 衣食 爲ᄒᆞ야 이 ᄀᆞ호매 니르뇨 [법언 4:39]
ㄴ. 아아, 丈夫여, 어찌 衣食(의식)을 爲(위)하여 이와 같음에 이르렀느냐?

(16) ㄱ. 舍利佛이 ᄉᆞᆯ보ᄃᆡ 엥 올ᄒᆞ시이다 [석상 13:47]
ㄴ. 舍利佛(사리불)이 사뢰되, "예, 옳으십니다."

2. 불규칙 용언

용언의 활용에는 어간이나 어미가 불규칙적으로 바뀌어서(개별적으로 교체되어) 일반적인 변동 규칙으로는 설명할 수 없는 것이 있다. 이처럼 불규칙하게 활용하는 용언을 '불규칙 용언'이라고 한다. 여기서는 'ㄷ 불규칙 용언, ㅂ 불규칙 용언, ㅅ 불규칙 용언'만 별도로 밝힌다.

① 'ㄷ' 불규칙 용언(ㄷ불): 어간이 /ㄷ/으로 끝나는 용언 중에는, 어간에 모음으로 시작하는 어미가 붙어서 활용할 때에, 어간의 끝 소리 /ㄷ/이 /ㄹ/로 바뀌는 용언이다.

(1) ㄱ. 甁의 므를 기러 두고ᅀᅡ 가리라 (긷- + -어) [월석 7:9]
ㄴ. 甁(병)에 물을 길어 두고야 가겠다.

② 'ㅂ' 불규칙 용언(ㅂ불): 어간이 /ㅂ/으로 끝나는 용언 중에는, 어간에 모음으로 시작하는 어미가 붙어서 활용할 때에, 어간의 끝 소리 /ㅂ/이 /ㅸ/으로 바뀌는 용언이다.

(2) ㄱ. 太子ㅣ 性 고ᄫᆞ샤 (곱- + -ᄋᆞ시- + -아) [월석 21:211]
ㄴ. 太子(태자)가 性(성)이 고우시어…

(3) ㄱ. 벼개 노피 벼여 누우니 (눕- + -으니) [두언 15:11]
ㄴ. 베개를 높이 베어 누우니…

③ 'ㅅ' 불규칙 용언(ㅅ불): 어간이 /ㅅ/으로 끝나는 용언 중에는, 어간에 모음으로 시작하는 어미가 붙어서 활용할 때에, 어간의 끝 소리인 /ㅅ/이 /ㅿ/으로 바뀌는 용언이다.

(4) ㄱ. (道士ᄃᆞᆯ히) … 表 지ᅀᅥ 엳ᄌᆞᄫᆞ니 (짓- + -어) [월석 2:69]
ㄴ. 道士(도사)들이 … 表(표)를 지어 여쭈니…

3. 어근

어근은 단어 속에서 중심적이면서 실질적인 의미를 나타내는 실질 형태소이다.

(1) ㄱ. ᄀᆞᆯ가마괴 (ᄀᆞᆯ- + ᄀᆞ마괴), 싀어미 (싀- + 어미)

ㄴ. 무덤 (묻- + -엄), ᄂᆞᆯ개 (ᄂᆞᆯ- + -개)

(2) ㄱ. 밤낮 (밤 + 낮), ᄡᆞᆯ밥 (ᄡᆞᆯ + 밥), 불뭇골 (불무 + -ㅅ + 골)

ㄴ. 검븕다 (검- + 븕-), 오ᄅᆞᄂᆞ리다 (오ᄅᆞ- + ᄂᆞ리-), 도라오다 (돌- + -아 + 오-)

- 불완전 어근(불어): 품사가 불분명하며 단독으로 쓰이는 일이 없고, 다른 말과의 통합에 제약이 많은 특수한 어근이다(= 특수 어근, 불규칙 어근).

(3) ㄱ. 功德이 이러 당다이 부톄 ᄃᆞ외리러라 (당당 + -이) [석상 19:34]

ㄴ. 功德(공덕)이 이루어져 마땅히 부처가 되겠더라.

(4) ㄱ. 그 부텨 住ᄒᆞ신 ᄯᅡ히…常寂光이라 (住 + -ᄒᆞ- + -시- + -ㄴ) [월석 서:5]

ㄴ. 그 부처가 住(주)하신 땅이 이름이 常寂光(상적광)이다.

4. 파생 접사

접사 중에서 어근에 새로운 의미를 더하거나 단어의 품사를 바꿈으로써, 새로운 단어를 만들어 주는 것을 '파생 접사'라고 한다.

가. 접두사(접두)

접두사는 어근의 앞에 붙어서 새로운 단어를 형성하는 파생 접사이다.

(1) ㄱ. 아ᅀᆞ와 아ᄎᆞᆫ아ᄃᆞᆯ왜 비록 이시나 (아ᄎᆞᆫ- + 아ᄃᆞᆯ) [두언 11:13]

ㄴ. 아우와 조카가 비록 있으나…

나. 접미사(접미)

접미사는 어근의 뒤에 붙어서 새로운 단어를 형성하는 파생 접사이다.

① 명사 파생 접미사(명접): 어근에 뒤에 붙어서 명사를 파생하는 접미사이다.

(2) ㄱ. ᄇᆞᄅᆞᆷ가비(ᄇᆞᄅᆞᆷ + -가비), 무덤(묻- + -엄), 노ᄑᆡ(높- + -ᄋᆡ)

ㄴ. 바람개비, 무덤, 높이

② 동사 파생 접미사(동접): 어근의 뒤에 붙어서 동사를 파생하는 접미사이다.

(3) ㄱ. 풍류ᄒᆞ다(풍류 + -ᄒᆞ- + -다), 그르ᄒᆞ다(그르 + -ᄒᆞ- + -다), ᄀᆞ믈다(ᄀᆞ믈 + -Ø- + -다)

ㄴ. 열치다, 벗기다, 넓히다, 풍류하다, 잘못하다, 가물다

③ 형용사 파생 접미사(형접): 어근의 뒤에 붙어서 형용사를 파생하는 접미사이다.

(4) ㄱ. 녇갑다(녙- + -갑- + -다), 골ᄑᆞ다(곯- + -ᄇᆞ- + -다), 受苦ᄅᆞᆸ다(受苦 + -ᄅᆞᆸ- + -다), 외ᄅᆞᆸ다(외 + -ᄅᆞᆸ- + -다), 이러ᄒᆞ다(이러 + -ᄒᆞ- + -다)

ㄴ. 얕다, 고프다, 수고롭다, 외롭다

④ 사동사 파생 접미사(사접): 어근의 뒤에 붙어서 사동사를 파생하는 접미사이다.

(5) ㄱ. 밧기다(밧- + -기- + -다), 너피다(넙- + -히- + -다)

ㄴ. 벗기다, 넓히다

⑤ 피동사 파생 접미사(피접): 어근의 뒤에 붙어서 피동사를 파생하는 접미사이다.

(6) ㄱ. 두피다(둪- + -이- + -다), 다티다(닫- + -히- + -다), 담기다(담- + -기- + -다), ᄌᆞᆷ기다(ᄌᆞᆷ- + -기- + -다)

ㄴ. 덮이다, 닫히다, 담기다, 잠기다

⑥ 관형사 파생 접미사(관접): 어근의 뒤에 붙어서 부사를 파생하는 접미사이다.

(7) ㄱ. 모ᄃᆞᆫ(몯- + -ᄋᆞᆫ), 오ᄋᆞᆫ(오ᄋᆞᆯ- + -ㄴ), 이런(이러- + -ㄴ)

ㄴ. 모든, 온, 이런

⑦ 부사 파생 접미사(부접): 어근의 뒤에 붙어서 부사를 파생하는 접미사이다.

(8) ㄱ. 몯내(몯 + -내), 비르서(비릇- + -어), 기리(길- + -이), 그르(그르- + -Ø)
ㄴ. 못내, 비로소, 길이, 그릇

⑧ 조사 파생 접미사(조접): 어근의 뒤에 붙어서 조사를 파생하는 접미사이다.

(9) ㄱ. 阿鼻地獄브터 有頂天에 니르시니 (븥- + -어) [석상 13:16]
ㄴ. 阿鼻地獄(아비지옥)부터 有頂天(유정천)에 이르시니…

⑨ 강조 접미사(강접): 어근의 뒤에 붙어서 강조의 뜻을 더하면서 새로운 단어를 파생하는 접미사이다.

(10) ㄱ. 니르왇다(니르- + -왇- + -다), 열티다(열- + -티- + -다), 니ᄅ혀다(니ᄅ- + -혀- + -다)
ㄴ. 받아일으키다, 열치다, 일으키다

⑩ 높임 접미사(높접): 어근의 뒤에 붙어서 높임의 뜻을 더하면서 새로운 단어를 파생하는 접미사이다.

(11) ㄱ. 아바님(아비 + -님), 어마님(어미 + -님), 그듸(그+ -듸), 어마님내(어미 + -님 + -내), 아기씨(아기 + -씨)
ㄴ. 아버님, 어머님, 그대, 어머님들, 아기씨

5. 조사

'조사(助詞, 관계언)'는 주로 체언에 결합하여, 그 체언이 문장 속의 다른 단어와 맺는 관계를 나타내거나 특별한 뜻을 더해 주는 단어이다.

가. 격조사

그 앞에 오는 말이 문장 안에서 일정한 문장 성분으로서의 기능함을 나타내는 조사이다.

① 주격 조사(주조): 주어로서 기능하는 것을 나타내는 격조사이다.

(1) ㄱ. 부텻 모미 여러 가짓 相이 ᄀᆞᄌᆞ샤 (몸 + -이) [석상 6:41]

ㄴ. 부처의 몸이 여러 가지의 相(상)이 갖추어져 있으시어…

② 서술격 조사(서조): 서술어로서 기능하는 것을 나타내는 격조사이다.

(2) ㄱ. 國ᄋᆞᆫ 나라히라 (나라ㅎ + -이- + -다) [훈언 1]

ㄴ. 國(국)은 나라이다.

③ 목적격 조사(목조): 목적어로서 기능하는 것을 나타내는 격조사이다.

(3) ㄱ. 太子ᄅᆞᆯ 하ᄂᆞᆯ히 ᄀᆞᆯᄒᆡ샤 (太子 + -ᄅᆞᆯ) [용가 8장]

ㄴ. 太子(태자)를 하늘이 가리시어…

④ 보격 조사(보조): 보어로서 기능하는 것을 나타내는 격조사이다.

(4) ㄱ. 色界 諸天도 ᄂᆞ려 仙人이 ᄃᆞ외더라 (仙人 + -이) [월석 2:24]

ㄴ. 色界(색계) 諸天(제천)도 내려 仙人(선인)이 되더라.

⑤ 관형격 조사(관조): 관형어로서 기능하는 것을 나타내는 격조사이다.

(5) ㄱ. 네 性이 … 죵ᄋᆡ 서리예 淸淨ᄒᆞ도다 (죵 + -ᄋᆡ) [두언 25:7]

ㄴ. 네 性(성: 성품)이 … 종(從僕) 중에서 淸淨(청정)하구나.

(6) ㄱ. 나랏 말ᄊᆞ미 中國에 달아 (나라 + -ㅅ) [훈언 1]

ㄴ. 나라의 말이 中國과 달라…

⑥ 부사격 조사(부조): 부사어로서 기능하는 것을 나타내는 격조사이다.

(7) ㄱ. 世尊이 象頭山애 가샤 (象頭山 + -애) [석상 6:1]

ㄴ. 世尊(세존)이 象頭山(상두산)에 가시어…

⑦ 호격 조사(호조): 독립어로서 기능하는 것을 나타내는 격조사이다.

(8) ㄱ. 彌勒아 아라라 (彌勒 + -아) [석상 13:26]

ㄴ. 彌勒(미륵)아 알아라.

나. 접속 조사(접조)

체언과 체언을 이어서 명사구를 형성하는 조사이다.

(9) ㄱ. 입시울와 혀와 엄과 니왜 다 됴ᄒᆞ며 (혀 + -와) [석상 19:7]
ㄴ. 입술과 혀와 어금니와 이가 다 좋으며…

다. 보조사(보조사)

체언에 화용론적인 특별한 뜻을 덧보태는 조사이다.

(10) ㄱ. 나ᄂᆞᆫ 어버ᅀᅵ 여희오 (나 + -ᄂᆞᆫ) [석상 6:5]
ㄴ. 나는 어버이를 여의고…

(11) ㄱ. 어미도 아ᄃᆞᄅᆞᆯ 모ᄅᆞ며 (어미 + -도) [석상 6:3]
ㄴ. 어머니도 아들을 모르며…

6. 어말 어미

'어말 어미(語末語尾, 맺음씨끝)'는 용언의 끝자리에 실현되는 어미인데, 그 기능에 따라서 '종결 어미, 연결 어미, 전성 어미'로 나누어진다.

가. 종결 어미

① 평서형 종결 어미(평종): 말하는 이가 자신의 생각을 듣는 이에게 단순하게 진술하는 평서문에 실현된다.

(1) ㄱ. 네 아비 ᄒᆞ마 주그니라 (죽- + -Ø(과시)- + -으니- + -다) [월석 17:21]
ㄴ. 너의 아버지가 이미 죽었느니라.

② 의문형 종결 어미(의종): 말하는 이가 듣는 이에게 대답을 요구하는 의문문에 실현된다.

(2) ㄱ. 엇뎨 겨르리 업스리오 (없- + -으리- + -고) [월석 서:17]
ㄴ. 어찌 겨를이 없겠느냐?

③ 명령형 종결 어미(명종): 말하는 이가 듣는 이에게 어떠한 행동을 하도록 요구하는 명령문에 실현된다.

(3) ㄱ. 너희ᄃᆞᆯ히…부텻 마ᄅᆞᆯ 바다 디니라 (디니-+-라) [석상 13:62]
ㄴ. 너희들이…부처의 말을 받아 지녀라.

④ 청유형 종결 어미(청종): 말하는 이가 듣는 이에게 어떠한 행동을 함께 하도록 요구하는 청유문에 실현된다.

(4) ㄱ. 世世예 妻眷이 ᄃᆞ외져 (ᄃᆞ외-+-져) [석상 6:8]
ㄴ. 世世(세세)에 妻眷(처권)이 되자.

⑤ 감탄형 종결 어미(감종): 말하는 이가 듣는 이를 의식하지 않고 자신의 감정을 표출하는 감탄문에 실현된다.

(5) ㄱ. 義ᄂᆞᆫ 그 큰뎌 (크-+-Ø(현시)-+-ㄴ뎌) [내훈 3:54]
ㄴ. 義(의)는 그것이 크구나.

나. 전성 어미

용언이 본래의 서술 기능을 유지하면서도 다른 품사처럼 쓰이도록 문법적인 기능을 바꾸는 어미이다.

① 명사형 전성 어미(명전): 특정한 절 속의 서술어에 실현되어서, 그 절을 명사처럼 쓰이게 하는 어미이다.

(6) ㄱ. 됴ᄒᆞᆫ 法 닷고ᄆᆞᆯ 몯ᄒᆞ야 (닭-+-옴+-ᄋᆞᆯ) [석상 9:14]
ㄴ. 좋은 法(법)을 닦는 것을 못하여…

② 관형사형 전성 어미(관전): 특정한 절 속의 용언에 실현되어서, 그 절을 관형사처럼 쓰이게 하는 어미이다.

(7) ㄱ. 어미 주근 後에 부텨ᄭᅴ 와 묻ᄌᆞᄫᆞ면(죽-+-Ø-+-ㄴ) [월석 21:21]
ㄴ. 어미 죽은 後(후)에 부처께 와 물으면…

다. 연결 어미(연어)

이어진 문장의 앞절과 뒷절을 잇거나, 본용언과 보조 용언을 잇는 어미이다. 연결 어미에는 '대등적 연결 어미, 종속적 연결 어미, 보조적 연결 어미'가 있다.

① 대등적 연결 어미: 앞절과 뒷절을 대등한 관계로 잇는 연결 어미이다.

(8) ㄱ. 子ᄂᆞᆫ 아ᄃᆞ리오 孫ᄋᆞᆫ 孫子ㅣ니 (아ᄃᆞᆯ + -이- + -고) [월석 1:7]
ㄴ. 子(자)는 아들이고 孫(손)은 孫子(손자)이니…

② 종속적 연결 어미: 앞절을 뒷절에 이끌리는 관계로 잇는 연결 어미이다.

(9) ㄱ. 모딘 길헤 ᄠᅥ러디면 恩愛ᄅᆞᆯ 머리 여희여 (ᄠᅥ러디- + -면) [석상 6:3]
ㄴ. 모진 길에 떨어지면 恩愛(은애)를 멀리 떠나…

③ 보조적 연결 어미: 본용언과 보조 용언을 잇는 연결 어미이다.

(10) ㄱ. 赤眞珠ㅣ ᄃᆞ외야 잇ᄂᆞ니라 (ᄃᆞ외야: ᄃᆞ외- + -아) [월석 1:23]
ㄴ. 赤眞珠(적진주)가 되어 있느니라.

7. 선어말 어미

'선어말 어미(先語末語尾, 안맺음 씨끝)'는 용언의 끝에 실현되지 못하고, 어간과 어말 어미 사이에 실현되어서 문법적인 기능을 나타내는 어미이다.

① 상대 높임의 선어말 어미(상높): 말을 듣는 '상대(相對)'를 높여서 표현하는 선어말 어미이다.

(1) ㄱ. 이런 고디 업스이다 (없- + -Ø(현시)- + -으이- + -다) [능언 1:50]
ㄴ. 이런 곳이 없습니다.

② 주체 높임의 선어말 어미(주높): 문장에서 주어로 실현되는 대상인 '주체(主體)'를 높여서 표현하는 선어말 어미이다.

(2) ㄱ. 王이 그 蓮花ᄅᆞᆯ ᄇᆞ리라 ᄒᆞ시다 [석상 11:31]
(ᄒᆞ- + -시- + -Ø(과시)- + -다)

ㄴ. 王(왕)이 "그 蓮花(연화)를 버리라." 하셨다.

③ 객체 높임의 선어말 어미(객높): 문장에서 목적어나 부사어로 표현되는 대상인 '객체(客體)'를 높여서 표현하는 선어말 어미이다.

(3) ㄱ. 벼슬 노ᄑᆞᆫ 臣下ㅣ 님그믈 돕ᄉᆞᄫᅡ (돕- + -ᅀᆞᆸ- + -아) [석상 9:34]
ㄴ. 벼슬 높은 臣下(신하)가 임금을 도와…

④ 과거 시제의 선어말 어미(과시): 동사에 실현되어서 발화시 이전에 어떠한 일이 일어났음을 무형의 선어말 어미인 '-Ø-'이다.

(4) ㄱ. 이 ᄢᅴ 아ᄃᆞᆯ돌히 아비 죽다 듣고(죽- + -Ø(과시)- + -다) [월석 17:21]
ㄴ. 이때에 아들들이 "아버지가 죽었다." 듣고…

⑤ 현재 시제의 선어말 어미(현시): 발화시에 어떠한 일이 일어나고 있음을 나타내는 선어말 어미이다. 동사에는 선어말 어미인 '-ᄂᆞ-'가 실현되어서, 형용사에는 무형의 선어말 어미인 '-Ø-'가 현재 시제를 나타낸다.

(5) ㄱ. 네 이제 ᄯᅩ 묻ᄂᆞ다 (묻- + -ᄂᆞ- + -다) [월석 23:97]
ㄴ. 네 이제 또 묻는다.

(6) ㄱ. 이런 고디 업스이다 (없- + -Ø(현시)- + -으이- + -다) [능언 1:50]
ㄴ. 이런 곳이 없습니다.

⑥ 미래 시제의 선어말 어미(미시): 발화시 이후에 어떠한 일이 일어날 것임을 나타내는 선어말 어미이다.

(7) ㄱ. 아ᄃᆞᆯᄯᆞᄅᆞᆯ 求ᄒᆞ면 아ᄃᆞᆯᄯᆞᄅᆞᆯ 得ᄒᆞ리라 (得ᄒᆞ- + -리- + -다) [석상 9:23]
ㄴ. 아들딸을 求(구)하면 아들딸을 得(득)하리라.

⑦ 회상 표현의 선어말 어미(회상): 말하는 이가 발화시 이전에 직접 경험한 어떤 때(경험시)로 자신의 생각을 돌이켜서, 그때를 기준으로 해서 일이 일어난 시간을 나타내는 선어말 어미이다.

(8) ㄱ. ᄠᅳ데 몯 마ᄌᆞᆫ 이리 다 願 ᄀᆞ티 ᄃᆞ외더라 [월석 10:30]
(ᄃᆞ외- + -더- + -다)

ㄴ. 뜻에 못 맞은 일이 다 願(원)같이 되더라.

⑧ 확인 표현의 선어말 어미(확인): 심증(心證)과 같은 말하는 이의 주관적인 믿음에 근거하여, 어떤 일을 확정된 것으로 표현하는 선어말 어미이다.

(9) ㄱ. 安樂國이ᄂᆞᆫ 시르미 더욱 깁거다 [월석 8:101]
(깊- + -∅(현시)- + -거- + -다)

ㄴ. 安樂國(안락국)이는 … 시름이 더욱 깊다.

⑨ 원칙 표현의 선어말 어미(원칙): 말하는 이가 객관적인 믿음에 근거하여, 어떤 일을 확정된 것으로 표현하는 선어말 어미이다.

(10) ㄱ. 사ᄅᆞ미 살면 … 모로매 늙ᄂᆞ니라 [석상 11:36]
(늙- + -ᄂᆞ- + -니- + -다)

ㄴ. 사람이 살면 … 반드시 늙느니라.

⑩ 감동 표현의 선어말 어미(감동): 말하는 이의 '느낌(감동, 영탄)'의 뜻을 나타내는 태도 표현의 선어말 어미이다.

(11) ㄱ. 그듸내 貪心이 하도다 [석상 23:46]
(하- + -∅(현시)- + -도- + -다)

ㄴ. 그대들이 貪心(탐심)이 크구나.

⑪ 화자 표현의 선어말 어미(화자): 주로 종결형이나 연결형에서 실현되어서, 문장의 주어가 말하는 사람(화자, 話者)임을 나타내는 선어말 어미이다.

(12) ㄱ. ᄒᆞ오ᅀᅡ 내 尊호라 (尊ᄒᆞ- + -∅(현시)- + -오- + -다) [월석 2:34]

ㄴ. 오직(혼자) 내가 존귀하다.

⑫ 대상 표현의 선어말 어미(대상): 관형절이 수식하는 체언(피한정 체언)이, 관형절에서 서술어로 표현되는 용언에 대하여 의미상으로 객체(목적어나 부사어로 쓰인

대상)일 때에 실현되는 선어말 어미이다.

(13) ㄱ. 須達이 지순 精舍마다 드르시며 [석상 6:38]

(짓- + -Ø(과시)- + -오- + -ㄴ)

ㄴ. 須達(수달)이 지은 精舍(정사)마다 드시며…

(14) ㄱ. 王이 … 누븐 자리예 겨샤 (눕- + -Ø(과시)- + -우- + -은) [월석 10:9]

ㄴ. 王(왕)이 … 누운 자리에 계시어…

〈 인용된 '약어'의 문헌 정보 〉

약어	문헌 이름		발간 연대	
	한자 이름	한글 이름		
용가	龍飛御天歌	용비어천가	1445년	세종
석상	釋譜詳節	석보상절	1447년	세종
월천	月印千江之曲	월인천강지곡	1448년	세종
훈언	訓民正音諺解(世宗御製訓民正音)	훈민정음 언해본(세종 어제 훈민정음)	1450년경	세종
월석	月印釋譜	월인석보	1459년	세조
능언	愣嚴經諺解	능엄경 언해	1462년	세조
법언	妙法蓮華經諺解(法華經諺解)	묘법연화경 언해(법화경 언해)	1463년	세조
구언	救急方諺解	구급방 언해	1466년	세조
내훈	內訓(일본 蓬左文庫 판)	내훈(일본 봉좌문고 판)	1475년	성종
두언	分類杜工部詩諺解 初刊本	분류두공부시 언해 초간본	1481년	성종
금삼	金剛經三家解	금강경 삼가해	1482년	성종

❙참고 문헌

〈중세 국어의 참고 문헌〉

강성일(1972), 「중세국어 조어론 연구」, 『동아논총』 9, 동아대학교.

강신항(1990), 『훈민정음연구』(증보판), 성균관대학교 출판부.

강인선(1977), 「15세기 국어의 인용구조 연구」, 석사학위 논문, 서울대학교.

고성환(1993), 「중세국어 의문사의 의미와 용법」, 『국어학논집』 1, 태학사.

고영근(1981), 『중세국어의 시상과 서법』, 탑출판사.

고영근(1995), 「중세어의 동사형태부에 나타나는 모음동화」, 『국어사와 차자표기–소곡 남풍현 선생 화갑 기념 논총』, 태학사.

고영근(2010), 『제3판 표준 중세국어 문법론』, 집문당.

곽용주(1986), 「동사 어간–다' 부정법의 역사적 고찰」, 『국어연구』 138, 국어연구회.

교육인적자원부(2010), 『고등학교 교사용 지도서 문법』, (주)두산동아.

교육인적자원부(2010), 『고등학교 문법』, (주)두산동아.

구본관(1996), 「15세기 국어 파생법에 대한 연구」, 박사학위 논문, 서울대학교.

국립국어원, 『표준 국어 대사전』, 인터넷판.

권용경(1990), 「15세기 국어 서법의 선어말어미에 대한 연구」, 『국어연구』 101, 국어연구회.

김문기(1999), 「중세국어 매인풀이씨 연구」, 석사학위 논문, 부산대학교.

김소희(1996), 「16세기 국어의 '거/어'의 교체에 대한 연구」, 『국어연구』 142, 국어연구회.

김송원(1988), 「15세기 중기 국어의 접속월 연구」, 박사학위 논문, 건국대학교.

김영욱(1990), 「중세국어 관형격조사 'ᄋᆡ/의, ㅅ'의 기술과 관련된 문제 해결을 위하여」, 『주시경학보』 8, 탑출판사.

김영욱(1995), 『문법형태의 역사적 연구』, 박이정.

김정아(1985), 「15세기 국어의 '–ㄴ가' 의문문에 대하여」, 『국어국문학』 94.

김정아(1993), 「15세기 국어의 비교구문 연구」, 박사학위 논문, 서울대학교.

김진형(1995), 「중세국어 보조사에 대한 연구」, 『국어연구』 136, 국어연구회.

김차균(1986), 「월인천강지곡에 나타나는 표기체계와 음운」, 『한글』 182, 한글학회.

김충회(1972), 「15세기 국어의 서법체계 시론」, 『국어학논총』 5, 6, 단국대학교.
나진석(1971), 『우리말 때매김 연구』, 과학사.
나찬연(2011), 『수정판 옛글 읽기』, 도서출판 월인.
나찬연(2013ㄴ), 제2판 『언어·국어·문화』, 도서출판 월인.
나찬연(2013ㄷ), 제2판 『훈민정음의 이해』, 도서출판 월인.
나찬연(2013ㄹ), 『국어 어문 규범의 이해』, 도서출판 월인.
나찬연(2014ㄱ), 제5판 『중세 국어 문법의 이해－주해편』, 교학연구사.
나찬연(2014ㄴ), 제5판 『중세 국어 문법의 이해－강독편』, 교학연구사.
나찬연(2014ㄷ), 제5판 『중세 국어 문법의 이해－서답형 문제편』, 교학연구사.
나찬연(2015ㄱ), 제4판 『현대 국어 문법의 이해』, 도서출판 월인.
나찬연(2015ㄴ), 『학교 문법의 이해』 1, 도서출판 경진.
나찬연(2015ㄷ), 『학교 문법의 이해』 2, 도서출판 경진.
남광우(2009), 『교학 고어사전』, (주)교학사.
남윤진(1989), 「15세기 국어의 접속어미에 대한 연구」, 『국어연구』 93. 국어연구회.
노동헌(1993), 「선어말어미 '-오-'의 분포와 기능 연구」, 『국어연구』 114, 국어연구회.
류광식(1990), 「15세기 국어 부정법의 연구」, 박사학위 논문, 건국대학교.
리의도(1989), 「15세기 우리말의 이음씨끝」, 『한글』 206, 한글학회
민현식(1988), 「중세국어 어간형 부사에 대하여」, 『선청어문』 16, 17집, 서울대학교 국어교육과.
박태영(1993), 「15세기 국어의 사동법 연구」, 석사학위 논문, 단국대학교.
박희식(1984), 「중세국어의 부사에 대한 연구」, 『국어연구』 63, 국어연구회
배석범(1994), 「용비어천가의 문제에 대한 일고찰」, 『국어학』 24, 국어학회.
성기철(1979), 「15세기 국어의 화계 문제」, 『논문집』 13, 서울산업대학교.
손세모돌(1992), 「중세국어의 'ᄇᆞ리다'와 '디다'에 대한 연구」, 『주시경학보』 9, 탑출판사.
심재완(1959), 『석보상절 제11』, 어문학자료총간 제1집, 어문학회.
안병희·이광호(1993), 『중세국어문법론』, 학연사.
양정호(1991), 「중세국어의 파생접미사 연구」, 『국어연구』 105, 국어연구회.
유동석(1987), 「15세기 국어 계사의 형태 교체에 대하여」, 『우해 이병선 박사 회갑 기념 논총』.
이광정(1983), 「15세기 국어의 부사형어미」, 『국어교육』 44, 45.
이광호(1972), 「중세국어 '사이시옷' 문제와 그 해석 방안」, 『국어사 연구와 국어학 연구－안병희 선생 회갑 기념 논총』, 문학과 지성사.
이광호(1972), 「중세국어의 대격 연구」, 『국어연구』 29. 국어연구회.
이광호(1995), 「후음 'ㅇ'과 중세국어 분철표기의 신해석」, 『국어사와 차자표기－남풍현 선

생 회갑기념』, 태학사.
이기문(1963), 『국어표기법의 역사적 연구—신정판』, 한국연구원.
이기문(1998), 『국어사개설 - 신정판』, 태학사.
이숭녕(1981), 『중세국어문법 - 개정 증보판』, 을유문화사.
이승희(1996), 「중세국어 감동법 연구」, 『국어연구』 139, 국어연구회.
이정택(1994), 「15세기 국어의 입음법과 하임법」, 『한글』 223, 한글학회.
이주행(1993), 「후기 중세국어의 사동법」, 『국어학』 23, 국어학회.
이태욱(1995), 「중세국어의 부정법 연구」, 박사학위 논문, 성균관대학교.
이현규(1984), 「명사형어미 '-기'의 변화」, 『목천 유창돈 박사 회갑 기념 논문집』, 계명대학교 출판부.
이홍식(1993), 「'-오-'의 기능 구명을 위한 서설」, 『국어학논집』 1. 태학사.
임동훈(1996), 「어미 '시'의 문법」, 박사학위 논문, 서울대학교.
전정례(995), 「새로운 '-오-' 연구」, 한국문화사.
정 철(1954), 「원본 훈민정음의 보존 경위에 대하여」, 『국어국문학』 제9호, 국어국문학회.
정재영(1996), 「중세국어 의존명사 'ᄃᆞ'에 대한 연구」, 『국어학총서』 23, 태학사.
최동주(1995), 「국어 시상체계의 통시적 변화에 관한 연구」, 박사학위 논문, 서울대학교.
최현배(1961), 『고친 한글갈』, 정음사.
최현배(1980=1937), 『우리말본』, 정음사.
한글학회(1985), 『訓民正音』, 영인본.
한재영(1984), 「중세국어 피동구문의 특성에 대한 연구」, 『국어연구』 61, 국어연구회.
한재영(1986), 「중세국어 시제체계에 관한 관견」, 『언어』 11-2, 한국언어학회.
한재영(1990), 「선어말어미 '-오/우-'」, 『국어 연구 어디까지 왔나』, 동아출판사.
한재영(1992), 「중세국어의 대우체계 연구」, 『울산어문논집』 8, 울산대학교 국어국문학과.
허웅(1975=1981), 『우리 옛말본』, 샘문화사.
허웅(1981), 『언어학』, 샘문화사.
허웅(1986), 『국어 음운학』, 샘문화사.
허웅(1989), 『16세기 우리 옛말본』, 샘문화사.
허웅(1992), 『15·16세기 우리 옛말본의 역사』, 탑출판사.
허웅(1999), 『20세기 우리말의 통어론』, 샘문화사.
허웅(2000), 『20세기 우리말의 형태론(고침판)』, 샘문화사.
허웅·이강로(1999), 『주해 월인천강지곡』, 신구문화사.
홍윤표(1969), 「15세기 국어의 격연구」, 『국어연구』 21, 국어연구회.

홍윤표(1994), 「중세국어의 수사에 대하여」, 『국문학논집』, 단국대학교 국어국문학과.
홍종선(1983), 「명사화어미의 변천」, 『국어국문학』 89, 국어국문학회.
황선엽(1995), 「15세기 국어의 '-(으)니'의 용법과 기원」, 『국어연구』 135, 국어연구회.

〈 불교 용어의 참고문헌 〉

곽철환(2003), 『시공불교사전』, 시공사.
국립국어원(2016), 인터넷판 『표준국어대사전』, (http://stdweb2.korean.go.kr/main.jsp)
두산동아(2016), 인터넷판 『두산백과사전』, (http://www.doopedia.co.kr/)
송성수(1999), 『석가보 외(釋迦譜 外)』, 동국대학교 부설 동국역경원.
운허·용하(2008), 『불교사전』, 불천.
원광대학교 종교문제연구소((1974), 인터넷판 『원불교사전』, 원광대학교 출판부.
한국불교대사전 편찬위원회(1982), 『한국불교대사전』, 보련각.
한국학중앙연구원(2016), 인터넷판 『한국민족문화대백과』, (http://encykorea.aks.ac.kr/)
홍사성(1993), 『불교상식백과』, 불교시대사.

〈 불교 경전 〉

『석가보』(釋迦譜)
『지장보살본원경』(地藏菩薩本願經)
『대방편불보은경』(大方便佛報恩經)

※ 위에 제시된 불교 경전의 내용은 '고려대장경 지식베이스'(http://kb.sutra.re.kr, 고려대장경연구소)에 탑재된 불경 파일을 참조했음.